Nuova Narrativa Newton

403

403

Della stessa autrice

101 cose da fare a Roma almeno una volta nella vita
101 perché sulla storia di Roma che non puoi non sapere
Roma in un solo weekend

Prima edizione: febbraio 2013

Roma, Casella postale 6214

ISBN 978-88-541-4742-3

www.newtoncompton.com

Realizzazione a cura di Francesca Magnanti
Stampato nel febbraio 2013 presso Puntoweb s.r.l., Ariccia (Roma)
su carta prodotta con cellulose senza cloro gas provenienti
da foreste controllate, nel rispetto delle normative ambientali vigenti

«Siamo stati imprigionati in un buio carcere sotterraneo da cui possiamo vedere solo a distanza le stelle lontanissime. Ma ora usciamo dai ceppi: sappiamo che esiste un unico cielo, una vasta regione eterea entro cui si muovono quei corpi di fuoco che ci annunziano la gloria e la maestà divine. Questo ci spinge a contemplare la causa infinita dell'effetto infinito e vediamo che la divinità non è lontana, ma è dentro di noi, poiché essa ha il centro in ogni luogo ed è non meno vicina a noi che agli abitatori di altri mondi. Perciò non dobbiamo seguire le autorità sciocche e inconsistenti, ma i sensi disciplinati e il lume dell'intelletto».

Frances Yates, *Giordano Bruno e la tradizione ermetica*

«Io ho fondato la mia causa su nulla».

Max Stirner, *L'unico e la sua proprietà*

Capitolo 1
La città
Roma, 7 giugno 1889

Prospero Roma la conosceva abbastanza bene.

Non era la prima volta che affrontava il viaggio dal paese alla capitale, da bambino aveva accompagnato spesso il padre a sbrigare i suoi affari. Adesso però era diverso. Era la prima volta che ci veniva da solo. Era un giorno di tarda primavera, il sole colpiva come una scudisciata. Prospero guardava il posteriore del cavallo che trainava il carretto su cui era appollaiato ormai da un tempo più che accettabile e vedeva minuscole onde di schiuma formarsi in cima al pelo per poi seccarsi lentamente nell'aria bollente del pomeriggio. Dall'autunno successivo ci si sarebbe trasferito per seguire le lezioni all'università. Avrebbe goduto dell'ospitalità di una famiglia romana, amica della sua, sarebbe diventato un uomo di quelli che a Natale tornavano al paese magnificandone la piccolezza contro il caos, il rumore e il puzzo della giovane capitale del Regno. Li aveva sempre disprezzati, pur invidiando lo spessore cosmopolita delle loro affermazioni. Ora li capiva. Se solo per avvicinarsi alla città bisognava affrontare un viaggio così impegnativo chissà che cosa voleva dire viverci, sistemarsi, avere successo. Più di ogni altra cosa, comunque, a Prospero piaceva l'idea di essere finalmente solo, a esclusione di Biagio, il carrettiere che si era offerto di dargli un passaggio in cambio di un po' di compagnia durante il tragitto che tutte le settimane affrontava per portare le botti di vino alle osterie della Città Eterna. La gente e la vita di campagna lo soffocavano. Così, negli anni della prima adolescenza, Prospero semplicemente si era impegnato a sfuggirle con il massimo della tenacia, guadagnandosi fama di misantropo. In realtà il ragazzo si lasciava più che altro trascinare dalle pagine dei suoi libri. Erano gli scritti politici, qualche rara poesia e letture "carbonare" di fatti che poco meno di vent'anni prima avevano portato alla presa di Roma ad appassionarlo più delle persone. L'unico che ancora credeva alla possibilità di addolcire il giovane Prospero con un viaggio su un carretto a vino era quell'illuso di Biagio, famoso in tutto il paese per la sua risata sdentata e per il carattere allegro che gli permetteva di fare avanti e indietro da Roma senza impazzire. Sperava, il carrettiere, che il giovane figlio del notaio del paese gli allietasse le ore di marcia con interessanti conversazioni sulle bellezze romane, accettando, in cambio, non solo il passaggio, ma anche qualche suggerimento sui casini più famosi della città e sulle osterie meglio fornite. Ma nulla di questo accadde al povero Biagio, che invece si trovò a dover mandare giù un passeggero per nulla incline alla chiacchiera e poco propenso ai commenti piccanti del carrettiere ogni volta che incrociavano una pastorella lungo l'Appia. Erano ore che lui e il "sor" Prospero venivano sballottati sul carretto, accumulando polvere sugli abiti e nei capelli e, più in generale, fastidio per un tragitto che sembrava interminabile. Era quasi una settimana che Prospero praticamente non dormiva e a nulla erano valsi gli innumerevoli pisolini schiacciati più per far passare il tempo che per reale stanchezza. Ogni notte, sotto le coperte, con indosso il camicione, il giovane passava in rassegna la mappa mentale che si era fatto della capitale. Cercava di ricordarne le forme, i colori, i vicoli e gli odori, come se solo l'esercizio della memoria bastasse a restituirgli la città conosciuta tanti anni prima. Si chiedeva se il contenuto della piccola valigia che aveva preparato fosse adatto all'occasione. Ma soprattutto sognava la domenica in cui, finalmente, dopo infiniti ritardi e accese polemiche, avrebbe partecipato all'inaugurazione dell'unico monumento romano che gli scuoteva il cuore come un innamoramento. Roma era dietro l'angolo, eppure quegli ultimi giorni prima della partenza gli erano apparsi eterni e noiosissimi. Li aveva passati leggiucchiando svogliatamente i giornali, all'inizio affamato di notizie sulle mille questioni fra liberali e clericali, poi con sempre meno attenzione, consapevole che le beghe non si sarebbero mai placate. D'altro canto un monumento in bronzo dedicato a Giordano Bruno e collocato al centro di piazza Campo de' Fiori era un affronto definitivo nei confronti di papa Leone XIII da non lasciare alcuno spazio a una seppure ipocrita idea di riconciliazione.

«Poco male», si diceva spesso il ragazzo. «Che si arrabbi un po' questo papa, così farà prima a capire che Roma non gli appartiene più e che i romani se ne infischiano dei suoi mugugni!».

Il sedere del cavallo procedeva ondeggiando senza tanti sobbalzi ormai. Intanto, un sole rosso sangue si piazzava davanti alla loro strada quasi a segnalare l'arrivo imminente. Anche la comparsa casuale di qualche rudere li avvisava che presto sarebbero giunti a Porta San Giovanni. Finalmente Roma sarebbe stata anche sua: amica, amante, sorella, benevola protettrice dei liberi pensatori.

Prospero si slacciò il colletto della camicia e bevve dell'acqua per rinfrescarsi. La Porta gli apparve all'orizzonte e per un momento si domandò se non fosse un miraggio di quelli che vengono agli esploratori che si perdono nel deserto. La realtà lo investì un istante dopo. Roma gli sembrò troppo uguale a come se la ricordava, così malandata e rancida. Ma non era questa un'epoca di progresso? Dove s'era andata a cacciare la modernità che la sua generazione vagheggiava e quella precedente aveva conquistato col sangue e il sacrificio? Da qui la Città Eterna gli parve ancora appartenere allo Stato Pontificio e non fu una bella sorpresa.

«Sor Prospero, quant'è bella sta città e aspettate fine mese… C'è la notte delle streghe… Se beve, se magna, le donne cantano… vedrete che festa!».

Prospero rimane accigliato e accaldato a fissare il panorama.

"Colpa dei preti! È sempre colpa loro!", pensava il giovane, mentre gli occhi si fermavano sulla carcassa putrefatta di un cane ai bordi della strada e subito dopo indugiavano sul davanzale prosperoso di una popolana che appena li vide passare gli lanciò un bacio e gli fece un gesto sconcio con la lingua. Biagio sorrise e strillò: «Ecco er carettiere a vino! Romani! Eccolo!». La popolana ammiccò. E poi sparì incamminandosi lungo il profilo esterno delle mura, verso chissà che baracca malconcia. La vista della basilica, dell'obelisco e dei palazzi lateranensi, poi, non migliorò per nulla l'umore del ragazzo.

"La chiesa la tengono pulita i pretacci, ma di progressi per il popolo non se ne parla!".

Un gregge di capre, seguito dal pastore e da una piccola muta di cani indaffarati servì a incidere ancora di più questi pensieri foschi nei nervi di Prospero che proprio non riusciva a trovare romantica la compresenza di città e campagna che tanto aveva affascinato i viaggiatori stranieri del passato. Quando pensava alle mandrie che lordavano e si abbeveravano sui resti dell'Impero, il ragazzo s'infuriava. L'Urbe, in quelle condizioni di abbandono, gli apparve per un istante come un'odalisca prigioniera di un palazzo in rovina: isolata, rinchiusa, disperata. In quella disperazione, però, c'era una scintilla di bellezza feroce e dolorosa. E il ragazzo la percepì nel profondo del cuore che infatti gli diede una stretta, subito sopita. No. Lui non si sarebbe fatto infinocchiare dalle crepe e dai sassi scorticati. Lui sarebbe andato a visitare la Roma moderna durante questo viaggio. Avrebbe goduto del progresso. Voleva spingersi fino al Testaccio dove gli avevano detto che un nuovo quartiere stava nascendo fra i campi, dove il Mattatoio era in fase di ultimazione. Sognava di chiudervi dentro tutti gli animali che pascolavano a Campo Vaccino per liberare la città e restituirla a un presente dignitoso, valorizzato da un passato glorioso, nell'attesa di un futuro ancora tutto da scrivere. Sarebbe anche andato a passeggiare lungo via Nazionale fino alla stazione Termini, fermandosi a vedere la famosa chiesa protestante degli americani dedicata a san Paolo; avrebbe percorso il lungotevere progettato da Garibaldi; sarebbe andato a portare un fiore sui massi divelti di Porta Pia. E avrebbe sostato a lungo davanti al cantiere per il monumento a Vittorio Emanuele II. Lo avrebbe fatto senza rancore. Anche se lui era repubblicano come tutti in famiglia. Repubblicani e mazziniani convinti. L'omaggio floreale ai bersaglieri di Porta Pia, Prospero l'aveva promesso al padre sul letto di morte, alla fine dell'inverno precedente. Fra le lacrime aveva giurato fedeltà imperitura agli ideali di libertà con cui era stato cresciuto e aveva promesso di studiare, di lavorare sodo e di lamentarsi poco. Poi aveva chiuso gli occhi e quando li aveva riaperti, il padre aveva lo sguardo fisso e il viso giallo-verde di chi è appena spirato. Il viaggio, invece, lo aveva progettato al funerale. Dopo che gli era giunta voce che una delle testate più agguerrite del fronte clericale, «La Civiltà cattolica», aveva definito Giordano Bruno un "mattoide" e il proposito di erigergli un monumento a due passi dal Vaticano, una provocazione in piena regola e una jattura per l'intero paese. Mentre studiava le mappe e faceva complicati conteggi economici per capire quanto tempo sarebbe potuto durare il suo soggiorno, si sentiva come quei patrioti romani che, una ventina di anni prima, avevano caricato di tritolo una fognatura sotto la caserma Serristori, quartier generale degli zuavi del papa. Era vivo, anticlericale giovane e libero. Roma era la sua città, quella era la sua epoca. Il carro piegò pigramente a sinistra e gli zoccoli del cavallo cominciarono a risuonare sull'acciottolato. In lontananza comparve il Colosseo, avvolto in una nuvola polverosa, rossa per la luce del tramonto infuocato. Poi si immersero nei vicoli. Quando Biagio lo scaricò al Pantheon, a Prospero parve di essersi appena svegliato. Nemmeno ascoltò le infinite raccomandazioni che il carrettiere gli rivolse. Poi gli rispose brusco: «Non sei mica mia madre!». E lasciò, senza ringraziare, l'ultimo filo che lo teneva unito al paese. Biagio lo guardò mentre se ne andava. Rimase congelato con una specie di sorriso, lo spazio dei denti mancanti in bella vista e un poco di saliva rappresa agli angoli della bocca su cui si appoggiò subito una mosca cavallina che lui non scacciò.

Niente sarebbe più stato come prima.

Capitolo 2
Album di famiglia
Roma, 1889

L'indirizzo glielo aveva dato uno zio che ancora, a distanza di decenni, ricordava con affetto la pensione dove aveva alloggiato alcuni anni prima. Era un palazzo un po' decadente, proprio al lato del Pantheon. La mattina si sarebbe svegliato con il rumore delle carrozze, il canto delle campane e si sarebbe affacciato sullo splendore di una Roma finalmente liberata. Prospero non aveva molte aspettative. Non gli interessavano i dettagli del suo alloggio, perché non contava di passarci molte ore. Nella capitale c'erano troppe cose da vedere e da fare e di certo non aveva intenzione di trattenersi a lungo in quella pensione. Biagio lo aveva scaricato proprio davanti alla Rotonda, sul lato destro. A sinistra, davanti a sé, intravide una strada su cui incombevano i palazzi e la sagoma di un obelisco sorretto da un elefantino. Era Santa Maria sopra Minerva e a fianco c'era l'hotel famoso per aver ospitato, cinquant'anni prima, i ribelli mazziniani accorsi per difendere la Repubblica romana. Sarebbe stato bello fermarsi lì. La pensione, invece, non gli fece una bella impressione, il palazzo gli parve troppo malandato, l'ingresso scrostato e buio e la via sporca e angusta. Gli fu aperto da una cameriera anziana e assai poco sorridente e fu subito scortato al piano nobile, dove, a detta della serva, lo attendeva *madame* Sophie per dargli il benvenuto.

«Finalmente!», una voce argentina e al tempo stesso imperiosa lo raggiunse nell'anticamera. Così, a naso, si disse che doveva essere la padrona della pensione. La signora Sophie, che non era francese, ma voleva comunque essere chiamata madame, era una cariatide di età indefinibile. Il sovrappeso era stato clemente con le sue rughe, il che toglieva giusto qualche mese al computo finale dei suoi anni che Prospero approssimò sul millennio abbondante. Anche l'abbigliamento non aiutava: indossava un abito verde fuori moda, troppo pesante per la stagione e decisamente simile al colore delle tappezzerie del salotto in cui era stato ricevuto. Ogni centimetro libero delle pareti che ora lo opprimevano era occupato da quadri di ogni genere e in ogni angolo c'erano piante dalle lunghe foglie impolverate. Fra i vasi, sonnecchiava un gattaccio nero e smunto che gli apparve minaccioso e poco amichevole. Dappertutto le tracce di un passato dorato che si era spento chissà quando: il divano, logoro, emetteva suoni sinistri ogni volta che la signora spostava il suo peso sui cuscini. Il resto del mobilio era composto da una consolle dorata da cui stava tristemente venendo fuori il color legno delle scrostature, un pianoforte malandato, un vecchio specchio con una cornice pomposa, qualche poltroncina malmessa e un tavolinetto basso da caffè con evidenti marchi di bruciature. Il ragazzo pensò che in passato quella casa aveva vissuto un'epoca più fortunata. Ma quei tempi, vista la vecchiezza e il degrado, dovevano essere finiti da un pezzo. Anche la carta da parati, ovviamente verde come il resto, aveva visto anni migliori. Più di tutto, però, lo infastidirono la sporcizia, le macchie d'umido sul soffitto, la polvere che dominava ogni superficie e le ragnatele che penzolavano dall'intricato lampadario *chandelier*, così pretenzioso, ma altrettanto male in arnese.

«Benvenuto giovane *monsieur*! Mi auguro che il viaggio vi sia stato gradito. Avete sentito che caldo? Roma è insopportabile in questa stagione, sembra di stare nel culo di un babbuino!», madame scoppiò in una fragorosa risata che si trasformò ben presto in un accesso di tosse secca.

«La stanza sarà pronta a momenti, la cena fra un'ora circa. Ah, ecco mio figlio. Ci teneva a conoscervi, non fa che parlare di voi da una settimana! *Mon chouuuuu!!!*».

Il signor Orazio non dimostrava meno anni di sua madre. Era una cosina piccola e secca, con un occhio offeso. Un tempo doveva anche essere stato un uomo piacevole, ma poi con gli anni si era ritirato e piegato su se stesso come un vecchio albero secco su cui si era innestata una strana testina pallida e spelacchiata che lo faceva assomigliare a un passero caduto dal nido. Con lui entrò anche l'attrazione principale di quella che subito Prospero definì in cuor suo un'accolita di scombiccherati.

Dietro Orazio, infatti, si muoveva uno strambo individuo. Prospero non aveva mai avuto modo nella sua breve vita di vedere un africano. A esclusione delle illustrazioni sulle cronache dalle colonie che leggeva distrattamente, il ragazzo non aveva vissuto e viaggiato a sufficienza per convincersi che al mondo esistono persone di diversi colori. Si obbligò a non fissarlo troppo, anche perché quel nero gigantesco, vestito con l'eleganza di un nobile romano, lo inquietava. Anzi, a inquietarlo era più che altro il suo silenzio e l'espressione che lo faceva assomigliare a una statua scolpita in un minerale nero: "Sembra uno dei leoni della cordonata del Campidoglio", si disse Prospero lanciando veloci occhiate all'uomo che lo fissava a sua volta senza muovere un muscolo.

«*Maman*, Mimì ha di nuovo catturato un topo in cucina», esordì Orazio senza degnare l'ospite, di cui aveva "parlato per una settimana", di uno sguardo.

«E l'ha lasciato lì, mon chou?»

«*Oui*, maman».

«Oh, mia piccola guerriera spietata! Questo caldo ha tolto anche a te l'appetito!», maman sorrise alla *pantera* sotto la pianta, la quale le rivolse uno sguardo di giada che non faceva trasparire né affetto, né la seppur minima considerazione verso tanta premura.

«Orazio caro, ti presento il nostro nuovo ospite. Pensa, si chiama Prospero! Non è un nome meravigliosamente letterario?»

«Mio padre era un appassionato di Shakespeare», rispose Prospero e si avvicinò a Orazio con la mano tesa. L'uomo non si mosse, si limitò a fissarlo con l'occhio buono, accennando un mezzo sorriso con l'angolo della bocca. Prospero rimase interdetto, poi strinse la mano del Nero così scura, grande e calda, che il ragazzo sentì i muscoli delle gambe afflosciarsi.

«Visto? Un appassionato del Bardo! *C'est parfait mes amis, c'est parfait!*», madame Sophie aveva pronunciato quest'ultima frase con un tono quasi da bambina, battendo le mani grassocce e ingioiellate e poi si era fatta serissima.

«Orazio, accompagna il nostro ospite alla sua stanza, vi vedremo per cena».

«Vi ringrazio, madame», rispose Prospero, calcando ironicamente sul "madame", «ma il viaggio mi ha stancato molto e preferirei riposare subito».

«Capisco, mio giovane monsieur, ci vedremo a colazione, allora. Qui si fa alle otto puntuali, prima che il caldo ci renda tutti inappetenti, Mimì compresa», rispose sbarazzina madame.

«In questi giorni ci siete solo voi», gli disse Orazio mentre lo accompagnava lungo il corridoio più male in arnese che avesse potuto immaginare. La casa era buia, perché l'inclemenza del caldo romano obbligava a tenere le imposte ben chiuse durante il giorno, per aprirle solo al tramonto quando il ponentino regalava un po' di pace. La clausura forzata dell'appartamento, per altro, non facilitava il ricambio d'aria, cosa che aveva impresso a ogni stanza uno sgradevole odore di chiuso che Prospero registrò con fastidio. Il viaggio lo aveva stremato sul serio e ora non desiderava altro che stendersi su un vero letto e ricaricarsi in occasione dell'itinerario che si era messo in testa di affrontare il giorno seguente. Quando entrò, nonostante la stanchezza, non poté fare a meno di osservare lo stato miserrimo in cui versava la camera che gli era stata assegnata. Un letto vetusto troneggiava addossato alla parete. La solita collezione di quadri di ogni genere occupava gran parte dello spazio sui muri. C'era uno scrittoio a cui era stato abbinato un seggiolone di quelli antichi tutto tarlato, con l'imbottitura che sbucava dalla stoffa consunta, verde, come il vestito e il salotto di madame. In un angolo, una brocca con catino di metallo smaltato, tutto rosicchiato e arrugginito, e uno specchio componevano la sua dotazione per la toletta quotidiana. Nel comodino, invece, un pitale vecchia maniera, anch'esso piuttosto malandato, completava un quadro che gli parve immediatamente desolante. Aprendo la finestra, lo spettacolo che riuscì ad ammirare di certo non lo tranquillizzò. L'affaccio era pessimo, dava praticamente sul niente.

"Altro che campane e Roma liberata!", pensò Prospero, "dove sono finiti i campanili del Pantheon, le famose orecchie d'asino di cui tanto aveva parlato zio". Tutto sommato, però, si disse che, in fondo, era meglio così. Una stanza accogliente sarebbe stata una tentazione troppo grande a rimanersene in casa senza vincere il timore di perdersi nella grande città.

«E poi se mi trovassi veramente male, potrei sempre andarmene».

Prospero poggiò la valigia sul letto, appese la giacca nell'armadio che puzzava di naftalina e aprì le imposte per far entrare un po' di fresco e far uscire l'aria stantia. Poi si sdraiò sul letto che, per tutta risposta, emise un gemito da moribondo. Anche il materasso, tanto per non farsi illusioni, proveniva probabilmente da un'altra epoca. Infine, vinto dalla polvere, dalle chiacchiere senza senso di Biagio e dall'emozione, si appisolò pensando alla bocca sdentata del suo compaesano, al cadavere di cane che era stato il suo benvenuto in città e – con una morsa dolorosa – al gesto sconcio che quella povera disgraziata gli aveva diretto poco prima di entrare a Porta San Giovanni. Non sognò nulla. E si svegliò improvvisamente dopo qualche ora. All'inizio fu difficile orientarsi. Per una manciata di secondi si domandò addirittura dove si trovasse. Poi cominciò lentamente a tirarsi fuori dall'ovatta in cui si era cacciato addormentandosi. Dai rumori che provenivano dalla strada si disse che non poteva essere già mattina. Troppo pochi, quando sapeva che la zona era molto frequentata dai turisti e dalle carrozze. Non gli arrivavano le grida dei venditori ambulanti, né le bestemmie dei carrettieri. Poteva essere il cuore della notte. E il pensiero lo gettò per un istante nella disperazione: non voleva correre il rischio di rimanere sveglio fino all'alba, in preda all'eccitazione. Ma più che altro temeva l'insonnia perché sicuramente avrebbe passato ore a interrogarsi sui suoi nuovi padroni di casa la cui conoscenza gli aveva lasciato un sottile filo d'ansia e un senso inspiegabile di solitudine e smarrimento. Infine, svegliato dai suoi stessi pensieri, scese dal letto, che gli rispose con il solito repertorio di cigolii e lamenti.

"Tanto vale sgranchirsi le gambe", pensò Prospero. E – dopo aver trovato un mozzicone di candela e un pacco di fiammiferi – si dedicò a guardarsi intorno. I suoi occhi furono immediatamente catturati dalla quantità di quadri che affollavano le pareti. All'inizio diede per scontato che rappresentassero i soggetti tipici graditi alle signore anziane: nature morte, paesaggi, signorine intente in un'intrigante lettura. Ma si sbagliava, non erano tutti così. Fra l'incredibile quantità di rose in ogni fase della fioritura c'era anche dell'altro. Sembravano incisioni, o schizzi tracciati con una sanguigna e i soggetti ritratti non facevano certo pensare al tè delle cinque e alle collane di perle. All'inizio pensò che fossero soggetti religiosi. Stampe antiche che ritraevano santi e martiri come nella migliore tradizione dei benpensanti capitolini. Tra l'altro, il terzetto di scombiccherati gli era parso una famiglia di nobili in rovina, come ce n'erano tante a Roma, tutte prese a coprire i tarli dei mobili e le ragnatele agli angoli del soffitto con dosi spropositate di alterigia e parole francesi.

Era forse finito in un covo della nobiltà nera?

«Interessante», si rispose sorridendo, «chissà come ci rimarranno quando gli comunicherò il motivo della mia visita». Una di quelle incisioni catturò più delle altre la sua attenzione. Era stata appesa al lato della finestra, nella posizione ideale per poterla osservare dal seggiolone malandato davanti allo scrittoio. Si avvicinò meglio per guardarla alla luce della candela. C'era un uomo. O quello che si poteva definire un uomo perché il personaggio principale dell'incisione aveva testa e zampe di corvo, era seduto su un trono e brandiva due lunghe armi con entrambe le mani. Un brivido di paura gli percorse la spina dorsale. E, a quella sensazione, Prospero rabbrividì. Ma non poté fermarsi dallo studiare il resto delle pareti. Poco più in là, fra l'armadio e il set da toletta, un'altra immagine in bianco e nero lo chiamò. Un uomo, anche lui armato fino ai denti, e interamente vestito di nero cavalcava un drago spaventoso. Nella mano destra impugnava una falce, nella sinistra una lancia.

Che cos'erano queste figure? Che cosa potevano voler dire? E che fine aveva fatto la collezione di quadri religiosi, crocifissi e santini che si aspettava di trovare nella casa devastata di una famiglia di aristocratici decaduti? Eccolo. Il santino doveva essere per forza quell'immaginetta minuscola posta sopra il capezzale del letto. Non l'aveva notata quando si era sdraiato, né quando si era alzato. Il che gli risultò abbastanza strano, visto che l'unica parete sgombra da olii di dubbia qualità e rappresentazioni grottesche era proprio quella sulla sua testa. Ben presto, però, si rese conto che nemmeno quel quadretto testimoniava la fede dei suoi padroni di casa. Fra i segni neri lasciati dalla stampa riuscì a distinguere un gran cielo di nuvoloni neri. E, sotto un bollo che recitava in latino "*Manet in se monas*", si stagliava un Mercurio. Lo riconobbe subito per il cappello alato, anche se in una mano, invece del solito caduceo, teneva un candelabro a sette braccia, mentre l'altra mano era inequivocabilmente atteggiata nel gesto che invita chi osserva al silenzio: con il dito poggiato sulle labbra. Quasi obbedendo a quello strano ordine impartitogli dalla divinità, Prospero smise di respirare per qualche secondo e rimase immobile. Poco dopo un mormorio che proveniva dall'interno della casa lo incuriosì. E, a quel punto, il ragazzo si bloccò ancora di più, anzi seguendo un impulso a lui incomprensibile, si affrettò a spegnere la candela come se il buio potesse acuirgli l'udito. Per un momento Prospero si stupì di se stesso: non era mai stato un ficcanaso. Eppure, stavolta, vinto da uno strano istinto che si potrebbe definire di autoconservazione, si spostò verso la porta della stanza e si mise in ascolto.

«È adesso, il tempo è adesso», la voce di madame non aveva più il tono infantile e leggero della sera precedente.

«Ma, maman, io veramente non credo... Ci esporremmo a un rischio enorme...».

«Gli anni ti hanno infiacchito figlio mio, siamo già a rischio».

«Ma, maman, non credo sia la persona più indicata».

«Ci sono troppe cose in gioco, non possiamo più aspettare. Non voglio più aspettare, non possiamo permettere che si ripeta lo scempio degli anni scorsi. E poi i segni sembrano propizi, non li hai percepiti anche tu?»

«Ma, maman…».

«Silenzio!», Prospero si congelò e istintivamente riportò gli occhi sull'incisione del Mercurio, cercando di trovare quel gesto fra le tenebre in cui era precipitato dopo aver spento la candela.

La donna riprese con un tono più conciliante: «Capisco le tue paure, ti pare che mi faccia piacere adattarmi a usare questi trucchetti da fattucchiera? D'altro canto abbiamo atteso fin troppo. E nessuno è venuto ad aiutarci. E poi sto invecchiando. Non ne posso più». Infine, si fece di nuovo perentoria, quella donna parlava come una regina: «Non c'è più tempo. E la posta è troppo alta. Si farà come abbiamo stabilito».

«Oui, maman».

«Tu cosa ne dici, *mon ami*?», la voce tornò dolce, quasi bambinesca. Dal tono, il ragazzo capì che si rivolgeva non a suo figlio, ma all'altro personaggio della compagnia, il Nero. Prospero spinse la faccia contro il legno della porta nel tentativo di ascoltare la risposta del terzo partecipante alla conversazione, ma non riuscì a captare alcun suono, se non un costante rumore di fondo, una minuscola vibrazione che la fibra del legno pareva trasferirgli. Ebbe bisogno di qualche secondo per identificarla, poi riuscì a distinguerla dal battito del suo cuore: erano fusa di gatto. Si lanciò sul letto, provocando un frastuono di molle e di ferro. Ma non gli importava. Poi scoppiò a ridere e subito dopo affondò la faccia nel cuscino per soffocare ogni altro rumore. Dunque gli scombiccherati avevano un piano. E quel piano si sarebbe realizzato alle spese di un malcapitato. Non erano quindi nobili decaduti, rampolli di una famiglia di patrizi romani finiti in disgrazia, né aristocratici neri da spaventare con le sue idee anticlericali. Erano piuttosto una banda di malandrini. Magari dei truffatori. E il malcapitato poteva essere lui. L'avrebbero derubato? Forse ucciso. E poi avrebbero nascosto il corpo. Per quel motivo il Nero era lì in casa. I due, madre e figlio, non erano di certo in grado di trasportare un cadavere. Ci voleva un uomo di fatica e il terzo ospite sembrava più che adatto a svolgere quel ruolo. Tutto combaciava. Quella pensione era una trappola. La vecchia era il capo di questa società di folli. E lui era in pericolo. Si addormentò di colpo, quasi contro la sua volontà, proprio mentre queste riflessioni gli si affollavano in testa. Quella notte non sognò nulla, ma sprofondò in un buco nero di pece e catrame.

Capitolo 3
Grand Tour
Roma, 1889

L'aria fresca della mattina gli colpì il viso e a Prospero parve di respirare per la prima volta da ore.

Solo quando si ritrovò con i piedi sui sampietrini, infatti, si concesse un momento di pura gioia, di spontaneo entusiasmo che aveva represso fin dalla sua entrata da Porta San Giovanni. Roma era in piena attività, ignara delle supposizioni e dei piani dei "gentili" proprietari della pensione. Davanti al Pantheon, una fila di vetture private aspettava clienti che volessero godersi il fresco della mattina per visitare la capitale. Il ragazzo rallentò il passo tentato di farsi accompagnare in giro come un gran signore, ma poi cambiò idea, quando passando vicino a un vetturino lo ascoltò che si lamentava per gli arrivi previsti durante tutta la giornata.

«Arrivano da tutta Italia! Domani staranno tutti a Campo de' Fiori pe' la festa. Ma mica ce se faranno porta'. Capirai, quelli camminano, mica je va da fa' i turisti!», il vetturino sputò in terra in segno di disprezzo e accomodò la sacca sul muso del cavallo per farlo mangiare. Tanto bastò al ragazzo per decidersi ad andare verso piazza Venezia alla ricerca di un omnibus che lo avvicinasse a Porta San Paolo, sull'Ostiense. Aveva anche in mente una passeggiata al Cimitero degli Inglesi. Durante l'inverno si era appassionato all'opera poetica di Keats e da sempre era un ammiratore di Shelley il cui cuore riposava proprio nell'Urbe. Si sarebbe lasciato Porta Pia per un'altra giornata. E, nonostante le tentazioni che la vasta storia dell'arte di Roma gli offriva, avrebbe rinunciato a visitare chiese, basiliche e catacombe, mentre si sarebbe goduto qualche tramonto e un po' di vento sicuramente al Gianicolo, al Pincio e a Villa Medici, i cui giardini incantavano i viaggiatori di tutto il mondo. Oggi, però, aveva bisogno di rinnovare quel patto d'amore fra lui e la città liberata che aveva sancito in ore e ore di letture frenetiche e di discorsi appassionati con il padre. Non seppe dirsi perché, ma gli sembrò vitale, in quel momento, osservare i miglioramenti della vita del popolo dopo l'Unità, verificarli e portargli in dono il suo entusiasmo. In ogni caso, il fatto di essere uscito senza vedere nessuno e soprattutto senza sentire il tono di voce di madame, gli parve di per sé una vittoria. Quando questa riflessione gli sfiorò il cervello, Prospero, sorrise fra sé e sé: "Ma dimmi tu se mi deve mettere paura una vecchia scimmia troppo truccata...". Rise anche delle congetture che lo avevano torturato la notte precedente. Si disse che era stata la stanchezza e che sicuramente i suoi ospiti non si riferivano né a lui, né a nessun altro. Nell'aria fresca della mattina tutto gli parve diverso. E si giurò che mai più sarebbe arrivato a Roma al tramonto. Perché la notte romana, se non si è abituati, è come una lupa affamata che ti mangia il cuore e il cervello abbandonandoti alle tue preoccupazioni e alla solitudine. Un'ora dopo l'alba, invece, la città gli si presentò amichevolmente e gli si concesse. Sull'onda di emozioni più positive rispetto alla notte precedente, Prospero decise addirittura di camminare, anche perché, in fondo, sapeva di non avere molti soldi per far fronte alle spese del soggiorno e si disse che era il caso di risparmiare. Impiegò quasi due ore a raggiungere la Piramide e durante quella lunga passeggiata non sprecò neanche un secondo del suo tempo a farsi attanagliare dall'angoscia che gli davano la pensione e i suoi abitanti, gatta compresa, anche se ogni tanto una piccola puntura di disagio gli pizzicava le budella. La scacciò camminando lentamente, fermandosi all'ombra di qualche palazzo per asciugarsi il sudore con un fazzoletto o per riposarsi un minuto, approfittando di quelle soste per osservare la vita quotidiana della città. A piazza Montanara fu testimone dell'adunata di un piccolo esercito di lavoratori a giornata in attesa di chiamata, che si erano affollati davanti al Caffè dell'Agricoltura. Le facce gli sembrarono quasi familiari. Quella carnagione scura e la pelle di cuoio di chi lavora nei campi, gli ricordavano i suoi compaesani. C'erano donne, uomini, bambini e bestie tutti uniti dall'unico comune denominatore della miseria. Qualcuno aveva passato la notte lì ed era rimasto seduto per terra, ancora mezzo addormentato, quasi a non voler sprecare energie. Poco più in là le demolizioni, conseguenza del piano regolatore promosso qualche anno prima, erano cominciate e i cantieri aperti si ripromettevano di cambiare, per l'ennesima volta nella sua storia, il volto di Roma. Anche il cantiere per il monumento a Vittorio Emanuele II gli parve a buon punto. Prospero non vedeva l'ora di vederlo finito. Così come tutti i lavori che fervevano nella capitale. Roma sarebbe stata finalmente come Parigi, si disse soddisfatto. Una vera capitale che non aveva più paura di allontanare quattro capre al pascolo fra i ruderi che al massimo potevano far gioire i pittori. Di nuovo, però, si ritrovò vittima del fascino di queste istantanee di vita romana. Nonostante tutto, c'era qualcosa di bello e disperato nelle bottegucce aggrappate ai fornici del Teatro di Marcello e nelle contadine che ondeggiavano sotto pesi spropositati, costeggiando il tempio di Vesta su via della Salara. Prospero si rese conto che quando le demolizioni fossero terminate, quella città non ci sarebbe più stata. Capì allora l'artista Roesler Franz che ormai da qualche anno se ne andava in giro a fotografare ossessivamente tutti i quartieri dell'Urbe che sarebbero andati distrutti. Ma proprio non riuscì a dispiacersi. Proprio non poté. L'Ostiense con il suo selciato di sampietrini e le Mura Aureliane che sprofondavano nell'erba incolta lo avvolse nella sua bellezza solitaria. Nel frattempo, infatti, il sole si era ormai piantato in cielo saldamente e non avrebbe tardato a trasformarsi in un'implacabile tortura per un'estate che verrà ricordata come una delle più opprimenti della storia di Roma. Fra le cicale, però, Prospero si sentì per un momento a casa, di nuovo in campagna, specie quando incontrò un gruppetto di contadine che gli veniva incontro. Erano sei donne, viaggiavano in formazione come uno stormo di uccelli: le prime due in fila indiana, poi, a seguire, due da un lato e due da un altro. Sulla testa portavano un carico di ceste di vimini, sotto i teli forse c'erano del pane, della frutta, o dei panni. Ridevano fra loro ma, appena lo incrociarono, abbassarono immediatamente lo sguardo e si fecero mute. La basilica, invece, non gli fece alcun effetto. E, allo stesso modo, la Piramide gli parve in fondo non molta cosa. Così sepolta nelle erbacce e stretta fra le mura, gli sembrò tutto sommato inutile, come se stesse lì giusto per segnalargli che era arrivato al memoriale di Keats.

Anche il cimitero degli inglesi non gli fece un'ottima impressione, lo percepì abbandonato a se stesso e al proprio destino senza troppa protezione se non un piccolo muro di cinta affondato nel verde. E si disse che non poteva essere altrimenti: non c'era spazio per i protestanti nella città del papa. Prospero non entrò, ma davanti al cancello del camposanto si tolse il cappello con un gesto teatrale e si inchinò profondamente. Quindi, prima di soccombere all'afa, tentò anche un avvicinamento di Testaccio. Ma i caseggiati che da qualche anno stavano cominciando a sorgere nel quartiere non riuscirono da soli a riempirlo di speranza per un futuro migliore. Furono i testaccini a riportarlo alla realtà: quel loro sostare nei pressi del Monte, nelle osterie ricavate dentro a delle grotte, a ubriacarsi e togliersi le croste dal corpo, gli fecero venire in mente un popolo di primitivi rassegnati a un destino gramo. Ricordò inoltre che quella porzione di Roma, nella testa di chi l'aveva progettata, doveva accogliere gli sfollati del centro, strapparli dalle loro case monche con la giustificazione di dargli una sistemazione decente. In quel momento gli venne in mente che insieme alle abitazioni del centro sarebbero venute giù vite, memorie personali e storie, ma tralasciò questa riflessione non per cattiveria, ma per ottimismo, perché lui, ai riformatori e al cambiamento ci credeva con il cuore. Poi venne definitivamente vinto dal caldo e dalla sete e – dopo aver chiesto in giro – si rifugiò in un'osteria lì vicino, appena fuori porta.

«Allora è domani, vero?», non era neanche entrato e già sentì più leggeri i morsi della fatica. Un avventore parlava con l'oste della giornata successiva. Prospero – memore delle frasi sprezzanti del vetturino che aveva ascoltato la mattina – si dispose a sedersi in disparte e a guardare tutti in cagnesco per non essere coinvolto nella discussione.

«Sì, ma già da oggi comincia a venire gente», rispose l'oste con un sorriso soddisfatto.

Il ragazzo ordinò una *mezza fojetta* di bianco e qualche oliva. Si accomodò sotto la pergola e cominciò lentamente a bere e a mangiare.

«Ma hai sentito er papa?... Pare che j'è morto qualcuno!», alcuni fra i clienti scoppiarono in una fragorosa risata. Il giovane si animò: forse si trovava in un locale frequentato da sostenitori delle sue stesse idee.

«Ma sai che me ne frega a me, magari je venisse un corpo!», e giù di nuovo a ridere. Prospero sorrise fra sé e sé e continuò a bere in silenzio.

«Ahò, vie' qua, viecce a di' le novità», uno degli avventori fece cenno a un altro di avvicinarsi.

«Allora, la notizia fresca è che alla fine Crispi ha obbligato il papa a lascià festeggià gli anticlericali fino in Borgo. Che te lo dico a fa' quanto je rode ai gesuiti».

«Eh sì, e grattassero!», gli fece eco un uomo con una gran barba brizzolata che era appena entrato e così si era presentato. Stavolta anche Prospero si unì al coro di schiamazzi e risate.

Al ragazzo piaceva Crispi. Anche perché aveva usato il pugno duro con Roma, con i suoi nobili e con i suoi preti. E poi era stato lui a far sequestrare l'archivio della Confraternita di San Giovanni Decollato della Nazione Fiorentina, la congregazione che aveva accompagnato Bruno al rogo. Grazie a lui si era finalmente scoperto che il monaco eretico era veramente bruciato sul rogo. Che non era una fandonia. Prospero, quando mesi prima aveva letto la notizia, era saltato sulla sedia.

In quel momento si era sentito di essere al posto giusto nel momento giusto, proprio come adesso in un'osteria infestata di mosche che puzzava di vino, si sentì come nell'unico dei mondi possibili, senza dubbio il migliore, e finalmente capì che aveva fatto più che bene a partecipare a un evento del genere. Roma era con lui. Roma era con loro. Contro il papa.

«Ahò, dice che Leone se metterà a diggiuno a prega'...». E per meglio evidenziare quest'ultima notizia qualcuno fischiò.

Prospero ordinò da mangiare, il suo umore si era decisamente ripreso dopo la passeggiata. Gli venne portato un piatto di cicoria strascinata e un po' di pane per accompagnarla.

«Capirai che fatica!», ribatté il cliente con la barba grigia.

«Leone XIII ancora non si è reso conto di essere ospite nella capitale d'Italia. Chissà che da lunedì non abbia le idee più chiare», esclamò il giovane che si era sentito incoraggiato dall'ambiente. A quella frase però, nessuno rispose con una battuta. Piuttosto i clienti, all'unisono, s'interessarono al contenuto dei loro bicchieri. Qualcuno si fece portare altro vino. Altri espressero il loro imbarazzo per la frase pronunciata da quello sconosciuto spostando il peso da una gamba all'altra, o spostando i piedi sulla terra battuta che gli faceva da pavimento in cerca di chissà che cosa. Nessuno, comunque, lo guardò negli occhi.

«Il signore è venuto a Roma per l'inaugurazione?», gli domandò infine un tizio che aveva la faccia da assassino, con un tono che non lasciava dubbi: lui e i clienti dell'osteria non erano la stessa cosa.

«Sì, sono venuto ad assistere a un'opera di giustizia!», rispose Prospero.

«Basta che nun fate troppa caciara...», lo avvertì un altro.

«Ma come?...», la domanda gli affiorò sulle labbra senza volerlo. Il ragazzo non aveva intenzione di scatenare una polemica in quella sede. Era abbastanza saggio per sapere di non mettersi in lite con gli avventori abituali di un'osteria romana, era a conoscenza dell'indole sanguigna del popolo di Roma e, in fondo, la temeva. O meglio, temeva i coltellacci che tutti si portavano dietro.

«...pensavo che anche voi foste interessati all'evento...», mormorò il giovane.

«Sì, avoja...», l'ennesima risata collettiva mise il punto alla conversazione. Poi uscì un mazzo di carte e cominciarono ad arrivare le *fojette* di bianco ai tavoli e nessuno fece più caso al ragazzo vestito bene che se ne rimase ancora un po' seduto con le guance rosse e gli occhi bassi. Non li avrebbe mai capiti fino in fondo. Ondate di furore lo attraversarono. Pensò a chi era venuto a morire dall'estero per strappare Roma dalle mani del papa e farla italiana. E pensò che a guidare questi eroi c'era il sogno di un avvenire radioso, prima di tutto per il popolo dell'Urbe. Proprio quelli che adesso, in quella fetida osteria, si lamentavano per una realtà che non avevano alcuna intenzione di cambiare. Lasciò l'osteria, senza salutare, intenzionato a spostarsi verso luoghi più isolati e turistici, che gli parvero in quel momento più sicuri, anche se lo pensò a malincuore. Quel pomeriggio visitò ogni giardino che gli si offrì lungo il cammino. Deviò verso il Gianicolo attraversando Trastevere, sempre attento nell'evitare di ascoltare chiacchiere che avrebbero potuto turbarlo un'altra volta. Non si sentì a casa fra i turisti ben vestiti che volevano ammirare un panorama di cupole e palazzi. Ma neanche provò quella rabbia cieca provocata dall'incomprensione del mondo popolare, verso il quale nutriva sentimenti contrastanti: era con i diseredati idealmente, ma li detestava se invece manifestavano un'anima bassa e serva, o addirittura più realista del re. Infine, quando già il sole si era disposto al tramonto, se ne tornò mesto verso casa, passò su Ponte Sisto e si inoltrò dentro Rione Regola a passo spedito nonostante il caldo. Mentre si avvicinava al Pantheon non poté fare a meno di sentire che l'ansia aumentava. Complice una giornata di itinerari deludenti e pensieri foschi, l'angoscia di dover tornare alla pensione e passare del tempo con i tre proprietari era tornata ad appiccicarglisi addosso. Rimase nella piazza della Rotonda per un tempo oltremodo lungo e infine, mestamente, trascinò i piedi stanchi verso casa di madame. Sarebbe andato diretto in camera, senza fermarsi a parlare. E, decise su due piedi, che dal lunedì successivo avrebbe trovato una sistemazione migliore. Fino a quel momento, comunque, non aveva alcuna intenzione di rovinarsi un viaggio che preparava da mesi.

“Se quel povero monaco eretico sapesse che cosa sto passando per andare a rendergli omaggio...”, pensò Prospero mentre bussava al portone. Gli aprì la solita cameriera e per un momento si chiese perché mai la servitù fosse praticamente invisibile dentro la casa. Quindi si infilò nell’ingresso buio e puzzolente che all’istante gli fece venire in mente la tana di un ragno particolarmente aggressivo.

Capitolo 4
La prima alba
Roma, 1889

La “cosa” galleggiava nel piatto e – questo almeno sembrò a Prospero – lo guardava. Non seppe dirsi se era un vegetale o un pezzo di carne. Ma smise di domandarselo quasi subito, anche perché gli altri lo aspettavano con una certa impazienza. Mangiare minestra con quel caldo non fece altro che aumentare la sensazione di disagio e scomodità che si appiccicava addosso al ragazzo ogni volta che varcava la porta della pensione. “A Roma si può trovare praticamente qualsiasi delizia e questi si accontentano di una sciacquatura dei piatti...”, pensò. Poi si portò una cucchiaiata alla bocca e, poco prima di aprirla e dare inizio alla tortura, si limitò a gettare uno sguardo ai suoi commensali e accennò un sorriso che gli uscì falso. Sorrisero anche loro, di rimando. E annuirono.

L’avevano sistemato a capotavola. Sul lato opposto sedeva madame, sempre vestita di verde, sempre sovrappeso e sempre troppo indulgente con bistro e cipria bianca. Alla sua destra, Orazio, con un’incongrua veste da camera in velluto bordeaux, sembrava doversi rompere in mille pezzi da un momento all’altro. Soltanto il Nero, elegantissimo come al solito, non gli suscitava pensieri buffi, utili a cavarsi dall’imbarazzo abituale. Era seduto alla sinistra di madame e mangiava con educazione e misura senza troppo farsi trascinare dai convenevoli della buona conversazione a tavola. Mangiava e faceva silenzio, azioni che a Prospero parvero il segno di una sanità mentale piuttosto rara in quella stramba famiglia.

"Chi è veramente il Nero? E perché non parla mai? Forse non conosce la lingua", si rispose il giovane continuando a mandare giù cucchiaiate di minestra troppo allungata e troppo calda.

«Quali fantastiche avventure avete vissuto oggi, caro?», madame aprì le danze.

«Un po' di turismo, madame, nulla di più. Mi sono spinto fino a Porta San Paolo. Ero curioso di visitare il Testaccio e la Piramide».

«E sono stati di vostro gradimento?»

«Non particolarmente, non amo molto la Roma rustica che ha stregato i Vedutisti».

«Siete il tipo di persona che preferisce l'apollineo al dionisiaco?», madame riusciva sempre a portare argomenti insoliti anche alle conversazioni più banali.

«Non trovo poetica la miseria, né l'arretratezza, né l'ingiustizia sociale, madame, se questo è quello che intendete per "dionisiaco". In quei quartieri non ho incontrato né il flauto di Pan, né il carro di Apollo. Piuttosto ho potuto scorgere solo povertà, ignoranza e degrado. E ciò mi fa infuriare».

«*Infuriare*, addirittura! Che parola forte sulle labbra di un giovane come voi! Monsieur a quanto pare state reagendo al cuore di Roma!», ed esplose in una risata chioccia sempre seguita dal solito colpo di tosse secca.

«Madame, non so se quello che ho visto oggi è il cuore di Roma. Ho visto donne chine sotto carichi che neanche l'ultimo degli asini porterebbe, ho visto uomini già ubriachi la mattina presto, ho visto bambini con le croste che vivevano come bestie e tutt'intorno la città regina della Storia che non si curava del suo popolo sofferente».

«Monsieur siete un poeta! Orazio non è un poeta? Monsieur lei ha colto nel vivo il lato più oscuro di questa capitale», e sulla parola "capitale", madame si concesse un altro dei suoi risolini fastidiosi, poi riprese.

«D'altro canto quando si hanno così tanti millenni sulle spalle, non ci si può certo perdere nei dettagli. Il popolo soffre, voi dite?

Non è di certo affare dell'Urbe. Non è certo l'Urbe che deve occuparsene. Mi pare che abbia fatto fin troppo il suo dovere visto che non ci crolla addosso seppellendoci tutti!». Prospero fu colto dal sospetto che Sophie non stesse parlando della città ma di se stessa. Sospetto che schiacciò subito in un angolo nascosto del cervello, concentrandosi di nuovo sulle parole della padrona di casa.

«Fra le righe, giovanotto, consentitemi di darvi un consiglio per il futuro», gli occhi di madame brillarono di una strana luce minacciosa.

«Prego, madame».

«Riconsiderate la vostra opinione sugli asini. Sono animali pieni di sorprese e di curiosità, per quanto ostinati possano sembrare. *N'est pas* Orazio?»

«Oui maman...». Prospero, a quel punto, non si trattenne.

«Madame», il ragazzo cercò di controllare l'astio a fatica. «Asini a parte, quello che ho visto oggi è un popolo schiavo di se stesso e delle proprie pulsioni, prima che dei suoi padroni. Un popolo di servi che si ribellano solo a parole. Un popolo che esaurisce il suo coraggio negli sfottò al potere senza occuparsi della sua sovversione. I romani sono ancora avvolti nelle spire del Papa Re: si concedono il lusso di prenderlo in giro, ma non muoverebbero una foglia per tagliargli la testa!».

«Ma la testa si taglia ai re, monsieur, non ai papi!».

Prospero si sentiva esasperato. L'arrivo di un arrosto bruciacchiato lo sollevò dall'impulso quasi incontrollabile di sbottare contro quella sciocca della padrona di casa. Si disse che non valeva la pena perdere tempo in chiacchiere con qualcuno che probabilmente avrebbe baciato l'anello del papa anche domani, se solo fosse stata ammessa in Vaticano. E per tutta risposta si gettò sulla carne, cercando di ignorarne il gusto pessimo e la consistenza stoppacciosa.

«Sia chiaro», rivelò subito dopo madame come se nulla fosse. «Io la testa al papa la taglierei volentieri», la signora ammiccò al figlio che rispose con un sorriso. Anche il Nero, che fino a quel momento non sembrava troppo interessato ai discorsi dei commensali, smise di mangiare e aprì le labbra mostrando denti bianchissimi, ma Prospero non lesse in quella smorfia alcuna forma di ilarità, gli parve piuttosto un ghigno avido, come quello di un predatore che si prepara a consumare il pasto appena cacciato. Il giovane, dal canto suo, rimase con la forchetta bloccata in aria e con la bocca aperta.

«Madame, siete forse un'anticlericale?»

«Oh, *mon cher*, anticlericale non è la parola giusta per descrivere come la penso veramente. Ma ho opinioni molto precise sulla religione, sui culti e sui suoi ministri e l'operato dei papi romani non mi appare dei migliori». Su quella frase, miracolosamente, l'arrosto parve subito più saporito e meno duro. Prospero non seppe spiegarsi il perché, pensò al sollievo di non trovarsi in una casa di baciapile, il che gli alleggerì appena un po' il cuore, appesantito dalla delusione provata durante la passeggiata.

«Avete ragione, madame. Se Gesù Cristo tornasse oggi sulla terra probabilmente rimarrebbe molto deluso a vedere come i suoi più alti sacerdoti si sono comportati in suo nome».

«Ma nel nome di chi? Nel nome di quale dio? Gesù Cristo, lo Spirito Santo, le chiese, i sacramenti sono invenzioni! Trucchetti di bassa lega per mantenere il potere. È il potere che muove i fili, monsieur, di certo non Gesù Cristo. E poi chi era questa persona? Chi era veramente? Nessuno lo sa. Era un impostore forse? Voi sapete quanti eretici sono andati sul rogo per aver asserito una verità del genere? E quella madre che si trascinava dietro poi. Quella... quella...», madame si portò il tovagliolo alla bocca. E lo tenne premuto per qualche secondo. Poi rise di nuovo, come per alleggerire la tensione. E guardò a lungo Prospero, mentre Orazio allungava una mano e affettuosamente le toccava il braccio.

«Madame non vi crucciate, vi prego. Anzi, se con i miei discorsi vi ho offesa o mancato di rispetto, vi prego di accettare le mie scuse più sentite».

«Non preoccupatevi, mon cher ami. A volte è la passione che

parla. E io non so trattenermi, devo andarle incontro come a una vecchia amica. Ma la verità è che non stimo molto la dottrina cristiana. Né la sua storia, che mi sembra frutto di uno sciacallaggio in piena regola».

«Sciacallaggio, dite?», Prospero non pensava che una conversazione a tavola, soprattutto intorno a "quella" tavola, potesse prendere questa direzione.

«Si sono inventati una nuova religione per far fuori gli dèi. Certo, bisogna ammettere che il pantheon pagano si era ormai riempito di figure decisamente imbarazzanti: egotici impazziti che si divertivano a torturare gli uomini. Così il genere umano si è semplicemente ribellato. Ha ridotto le teste, diciamo. Li ha tirati giù uno per uno, finché l'Olimpo, o chi per lui, non è rimasto vuoto, pronto per essere rimpiazzato con nuovi riti e nuove divinità. Quel dio che piace tanto a Leone XIII non è che un'invenzione, è il frutto di un furto perpetrato nei confronti di tanti di quegli dèi dell'antichità che vi stupirebbe conoscerne il numero preciso. I suoi predecessori sono stati molto bravi, sapete? Hanno preso una cosina qui e una cosina lì. E poi si sono inventati questa donnina ignorante a racchiudere tutto ciò che di femminile arrivava dal passato. Maria è appena l'ombra della Grande Madre e non si merita questo ruolo. Cielo! Incarnare in quella figuretta miserabile tutta la potenza creatrice che si sviluppa dalla prima delle divinità è la vera bestemmia. In generale, mio caro, io penso che la religione non sia altro che un'invenzione degli uomini per spiegare l'inspiegabile e per togliersi dall'*impasse* di doversi governare da sé».

«E lei, madame, pensa che non esista alcun dio?». Prospero non poteva credere a quello che aveva appena sentito.

«Penso soltanto che bisogna chiedere con cautela, perché si può essere accontentati. Il genere umano ha il dio che più si merita. Questo penso io, ormai». La voce della signora gli parve improvvisamente tristissima. Come se la stessa scelta di seguire il monoteismo fosse per lei una sorta di onta personale, un oltraggio con cui, lentamente e con riluttanza, era dovuta venire a patti.

«Ma monsieur, non voglio intristirvi con le mie convinzioni teologiche. Piuttosto non vi ho ancora domandato la ragione di questo viaggio a Roma. È qui per turismo o affari? Studio, forse? O c'è qualche altra occupazione che l'ha portata nella Città di dio?», altra risatina, altro colpo di tosse secca.

«No, madame, sono qui per partecipare a una grande festa. Sarete sicuramente al corrente che domani si inaugura il monumento a Giordano Bruno».

«*Iordanus!* Ah, sì si merita proprio di non essere dimenticato. Il caro Iordanus, mon cher... Voi in qualche modo gli assomigliate, non trovi Orazio?»

«Oui maman...», ma sa solo dire "oui maman"?, si chiese Prospero.

«Non sono un esperto di studi bruniani. Ho letto qualcuno dei libri che sono stati pubblicati ultimamente, ma temo di non aver capito granché della sua filosofia. In realtà considero Bruno un simbolo, madame».

«Un simbolo? Un simbolo di cosa?», madame cominciò a scrutarlo intensamente. Anche gli altri erano rimasti colpiti da quell'affermazione e si erano fermati. Tutti e tre lo fissarono come in attesa di una grande rivelazione.

«Madame, visti i discorsi che abbiamo fatto fino ad ora, converrete con me che Bruno è stata la vittima eccellente di una dottrina ignorante e ingiusta. Quell'uomo è stato un martire del libero pensiero e dell'integrità intellettuale. Ha affrontato la morte per amore della scienza, contro l'ottusità cattolica. È morto per aprirci gli occhi sui soprusi. E in qualche modo ha anticipato questo secolo, con le sue lotte, le sue vittorie, il suo coraggio».

«Interessante interpretazione, la vostra», madame gli apparve all'improvviso di nuovo distante. E in fondo Prospero se ne rammaricò perché aveva cominciato ad apprezzare i discorsi bislacchi della padrona di casa. Gli sarebbe piaciuto approfondire quelle riflessioni sulla religione che gli erano apparse nuove, ma il tono e gli occhi della signora non lasciavano spazio a ulteriori digressioni. Quella donna lo terrorizzava.

«Vi chiedo solo una gentilezza, mon cher: non considerate mai Iordanus una vittima, vi prego».

«Lo considerate un martire forse?»

«Martire mi sembra un termine un po' troppo moderno per descrivere esattamente ciò che ha spinto il Nolanus a morire sulla pira, monsieur...».

«Come lo definireste, dunque?»

«Indubbiamente un messaggero, monsieur... un messaggero».

A quel punto, inaspettatamente, Orazio si intromise nella discussione.

«Maman mi sembri molto affaticata, dovresti andare a dormire...».

«Oui, mon chou... Come sei premuroso», il sorriso che la signora rivolse al figlio aveva un che di teatrale, si disse Prospero. Lo lasciarono lì, da solo. Si alzarono tutti insieme come una legione di soldati ben disciplinati e si incamminarono ognuno verso la propria camera. Il ragazzo se ne restò seduto a riflettere sulla conversazione appena avuta con la signora, che lo aveva sconvolto e rasserenato al tempo stesso.

"Dunque non sono completamente pazzi...", si disse Prospero. "Madame forse è una studiosa, un'intellettuale un po' eccentrica...", lo pensò con un filo di affetto per quella donna grassa e stramba e in quel momento, il bistro, la tintura, il vestitone verde tappezzeria gli apparvero meno grotteschi, quasi gradevoli. Poi si alzò, perché la giornata aveva provato anche lui e voleva riposare bene in vista della festa del giorno successivo.

Si risvegliò un'altra volta all'improvviso, senza sapere né dove si trovava né che ore fossero. Il silenzio dalla strada, ancora una volta, gli suggerì che era notte fonda. Prospero la considerò come una benedizione. Qualche ora prima, infatti, si era addormentato sul filo della curiosità nei confronti dei sui ospiti. Chi erano quelle persone? Non erano né malandrini, né membri della nobiltà clericale, di questo era certo. Erano bizzarri, era certo anche di questo, ma ora gli facevano meno paura. Anche la sua stanza, con quelle incisioni grottesche, adesso non gli metteva quasi più ansia. Anzi, aveva cominciato a considerarla un rifugio in una città che non l'aveva accolto come si aspettava. Fu sull'onda di queste sensazioni che, senza quasi rendersi conto di quello che stava facendo, si ritrovò in piedi, armato del solito mozzicone di candela acceso e pronto per una nuova incursione al resto delle stanze della casa. Voleva vederci chiaro, si disse. Voleva svelare il mistero dei suoi ospiti, capire da dove nascevano quei discorsi bislacchi e quelle opinioni insolite. E sapeva che nulla di chiaro sarebbe potuto arrivare da loro. Doveva scoprirlo da sé. Si tolse velocemente il camicione da notte e si rimise i pantaloni e la camicia. Nel caso in cui fosse stato scoperto non voleva rischiare anche l'imbarazzo di farsi trovare praticamente in mutande. E poi, senza scarpe, e facendo attenzione a non far scricchiolare nulla, aprì la porta della stanza e si infilò nel corridoio in penombra. Il salotto lo attendeva immobile. In giro non c'era neanche traccia di Mimì. Prospero ritenne che "la pantera" probabilmente dormiva con la sua padrona e pensò che era meglio così. Non poteva permettersi il lusso di inciampare su un gatto nero come il buio e svegliare tutti. L'ispezione cominciò cauta. All'inizio Prospero si limitò a spostare la candela a destra e a sinistra, poi si fermò sui quadri. Anche in salotto le scialbe nature morte si mescolavano a immagini dal significato oscuro. Il primo quadro che lo colpì era composto da tre teste di animali, un leone con criniera e tutto, un lupo e un cane sormontati da altre tre teste, stavolta umane. Scavò nella sua memoria di studente per rintracciare l'autore. Gli venne in mente Tiziano, ma non era sicuro. Poi passò ad altro. Trovò una copia della *Primavera* di Botticelli, quella seppe riconoscerla quasi all'istante e altre immagini che non seppe datare con certezza, ma gli parvero tutte sottratte a qualche chiesa: vecchie pale d'altare, o tracce di affreschi staccati dal muro e poi incorniciate. In comune queste rappresentazioni avevano uno strano personaggio con un gran turbante in testa e l'aria di essere una specie di mago o un notabile mediorientale. In ognuna di loro, comunque, trovò particolari incongrui che però non gli sembrarono messi lì a caso.

«Saranno simboli?», prospero si domandò. «O allegorie?», e

pensò a Dante, alla *Divina Commedia* e quelle ore interminabili di studio scolastico e, per la prima volta nella sua vita, si rammaricò di non aver mai prestato sufficiente attenzione. In ogni caso quelle immagini lo turbavano e lo preoccupavano. L'inquietudine cominciò di nuovo a morderlo, impedendogli di pensare con lucidità. Le teste degli animali lo fissavano dalla copia del quadro di Tiziano e l'espressione dei volti umani gli parve di rimprovero per la sua ignoranza e vagamente minacciosa. La stanza si fece più angusta. E Prospero, senza neanche rendersene conto, si ritrovò in preda alla paura. Il silenzio che l'avvolgeva si fece opprimente. E la penombra in cui era immerso il salotto gli apparve il nascondiglio perfetto per un pericolo che stava per manifestarsi.

«Su quali basi ho smesso di preoccuparmi?», si domandò, asciugandosi il palmo sudato della mano su una coscia. Quell'ansia era cominciata all'improvviso, nel momento esatto in cui la sua mente si poneva domande sui soggetti dipinti nei quadri. Prospero desiderò soltanto nascondersi, togliersi di lì. Era come se gli occhi di Mimì, che tanto lo avevano colpito il primo giorno, lo fissassero da un punto non definito della casa. Come se un predatore lo attendesse dietro l'angolo. Rientrò in camera a passi svelti, con il cuore che gli batteva come un tamburo. Per un attimo pensò a quando, da piccolo, doveva raggiungere la sua camera da letto alla fine del lungo corridoio della casa del paese. Si ricordò quel terrore senza scampo e la corsa che gli facevano superare il buio e gli ultimi metri che lo separavano dal letto. Stava per mettersi a correre anche ora. Non lo fece soltanto perché nel frattempo aveva raggiunto la stanza, aveva aperto la porta e se l'era richiusa alle spalle. L'alba lo trovò con gli occhi sbarrati.

Capitolo 5
Campo de' Fiori
Roma, 9 giugno 1889

Prospero era quasi sicuro di non incontrare nessuno per strada. Erano le sette di mattina. Si era alzato dal letto dopo la nottata insonne, stanco, confuso e con la solita voglia di uscire prima di incontrare gli stravaganti proprietari e incappare in un'altra folle conversazione.

"Quelle me le lascio per la sera, altrimenti come potrei coltivare la mia insonnia?", pensò il ragazzo in un guizzo di ironia. Fuori dal portone, la prima cosa che lo colpì fu l'assenza del sole. Una nebbiolina leggera si poggiava dappertutto intorno a lui. Quel giorno prometteva pioggia, si disse. Cosa che avrebbe fatto gioire non poco il papa, felice di riconoscervi un intervento divino contro i "figli di Baal", come erano stati bollati gli studenti dei comitati promotori. Nonostante le previsioni di Prospero Roma già pullulava di manifestanti. Sulla piazza davanti alla mole rossastra della Rotonda, parecchi drappelli di persone con le bandiere ripiegate sulle spalle si muovevano a passo svelto. I vetturini erano impegnati in trattative con chi voleva raggiungere velocemente via Nazionale, Termini o piazza Esedra, da dove la folla si sarebbe mossa in corteo per arrivare a Campo de' Fiori. A quel punto, e il ragazzo lo prese come un segno propizio, il sole squarciò la nebbia. Prospero alzò gli occhi al cielo e si fece invadere dalla luce, già troppo calda.

«Ecco! Ora il papa può cominciare a piangere, Dio si è ritirato in buon ordine».

Anche Prospero stava andando verso Termini. Non vedeva l'ora di mischiarsi ai suoi simili. Aveva acquistato una copia de «La Tribuna», non perché ne condividesse le idee liberali, ma piuttosto perché era l'unico quotidiano che aveva trovato all'edicola. Lo avrebbe letto durante la giornata, nei momenti morti, visto che era solo e aveva intenzione di godersi quella festa da cane sciolto. Mentre affrettava il passo verso la stazione, risalendo verso piazza Venezia e infilandosi nei meandri della Suburra, ogni tanto gettava un'occhiata veloce alle pagine del giornale. Se un articolo catturava la sua attenzione si fermava, si accomodava su un muretto e lo leggeva, senza fretta. I redattori avevano dedicato a Giordano Bruno ben due colonne in prima, in più c'erano un editoriale sulle tante battaglie dei comitati promotori e un *excursus* molto piacevole sulla storia del Nolano. Nella seconda, invece, erano stati annotati tutti gli arrivi dei giorni precedenti. L'elenco era sterminato: quel giorno avrebbe festeggiato con rappresentanze che arrivavano dall'Italia e da tutto il mondo. Si rallegrò di trovarsi lì in quel momento. Si disse che stava assistendo a un avvenimento storico di portata internazionale e che era fortunato. Suo padre e la sua famiglia sarebbero stati fieri di lui. Via Nazionale, che fin dal suo arrivo si era ripromesso comunque di visitare, gli sembrò bellissima. Roma in quel punto poteva essere scambiata con Parigi. La via, con le sue forme moderne, il Palazzo delle Esposizioni, il Teatro Costanzi, l'Hotel Qurinale e il tempio protestante di San Paolo, era per Prospero una boccata d'aria fresca, tutto quello che stava cercando in questo viaggio. Il ragazzo, appena arrivato sulla piazza affollata di persone e bandiere, volle subito farsi un giro per orientarsi e guardare i volti dei partecipanti. Fra i mille drappi, palii e lo striscione che avrebbe dovuto aprire il corteo e che recitava semplicemente: "W Giordano Bruno", il giovane si lasciò affascinare da una bandiera nera ricamata a mano che recitava: "Dormienti destatevi – Dalle mie ceneri sorgerà il vendicatore". Era il vessillo del circolo Bruno e, da alcune chiacchiere che ascoltò passando vicino al gruppetto che lo portava, seppe che il drappo era stato inaugurato appena il giorno prima, durante una cerimonia che si era tenuta addirittura in Campidoglio.

«Ecco», si disse, «questa è la Roma che mi appartiene, coraggiosa, bellicosa, sfrontata». In quel momento di eccitazione, il ragazzo pensò che quello che gli era capitato fino a quel momento e gli incontri che l'avevano deluso avevano avuto senso se il risultato era questa giornata meravigliosa che gli riempiva il cuore di gioia. Fu come un gioco, all'inizio. Prospero cominciò a girare intorno ai vari gruppetti di persone in attesa di muoversi e ad ascoltare i loro discorsi non visto per capire che cosa li aveva portati lì. Si divertiva a intuire quali fossero i loro ideali e che cosa li avesse avvicinati veramente alla figura del monaco eretico. Passò vicino a gruppi di socialisti, società di mutuo soccorso, cooperative di operai o di agricoltori, repubblicani, liberali, ascoltò accenti diversi, si appassionò per qualche istante a quello che si stavano dicendo. Qualcuno parlava di Roma semplicemente, come se fosse venuto fin lì soltanto per turismo, altri raccontavano fatti salienti legati alla manifestazione. In particolare, lo colpì la storia di un ragazzino che era stato fermato alla stazione Termini il giorno prima: aveva fatto il viaggio dalle Marche nascosto sotto il recipiente del gas del treno, poi era riuscito a infilarsi in un vagone di terza, dove gli altri viaggiatori avevano fatto una colletta racimolando settantacinque centesimi e glieli avevano regalati. Il ragazzo era già stato rimpatriato quella mattina. Prospero non poté fare a meno di sentirsi fortunato per la sua età e per le sue condizioni economiche, prima di abbandonarsi alla più totale e assoluta solidarietà nei confronti di quel ragazzino avventuroso. Lui avrebbe fatto la stessa cosa. I massoni, riuniti nelle loro varie logge, erano tra i più affascinanti fra la folla. Ogni loro gesto gli suggeriva un mare di interpretazioni, il modo in cui si guardavano tra loro, il loro modo di salutarsi. Era come se la composizione chimica dell'aria cambiasse ogni volta che si stringevano la mano. Anche davanti agli anarchici si scoprì ammaliato: gli piaceva quell'aria misteriosa, tragica e romantica, che emanavano.

Un altro passatempo lo tenne impegnato fino alla partenza del corteo: scovare le guardie in borghese. L'aveva letto sul giornale, il questore Antonio Santagostino aveva previsto uno spiegamento di forze imponente. L'allerta per l'arrivo a Roma di tanti potenziali sovversivi aveva infatti suscitato parecchi timori fra i benpensanti. Secondo la polizia, un'occasione simile poteva portare senza dubbio a qualche disordine. Inoltre c'era da spostare il mercato che abitualmente si teneva al centro di Campo de' Fiori. Era sicuro, quindi, che oltre ai fanti, ai carabinieri e ai funzionari di polizia in divisa, ce ne sarebbero stati altri in incognito. Gli sembrò di scovarne qualcuno quasi subito, anche perché erano gli unici in mezzo alla folla che non avevano l'aria soddisfatta di chi vede un sogno realizzarsi. Quando il corteo partì, a Prospero parve che non si stesse alzando soltanto una folla, ma un secolo intero, e si considerò fortunato ad essere lì in quel momento e in quell'epoca. Il resto della sfilata fu una soddisfazione continua: i soldati davanti al Quirinale scattarono sull'attenti, la gente dai balconi lanciava coriandoli ed esponeva bandiere. La città li accoglieva. Arrivò a Campo de' Fiori da piazza della Cancelleria e la scena che vide lo emozionò fin quasi alle lacrime. Fu in quel preciso istante che si rese conto di aver preso parte a un corteo oceanico: davanti al monumento coperto da un telo, c'era già tantissima gente. Mentre quelli che avevano partecipato alla manifestazione defluivano lentamente e andavano a occupare i loro posti, spiegando le bandiere, la piazza si riempiva come un uovo e nei palchi, sistemati ai lati dello slargo, si andavano accalcando le personalità invitate e i portavoce dei comitati. Prospero si distrasse, guardando qualche sparuto gruppo di donne e si giurò che l'amore della sua vita avrebbe dovuto condividere con lui le sue idee, perché quelle signore gli sembrarono bellissime e libere, ammantate di un fascino guerresco che contrastava con i loro vitini strizzati nei busti di stecche di balena. La combinazione di forza e fragilità di quelle splendide passionarie gli fece sentire le budella che si stringevano e per un momento ebbe quasi voglia di piangere, poi si tranquillizzò, perché non era venuto fin qui per innamorarsi anche se gli capitò più di una volta durante la giornata, e continuò la sua osservazione.

Nel frattempo si era fatta già mattina inoltrata e, in attesa dell'inizio della cerimonia di svelamento, Prospero scoprì di poter mettere a frutto una dote che aveva imparato durante l'infanzia quando aveva fatto amicizia con una bambina sordomuta e che ora gli tornava utile. Riusciva a leggere le labbra. Pensava di averla dimenticata. Oggi però, aveva riscoperto quella capacità così rivolse alla sua amica un pensiero affettuoso. Grazie a lei, i discorsi degli altri, adesso, gli arrivavano nitidi e senza sforzo.

«E dopo, tutti in Vaticano!», stava esclamando un ragazzo della sua età non molto lontano da lui. Doveva essere un universitario, visto che indossava il tipico cappello a punta, come gli altri amici che, a quella battuta, scoppiarono in una risata contagiosa.

«Clemente VIII si starà rivoltando nella tomba a questo punto!», disse un altro.

«Oggi si è fatta giustizia, finalmente!», disse un altro ancora. Gli piaceva questa sua dote nascosta. Tra l'altro, lo aiutava a distrarsi dal caldo bestiale che nel frattempo, mentre la mattinata si avviava al mezzogiorno, era diventato decisamente inclemente, specie con chi, come lui, si era vestito di tutto punto per la giornata. Quando la banda attaccò il *Canto degli italiani* di Mameli al posto della *Marcia reale* sabauda, gli occhi di Prospero si riempirono di lacrime, che il ragazzo scacciò cercando di carpire le effusioni amorose che una coppia si scambiava a pochi metri da lui. Infine il velo che copriva la statua fu tirato giù e la piazza esplose in un boato di applausi e musica. L'opera di Ettore Ferrari superava le sue più ottimistiche aspettative: il monaco aveva il capo coperto da un mantello e non era stato ritratto nel momento del supplizio. Al contrario, era stata scelta una posa grave: Bruno era in piedi, il volto impassibile nello sforzo di pensare – almeno, così interpretò la sua espressione, il ragazzo – all'idea di libertà. Ma cambiò idea poco dopo. Quella poteva essere la posa che il monaco aveva assunto alla lettura della sentenza. Aveva saputo che in quel momento le sue parole erano state degne di un eroe: «Avete più timore voi nel pronunciarla che io nell'ascoltarla».

«Che tempra!», si disse Prospero, «che coraggio». Sul basamento di pietra, inoltre, erano stati aggiunti dei tondi di bronzo con i ritratti di altri pensatori perseguitati dalla chiesa, ma riconobbe solo Tommaso Campanella e quando ascoltò i nomi degli altri: Wicliff, Huss, Fra Paolo Sarpi, Aonio Paleario, Vanini, Serveto e Ramus, nessun segnale, né ricordo scolastico lo aiutarono a identificarli. Ma non se ne crucciò più di tanto. Subito dopo si impegnò a decifrare i decori del basamento, concentrandosi nello sforzo di provare a riconoscere almeno le scene immortalate nei bassorilievi sotto i tondi dei filosofi. Li aveva praticamente decifrati tutti scoprendo che erano dedicati a scene salienti della vita di Bruno, dalle lezioni nelle più importanti università europee fino alla lettura della condanna a morte e al rogo, quando una presenza dietro di lui lo fece tremare.

Si girò e non vide nulla di particolare. Solo un ometto smunto e vestito di nero che probabilmente faceva parte del gruppo dei massoni. Anche lui era solo. Anche lui impegnato in una sua qualche attività contemplativa: sembrava rapito dal volto della statua e la guardava in silenzio, con gli occhi lucidi. Quando l'uomo cominciò a muovere le labbra per dire qualcosa per Prospero fu un gioco da ragazzi ascoltare le sue parole. Gli bastò aguzzare un poco la vista e nel farlo si allontanò, assicurandosi, così di non essere giudicato una spia dalla folla che si frapponeva fra lui e il personaggio vestito di scuro. Il tizio aprì la bocca lentamente, non stava parlando con nessuno. Per un momento al ragazzo sembrò che stesse recitando una preghiera, ma poi si disse che non poteva essere. A quel punto, la curiosità fu incontenibile, Prospero riuscì quasi a cancellare qualsiasi altro rumore esterno, il frastuono che lo circondava non lo riguardava più, solo quell'uomo vestito di scuro e le sue labbra che si muovevano lente contavano.

Poco dopo, tutto si fece chiaro e il giovane distinse queste parole: «*...venus, vocatur domina, alma, formosa, siderea, candida, pulchra, placida, multipotens, foecunda, domina amoris et pulchritudinis, saeculorum progenies, hominumque parens initialis, quae primis rerum exordiis sexuum diversitatem geminato amore sociavit, et aeterna sobole hominum, animaliumque genera, quotidie propagat, regina omnium gaudiorum, domina laetitiae...*».

Non era mai stato particolarmente bravo in latino, ma il senso di quella che decise essere una specie di invocazione gli parve chiaro. Si parlava di Venere.

"Perché, quell'uomo la rivolgeva a Bruno con tanto trasporto?", si domandò senza riuscire a darsi una risposta sensata. In quel momento fu come se la giornata fosse stata cancellata con un colpo di spugna. Prospero si ritrovò per l'ennesima volta da quando aveva varcato Porta San Giovanni con una strana sensazione di oppressione proprio al centro del cuore. L'angoscia di non capire quello che lo circondava lo soggiogò. Gli stava capitando troppo spesso da quando era arrivato a Roma. Si sentì tutto a un tratto fuori posto e desiderò allontanarsi. La testa cominciò a girargli avvisandolo che il caldo stava avendo la meglio su di lui. Scappò un istante prima di sentirsi male, scansando con poca grazia chi si frapponeva fra lui e piazza della Cancelleria. Quando fu nei pressi di piazza Navona, il ragazzo si fermò un momento per asciugarsi il sudore che gli bagnava fronte e collo e per riprendere fiato.

"Devo essere diventato pazzo...", pensò Prospero. Poi, nel caldo esplosivo della controra romana si avviò mesto verso il Pantheon, disgustato dalle sue stesse reazioni.

Capitolo 6
Asclepius
Roma, 1889

Era rimasto immobile per ore. Il caldo lo opprimeva ma lui era rimasto fermo e si era detto che lo faceva per cogliere anche la più flebile brezza che la finestra spalancata riuscisse a catturare. Ma niente. L'aria era densa, irrespirabile. In realtà non era il caldo che l'immobilizzava, né la corsa che aveva affrontato per tornare a casa da Campo de' Fiori, né l'emozione di aver partecipato alla manifestazione: il suo cuore aveva smesso di tamburellargli in petto già da un bel po'. No, era la mente a inchiodarlo sul letto rovente. Si odiava per essere fuggito davanti a una sensazione così effimera. Era stata paura la sua? Disagio? Non si era mai considerato un timido. Né disprezzava il mondo, ma si era costruito un rifugio comodo per i momenti di imbarazzo: era sempre stato il figlio scontroso del notaio del paese. Stavolta però era diverso. Prospero aveva risposto a un impulso animalesco molto preciso, lo stesso che aveva seguito la notte precedente, quando si era andato a riparare nel suo letto come un bambino piccolo: si era protetto, difeso. Ma si vergognò di se stesso per averlo provato. Tentò di ripercorrere i fatti della giornata per capire che cosa esattamente l'avesse turbato: si ricordò dei suoi giochi solitari, della banda, degli amanti che si giuravano amore eterno davanti alla statua dell'eretico e poi gli venne in mente quel tizio. Quello che recitava in latino guardando fisso il monumento. Il ragazzo cercò di concentrarsi per capire meglio: quale stranezza lo aveva messo in questo stato di irrequietezza? Non l'aspetto dell'uomo, sicuramente, perché non aveva nulla di speciale e infatti, a distanza di poche ore, già l'aveva dimenticato e non sarebbe mai riuscito a riconoscerlo se l'avesse incontrato per strada. No, quello che lo aveva fatto fuggire dall'unica cosa a cui veramente teneva di questo viaggio romano erano state le parole antiche che aveva intercettato sulle labbra del tizio. Di nuovo si ritrovò a formulare la stessa domanda: che cosa c'entra Venere con Giordano Bruno? Un filo d'aria si insinuò nella camera del ragazzo. E fu come se la corrente disperdesse il fumo che velava la sua ragione. Prospero si convinse che non importava, che lo sciocco era lui. Ora che si trovava lontano da quella situazione, tutto gli apparve chiaro: forse era stato un colpo di calore che lo aveva colto nell'esatto momento in cui un pazzo qualsiasi si rivolgeva a Giordano Bruno per chissà quale folle motivo. Era schizzato a casa perché stava per sentirsi male e il fatto che avesse passato le ultime ore nella più totale immobilità ne era una prova. Si era fatto infinocchiare dall'afa romana e dall'emozione. Non c'erano altre spiegazioni. L'aria s'infilò nella stanza con un po' più di convinzione. E il ragazzo indugiò ancora un istante sul letto per godersi il sollievo del ponentino che gli portava l'odore del fiume e della polvere di Roma, del sole e del caldo. Scosse la testa e si disse: «Sei un pazzo Prospero, sei un pazzo! Scappare così dall'inaugurazione, senza considerare che una buona bevuta e qualche minuto all'ombra ti avrebbero fatto passare tutto. Ora hai perso il meglio della festa e magari anche la possibilità di fare amicizia con quel gruppetto di donne bellissime. Peggio per te. Non ti meriti la vita, ti meriti l'umido dei fossi e le pagine consumate dei tuoi libretti di poesie. Per vivere ci vuole coraggio e tu ce l'hai solo a parole». Si alzò dal letto con un peso sul cuore. Sapeva di essere sempre troppo duro con se stesso, ma proprio non tollerava le debolezze e non voleva accettare la sua natura sensibile che lo faceva soffrire per ogni sciocchezza. Lo pensò mentre si asciugava la faccia dopo essersi rinfrescato. Il ponentino non gli aveva soltanto rischiarato le idee. Lo aveva avvisato che l'ora di cena stava per avvicinarsi. Fu sul filo di emozioni contrastanti che si rivestì e si preparò psicologicamente per andare in sala da pranzo: da una parte sarebbe volentieri rimasto a letto a commiserarsi e dall'altra non vedeva l'ora di conoscere con quali argomenti astrusi madame Sophie avesse intenzione di turbarlo quella sera. Quando entrò nella camera, gli altri erano già tutti seduti e avevano l'aria di averlo aspettato a lungo.

«Chiedo scusa per il ritardo, se avessi saputo che eravate qui ad attendermi...», Prospero esordì con quella frase monca che gli uscì poco convinta. Non ci credeva neanche lui che gli dispiaceva. Per educazione attese in piedi che gli venisse accordato il permesso di sedersi e che fossero accolte le sue scuse e questo gli diede il tempo di guardare i suoi ospiti. Erano vestiti e seduti esattamente come il giorno precedente. La scena di quella cena era identica a quella della sera precedente, come se il tempo si fosse congelato, il che lo mise in una strano, inspiegabile stato di agitazione, un misto di curiosità e timore.

"Se è veramente così, oggi mi interrogheranno di nuovo sulle ragioni della mia visita a Roma. Se lo faranno andrò in camera, raccatterò le mie cose e me ne andrò seduta stante da questo manicomio", si disse.

«Non c'è nessun problema, monsieur, stasera eravamo tutti affamati e ci siamo seduti a tavola con molto anticipo, venite, accomodatevi. Raccontateci la vostra giornata. Pendiamo dalle vostre labbra...».

«Madame, è stato grandioso. Roma è letteralmente invasa dai seguaci del libero pensiero. Oggi in piazza, qualcuno ha detto che sono venute oltre trentamila persone da tutte le parti d'Italia! E del Mondo!». Madame sorrise e annuì, come se quella notizia, fosse la cosa più normale sulla faccia della terra.

Prospero dovette trattenersi. «Ecco, ci siamo, che l'esercizio spirituale per avere pazienza cominci!».

«Vi sembra forse che ci sia qualcosa di scontato in quello che dico?», domandò il giovane. «È un evento epocale. Il riconoscimento internazionale del valore incontestabile di Giordano Bruno nel mondo della cultura e della politica!».

«Certo che lo è, mon cher. Ma non avevo dubbi, sono molto

fiduciosa della capacità di Iordanus di parlare al cuore delle persone».

«Più che al cuore all'intelletto, madame».

«Ah, dimenticavo che voi figli dell'Illuminismo di Voltaire e Diderot considerate l'intelletto superiore al cuore...».

«Madame, Voltaire e Diderot mi sembrano un po' datati come riferimenti culturali. Non so voi a quali pensatori del passato guardate, ma sì, non mi vergogno ad affermare con orgoglio di far parte di quelle generazioni partorite dall'Illuminismo che però, badate bene, non è soltanto di Voltaire e Diderot, ma anche della Rivoluzione francese e della ghigliottina!».

«Oh, et voilà! Monsieur siete molto appassionato! È una dote che considero fondamentale. Quanto ai miei gusti filosofici, diciamo pure che culturalmente parlando, vengo da un passato un po' più remoto del secolo precedente. Preferisco il Rinascimento, per esempio. L'epoca di Iordanus. La trovo più fertile», la risatina arrivò un istante dopo aver pronunciato l'ultima parola. Ma stavolta non seguì il colpo di tosse secca che ormai Prospero aveva imparato ad attendersi: madame non smise mai di fissarlo, neanche quando si portò il tovagliolo alla bocca per pulire dai lati delle labbra, inesistenti tracce di minestra che nel frattempo era stata portata in tavola e servita. Ed era immangiabile, come sempre.

«E nel Rinascimento si considerava il cuore superiore all'intelletto? Ma non è il secolo in cui si riscopre il valore centrale dell'uomo come essere dotato di ragione?», domandò Prospero per cortesia e per distrarsi un po' dal gusto palustre della zuppa che stava mangiando. E poi, provocare la signora Sophie, aveva iniziato a piacergli. Era curioso, voleva capire dove sarebbe andata a parare stavolta.

«Nel Rinascimento, o almeno durante buona parte di esso, si pensava che il cuore e l'intelletto fossero la stessa cosa. Ma attraverso il cuore, cioè la sede dell'amore, si poteva arrivare a comprendere il mondo naturale in una forma più completa. Era la conoscenza e la pulsione verso l'esplorazione che riportava l'Uomo al centro del discorso. Fu quando si cominciò a ragionare sulla possibilità che

– essendo il genere umano il riflesso delle idee superiori – l'Uomo potesse avere una natura divina che si sentì il bisogno di limitare il pensiero. E non potendo limitare un filo di fumo, ecco dunque che fu necessario limitare i pensatori», madame parlava con gli occhi socchiusi, come ispirata da una qualche forza occulta. Orazio e il Nero, intanto, avevano smesso di mangiare e la osservavano rapiti.

«Quando Iordanus andò sul rogo», madame proseguì senza curarsi se qualcuno la stesse ascoltando, «insieme a lui bruciò la vera filosofia rinascimentale, la chiave di volta dei secoli successivi. La salvezza, direi quasi», aprì gli occhi e sbatté le palpebre come se si fosse appena svegliata e si stupisse di avere tutta quella gente intorno. Poi ritornò al solito sguardo con cui guardava Prospero fin dal suo arrivo: un misto di derisione e benevolenza.

«Certamente, con Bruno è andata in fumo...», e sull'espressione "in fumo" Prospero si concesse una pausa ironica, «...la possibilità di avere molti anni prima una scienza degna di questo nome, cioè scevra dalle scempiaggini religiose e dalle scaramanzie. Con Bruno vivo, forse Galileo non avrebbe mai abiurato l'eliocentrismo come teoria eretica».

«L'eliocentrismo di Bruno non potrà mai essere paragonato a quello di Galileo, mettetevelo bene in testa, monsieur», madame era di nuovo aggressiva. Quasi seccata da quella sua osservazione, gli aveva appena fatto intendere senza ambiguità che la sua ignoranza in fatto di questioni filosofiche la stava irritando.

«Desolato madame, non ero molto ferrato in filosofia a scuola. Scusatemi se vi ho offesa con la mia insipienza».

«La verità, mon cher monsieur, è che la realtà, anche quella che insegnano a scuola, è molto più complessa di come sembra...», e qui madame fece una pausa e lo fissò in silenzio per una frazione di secondo, poi riprese. «...ma non è ignoranza, quanto paura di una totale, disarmata comprensione delle cose più profonde. Non so se riuscite a capirmi. Forse lo farete, un giorno di questi... Ma non stasera... Ne sono sicura, non stasera...».

«Vi ho porto le mie scuse più sincere, ma non capisco perché ora mi dobbiate dare anche dell'ottuso, o, peggio, del pavido». Prospero stava per perdere la pazienza.

«Nessuno vi dà dell'ottuso, o del pavido. Piuttosto dell'asino, questo sì. L'asino è un'immagine che si addice di più al vostro stato in questo momento».

«Madame non vi consento di parlarmi in questo modo!...», il ragazzo, alla fine, sbottò.

«Oh, non vi preoccupate, me lo consentirete presto, molto presto...», lo interruppe madame.

«Ma cosa state dicendo! Signora! Voi mi state offendendo!».

«Non era mia intenzione e vi prego di scusare me stavolta. Sono una donna anziana e vivo di letture e pensieri. Ormai non mi resta che questo e il benessere di mio figlio e dei miei amici. In vecchiaia e in solitudine è facile dimenticare un po' della buona educazione, ma vogliate perdonarmi, monsieur. Consideratemi una studiosa appassionata che spesso si lascia andare con le parole. E condividete con me una parte della colpa: se affermo cose così radicali è perché i nostri dialoghi sono molto interessanti», la signora Sophie si era lanciata in questa richiesta di scuse in modo così tenero che Prospero non poté far altro se non rimanere in silenzio. Avrebbe voluto dirle che l'avrebbe perdonata, ma madame non gli diede il tempo e proseguì.

«Vedete, monsieur, nel Rinascimento era forte l'idea che la Storia e gli eventi seguissero un disegno circolare di ascesa e declino. Tutto il sapere e la vita erano concepiti secondo queste due leggi fisse e ineluttabili. È oggi che percepiamo lo svolgersi dei fatti come un percorso rettilineo, un progresso continuo. E lo facciamo forse perché riteniamo di non avere nulla da temere, perché abitiamo un'età dell'oro perpetua. Bene, monsieur, le posso assicurare che è un'assoluta novità, quasi un caso unico. E ho il fondato sospetto che pensare al tempo che scorre come a una linea retta sia un gravissimo errore di valutazione. In passato, invece, all'epoca del Nolanus, per esempio, si era certi di vivere nell'età oscura e che l'età dell'oro fosse appena dietro l'angolo, bastava solo un piccolo sforzo. Il problema era che l'Uomo era un prigioniero dei suoi vizi. Tali vizi gli impedivano di scoprire la sua natura divina e conversare addirittura con gli dèi».

«Gli dèi? Ma nel Rinascimento i pagani non esistevano più», il ragazzo obiettò con un filo di voce, mentre la minestra veniva portata via e arrivava, per la seconda sera successiva, l'arrosto di caucciù con contorno di purè granuloso.

Madame scoppiò in una fragorosa risata. Prospero rimase muto, rosso fino alla punta delle orecchie, quei tre lo stavano facendo sentire un ingenuo: «Vedete, nei secoli, è capitato spesso che gli uomini facessero affidamento sul paganesimo per essere confortati. Ed è sempre stato in un momento di crisi, o di declino, per farvi capire meglio che cosa intendo. Vi assicuro che Giuliano l'Apostata non fu l'ultimo a pensare che la restaurazione degli dèi fosse una buona mossa per salvarsi il deretano. E succederà ancora, vi assicuro anche questo. Almeno finché ci saranno crisi e momenti bui per il genere umano. Gli dèi arrivano sempre come *extrema ratio*. E provano a salvare il mondo dall'Apocalisse. E quando vanno via, se falliscono, l'Apocalisse arriva. Puntualissima».

«Ed è arrivata anche nel Rinascimento?», domandò Prospero sopraffatto.

«Se la Guerra dei Trent'anni non vi sembra un'apocalisse del mondo europeo...», fu con uno sforzo enorme che il giovane cercò nei meandri della sua testa la lezione di Storia in cui il professore spiegava a una classe svogliata le dinamiche di quel periodo. Ricordò soltanto un elenco di nomi di notabili, date di battaglie, re che si succedevano sui troni e trattati di pace incomprensibili. Ma in un angolo remoto del cervello comparve anche un commento del suo insegnante: «Le brutalità della Guerra dei Trent'anni furono all'origine della radicale rivoluzione dell'arte bellica in tutta Europa. Forse proprio per esorcizzare il rischio che massacri del genere si potessero ripetere...».

«Vi farò un esempio. Lasciamo perdere la guerra, parlare di conflitti mi intristisce troppo. Trasferiamoci in salotto, vi farò leggere due libri scritti in epoche diverse che dicono esattamente la stessa cosa», concluse madame mentre si alzava, seguita dagli altri due.

Alla biblioteca si accedeva dalla porta che aveva notato nel salotto il primo giorno e che non aveva avuto il coraggio di aprire durante la sua ultima ispezione notturna la sera prima. Era una stanza grande e completamente rivestita con un'elegantissima libreria a parete di legno antico riccamente intagliata. Di tutta la casa quella era l'unica camera che non gli sembrava una vittima sofferente della decadenza, anzi era pulita, i mobili erano in uno stato abbastanza buono, antichi ma non vecchi. Un tavolone, ora sgombro di ogni oggetto, sembrava perfetto per appoggiare i grandi volumi che affollavano gli scaffali e, ai quattro lati del tavolo, altrettanti seggioloni di legno massiccio, rivestiti di pelle scura, erano un invito a riunirsi con pochi amici fidati per condividere i frutti dei propri studi. Lì vicino, invece, davanti al caminetto di pietra, un divano sempre di pelle scura e due poltrone gli parvero il paradiso dei lettori di poesie d'amore. A Prospero non sfuggì anche il tocco maschile dei decori: qui erano completamente assenti i paesaggi di pessima qualità e i dipinti di fiori e nature morte che tanto imperversavano nel resto della casa. Rimanevano, però, sempre le piante dalle lunghe foglie lanceolate che decoravano ogni angolo vuoto. Sul divano davanti al caminetto, infine, il ragazzo notò Mimì addormentata e acciambellata, in una posa che i gatti raramente assumono d'estate. Prospero si chiese se per caso l'animale non si fosse resa conto della temperatura esterna, ma un istante dopo si accorse che neanche lui aveva caldo. In quella parte della casa il clima era una specie di perenne, fresca primavera. La biblioteca profumava di carta consumata, amata e letta. Di copertine di pelle pregiata, rilegate a mano, di volumi cercati intensamente e scovati. Nei pochissimi spazi liberi sulle pareti e soprattutto sopra la cappa del camino c'erano solo incisioni incorniciate in cui la prevalenza di bianco e nero si rifletteva sull'ambiente circostante rendendolo un luogo grave, ma non cupo.

«Venite, accomodatevi sul divano vicino alla nostra Mimì. Mimì fai posto al nostro monsieur...», la gatta aprì gli occhi, si alzò, si stiracchiò su tutte e quattro le zampe inarcando la schiena e, senza troppo affrettare i suoi movimenti, si spostò di qualche centimetro appena, rimettendosi immediatamente dopo a dormire nell'identica posizione in cui l'avevano trovata.

«Ecco, leggete queste frasi, poi vi rivelerò il titolo dell'opera», madame porse a Prospero un volumetto rilegato in pelle, con le pagine scurissime.

Madame gli indicò il punto da leggere battendo leggermente il dito indice sul paragrafo.

«Leggete a voce alta, monsieur, fa sempre bene ascoltare certe parole, anche quando lasciano un po' d'amarezza...».

Prospero si schiarì la voce e cominciò, calcando un po' sull'enfasi, ma solo per vincere l'imbarazzo: «O Egitto, Egitto, delle religioni tue solamente rimarranno le favole...», il ragazzo si fermò un istante e madame gli fece cenno di proseguire.

«Le tenebre si preponeranno alla luce, la morte sarà giudicata più utile che la vita, nessuno alzerà gli occhi al cielo, il religioso sarà stimato insano, l'empio sarà giudicato prudente, il furioso forte, il pessimo buono. E credetemi che ancora sarà definitiva pena capitale a colui che s'applicarà alla religion della mente».

«Profetico!», esclamò madame con gli occhi lucidi.

«Ora leggete qui, sì proprio qui...», e gli passò un altro libro stavolta più grande, ma altrettanto consunto.

«O Egitto, Egitto, resteranno della tua religione soltanto favole, e i tuoi figli, col passare del tempo, non vi crederanno più; niente sopravviverà a recar memoria delle tue opere di pietà, salvo le parole incise sulle pietre...».

Continuate qui, per favore. Madame gli indicò un altro paragrafo: «Allora la terra perderà il suo equilibrio, il mare non sarà più navigabile, il cielo non sarà più pieno di stelle, le stelle fermeranno il loro corso nel cielo. Ogni voce divina sarà fatta tacere e tacerà. I frutti della terra si ridurranno in polvere, il suolo non sarà più fertile, l'aria stessa diventerà gravida di un lugubre torpore».

Prospero chiuse il libro e guardò madame che teneva ancora gli occhi chiusi.

«Riuscite a concepire, monsieur, l'entità di una disgrazia del genere...».

«Di chi sono questi libri, madame?», il ragazzo voleva sapere a questo punto.

«Non lo riconoscete, mon cher? Il primo che avete letto è stato scritto nel 1580 e si intitola lo *Spaccio della bestia trionfante*. L'autore è il nostro caro Iordanus che cita *Il lamento*, contenuto nell'*Asclepius*!».

«Lamento? Asclepius?»

«Esattamente. Che poi sarebbe il secondo brano che avete letto. *Il lamento* si trova sul trattato che porta il titolo di *Asclepius* e fa parte di una raccolta molto importante, il *Corpus Hermeticum*, scritto invece molti, molti secoli prima, addirittura da un dio in persona... Mercurio, o Ermes, o Ermete "Tre volte grande", o Trismegisto, se avete una formazione classica; oppure Thot, il dio egizio Thot, se vogliamo mantenere una certa concordanza geografica con i luoghi in cui è ambientato questo passo così triste».

«Madame mi prendete in giro...».

«Per niente affatto, monsieur! O almeno questo è il modo con cui è stato diffuso nell'Italia del Rinascimento. Quando cominciò a girare fra i colti e i regnanti, dopo la traduzione in latino, tutti vollero credere sia alla datazione che all'autore... Il Nolanus era uno degli intellettuali che trovò nel *Corpus* la risposta a molte domande. Gli dèi dovevano aver abbandonato il suo mondo da un po' se riusciva a leggere soltanto i segni della marcescenza intorno a sé... Ma non bisogna mai perdere la speranza... al Nolanus era chiaro anche questo. La salvezza è vicina e se l'uomo si riscopre pari agli dèi e parla con loro nella lingua giusta, solo in questo modo si riuscirà a traghettare il genere umano attraverso il declino e verso una nuova ascesa. *Per aspera ad astra!* N'est pas?»

«Certo, però che delusione, visto anche come è andata a finire poi...».

«Sì... ogni volta che ci penso mi si ferma il cuore per un po'...», rispose madame sinceramente addolorata.

«In ogni caso, voilà l'esempio letterario! Questi libri sono stati scritti in momenti diversi della Storia. Ovviamente il *Corpus* è molto posteriore all'Egitto dei faraoni. È stato scoperto, infatti, e non molto dopo il rogo di Iordanus, che la raccolta in realtà è stata scritta in epoca post-cristiana. A quanto pare il monoteismo non fu accolto da tutti con entusiasmo. Ad alcuni, questa nuova religione che metteva nelle mani di uno solo la sorte di tutti sembrò forse la fine dell'universo conosciuto. Fu come l'inizio di una tirannide, chissà...». Madame rise, stavolta di cuore, poi proseguì.

«Quanto allo *Spaccio*, bene, ne abbiamo già parlato. Iordanus pensava di vivere in fondo al pozzo, nel baratro di un'epoca che non può che terminare con la morte dell'umanità e del mondo... e la soluzione, anche per lui, è negli antichi culti egizi, negli dèi. In caso contrario: l'Apocalisse. Perciò monsieur, quando il Nolanus fu condannato a morte, probabilmente pensò che lui sarebbe stato solo il primo a partire e che il resto degli uomini lo avrebbe raggiunto presto. Ed è terribile».

«Perché lo considerate terribile, madame?»

«Ne parleremo in un altro momento, monsieur, ora sono stanca. Vado a dormire».

Prospero non riusciva a credere alle sue orecchie. "Ma non puoi lasciarmi così, vecchiaccia maledetta...". Voleva richiamarla, ma non gli venne in mente nulla di importante per dare il via a un'altra conversazione. Riuscì soltanto a dire: «La sua biblioteca è bellissima, madame».

«Oh, ma non è la mia, monsieur», rispose madame come se fosse evidente a tutti.

Prospero intuì il resto della risposta e si considerò uno sciocco a non averlo capito prima. "Certo! Il Nero cura la biblioteca. Silenzioso com'è non potrebbe fare altro e certamente avrà viaggiato in lungo e in largo per il mondo per trovare questi volumi!", pensò.

«La biblioteca è di Orazio», concluse madame.

Prospero reagì come se la signora gli avesse appena annunciato che gli asini volavano. Con la bocca spalancata voltò la testa verso il figlio di Sophie che fino a quel momento aveva giudicato come un mezzo ritardato. Orazio gli restituì l'occhiata e gli sorrise storcendo leggermente le labbra. Aveva uno sguardo trionfante e l'aria per niente bonaria.

Capitolo 7
Sogni
Roma, 1889

«Mamma vieni, ho la febbre, sudo... Mamma vieni qui, per favore».

«Mamma c'è un signore vestito di nero che mi parla, ma non sento cosa mi dice. Mamma ho la febbre alta e mi brucia la testa. Mamma vienimi a togliere le scarpe. Perché ho le scarpe?»

«Amore mio, la mamma è qui».

«Mamma sto malissimo, sento la testa che mi scoppia e qui tutti vogliono farmi credere storie strane. Mamma toglimi le scarpe, ti prego».

«Amore mio, andrà tutto bene, cerca di riposare».

«Mamma ho paura. E Roma non mi piace. Mamma sto malissimo...».

«Amore mio...».

«Mamma rispondimi, perché ho le scarpe e perché Roma non mi piace?»

«...».

«Mamma rispondimi!».

«Mon chou se porti le scarpe è perché devi uscire... e allora alzati!». Prospero aprì gli occhi all'improvviso e la vide. La vide per un istante e poi tutto tornò confuso. L'unica cosa chiara fu che la camera era piena di persone. C'era un tizio vestito di nero che si avvicinava al letto. Gli sussurrava strane parole con una voce sibilante. E poi si allontanava ridendo.

«Mammaaa!». Il tizio gli girava le spalle e faceva per andarsene, poi all'improvviso si voltava e aveva una testa di corvo sotto il cappello a cilindro. Prospero non riusciva a muoversi. Era come se il letto lo risucchiasse in uno stagno di sudore e lenzuola spiegazzate.

«Mammaaa!».

Il tizio continuava a camminare verso la parete opposta al letto, poi all'improvviso apriva le braccia, le stendeva verso l'esterno e le braccia si trasformavano in ali, ma non di corvo. Il tizio adesso era un falco dal piumaggio marrone intenso. Ora si era girato e lo fissava ridendo. Prospero pensò che il falco lo guardava come avrebbe guardato un coniglietto smarrito fra le rocce di una montagna. E allora ebbe paura. Fu in quel momento che entrò il cane. E il cane abbaiò. E il falco volò via. Poi saltò sul letto e gli si accovacciò fra le gambe aperte. E cominciò a leccarlo. Gli leccò le cosce e poi la pancia. Prospero chiuse gli occhi e quando li riaprì il rumore non era più quello di una lingua canina che lappa la pelle del padrone. Il cane stava masticando. Stava masticando le sue budella. C'era sangue dappertutto.

«Mamma! Il cane mi mangia!».

«Amore, mamma è qui, mon chou».

«Non sei mia mamma, va' via!».

«La mamma è qui, mon chou».

«Va' via, sei la vecchia!».

«Se sapessi chi sono veramente non ti rivolgeresti a me con questo tono, sta' attento a quello che dici, ragazzino».

«Chi sei veramente, allora? Mamma!».

«...».

«Mammaaa!». Un altro uomo nel frattempo si era avvicinato al suo letto. Era un faraone, o almeno questo pensò Prospero. L'uomo era giovane, aveva gli occhi bistrati di nero e la pelle color cioccolata, lucida, soprattutto sul cranio rasato. Lo guardava e sorrideva.

«Chi sei? Cosa vuoi? Ho le scarpe e sono a letto».

«Lei ci ha lasciati. Se n'è andata. E non è mai più tornata. È così che si è formato il deserto. Ed è rosso perché il nostro sangue era rosso. Sono venuti i soldati e ci hanno massacrati tutti. Chi è sopravvissuto è stato ridotto in schiavitù, o torturato. Le donne sono diventate puttane».

«Lei chi è?»

«Ci ha protetto dalla notte dei tempi, ci ha amati. Ma è andata via lo stesso. E noi siamo tutti morti. Le nostre ossa le hanno mangiate gli animali. Le nostre carogne si sono decomposte sotto il sole, perché non c'era nessuno che si occupasse dei riti funebri».

«Succede questo quando vanno via gli dèi?». L'uomo adesso era diventato uno degli studenti che aveva osservato la mattina dell'inaugurazione. Aveva lo stesso cappello a punta.

«Ci vedremo in Vaticano!», e gli fece l'occhiolino.

«Chi sei tu?»

«Dalle ceneri sorgerà il vendicatore».

«Ma questo è il suo secolo. È il secolo in cui avrebbe voluto vivere!».

«Sei così sicuro, mon chou?», la voce di Sophie gli aveva risposto da un angolo buio della stanza.

«Va' via, mi fai paura, va' via, perché mi hai messo le scarpe?»

«Non te le ho messe io, ce le hai sempre avute. Ti servono per camminare. E allora alzati, se vuoi camminare, alzati dal letto!».

«Va' via, lasciami dormire, ho la febbre».

«Non c'è più tempo, monsieur, non ne posso più». Un rumore improvviso spostò la sua attenzione. Un battito d'ali, assordante. Il falco era tornato. In bocca aveva un cuore umano gocciolante sangue. Si era poggiato sul davanzale, con una zampa teneva il cuore fermo per terra e con il becco ne lacerava delle parti. Dalla strada, di sotto, un lunghissimo raglio d'asino, come un prolungato lamento di dolore, gli ferì le orecchie.

«Io non sono un asino, io sono mazziniano!».

«Non c'è più tempo».

«Leggetemi un libro, madame, continuate a parlarmi!».

«Non c'è più tempo, monsieur, ti devi alzare. Usa le scarpe».

Madame ora era una delle donne bellissime che aveva visto a Campo de' Fiori. Gli occhi le ridevano mentre gli parlava. Si stava togliendo il cappellino con un gesto grazioso.

«Siete bella, signora».
«Ti piaccio così?»
«Sì, molto».
Il buio lo soffocò all'improvviso. Se le scene precedenti erano illuminate da un filo di luce di cui non era stato in grado di individuare la provenienza, stavolta era avvolto dalle tenebre più nere. E fu nel buio che cominciò a distinguere la forma della statua di Giordano Bruno. Aveva un mantello appoggiato sulle spalle e il cappuccio tirato sulla testa che gli spioveva sugli occhi, ma le mani non erano raccolte sul petto del monaco come nella scultura che aveva visto quella mattina, anzi, con una gli stava chiaramente indicando di fare silenzio. Poi la statua si allargò, un enorme paio di seni rotondi comparvero sotto al mantello e larghi fianchi femminili si fecero strada fra i vestiti. Anche il colore cambiò. Non era più scura e di bronzo, ma chiara, quasi bianca, talmente tanto luminosa da rischiarare l'oscurità. Ed era nuda. Su quel corpo di pietra, quindi, comparvero cinque, dieci, cento seni. Dappertutto. La circondarono. E poi si ridussero in uno solo. E quel seno singolo divenne una specie di nodo, mentre i piedi della statua divennero zampe d'uccello. E la scultura tornò scura, poi nera e poi non si distinse più. Infine un bagliore di fuoco esplose. C'era un uomo al centro delle fiamme. Si contorceva. Ed era nudo anche lui.
«Mammaaa!».
«...».
«Mamma sei venuta, grazie mamma. Sto male, ho la febbre. Sto sudando».
«Grazie mamma». Prospero aprì gli occhi ed era l'alba. Una luce leggerissima penetrava dagli scuri chiusi.
«Ho sognato», si disse. Era sudato e stanco. Riappoggiò la testa sul cuscino e fu in quel momento che si accorse della presenza di qualcuno nel letto. Una palletta nera si era guadagnata un angolino sul suo cuscino, sfruttando il segno della testa lasciato dal ragazzo durante la nottata travagliata.
Il ragazzo ci mise qualche minuto a formulare la domanda nella

sua testa: “Com’è riuscita ad entrare se la porta è chiusa a chiave?”. Si rispose che i gatti trovano sempre il modo. E che magari poteva essere entrata dalla finestra. La parte più razionale del suo cervello, a quel punto, ebbe pietà di lui e non gli fece notare che anche gli scuri erano chiusi. Prospero sorrise e fece una carezza al gatto. Mimì cominciò a fare le fusa. Come se fosse la cosa più naturale del mondo. Come se le avesse fatte per tutta la notte.

Capitolo 8
Libri
Roma, 1889

Aveva ancora la mente annebbiata quando si alzò dal letto. Guardò Mimì con un misto di curiosità e invidia. Quel gatto addormentato sembrava la cosa più tenera e inoffensiva del mondo. Indugiò sul pelo lucidissimo e corvino. Sul musetto rilassato e sulle orecchie che, nonostante l'abbandono del resto del corpo, si muovevano per seguire i suoi passi dentro la stanza. Prospero invidiò la capacità dei gatti di dormire con gusto senza sensi di colpa anche tutto il giorno. Gli sarebbe piaciuto rilassarsi allo stesso modo, come un turista qualsiasi. Ma i viaggiatori non avevano incubi tanto vividi, né padroni di casa così inquietanti. Si disse che la sua angoscia forse nasceva dal fatto che effettivamente gli impegni che aveva a Roma si erano conclusi. Ora si sarebbe dovuto godere la pace di quei giorni di vacanza, prima di tornare al paese e prepararsi in vista dell'autunno e del suo trasferimento nella capitale. E lui non era tipo capace di starsene sereno. La sensazione che Prospero provava in quel momento, comunque, non era un'emozione semplice da decifrare. Era piuttosto un misto di ansia, curiosità morbosa, spirito di avventura e terrore nero, implacabile. Non sapeva ancora dirsi la ragione di tanta inquietudine. Era così che spiegava a se stesso la sua voglia di spiare, di conoscere clandestinamente le vere intenzioni dei proprietari della pensione, o per lo meno, la loro storia. Doveva salvarsi dalla sua stessa paura rispondendo ad alcune domande pressanti. Chi erano i tre scombiccherati? E cosa volevano da lui? Sull'onda di questi sentimenti, quindi, il ragazzo si preparò a un'altra visita in incognito della casa. Era sicuro che, prima o poi, grazie alle sue incursioni notturne sarebbe arrivato a darsi una spiegazione plausibile. Vinto dalla curiosità, il ragazzo non si soffermò a riflettere che il sole si stava alzando e ben presto in casa si sarebbero tutti svegliati, aumentando il rischio di essere scoperto. Ma tant'è. Prospero era ancora sconvolto dal sogno avuto nella notte in cui tutti gli interrogativi e le paure erano emersi in modo così prepotente da avergli completamente obnubilato qualsiasi forma di razionalità e di prudenza. Fu con la mente impastata dal sonno e ancora affollata di statue, corvi, falchi, cani e gatti che il ragazzo uscì dalla sua stanza e stavolta, senza indugi, complice anche un poco di luce che filtrava dagli scuri chiusi del salone, imboccò la porta della biblioteca. Se c'era qualche risposta da trovare, sicuramente sarebbe stata lì. Di certo non fra i quadri di scarsa qualità della signora. Era il "patrimonio" di Orazio che lo turbava e al tempo stesso lo affascinava. E poi non riusciva proprio a capacitarsi come la mente raffinata che aveva pensato, arredato e riempito una biblioteca così bella potesse risiedere in un ometto tanto misero e insignificante.

«Mai fidarsi delle apparenze...», si disse Prospero, mentre s'inoltrava nel salotto in penombra e armeggiava con la porta per entrare nel *sancta sanctorum* di mon chou.

"Vediamo che cosa legge 'il cavoletto' di madame...", pensò con sarcasmo mentre si avvicinava agli scaffali e apriva libri. Spontaneamente si diresse verso il ripiano che custodiva i volumi più grandi e dall'aria più antica. Aveva un compito quel giorno: indagare sulle letture dei suoi padroni di casa. Ma non poté fare a meno di considerare che comunque gli piaceva essere lì, aprire i libri, godersi la frescura di una stanza che miracolosamente era capace di eliminare l'afa. Ne afferrò uno, si soffermò sul frontespizio intricato con dedica a qualche sovrano, o a qualche personalità illustre del passato, che non riuscì a decifrare fra i caratteri tipografici, e lo rimise a posto. Poi semplicemente si abbandonò alla curiosità e cominciò ad agguantare libri alla rinfusa. Ormai il ragazzo aveva perso ogni forma di cautela: prendeva libri senza preoccuparsi di memorizzare il posto in cui li aveva trovati e li poggiava sul grande tavolo di legno, guardava la copertina, li apriva, cercava di leggere il frontespizio, spesso senza successo, e li lasciava lì, affrettandosi ad afferrare il prossimo, quello che lo attirava di più per titolo, o per la consunzione della pelle delle rilegature o delle pagine. Era in preda a una strana forma di frenesia e, prima che potesse rendersene conto, si ritrovò a frugare dappertutto, senza preoccuparsi che poi avrebbe dovuto rimettere in ordine. Fu così che si ritrovò il *De occulta philosophia* di Cornelio Agrippa. E poi di nuovo il *Corpus Hermeticum* che la sera prima madame gli aveva fatto leggere, e il *Picatrix*, con quel titolo che gli ricordava il nome di un folletto delle saghe nordiche. E poi altri volumi ancora più oscuri, pieni zeppi di figure inquietanti.

«Questa stanza sembra il gabinetto di un alchimista», si disse il ragazzo, mentre passava da un volume all'altro, da un titolo astruso all'altro, con sempre maggiore curiosità.

«A quanto pare vi è piaciuta molto la mia biblioteca», Orazio era fermo nello specchio della porta. Indossava ancora la vestaglia e il berretto da notte e lo guardava fisso con aria severa. Prospero si bloccò: era stato scoperto. Istintivamente gli voltò le spalle, chiuse il libro che stava guardando e fece come per rimetterlo sullo scaffale, ma in quel momento si rese conto di non aver rimesso a posto gli altri e si bloccò con il braccio a mezz'aria, interrogandosi con ottusa insistenza sul posto in cui abbandonarlo per toglierselo dalle mani. A quel punto chinò il capo, strinse gli occhi e rimase a testa bassa per qualche secondo, cercando di vincere il rossore che, già sapeva, stava colorandogli le orecchie e le guance di una sfumatura porpora.

«Chiedo scusa… io… mi sono svegliato presto e pensavo che la biblioteca fosse una stanza aperta anche agli ospiti… scusatemi…», rispose il ragazzo continuando a tenere le spalle voltate al suo interlocutore e gli occhi chiusi.

«In questa casa la curiosità è una dote, ma la biblioteca non è una stanza in cui gli ospiti della pensione sono abitualmente ammessi. Potevate fare richiesta di un libro se avevate voglia di leggere qualcosa, ve lo avrei procurato».

«Io sono desolato... non avevo capito...», il rosso porpora si trasformò in un viola intenso, mentre il giovane si voltava e, finalmente, guardava Orazio negli occhi, dal basso verso l'alto.

«Non preoccupatevi adesso, quel che è fatto è fatto... Faccio portare la colazione qui...», Orazio uscì. Prospero valutò l'ipotesi di mettere tutto in ordine e poi fuggire in camera sua, fingendo che nulla fosse mai accaduto. Ma si disse che era una sciocchezza. Ormai era stato scoperto. Orazio lo aveva colto con le mani nella marmellata come un ladruncolo da quattro soldi. Doveva comportarsi da adulto, accettare la vergogna di essere considerato un ficcanaso. Avrebbe fatto colazione con quell'uomo e avrebbe discorso amabilmente delle sue letture. Con la rigidità di un condannato a morte si diresse quindi verso una delle poltrone disposte intorno al caminetto e si accomodò con le spalle staccate dallo schienale, come se si stesse lasciando un'ultimissima possibilità di scattare in piedi e scappare, casomai le scuse non fossero bastate. Orazio rientrò poco dopo, seguito dalla cameriera anziana. La donna spingeva un carrellino porta vivande con una caraffa di peltro sicuramente piena di caffè e del pane tostato con burro e marmellata. In un altro bricco, sempre di peltro argentato, ci doveva essere del latte. Prospero si era concentrato sui dettagli della sua colazione per ritardare il più possibile quella che sospettava sarebbe stata la ramanzina più umiliante degli ultimi anni. La cameriera dispose tazze e caraffe sul tavolone di legno e lasciò la stanza spingendo il carrellino ormai vuoto senza emettere alcun suono. Orazio si avvicinò alla colazione e cominciò a versare caffè e latte nelle tazze. Aggiunse lo zucchero e girò con esasperante lentezza finché anche l'ultimo granello non si sciolse con il calore. Quindi si avvicinò alla poltrona su cui era seduto Prospero e, sempre mantenendo il silenzio che al giovane sembrava preludio di uno scoppio d'ira, gli porse la tazza. Il ragazzo la prese senza ringraziare e senza guardarlo in faccia. "Ecco, sta per cominciare. Mi raccomando, annuisci, dagli ragione, non farti prendere dall'orgoglio, scusati, alzati e vattene", pensò il giovane per farsi coraggio.

«Se posso darvi un consiglio, monsieur: la prossima volta rimettete a posto i volumi quando venite a leggere; ho davanti a me almeno mezza giornata di lavoro adesso per risistemare tutto quanto nel modo corretto».

«Chiedo scusa... non succederà più...», balbettò Prospero.

«Credo che mia madre voglia concedervi il permesso di frequentare la mia biblioteca, non dovete scusarvi».

«E voi? Me lo concedete il permesso?»

«Preferirei essere l'unico frequentatore di questa stanza... Ma non posso dire di no a maman».

«Avete impiegato molto tempo a radunare questa raccolta?»

«Moltissimo...», Orazio si guardò intorno e girò la testa da sinistra a destra come per racchiudere la sua collezione di testi rari e antichi in un solo sguardo. Una strana luce di orgoglio misto a tristezza brillò negli occhi dell'uomo, illuminando per un secondo anche quello offeso che di solito restava semichiuso. Prospero la notò e si disse sbrigativamente che anche quel tipo strano doveva essere stato giovane. Chissà, magari ricordava qualche avventura particolare. E la rimpiangeva. Sì, quello sguardo nascondeva un rimpianto e magari pure il ricordo di come aveva perso l'occhio. Orazio adesso gli faceva meno pena. Anzi, da quell'istante, nel cuore del ragazzo, cominciò a nascere una strana forma di rispetto per quell'individuo.

«Avete vissuto in Francia a lungo? È lì che avete cominciato a raccogliere libri?»

«Sì... Abbiamo vissuto in Francia per un lungo periodo. Abbiamo vissuto in molti posti. Maman ama viaggiare. E io amo scovare libri antichi».

«Il vostro amico viene dalla Francia?», a Prospero non sembrava vero che qualcuno gli rispondesse in modo sensato e si stava lasciando trascinare dal mare di quesiti che aveva accumulato in quei quattro giorni di permanenza nella pensione.

«No... Lui viene da molto più lontano...», il ragazzo si era illuso. L'abituale laconicità delle risposte degli scombiccherati era tornata e quel talento non apparteneva soltanto a madame.

«Che cosa vi interessa in particolare? Trattati di filosofia? Romanzi? Poesia?», domandò Orazio subito dopo, come per cambiare discorso.

«Sono un lettore vorace e mi piace un po' tutto. Mi hanno molto colpito i vostri libri antichi. Gran parte dei testi sono per me incomprensibili, ma i caratteri tipografici hanno come un fascino tutto loro. E alcune illustrazioni sono divine, anche se a tratti risultano grottesche».

«Un tempo, anche la composizione aveva un ruolo importante, quasi quanto i contenuti. Molti sono simboli, sapete? Segni che hanno influenzato praticamente tutta la produzione culturale del Rinascimento e del Barocco... segni divini come dite voi...».

«Che cosa intendete?», domandò Prospero incuriosito. La vergogna di qualche minuto prima sembrava essere scomparsa. Il ragazzo era nuovamente preda della sua irrefrenabile curiosità.

«*Picatrix*, *Corpus Hermeticum*, *De occulta philosophia*, noto che vi è sfuggita la nostra collezione di opere del Nolanus, visto che siete così appassionato del monaco. Ecco qui: il *De umbris idearum* e il *Cantus Circaeus*. E lo *Spaccio* che ovviamente avete visto già ieri sera, su quest'altro scaffale ci sono gli altri. Sono edizioni pregiate, alcune addirittura prime edizioni». Orazio prese a passargli libri con molta poca grazia. Prospero ebbe l'impressione, mentre cercava di afferrare i volumi e nello stesso tempo trovare un posto alla tazza di caffellatte, che Orazio non volesse rivelare il contenuto della sua biblioteca. Era come un bombardamento rabbioso, quello.

«Anche voi siete un appassionato di filosofia rinascimentale, signor Orazio?», Prospero cercò di alleggerire la tensione con una domanda di circostanza. Anelava una conversazione banale, tutto gli sembrava migliore di quella colluttazione a colpi di testi antichi.

«Filosofia rinascimentale, sì», al giovane il figlio di Sophie parve preda di una specie di trance. Adesso gli sembrava un automa. Continuava a passargli libri uno dietro l'altro. E ora toccava a tomi di filosofia che sembravano ancora più antichi di quelli che aveva preso lui.

«*De vita coelitus comparanda*, di Marsilio Ficino... Tenete! Il *Nova de universis philosophia* di Francesco Patrizi, avete studiato Patrizi a scuola, vero? No? Ah, e questo. Non è stato scritto durante il Rinascimento ma è importante comunque: il *Clavis Salomonis*, lo conoscete? Per non parlare dell'*Asino d'oro* di Apuleio di Madaura, si dice che sia il primo libro del mondo. Pensate, Apuleio era un berbero... Adesso non si concede più tutta questa considerazione agli africani...».

«Grazie, grazie, ma no, non conoscevo questi testi. A scuola non si approfondiscono così tanto tutti i filosofi...», e per fermare la frenesia del padrone della stanza, Prospero aprì un volume a caso di quelli che gli aveva passato e si soffermò sulle incisioni, era il *Clavis Salomonis*.

«Sembra quasi un trattato di magia... Non trovate signor Orazio?». A quel punto l'uomo si fermò. Rimase anche lui immobile qualche secondo, il tempo necessario per far pensare a Prospero che era riuscito a fargli la domanda giusta. E magari, con un po' di fortuna, gli sarebbe anche arrivata una risposta sensata.

«La conoscenza è magia, monsieur», rispose Orazio con voce monotona.

«Che cosa intendete, spiegatemi meglio».

«La comprensione delle cose della natura. La comprensione profonda intendo. È di per sé una forma di magia, quella più alta. La conoscenza, monsieur è, fra le forme di magia, una delle più potenti e antiche che siano mai esistite. I filosofi del Rinascimento l'avevano capito e la usavano a loro piacimento: chi per guarire malati, chi per portare fortuna, o sfortuna... A seconda delle situazioni», Orazio accennò un sorriso impercettibile.

«Mi state dicendo che tutti i filosofi dell'epoca erano maghi?»
«No, certo che no. Patrizi non si può decisamente definire un mago... decisamente... Né Marsilio Ficino... Aveva troppa paura delle conseguenze per spingersi oltre... Tutti però conoscevano il significato dei "segni", quelli che avete notato anche voi, e li utilizzavano nei loro testi, nei loro dipinti e nelle loro ricerche, o... prove pratiche...». Prospero aveva una domanda sulle labbra che non osava porgere. Ci pensò qualche secondo e poi si lanciò. Tanto ormai, peggio di così non poteva andare.
«E voi... voi vi considerate un filosofo o un mago?»
«Io sono un appassionato di libri. Un bibliofilo. E amo collezionare volumi dedicati a questa parte del sapere umano che è stata spesso condannata e occultata come si fa con un parente scomodo. Se il mondo della conoscenza è progredito lo si deve anche a questi testi che conservano un potere ancestrale, incommensurabile...».
«Mi state dicendo che i volumi di filosofia che custodite sono anche manuali di magia?»
«Correte troppo, monsieur, io non vi sto dicendo nulla... Piuttosto questi volumi sarebbero un buon veicolo per la magia se la collezione fosse completa... Ma non è così...», Orazio si fermò. Sembrava esausto. Prospero pensò che parlare con lui doveva annoiarlo a morte. E allora perché non se ne andava? Perché continuava a incuriosirlo con quei discorsi?
«Manca qualcosa?».
Orazio, a quel punto, parve rianimarsi: «Certamente! Manca un testo fondamentale! La *Steganographia* di Tritemio!».
«Chiedo scusa non ho capito bene il titolo...».
«Ste-ga-no-gra-phia», sillabò Orazio visibilmente irritato di dover ripetere.
«Vi chiedo scusa...».
«Vi scusate troppo, monsieur. E vi ripeto che la curiosità in questa casa viene considerata una dote».
«Di che cosa tratta la *Steganographia*?», Prospero si impegnò a pronunciare quel titolo al meglio, per far intuire a Orazio che, nonostante l'ignoranza, lo aveva ascoltato attentamente.

«È stato scritto da un abate, Tritemio appunto, nel Cinquecento… Pensate… Un abate che si diletta di queste cose… E sì, è un manuale… O meglio un codice cifrato per comunicare senza bisogno di intermediari o messaggeri. In quel periodo non era molto conveniente per un membro del clero interessarsi a certe cose. Non lo è neanche ora. Quindi qualcuno, Tritemio in persona, si dedicò a trovare un modo per raccogliere i linguaggi magici, cioè i simboli, in un volume. In modo da diffondere quelle conoscenze e comunicazioni fra iniziati senza destare sospetti. È un'opera fondamentale. E se l'avessi potrei decifrare molti dei passi contenuti in questi altri volumi. Passi che attualmente, ahimè, rimangono un mistero…».

«L'avete cercato a lungo?»

«Il libro praticamente non esiste», rispose Orazio, secco.

«Come, non esiste?»

«Non esiste… Non si trova, intendo… l'ultimo avvistamento è del Seicento. In un'edizione a stampa, la prima, custodita proprio qui a Roma, in una biblioteca, quella sì veramente fornita. Fra le più importanti e controverse della Città Eterna».

«Dove si trovava, signor Orazio?»

«In una chiesa…», l'uomo scoppiò in una risata sincera, subito silenziata, come se non volesse svegliare il resto della casa.

«In una chiesa? Ironia della sorte!», anche Prospero colse il lato surreale della frase di Orazio. Ripensò alle vittime dell'Inquisizione. Al rogo di Giordano Bruno. E pensò alle contraddizioni di un'epoca che a scuola gli era sembrata così semplice e lineare, mentre ora, in quella biblioteca odorosa di legno e cuoio, si trasformava in un periodo assurdo, di filosofi, tipografi, alchimisti, editori e lettori maghi.

«In una basilica, per essere precisi… Santa Prassede, non so se la conoscete, è all'Esquilino… Era una delle bilbioteche più fornite di Roma, grazie anche a uno studioso, un monaco olivetano, che poi ne divenne abate, addirittura…».

«La conosco di nome… Dovrò andare a visitarla… Mi incuriosisce molto questo rapporto della chiesa con la magia…».

«Non troverete nulla, se volete saperlo, la basilica non è più il tempio di conoscenza che era allora. Oggi è solo una chiesa. Una in più nella città che sopra ogni altra custodisce luoghi di culto».

«L'abate potrebbe averlo nascosto?»

«Non lo sappiamo... Forse non lo sapremo mai. Ma recuperare quel libro sarebbe un sogno che si realizza. E il volume diventerebbe il fiore all'occhiello della mia collezione».

«E poi potreste utilizzarlo per decifrare gli altri, no?», Prospero glielo domandò in tutta spontaneità.

«Anche... Ma è solo un sogno... Il libro non è rintracciabile... Non più almeno. L'unica possibilità ce la darebbe un viaggio nel tempo: tornare nel Seicento, interrogare l'olivetano, ottenere il libro e tornare indietro». Fu Prospero, a quel punto, a sbottare a ridere: «Certo! Un gioco da ragazzi!».

«Già. Un gioco da ragazzi», gli fece eco Orazio, serio.

«Bene, ora devo chiedervi di lasciarmi solo. Devo risistemare tutti i libri. Arrivederci». Orazio lo stava licenziando con una fretta che a Prospero sembrò molto scortese. Si chiese se per caso l'avesse offeso in qualche modo. Era quasi sul punto di scusarsi, ma poi si fermò: l'uomo aveva ragione, in tre giorni si era scusato tante di quelle volte che aveva perso il conto. Dunque, si limitò ad alzarsi, prendere la tazza vuota poggiata per terra, posarla sul tavolone e fare per andarsene. Mentre eseguiva queste operazioni, il ragazzo non poté fare a meno di pensare che nonostante la possibilità di tornare indietro nel tempo non esistesse da nessuna parte al mondo, c'era qualcosa di normale in quello che aveva sentito da Orazio. Era come se quasi fosse possibile. O concepibile quanto meno. E il pensiero lo atterrì. Di nuovo, si ritrovò a riflettere su come, in quella casa, tutto sembrava sul punto di accadere. E stavolta la sfera del "tutto" si era allargata a dismisura, sfiorando terreni decisamente astrusi, come i viaggi nel tempo. Scosse la testa con l'intento di negare il pensiero che gli si era appena affacciato nella mente. Orazio colse quel gesto e lo guardò. Prospero incrociò lo sguardo del figlio di Sophie e fece per salutare, ma l'uomo lo precedette con un gesto che, ancora una volta, lo mandò in crisi: si portò un dito alle labbra e gli fece segno di fare silenzio. O di tenere il segreto. Poi sorrise e annuì. Il ragazzo comprese che era stato congedato. E che l'uomo non avrebbe più risposto ad altre domande.

Capitolo 9
Una mente robusta
Roma, 1889

Doveva andarsene. Ormai non era più un pensiero vago, una possibilità. Era diventata un'esigenza quasi irrazionale, il bisogno di fuggire per vivere normalmente il resto dei giorni che lo separavano dalla partenza. Prospero era sempre in camera sua. Ci era andato spedito dopo la conversazione della mattina con Orazio. E si era appoggiato di nuovo sul letto disfatto e ancora un po' umido dalla notte precedente. Si era ordinato di non dormire. E invece era caduto in un sonno interrotto e agitato da cui si era svegliato più confuso e spossato di prima. Adesso, al suo risveglio, il caldo si era fatto insopportabile. Gli scuri erano rimasti chiusi perché la cameriera non aveva avuto il tempo di mettere in ordine la stanza aerandola e rinfrescandola con l'aria della mattina presto. Dall'afa, il ragazzo si disse che doveva essere passata da un po' l'ora di pranzo. Poco male, fame non ne aveva per niente.

«Devo andare via di qui», si ripeté Prospero, più per convincersi ad alzarsi dal letto che per ribadire una decisione già presa.

«Fingerò di andare a passeggio e nel frattempo cercherò una sistemazione più... "semplice"?...», il ragazzo provò a cercare l'aggettivo adatto per descrivere ciò che stava cercando. Ma non lo trovò. Voleva una pensione. Di quelle che ci vai a dormire, ti danno da mangiare, leggi qualche giornale nelle ore calde approfittando delle sale comuni, esci, fai il turista e poi torni la sera a cena. Non aveva bisogno di discussioni sui massimi sistemi e sulla filosofia rinascimentale. Non era a scuola. L'autunno successivo sarebbe andato all'università a riempirsi la testa di codici e di leggi. Ora era in vacanza. E si voleva svagare.

«Alzati, Prospero», si mormorò a mezza bocca. Ma il caldo lo tratteneva a letto e il letto si era trasformato in un mostro che lo risucchiava.

«Alzati!», si ripeté con tono perentorio e la voce di un tono più alta.

Obbedì. Mise i piedi per terra, si avvicinò alla brocca e al catino per rinfrescarsi. Ogni volta che si lavava la faccia lanciava un paio di occhiate all'incisione con l'uomo a cavalcioni del drago. Lo fece anche stavolta. La guardò e si rese conto che quel personaggio gli ricordava l'incubo della notte precedente. Il ragazzo sorrise.

"Sta' tranquillo, Prospero, a forza di vedere cose strane e quadri bizzarri te li sei sognati", pensò.

Con una certa fretta avvisò i padroni di casa che stava uscendo. Usò un tono di voce che voleva essere sbrigativo ma invece gli uscì leggermente seccato. Sophie, che incontrò in salotto, impegnata in una toletta minuziosa del pelo di Mimì, gli rispose ironica: «Mi raccomando non prendete insolazioni, monsieur, il sole è vita, ma può dare la morte».

"Sempre tragica la vecchia, ai limiti dello jettatorio", pensò Prospero, congedandosi con un sorriso forzato. Quando la casa lo buttò finalmente in strada si dovette ricredere, comunque.

«Oggi picchia! Certo, come non averci pensato prima. È la controra e, come al solito, la vecchiaccia non aveva tutti i torti». Il ragazzo cominciò a camminare. Non aveva un piano preciso, né altri indirizzi in serbo per un cambio repentino di sistemazione. Perciò per prima cosa si diresse all'Hotel della Minerva, davanti a cui era passato il primo giorno, al suo arrivo, mentre cercava la pensione di Sophie. Si disse che poteva magari fermarsi un paio di giorni, in base al prezzo che gli avrebbero comunicato, e che da lì poteva organizzarsi, domandare in giro. Quello che voleva era una pensione economica dove alloggiare fino al momento previsto per il ritorno, una settimana più tardi, quando Biagio avrebbe compiuto il viaggio per rientrare a casa, dopo aver consegnato le sue botti di vino.

In quel momento gli mancò moltissimo il carrettiere sdentato. E si rammaricò per averlo trattato male all'andata.

«Rimedierò, sarò il passeggero più loquace e divertente che si sia mai seduto sul suo carretto. Biagio si divertirà tantissimo e io dimenticherò tutto questo per non pensarci più». Purtroppo un *concierge* molto sbrigativo, poco affascinato dai suoi modi cortesi e sfavorevolmente colpito dalla sua aria sofferente e sudaticcia, lo liquidò dicendogli che le stanze erano tutte prese e l'albergo al completo. Prospero uscì quasi correndo. A passi lunghi percorse lo spazio che separava la hall dall'entrata principale e si ritrovò su piazza della Minerva. Cosa fare ora? Era ancora concentrato a trovare una soluzione quando si accorse che i piedi lo avevano portato, senza che se ne fosse accorto, al centro della piazza, davanti alla basilica. Lì non c'era neanche un riparo sotto cui nascondersi dai raggi solari e le pietre, i muri dei palazzi e i i monumenti che lo circondavano mandavano un calore insopportabile, era come trovarsi dentro una stufa accesa al massimo. Solo un filo d'ombra veniva proiettato dal monumento che decorava il centro dello slargo. E fu lì che Prospero si affrettò a rifugiarsi per pensare meglio.

"Sembro un criminale che aspetta la sua prossima vittima per prenderla di sorpresa", pensò il ragazzo per alleggerire quel sottile senso di disperazione che gli aveva lasciato il rifiuto del concierge. Ed effettivamente pareva proprio così se qualcuno avesse guardato quel ragazzo pallido, vestito di nero, schiacciato sotto la mole dell'elefantino della Minerva. Passarono alcuni minuti. Prospero cercò di fare il pieno d'ombra e poi, lentamente, iniziò a staccarsi dal riparo che aveva trovato per continuare la sua ricerca, senza che avesse ancora veramente deciso dove andare e che cosa fare per risolvere i suoi problemi.

«Batterò tutti i vicoli di Roma, troverò un'osteria o un locale pubblico e mi farò suggerire una pensione», era la disperazione a parlargli. Proprio mentre gli parve di aver recuperato la forza sufficiente per muoversi, Prospero notò la statua che gli aveva regalato un po' d'ombra ristoratrice. Era il famoso elefantino di Bernini. O il "pulcino" come lo chiamavano popolarmente nella capitale. Sapeva perfettamente che con la parola pulcino i romani intendevano "porcino", cioè maialino e non poté fare a meno di pensare quanto il popolo avesse ragione. Anche a lui l'elefante apparve troppo grasso. Sopra il pachiderma c'era un obelisco. Lo sosteneva con la schiena. Giusto la coda dell'animale gli parve qualcosa di ben riuscito: era nervosa e messa di sbieco, come se il sopportare il peso di quel reperto archeologico gli desse fastidio. Prospero si scoprì a solidarizzare con l'elefante. «Coraggio», gli mormorò con un filo di voce, stando ben attento a non essere visto mentre parlava da solo, per non passare per pazzo. Ma non c'era anima viva intorno a lui. Tutti, romani e turisti si erano già ritirati a casa per passare le ore più calde in un posto fresco. La Rotonda e la piazza in cui si trovava ora si sarebbero affollate di nuovo a partire dalle cinque. Ancora un paio d'ore e tutta la disperazione di Prospero sarebbe diventata di pubblico dominio. Il ragazzo, dunque, approfittò di quella solitudine. Ignorando il calore e il suo stato d'animo agitato si sforzò di "fare il turista".

«Sono qui, sono a Roma, è andata come è andata. Ho davanti tutto il pomeriggio per trovare un alloggio di mio gradimento. Tanto vale aspettare un po' e vedere qualcosa della famosa Città Eterna», si disse. Decise, dunque, di cominciare proprio da lì. Santa Maria sopra Minerva era alle sue spalle, fece qualche passo all'indietro con l'intenzione di voltarsi subito dopo ed entrare nella basilica, fu allora che si accorse dell'epigrafe sul basamento della statua. Si avvicinò per leggere meglio. Il latino sembrava perseguitarlo. Sul basamento, comunque, riuscì a leggere questa frase: «*Sapientis aegypti insculptas obelisco figuras ab elephanto belluarum fortissima gestari quisquis hic vides documentum intellige robustae mentis esse solidam sapientiam sustinere*». Non ci capì praticamente nulla.

Solo l'ultima parte gli apparve un po' più chiara: «Bisogna avere una mente robusta per sostenere il peso della sapienza». Il collegamento fu immediato. La sua di mente non era tanto robusta se, dopo aver parlato con Orazio, si era fatto prendere dallo scoramento. No, lui non era forte come pensava, troppe cose lo trattenevano e il mondo lo precipitava troppo spesso in una malinconia senza via d'uscita. Ma dove trovare la forza se ogni novità non faceva che turbarlo? La mente gli si stava affollando un'altra volta di pensieri inconcludenti. Inoltre, per osservare l'epigrafe sul basamento, aveva abbandonato l'ombra e ora era già da un po' che sostava sotto i raggi del sole. Solo quando una goccia di sudore gli percorse la schiena, all'improvviso, si rese conto di essere in un bagno di sudore da chissà quanto tempo. Provò a spostarsi per raggiungere il fresco delle navate della basilica, ma i piedi gli rimasero incollati al selciato. Fece per insistere, ma a quel punto la testa cominciò a girargli e lui si sentì come se stesse sprofondando in una materia vischiosa che si apriva sotto di lui. Stava per svenire.

«Non hai mangiato nulla da ieri sera e gli unici liquidi che hai bevuto sono il caffellatte di stamattina all'alba. Se non ti togli dal sole, sverrai», Prospero provò ad avvisare la parte razionale della mente sperando che gli desse la forza per muovere le gambe verso un luogo più fresco. Quelle obbedirono, ma non lo portarono dentro Santa Maria sopra Minerva. Piuttosto, come se avessero memorizzato il tragitto, condussero il ragazzo, con un'andatura da ubriaco, fino al portone della pensione. Non era passata neanche un'ora da quando si era mosso da casa ed era già lì. Prospero fu colto da uno dei suoi attacchi di rabbia. Entrò, raggiunse la stanza e ci si chiuse dentro, furioso. Si lavò di nuovo il viso e stava per togliersi i pantaloni e rimettersi a letto, deciso a rimanerci fino al giorno successivo, quando delle voci agitate lo raggiunsero.

«Ti ho detto che va benissimo!».

«Ma maman, non è in grado di affrontare una cosa così impegnativa. Non ha gli strumenti, la preparazione... Neanche la cultura!».

«Ripeto che andrà benissimo! Non ne voglio più parlare».

«Maman, tanto vale ucciderlo subito. Lo stiamo mandando a morire con ogni probabilità».

«Uno in più, uno in meno... Ti dispiacerebbe, mon chou? Ti ci sei affezionato?»

«Affezionato no. Mi irrita. Ma ammiro la sua spontaneità e il suo candore. Mi piace anche che sia curioso, ma non tollero quella spocchia che tira fuori ogni volta che gli parliamo. Una volta avrei potuto insegnargli il rispetto e l'umiltà. Mi piacerebbe farlo anche ora... Ma non ho la forza».

«È per questo che deve farlo! Guarda come siamo ridotti, figlio mio. Siamo dei pagliacci. Ogni volta che penso al passato mi dispero. Dovevano aiutarci... Perché non l'hanno fatto? Dobbiamo andare via, così? Senza provarci nemmeno?»

«Oh maman... È pericoloso. Potrebbe fallire».

«E allora ne troveremo un altro più bravo... uno in più, uno in meno non fa la differenza, figlio mio. I nostri affari sono superiori anche alla vita di un ragazzino di campagna che ci odia perché non ci capisce». Parlavano di lui. Era evidente. E stavano architettando qualcosa di grosso. Qualcosa che avrebbe messo a repentaglio la sua stessa vita. A quanto pare Orazio aveva ancora qualche remora, mentre la madre era più che sicura. Lo avrebbe sacrificato volentieri. Questo almeno era quello che diceva. "Sacrificati tu, vecchiaccia maledetta", pensò Prospero invaso dall'odio.

«Certo che vi detesto, siete dei mostri!», si disse mentre, senza riflettere, stava già aprendo la porta della camera per andare a farsi sentire.

«Oh bonjour monsieur, pensavamo foste a passeggio, forse eravate in camera e vi abbiamo disturbato?», Sophie gli parlò facendo finta di ignorare che gli occhi del ragazzo mandavano fuoco e fulmini dalla rabbia.

«No, ero in camera e no, non mi avete svegliato. Ero già sveglio...», il giovane calcò sul "già" con veemenza per fargli capire che aveva sentito tutto. Ma madame non sembrò accorgersene o fece finta di non notare la sua espressione furibonda.

«Dunque avete bisogno di qualcosa?», proseguì con il solito tono fra il cortese e il falso.

«No, non mi serve nulla, ma non ho potuto fare a meno di ascoltare i vostri discorsi, signori», ribatté il ragazzo per tutta risposta. «Non so quale idea balzana abbia partorito la vostra testa, madame, volevo solo farvi sapere che qualsiasi "piano" abbiate in mente su di me, ha bisogno della mia approvazione. E non l'avrete mai. Anzi, sono qui a comunicarvi che me ne sto andando. E che questa è la topaia peggiore di Roma, quindi non dovrebbe essere complicato trovare una sistemazione migliore della sua "stimata" pensione. Preparatemi il conto, vado a fare i bagagli».

«Monsieur, che cosa dite!», esclamò Sophie.

«Quello che avete sentito, madame».

«E dove pensate di andare se Roma è invasa dai "liberi pensatori" che si sono fermati in città? Non lo sapete che tutte le strutture della città sono al completo?»

«Preferirei dormire sotto a un ponte del Tevere a questo punto, piuttosto che fermarmi un momento di più fra voi, branco di pazzi!». Sophie sbottò in una risata a tutta bocca. Stavolta non provò neanche a bloccarla con uno dei suoi finti accessi di tosse.

«Monsieur, come vi siete fatto serio! Ma non dovete temere nulla da noi! Che cosa abbiamo detto per avervi turbato così tanto?»

«Che cosa non avete detto, madame. È da quando sono arrivato che ascolto i vostri discorsi astrusi. Ora c'è anche qualcosa che vorreste farmi fare che attenta addirittura alla mia vita. Madame, ringraziate il cielo che non sia mia abitudine rivolgermi alla polizia. Dovrei farlo e invece mi limito a lasciarvi ai vostri piani malvagi», Prospero era ormai fuori di sé. Stava parlando velocissimo, senza fermarsi a riprendere fiato, con i pugni stretti lungo i fianchi e le vene del collo gonfie.

«Piani che ancora non conoscete e che magari potrebbero anche interessarvi... Perché non vi mettete seduto e ne parliamo con un po' di calma?».

Prospero non riuscì mai a spiegarsi il motivo per cui accettò di ascoltare quello che poi, per tutta la vita, chiamò la sua "sentenza di morte". Negli anni si disse che fu per curiosità, pura, semplice curiosità scimmiesca: «quale uomo non vorrebbe conoscere in anticipo il modo in cui morirà?». Sophie gli chiese di accomodarsi e ascoltarla e lui, che fino a un secondo prima, si immaginava nel caldo romano, con la valigia stretta in mano e i piedi a macinare strade per trovarsi un tetto sotto cui dormire, semplicemente obbedì e si mise seduto.

«Orazio vi ha già raccontato alcuni dettagli della sua collezione, n'est pas?»

«Oui maman… qualcosa», rispose subito il figlio.

«E come vi ricorderete certamente, c'è un pezzo mancante che farebbe la gioia di qualunque collezionista».

«La *Steganographia* di Tritemio», rispose Prospero e poi guardò Orazio come se aspettasse da lui la conferma della giusta pronuncia del titolo del volume. Orazio, per tutta risposta, annuì. Era un bravo scolaro.

«Ebbene, la farò breve, monsieur Prospero, figlio di un appassionato del Bardo…».

"Ma perché deve essere sempre così teatrale…", si disse il ragazzo mentre ascoltava.

«Vorremmo chiedervi di rimediarlo al posto nostro. Siamo troppo anziani e malridotti per affrontare una fatica del genere. E il nostro amico è troppo importante qui, per aiutarci nei lavori pesanti. Lui non può andare, Mimì non saprebbe come portare con sé un volume del genere…», madame sottolineò l'ultima astrusità con una risatina, poi proseguì contando tutti i candidati possibili sulle dita di una mano: «…la cameriera è anziana anche lei… Non rimanete che voi, mi sembra». Nonostante a Prospero le parole di Sophie suonassero come l'ennesima presa per i fondelli, si costrinse a rispondere, anche perché la "missione" da compiere gli parve astrusa oltre ogni umana comprensione: «Madame, se non ho capito male vostro figlio oggi mi ha detto che l'ultimo avvistamento del volume di Tritemio è stato nel Seicento. E che per recuperarlo si sarebbe dovuto affrontare un viaggio nel tempo... Il che è impossibile. Che cosa volete da me, dunque?»

«Che voi recuperiate quel libro, monsieur, mi sembrava di essere stata chiara».

«È perduto, madame, volete forse farmi tornare nel passato?», il ragazzo sorrise, la situazione era surreale.

«Mettiamo il caso che noi fossimo capaci di piegare il tempo a nostro piacimento. È un viaggio che fareste?»

«Madame è impossibile riuscirci!», Prospero sbottò, esasperato.

«Monsieur, non sono abituata a ripetermi troppe volte. Se il vostro è un carattere fumantino, sappiate che anche il mio è stato forgiato negli anni sull'esercizio della pazienza, ma a volte gli esercizi non funzionano e le conseguenze sono imponderabili... quindi vi prego di moderare il linguaggio in presenza di una signora...», con estrema cortesia Sophie aveva appena minacciato il ragazzo, il quale non pensò di certo alla "mole" dell'anziana, quanto alla stazza poderosa del Nero, che poteva benissimo essere la guardia del corpo di madre e figlio. Prospero deglutì e si impose di calmarsi.

«Mi state dicendo che siete in grado di modificare il tempo?»

«Et voilà! L'asino ha capito!».

«Madame vi prego...».

«Bene, ora che questo dettaglio è stato compreso. Vorrei spiegarvi meglio la procedura. Sì, possiamo farvi ritornare nel XVII secolo. Voi raggiungerete la basilica di Santa Prassede e vi metterete in contatto con un monaco olivetano che – per inciso – è uno dei più importanti collezionisti di tutti i tempi, addirittura mediatore per Don Giovanni de' Medici a Firenze che lo ha in altissima stima e si fida solo di lui. Gli chiederete, da parte nostra, di consegnarvi il volume e tornerete indietro. È chiaro?»

«Che rischi ci sono?»

«La morte è uno di questi. E di incappare nei pericoli di una metropoli antica, con la criminalità, le inondazioni, le malattie, la Santa Inquisizione in agguato e la polizia del papa a spiarvi. La *Steganographia* non è esattamente una lettura che si dovrebbe mettere a disposizione in una basilica, in piena Controriforma. Mi capite? In ogni caso voglio rassicurarvi. La missione è rischiosa, ma laggiù non sarete completamente solo, a parte l'olivetano, siamo in grado di farvi incontrare degli amici che non vi negheranno una mano di certo...».

«Scusatemi madame come pensate che potrei accettare se in ballo c'è addirittura la vita».

«Perché siete curioso, siete malinconico e sensibile e vi piacciono le avventure. Siete un sognatore, un po' scontroso, sì, ma lo siete proprio perché è romanticismo la forza che guida le vostre azioni. E siete puro. Questo viaggio può essere affrontato soltanto da un puro come voi. Un innocente che si affidi alla Provvidenza. Solo così si può fare e voi siete perfetto!».

«Ammettiamo che accetti. Come si fa ad andare?»

«Di questo non dovete preoccuparvi. Tecnicamente parlando è compito nostro, vi spiegheremo il da farsi quando sarà il momento. Ciò di cui dovreste occuparvi ora è prepararvi, spiritualmente intendo, a un'avventura del genere. Vi daremo dei libri e vi seguiremo durante la "formazione". Sarete contento di sapere che la biblioteca di Orazio è a vostra disposizione, notte e giorno, da oggi in poi. La biblioteca e tutti i volumi che contiene».

«Ci devo pensare, madame. Non è una decisione che posso prendere su due piedi».

«Vi concedo ancora una notte per riflettere, non di più. Abbiamo bisogno di una risposta al più presto. E voi avete bisogno di tempo. Non siete esattamente il miglior campione sulla piazza per questo compito e le vostre lacune, scolastiche e fisiche, mi sembrano evidenti. Ricordatevi sempre, monsieur: "Bisogna avere una mente robusta per sostenere la sapienza"». Quelle parole ancora echeggiavano nella testa di Prospero dall'ora di pranzo. Erano l'ultime cosa che ricordava della mattinata prima di sentirsi male. E ora Sophie, la vecchia e grassa Sophie, gliele citava per invogliarlo a impegnarsi in una missione folle. Non seppe mai spiegarsi perché accettò. Ma lo fece. E se lo fece, probabilmente, fu perché lei pronunciò la frase incisa sotto l'elefantino. Solo per quello, non per l'avventura, né per la curiosità. Solo perché la signora gli aveva promesso che avrebbe rinforzato la sua mente. E gli sembrò la gratificazione migliore per qualsiasi lavoro.

«Accetto».

«Benissimo. Ora andatevi a riposare, *mon dieu*, monsieur, parete invecchiato di quattro secoli», e su quella battuta madame scoppiò di nuovo a ridere.

Capitolo 10
Il momento è giunto
Oxford, settembre 1599

L'inglese guardò bene la donna. Indossava una tunica bianca che lasciava intravedere le sue forme di burro, i capelli erano sciolti e lunghissimi, cavalcava una cerva, in una mano teneva una mela e nell'altra un mazzo di fiori. La donna accennava un sorriso e John glielo restituì stringendo leggermente le labbra, ma il sorriso non venne bene. "Devo liberare la mente, rilassarmi", pensò. Poi si concentrò come aveva fatto già altre volte e si lasciò trasportare dal filo delle sue meditazioni.

La prima immagine fu una spiaggia bianchissima. Il colore, per un istante, gli ricordò Dover, ma allontanò subito il pensiero con fastidio. Nessuna visione familiare doveva distrarlo da quell'esercizio faticoso. Ricacciò i fili della sua mente nel nulla che si era creato e iniziò finalmente a fluttuare. Quando tornò, rimise gli occhi sulla donna che continuava a sorridergli dall'incisione e stavolta ricambiò con convinzione. Quindi, cominciò a scrivere:

Mio caro Joachim,
inutile dirvi quanto difficile sia stato questo periodo anche per me. A mala pena riesco a concentrarmi sui miei pazienti. Guarirli poi, sembra qualcosa di così complesso che neanche le mie conoscenze pur vaste risultano efficaci. Vi scrivo ora, in questo momento buio, non per lamentarmi, in ogni caso. Che diritto abbiamo noi di criticare la vita, quando i nostri si trovano in acque tanto agitate? E infatti vengo a voi con un moto di speranza. Non tutto è perduto! Astrea brilla sulle nostre teste e ci sprona a non abbandonare il cammino. Se è lei in prima persona a sollecitarci

non credi sia giunto il momento di agire? Se la Salvezza si pone così vicino a noi, allora non bisogna farsi scoraggiare dagli eventi. Lascerò Oxford domani stesso. La destinazione la conoscete bene o potete immaginarla facilmente...

John rabbrividì. Il fuoco del grande camino in pietra lo rassicurò sfavillando come al solito. Quel suo viaggio per andare a trovare la donna sulla cerva gli era parso di ore e invece doveva essere stato via solo qualche minuto. Il che lo lasciava ogni volta interdetto. Il tempo era ancora per lui una "questione", anche se ormai si considerava completamente adattato alle nuove conoscenze acquisite negli ultimi anni. Eppure ancora adesso veniva rapito da istantanei moti di rabbiosa impazienza. Un regalo della gioventù, si diceva. Il giorno che fosse riuscito a comprendere le pastoie del tempo sarebbe diventato saggio, si diceva anche questo. A quel punto si alzò e andò a smuovere la legna nel caminetto, che gli restituì la cortesia con un bagliore e un aumento immediato della temperatura. Quando fu soddisfatto della forza delle fiamme, si rimise allo scrittoio e si accomodò sul seggiolone rivestito di velluto rosso scuro, preparandosi a terminare la lettera che ormai non poteva più rimandare. Il vecchio cane nero, sdraiato ai piedi della sedia, sollevò appena la testa per registrare il movimento del suo padrone e, poi dopo aver lanciato un profondo sospiro, si rimise giù riaddormentandosi di colpo. John lo gratificò con una carezza veloce.

...una volta sul posto vi aspetterò con impazienza e so che arriverete presto perché conosco quanto vi possa stare a cuore il destino del nostro comune amico. Sulle sue condizioni purtroppo non posso aggiornarvi. Per sicurezza mi trattengo anche solo dal nominarlo, per quanto, qui, all'Università e a corte il suo nome venga sempre ricordato con estrema gratitudine e stima. Ma sono anni difficili, ve ne rendete conto voi stesso, il nervosismo della politica è tangibile e le spie sono ormai dappertutto. In questo, il nostro impegno potrebbe essere determinante e il nostro contributo alla risoluzione del dilemma fondamentale. Non agiremo soli, è l'unica garanzia che sono in grado di fornirvi. Ho ricevuto assicurazioni a riguardo. La protezione di cui godremo per tutto il tempo è enorme e certa. Ma di tutto ciò parleremo poi a voce. Nel frattempo vi ricordo di non tralasciare le carte che sapete e di portarle con voi ben custodite affinché non cadano in mani sbagliate. Abbiamo molto da lavorare prima di compiere qualsiasi passo. In ogni caso, mi è stato detto che riceveremo una visita quando i tempi saranno maturi. Allora sapremo. *Sursum corda*, amico mio! Non tutto può ancora considerarsi perduto.

Fate buon viaggio, che la Provvidenza vi assista!

Vostro affezionatissimo,

John Burbage,
Oxford

PS: Quando lo sconforto vi opprimerà il cuore, ricordatevi di Adocentyn e della Signora della spiaggia. Lei è con noi.

L'inglese si accarezzò la barba appuntita e si lisciò i baffi. Rilesse la lettera e si ritenne soddisfatto. Mentre la sigillava con la ceralacca e chiamava il suo segretario perché si preoccupasse di farla recapitare al giovane Joachim in Italia, velocemente e in gran segreto, poggiò nuovamente lo sguardo sulla donna vestita di bianco. Le labbra di John si mossero di nuovo, ma ora non cercava un sorriso congelato nella tensione: «Il momento è giunto», si ripeté, «stanno arrivando». Come se avesse ricevuto un segnale muto, il cane si sollevò da terra, si stiracchiò pigramente e scodinzolando si avvicinò al medico. Gli appoggiò il muso su una coscia e attese di essere di nuovo accarezzato. John poggiò una mano sul grosso tartufo nero, gesto che fu interpretato subito come un invito al gioco. Il cane finse di morderlo, invece poggiò soltanto i denti bianchissimi sulla mano del padrone sfilandosi dalla sua presa e infine lo leccò scodinzolando allegramente.

John gli afferrò il muso e gli stampò un bacio sonoro in mezzo agli occhi.

Poi gli comunicò la novità: «Parto!». Il talismano con la donna sulla cerva sparì prontamente sotto la pesante vestaglia del medico.

Capitolo 11
Mens
Roma, 1889

Furono giorni confusi. Prospero non seppe mai spiegarsi se li aveva vissuti come una sorta di allucinazione, o se la sua concentrazione era tale da aver cancellato ogni distrazione. Non si rese conto neanche che la settimana a disposizione a Roma era passata da un pezzo e Biagio era tornato al paese senza di lui. Non lo sfiorò nemmeno il pensiero che qualcuno, preoccupato, venisse a cercarlo. In quei momenti non c'era spazio per niente che non fossero le parole di Orazio e Sophie, i libri, le incisioni, la marea di simboli, segni e letture che i due gli fecero ingoiare senza posa, per giorni. Anni dopo, quando cercò di darsi una spiegazione, si disse che fu in quel momento che la sua mente venne manipolata e lui trasformato in un fantoccio senza volontà. Ma non gli dispiacque mai veramente di aver trascorso quel periodo su libri rarissimi e preziosi. Prospero, in quei giorni, era solo mente. O *mens*, come amava definirla Sophie che gli fece subito intendere come stavano le cose: non avrebbe dovuto fare domande, mai. Ma fidarsi di loro e di quello che gli passavano. Come unica introduzione alla "preparazione" gli fu spiegato che avrebbero stimolato, appunto, la sua mens, non la sua mente. La mens era lo strumento divino che gli avrebbe permesso di far penetrare il macrocosmo all'interno del suo microcosmo, mischiandoli e vivificandoli. Per il resto non ricevette altre rassicurazioni o chiarimenti. Il programma quotidiano era fitto. Era obbligato a indossare solo particolari colori. Proibì ai padroni di casa di farsi confezionare un abito completo (pantaloni, giacca e gilet) tutto verde, ma su altro dovette cedere e portare sempre una sciarpa di una sfumatura smeraldo che, almeno all'inizio, gli dava il voltastomaco. E Sophie si dilettava a sottoporlo continuamente a sessioni estenuanti di domande e risposte.

«La Prudenza?»

«È formata da *Memoria*, *Intelligentia* e *Providentia*».

«Come viene rappresentata spesso?»

«Tre teste di animali: il lupo, il leone, il cane».

«Bene monsieur, adesso parlatemi dei crochi».

«Sono fiori, semplici fiori colorati, ma simboleggiano la vita eterna e l'eterna giovinezza e sono legati al Sole come principio magico di base. Dal croco si ricava lo zafferano».

«Ottimo lavoro, avete ripassato con Orazio, n'est pas?»

«Sì, per tutta la notte».

«Bravissimo…».

«State leggendo l'*Arbor sciencia* di Raimondo Lullo?»

«Sì madame, anzi, avrei delle domande perché non sono sicuro di aver compreso».

«Nessuna domanda, monsieur, nessuna domanda… Ricordatevi i patti. Ora ripetete: in quale ordine sono disposti i dipinti nel salotto grande?». Prospero non aveva studiato catechismo, ma sapeva perfettamente che il metodo per instillare il dogma nella mente dell'ignorante si basa su una ripetizione continua, priva di qualunque comprensione razionale dell'argomento. Solo così si sarebbero potuti creare automi capaci di morire e uccidere per conto di Dio. Il ragazzo si sentiva come una marionetta nelle mani di persone che non gli ispiravano alcuna fiducia. Eppure non riusciva a fermarsi. Con una voracità inspiegabile anche per lui macinava testi incomprensibili, memorizzava tavole e diagrammi e osservava per ore le immagini che i padroni della pensione gli sottoponevano.

«Oggi leggerete il *De oratore* di Cicerone per intero, fra le righe la cosa potrebbe tornarvi utile quando frequenterete la facoltà il prossimo autunno. Quindi, monsieur, cercate di non opporre resistenza stavolta…», madame aveva sviluppato nei suoi confronti una strana forma di tenerezza. Non era materna, questo mai. Era autorevole come una buona maestra: lo metteva in crisi e poi lo soccorreva. Lo precipitava nel dubbio e poi veniva a ripescarlo con parole di incoraggiamento.

«Vorrei che lo imparaste a memoria… dall'inizio alla fine… in latino».

«Madame è uno sforzo immane…», protestava spesso Prospero.

«È un peso appena percepibile per un asino…».

«Madame, veramente, io non so come ripetervelo… Non mi piace che mi si paragoni agli asini…».

«E io vi ho già avvisato di non sottovalutare mai la natura dell'asino… Mon chou, il libro!». I due erano una squadra infallibile. Madame gli parlava in continuazione e, ogni volta che citava un testo o un'immagine che proprio avrebbe dovuto mandare a memoria, Orazio glieli passava puntualmente. Anzi, mentre Sophie parlava, il figlio già si affrettava a cercare il volume necessario, come se sapesse dove sua madre sarebbe andata a parare.

«È questa la loro forza. L'uno non esiste senza l'altro…», si ripeteva Prospero. Anche sul Nero si interrogava spesso. L'africano silenzioso sembrava scomparso in quei giorni.

«Forse è in viaggio per conto di Orazio…», si era risposto. I giorni e le notti si susseguivano a ritmo incalzante. Quando voleva riposarsi era obbligato a leggere l'*Orlando Furioso*, opera a cui si dedicò con molto amore, in parte perché la conosceva già e poi perché era fra le poche cose comprensibili che gli passavano tra le mani. E se stava per crollare, veniva soccorso con un'oretta di meditazione, doveva rimanere concentrato sul ritmo del suo respiro mentre Sophie faceva suonare a Orazio il *Flauto magico* di Mozart sul pianoforte, tenendo il tempo con il ventaglio. Nei rari momenti di lucidità, Prospero riscopriva la sua vena sarcastica che sembrava spezzata dall'iniziazione che stava affrontando.

«Se sono qui, se mi presto a questo delirio è solo per dimostrargli che sono dei pazzi. Quando i miei piedi rimarranno saldamente incollati al pavimento della pensione e al XIX secolo, toccherà a me canzonarli. Ride bene chi ride ultimo! Altroché Seicento!».

Non provò né fame né sonno, in quel periodo. Le cene e i pranzi trascorrevano spesso in silenzio e di fretta. Tutti si erano dedicati alla sua istruzione e la casa intera sembrava partecipare a questo compito: i suoi quadri, le incisioni incomprensibili, le piante, i colori, tutto gli doveva far scuola.

Prospero, dal canto suo, ingoiava qualsiasi nozione grazie a una memoria fenomenale che riscoprì proprio durante queste giornate folli.

«Vi ho portato un nuovo libro... Maman dice che è il più importante», Orazio si era affacciato alla sua camera da letto. Prospero era sdraiato e cercava di riposare qualche minuto. Era notte fonda.

«Vi ringrazio signor Orazio, di che libro si tratta?»

«È *L'idea del Theatro* di Giulio Camillo».

«Anche andare a teatro fa parte delle arti magiche?», domandò il ragazzo ironico.

«Sì...», Orazio rispose senza aver colto la provocazione.

«Orazio non volete aiutarmi spiegandomi qualcosa in più?»

«Delle parole si occupa maman, io mi curo dei libri...».

«Grazie lo stesso signor Orazio...», rispose Prospero rassegnato.

«Di nulla, ci vediamo in biblioteca». L'ultimo volume che era stato obbligato a leggere lo aveva colpito. Era stato scritto all'inizio del Cinquecento. Il Teatro di Giulio Camillo si basava sugli studi di Vitruvio e continuava a richiamargli alla mente i racconti che il padre gli aveva fatto sul Globe Theatre di Shakespeare. Ma non osava parlare a Sophie di questi sprazzi di reminiscenze. Sapeva che non avrebbe mai ricevuto risposte. Se lo tenne per sé e divorò il libro in pochissimo tempo. Così conobbe l'esistenza di questa "macchina" dedicata e regalata al re di Francia Francesco I e poi perduta per sempre. Il teatro di Camillo era un meccanismo fisico per stimolare la memoria attraverso associazioni di simboli, pianeti e luoghi della psiche. Il funzionamento gli apparve oscuro e incomprensibile, ma l'idea di fondo lo solleticò. O solleticò la sua mens come avrebbe detto madame.

«Avete imparato la serie di Saturno?»

«*Sephiroth* compresa?»

«Sephiroth compresa».

«Sì madame, ma non credo di aver capito».

«Non è importante… recitatemi i gradi, *s'il vous plaît…*».

Il ragazzo rispose con voce monotona: «La serie di Saturno è composta dai soliti gradi: il Convivio, l'Antro, le Gorgoni, Pasifae e il Toro, i Talari di Mercurio, Prometeo».

«Cominciamo da Prometeo, il grado più basso».

«Nel grado di Prometeo, la natura di Saturno si esprime al suo livello, appunto, più basso. Saturno è il facchino, o il portatore. I simboli quindi saranno: una vettura o dei facchini, un'immagine di uccellagione, un fanciullo con l'alfabeto che simboleggia la grammatica, un asino…».

«Cos'altro monsieur?»

«La pelle di Marsia, madame, la pelle di Marsia… anche se non conosco bene il mito di Apollo e Marsia, ma credo di averlo sentito a scuola una volta… È la storia del pastore Marsia che sfida Apollo in una gara, flauto contro cetra, perde e viene scuoiato vivo dal dio?»

«Risparmiate il fiato monsieur, parliamo della Sephiroth della serie di Saturno…», madame annuì impercettibilmente mentre lo richiamava all'ordine. "Forse avevo ragione", pensò il ragazzo.

«È *Binah*».

«E cosa rappresenta?»

«L'intelligenza, il cuore che comprende le cose, almeno secondo lo *Zohar*».

«E l'angelo?»

«*Zaphchiel*, madame».

«E chi è?»

«È il principe dei troni, governa il Paradiso con altri nove angeli ed è un arcangelo».

Sophie socchiuse gli occhi e rimase qualche secondo in silenzio.

«Continuate così, monsieur, e sarete pronto molto presto».

«Quando madame?»

«Nessuna domanda, monsieur, ricordate i patti».

Capitolo 12
La società segreta
Roma, gennaio 1600

«Com'è andato il viaggio?». Il medico era nervoso. Il suo arrivo a Roma era stato funestato da molti imprevisti e si sentiva seguito. In tutti i luoghi in cui si era fermato per riposare aveva avuto la sensazione che mille occhi gli fissassero la nuca, che ogni suo pensiero venisse spiato. Tutte le notti, incubi tremendi lo avevano tenuto sveglio. Neanche il frequente ricorso ai suoi talismani lo aveva tranquillizzato. Si era sentito solo. Non protetto. E più di una volta aveva interpretato tutto ciò come un segno malvagio: forse la Salvezza li aveva abbandonati? Eppure era stato attento, non aveva parlato con nessuno e aveva tenuto nascosta la destinazione del viaggio fino a che gli era stato possibile. Lungo il tragitto le molte persone che aveva incontrato avevano creduto che fosse diretto prima in Francia, poi in Belgio e in Olanda, quindi in Svizzera. Aveva mentito a tutti e la cosa un po' gli dispiaceva. Ma doveva mantenere il segreto. E soprattutto sperava di sviare gli informatori delle guardie vaticane. Ora però sentiva che la sua fitta ragnatela di bugie poteva non aver funzionato. Si era fermato qualche tempo in un albergo, poi si era attivato per affittare un appartamento al piano nobile di un palazzo nei pressi della Rotonda. Ci aveva messo pochissimo a trovare una scusa con i suoi padroni di casa, certi nobili in disgrazia che erano stati costretti a trasferirsi nella tenuta di campagna dove i costi erano ridotti, così come il tenore di vita. Era il Giubileo e, a tutti, lui si presentava come un inglese convertito che veniva nella Città di Dio per farsi benedire e per le indulgenze. Lo avevano accolto come un eroe. Gli avevano anche fatto un prezzo di favore e lo avevano invitato addirittura a pensare di fermarsi a Roma, dove sarebbe potuto stare nell'appartamento il tempo che voleva. Da quel momento in poi l'avevano lasciato in pace. La voce, nel rione a ridosso del Pantheon, si doveva essere sparsa velocemente e ora che i suoi vicini conoscevano parte della storia, nessuno si era dato pena di saperne di più. Era normale. Perfetto. Era nel posto giusto al momento giusto. La posizione, inoltre, era ideale e la casa aveva poche finestre sulla strada. Avrebbero avuto problemi a controllare, ma in questo modo sarebbero stati più lontani da occhi indiscreti. D'altro canto, per la loro sicurezza, il medico faceva affidamento sugli uomini di Fratel R. C. che sarebbe arrivato dalla Germania proprio quel giorno. Il viaggio del giovane Hessler, invece, era stato molto più breve. Veniva da Padova, dove si era trasferito per studiare medicina dopo l'arresto del monaco, portando con sé gran parte delle carte del Nolano e molte informazioni. Hessler era determinante. E per John Burbage di Oxford, dottore e fedele seguace delle teorie di Paracelso, era fondamentale che il viaggio del ragazzo fosse stato tranquillo.

«Com'è andato il viaggio?», gli domandò ancora prima di salutarlo.

«Noioso, scomodo, lungo, ma tranquillo», rispose il giovane Hessler. «E il vostro?», domandò.

«Agitato, ma siamo qui. E questo è quello che conta».

«Dunque, eccoci. Si comincia… Gli altri?»

«Arriveranno. Ser Tomáš, l'uomo di Hainzell, dovrebbe giungere a breve e occorrerà andare a prendere il monaco. Potete scortarlo fin qui? È a Santa Prassede, si ferma sempre lì quando viene a Roma da Vallombrosa».

«Vado immediatamente, chi altro manca?», domandò Joachim Hessler, il segretario di Giordano Bruno e uno dei suoi più affezionati discepoli.

«Fratel R. C., anche lui è in viaggio, ma arriverà presto e poi il tedesco, quel Gustav Steiner che abbiamo contattato, ricordate, l'uomo dell'imperatore?»

«Sì, la nostra "talpa"...», Joachim parlò tradendo tutta la sua preoccupazione, «non è ancora qui? Perché?»

«State tranquillo Joachim, arriverà anche lui».

«Non mi fido di quell'uomo», rispose il ragazzo.

«Neanche io, ma ci è utile».

«Invidio la vostra calma, John Burbage...». John non aveva che pochi anni più di Joachim. Non arrivava neanche ai trenta, ma la sua fama lo precedeva. I suoi studi su Paracelso e sulla medicina gli avevano garantito un posto d'onore fra gli intellettuali di mezza Europa. Joachim si era spesso trovato a pensare di fuggire in Inghilterra per diventare suo allievo. Alla corte di Elisabetta I si stava bene. Gliene aveva parlato spesso anche Iordanus che ancora ricordava i suoi anni inglesi come il miglior periodo della sua vita. Sicuramente il più fertile. Alla fine però aveva vinto la fedeltà al maestro. Era arrivato con lui fino a Venezia, da dove purtroppo, quando l'infame Mocenigo aveva denunciato il monaco alla Santa Inquisizione, era stato costretto a fuggire riparando a Padova. Lì, aveva fatto perdere le sue tracce fra i tanti studiosi dell'Università era riuscito a stare tranquillo. Ma si era anche sentito un vile. E la sensazione, per lui che era giovane e di principi saldissimi, era la peggior vergogna per un essere umano. Doveva essere stata questa la ragione per cui aveva risposto con tanta solerzia all'invito di Burbage di venire a Roma. Non gli erano chiari né i piani, né lo scopo del viaggio, ma non importava. Tutto era migliore che quella sensazione di umiliazione. C'era da dare alle fiamme il Vaticano? Lui l'avrebbe fatto. Bisognava ammazzare il cardinal Bellarmino, l'inquisitore del Nolano per conto del papa? Lui si sarebbe immolato. In realtà non era tanto l'aiuto muscolare che serviva al medico. Erano piuttosto gli appunti di Hessler e i diagrammi disegnati di suo pugno dal domenicano che gli interessavano. Ne aveva parlato velocemente al ragazzo in una lettera. Pregandolo di custodirli con ogni cura e di portarli con sé. E lui l'aveva fatto. Li aveva nel suo bagaglio e ora quel bagaglio era approdato sano e salvo nella casa alla Rotonda. Per Burbage fu il primo pensiero positivo da quando si era lasciato il porto di Dover alle spalle.

«È la calma del condannato a morte, la mia... Joachim... siete sicuro di voler partecipare?», domandò il medico sinceramente preoccupato.

«Mettete in dubbio la mia fedeltà al Nolano?», il tono di Hessler si era fatto rabbioso.

«Non lo farei mai, Joachim. Non mi permetterei mai. Senza di voi saremmo perduti».

«E allora, basta. Il tempo delle domande è finito. Dobbiamo agire».

«Avete ragione. E per prima cosa è necessario portare qui l'olivetano, Giovan Battista Rossi, lo incontrerete a Santa Prassede, in biblioteca, secondo i patti. Chiedete di lui, presentatevi come venditore di libri rari, non vi faranno domande. Ma non vi soffermate troppo nel convento, le orecchie del nemico sono ovunque. Dovete soltanto prelevarlo e portarlo qui in tutta sicurezza. Io attenderò gli altri».

«Partirò immediatamente».

«Grazie e, mi raccomando cercate di capire», la voce di Burbage assunse un tono quasi paterno, «è la prima e l'ultima volta che vi darò un incarico da attendente, Joachim, non vi crucciate. Ma voglio che l'olivetano arrivi senza problemi e senza attirare l'attenzione e mi fido soltanto di voi».

«Non mi considero un attendente... Ho studiato troppo per servire senza sapere...», Joachim sorrise e il medico gli sorrise a sua volta. Si strinsero la mano, poi Burbage attirò a sé il ragazzo, lo abbracciò e gli sussurrò a un orecchio: «La Provvidenza ci accompagna».

«E la Salvezza la segue...», concluse Joachim.

«Andate ora, non abbiamo molto tempo, dobbiamo radunarci e parlare prima che arrivi il tedesco».

Il giovane aveva lasciato l'appartamento da poco, quando Ser Tomáš si presentò alla porta. Era grande, grosso e completamente ricoperto di peli fitti, ricci e rossi. Sembrava un orso bonario, un orso bonario e gigante per la precisione. Almeno questo è quello che pensò Burbage quando lo accolse. Lo pensava ogni volta che lo vedeva. "Non dubito che sia diventato il luogotenente di Hainzell. Il protettore degli alchimisti con lui dorme sonni più che tranquilli", pensò il medico.

«Ser Tomáš, benvenuto nella città maledetta!», il tono di voce del medico si era alleggerito. Il boemo rispose con una risata.

«Da queste parti si direbbe la stessa cosa della tua Inghilterra e della mia Boemia...», rispose Ser Tomáš, abbracciando l'amico e tenendolo stretto.

«Hai trovato facilmente l'indirizzo?»

«Vengo da Praga, mica dalle montagne!».

«Tendo a dimenticare che sei un uomo civilizzato, visto il tuo aspetto!».

«Mai fidarsi delle apparenze, inglese. Anche tu a una prima occhiata sembreresti un giovane medico gracilino e innocuo. Con quale mirabile scusa sei riuscito a insinuarti a due passi dal papa?»

«È bastato dire che sono un protestante convertito e tutte le porte si sono aperte. È l'Anno Santo, boemo, nessuno fa domande a un redento in cui brucia la fede nell'unica vera religione!», esclamò Burbage ridendo.

«Non avevo dubbi. Te la cavi sempre», rispose Ser Tomáš divertito, poi aggiunse: «siamo soli?»

«Non esattamente, il giovane Joachim è già arrivato e sta andando a Santa Prassede a prendere l'olivetano. Stiamo aspettando Fratel R. C. e i suoi che spero busseranno a breve e Gustav Steiner, il tedesco di cui ti avevo parlato per lettera».

«Ah, ed è in ritardo?», domandò il boemo, tornando serio.

«Sì... un po' troppo per i miei gusti».

«Lo terremo d'occhio», lo rassicurò Ser Tomáš.

«Assolutamente, boemo, assolutamente...».

«Fammi togliere la cappa, inglese, sto scoppiando di caldo. Vi ammalerete tutti se continuerete a tenere il fuoco tanto alto...».

«Boemo, non siamo tutti orsi come te... E ci piace la comodità. La mente si libera prima se il corpo è tenuto al caldo... E la stagione non aiuta. E neanche la città. Noi inglesi facciamo tutti lo stesso errore, pensiamo all'Italia come immersa in una primavera perenne, finché non ci si viene d'inverno e moriamo di freddo».

«Perché siete animaletti di corte... ecco perché», lo canzonò il boemo.

«Forse perché abbiamo le ossa umide, Tomáš... E poi non prendermi troppo in giro, alla corte di Rodolfo II si vive bene mi hanno detto. Ma vedo che su di te la raffinatezza degli studi e delle pratiche di Hainzell e dei suoi protetti non hanno avuto alcun effetto... Sei sempre il solito mostro!».

«Non credere che a frequentare astrologhi e alchimisti ci si indebolisca, inglese. Curo la mia passione per i libri e mi occupo degli affari sporchi del re. Ecco cosa faccio a corte. Non passo mica tutto il giorno a rimpinzarmi e a recitare poesie d'amore... come te...».

«Sai meglio di me quanti insegnamenti arrivano dalle poesie d'amore. O tu leggi Petrarca solo in presenza delle belle donne?»

«Purtroppo non ho più tempo per le belle donne, mio caro. Mi interessano più i libri. E intendo procacciarmene qualcuno anche qui... il *De tribus impostoribus* per esempio, sarebbe un colpaccio...».

«Ma se non esiste! Boemo non ti facevo così ingenuo. Sapevo che eri pazzo: cercare il libro più odiato dalla Chiesa di Roma proprio nella città che ha messo praticamente tutta la cultura degna di questo nome all'Indice è un'idea che solo tu potevi farti venire. E poi lo sai meglio di me, quel libro serve solo a bruciare eretici. Vengono sempre accusati di averlo letto o posseduto, ma nessuno l'ha mai visto. Non ti rendi conto che è un misero trucco per incriminare gli studiosi?»

«Dici che non esiste perché non si trova, inglese? Non ti facevo così credulone. Invece esiste, qualcuno l'ha letto. E me l'ha detto senza bisogno di essere torturato né trascinato davanti all'Inquisizione. Quindi esiste e io lo troverò prima o poi. E poi lo regalerò al mio re».

«Che ti coprirà d'oro... Hai già una pista?»

«No... non esattamente, pensavo di chiedere all'olivetano. Se quel libro è passato per Roma o per la collezione di Don Giovanni a Firenze, lui l'ha visto. L'olivetano è il mio uomo. Lui sa dov'è. E forse l'ha anche nascosto!», rispose il boemo.

«C'è qualcuno alla porta...», lo interruppe John Burbage, preoccupato.

«Fratel R. C.! Quando potremo cominciare a chiamarti con un nome sensato?», esclamò Ser Tomáš alla vista dell'uomo che si era appena palesato. Era completamente vestito di nero, aveva i capelli lunghi, gli occhi febbricitanti e un viso sofferente che si distese leggermente alla vista dei suoi vecchi amici.

«Ho sposato la mia causa, boemo. Non ho più un nome "sensato" come dici tu... Il mio nome comunque c'è. È solo nascosto dietro i puntini».

«Dove sono i tuoi cani da guardia, fratello?», domandò Ser Tomáš.

«Non sono cani da guardia, Tomáš, sono fratelli. E si sono fermati al portone. Terranno d'occhio la strada per noi», rispose il tedesco.

«Bene. Sì, è meglio», intervenne Burbage e poi continuò. «A quest'ora Joachim e l'olivetano saranno sulla via del ritorno. Steiner ancora non si fa vivo, mi sto preoccupando...».

«Steiner è il nostro uomo?», commentò Fratel R. C. con tono annoiato, mentre si toglieva il pesante mantello e si versava una coppa di vino.

«Sì è lui. Dobbiamo riuscire a parlarci fra di noi prima che arrivi. Nulla ci deve sfuggire in sua presenza, non una parola. Non è degno della nostra fiducia ed è estraneo alla nostra cultura...», puntualizzò l'inglese.

«Gli aprirò la pancia se solo prova a tradirci», commentò Ser Tomáš.

«Mi auguro che non sia necessario, boemo. Ma se tutto va come Lei ci ha chiesto non sarà necessario». Non appena Burbage la nominò, i tre si fecero subito gravi e silenziosi. Senza dire una parola trascinarono i pesanti seggioloni di legno del salotto davanti al caminetto e si accomodarono uno vicino all'altro per guardare il fuoco e rifocillarsi dopo i rispettivi viaggi. In quello stesso momento, il giovane Joachim entrava a Santa Prassede e si faceva accompagnare alla biblioteca del convento. Giovan Battista Rossi era intento a leggere davanti al caminetto e non si era accorto dell'arrivo del giovane. Lo annunciò un monaco dall'aria vagamente stupida: «Il Cavalier Joachim Hessler domanda di voi, generale, dice di essere un commerciante di libri antichi».

«Fallo passare, Luigi, e smettila di chiamarmi generale. Portaci un po' di vino caldo, il mio ospite sarà infreddolito. Fuori si congela».

«Padre Rossi, sono onorato di conoscervi».

«Vieni accanto al fuoco, ragazzo, mettiti seduto», il monaco aveva anche lui meno di trent'anni, ma così come Burbage, una vita trascorsa alla corte dei Medici a cercare libri antichi per il suo signore e la sua immensa cultura, gli avevano già fatto guadagnare il titolo di generale del convento degli olivetani di Vallombrosa e la fama di uomo saggio che lo faceva apparire molto più grande della sua età.

«Non abbiamo tempo, padre. Dobbiamo andare».

«È già arrivato anche Steiner?», domandò l'olivetano.

«Non c'era ancora quando mi sono incontrato con l'inglese. Per questo abbiamo fretta, dobbiamo riunirci prima del suo arrivo. Non possiamo parlare liberamente davanti a uno sconosciuto».

«Capisco», rispose il monaco che già stava indossando il mantello e si tirava su il cappuccio. «Andiamo allora, abbiamo molto da fare e molto da dirci prima che arrivi l'asino». Su quell'ultima parola Joachim si bloccò. Era a conoscenza di questa parte del piano e per ogni minuto che passava sentiva montare la curiosità. Ancora stentava a crederci. E ora che il momento era giunto, non riusciva più a trattenere l'impazienza.

«Come fate ad essere così tranquillo, padre...», domandò.

«Non sono affatto tranquillo, ragazzo mio... Non sono affatto tranquillo...», rispose laconico il monaco.

Capitolo 13
Il teatro
Roma, luglio 1889

Era stato bravo. Non aveva fatto domande e si era fidato. Era stato il miglior studente che Sophie avesse mai potuto desiderare, date le circostanze. E se ne era anche compiaciuto a lungo e senza remore, nelle poche ore libere che gli erano state concesse durante l'addestramento. Non si considerava un uomo tendente alla piaggeria, ma gli piaceva fare bene. E gli piaceva essere gratificato dai complimenti. Così ogni volta che madame lo premiava con un commento benevolo, lui si sentiva felice. Se felicità si può chiamare quel sentimento misto a paura ed eccitazione che l'aveva pervaso per tutto il periodo della preparazione. Era stato bravo. E ora era giunto il momento di metterlo alla prova. Glielo avevano annunciato all'improvviso, proprio mentre pensava che per completare la sua formazione ci sarebbero voluti anni e innumerevoli notti insonni a studiare e a mandare a memoria nozioni per lui semi-incomprensibili. Non gli diedero spiegazioni, come al solito. Fecero giusto un accenno proprio alla sua capacità di ricordare, ma non era certo che fosse quello il motivo per cui il suo addestramento venne considerato concluso.

«È il giorno…», Orazio si era affacciato alla porta della sua stanza, ma non aveva libri in mano. All'inizio non capì.

«È già giorno?», domandò sbattendo le palpebre.

«*Non*… monsieur… è oggi… Il giorno è oggi», Orazio puntualizzò. Come se avesse ricevuto un ordine, Prospero si mise seduto sul letto di scatto, ma non si mosse subito. Indugiò giusto qualche istante per schiarirsi la mente. Orazio, nel frattempo, era rimasto sulla soglia della porta e lo aspettava.

«Arrivo subito, signor Orazio», si giustificò il ragazzo.

«Non preoccupatevi, c'è tutto il tempo...». I due percorsero il corridoio verso il salotto di madame in silenzio e da lì passarono in biblioteca, dove Prospero aveva sempre immaginato che dovesse svolgersi "il rito", come aveva preso a chiamarlo quando era solo. La biblioteca però era stranamente vuota. In tutti quei giorni si era immaginato quel momento come una specie di battesimo. Una cerimonia che sarebbe avvenuta alla presenza di tutti, cameriera decrepita compresa che – sempre nella sua immaginazione – avrebbe avuto un ruolo da assistente, o da sacerdotessa. Nei suoi sogni più selvaggi, inoltre, si figurava l'evento come un momento carico di tensione e magia: fiamme che prorompevano dal caminetto, pagine di libri che si aprivano da sole, sacrifici umani, Mimì che si trasformava in una pantera nera. E invece la biblioteca era vuota. Il caminetto spento, come era giusto che fosse vista la stagione, i libri erano al loro posto, dove quasi certamente li aveva ricollocati con immenso amore il loro proprietario. Tutto, insomma, era come lo aveva lasciato prima di andare a riposare in stanza. Era un giorno normale nella pensione alla Rotonda.

E invece no. Perché quello era "il giorno" e lui avrebbe compiuto un viaggio nel tempo, secondo le promesse di Sophie e di suo figlio. Pensò a tutte queste cose mentre continuava a seguire Orazio il quale oltrepassò il tavolone, oltrepassò il divano con le poltrone davanti al camino e si diresse verso le librerie a parete.

«Non vorrà mica darmi un altro tomo da imparare a memoria?», si chiese Prospero. Ma si rispose subito che no, non poteva essere. L'uomo gli aveva detto che oggi avrebbero tentato il viaggio, quindi non era più tempo di volumi antichi, né di interrogazioni. A quanto pare l'addestramento aveva funzionato e lui era stato considerato pronto. Orazio si fermò davanti agli scaffali e si voltò di colpo. Prospero rimase immobile a osservare le mosse del suo mentore. Ma non poté fare a meno di rivolgergli un lungo sguardo interrogativo.

«Che succede ora?», la domanda che aveva negli occhi era inequivocabile.

«Guardate», gli rispose l'uomo. «Respirate a lungo, prima, poi guardate», aggiunse.

Il ragazzo eseguì quello che gli aveva ordinato il figlio di Sophie. Chiuse gli occhi per trovare tutta la concentrazione necessaria, inspirò in profondità e poi espirò fino all'ultima molecola d'aria. E poi lo fece di nuovo, tanto per essere sicuro. Riaprì gli occhi e tornò a fissare Orazio con la stessa aria confusa di prima.

«Che succede?», stavolta lo chiese a voce alta.

«Guardate, vi ho detto. Guardate la stanza, non vedete niente?». La biblioteca non era più la biblioteca. Semplicemente.

«Venite, accomodatevi mon ami!», la voce di Sophie lo raggiunse nel momento esatto in cui si rendeva conto di quel dettaglio sconvolgente. Non riusciva a vedere la donna, perché era ancora impegnato a darsi una spiegazione razionale, ma sentiva la voce di madame provenire da qualche parte dietro di lui. Quando riuscì a mettere a fuoco il luogo in cui sarebbe avvenuto tutto non poté credere ai suoi occhi. La stanza era diventata gigantesca. I soffitti altissimi. La biblioteca si era trasformata in qualcos'altro. La situazione era talmente assurda che non si dilungò troppo a riflettere su come fosse possibile che una casa di dimensioni normali potesse custodire al suo interno una camera così enorme, né quale trucco magico avesse trasformato il "tempio" di Orazio in quel luogo. Continuavano a esserci i libri, i legni degli scaffali, il vecchio camino di pietra. Ma ognuna di queste cose aveva trovato un'altra posizione e aveva dilatato la sua forma originaria. Là dove le scaffalature erano increspate da un'incisione delicata di colonne, c'erano colonne vere. Dove dovevano esserci i libri c'erano invece cassetti, e rotoli di carta pergamena. Nel luogo in cui un tempo c'erano le sedie, si trovava una gradinata simile a quelle dei teatri antichi. E la pietra del caminetto era come se avesse dato vita a statue e busti di poeti e filosofi. Gli scombiccherati avevano il teatro. Aveva letto, ne aveva studiato ogni dettaglio e ora ci stava davanti. In tutta la sua maestosità il Teatro di Giulio Camillo era lì, al Pantheon, in un anonimo palazzo troppo consumato dal tempo. Prospero rimase in silenzio e immobile. Non guardò madame, non cercò il conforto di Orazio con lo sguardo, non si accorse nemmeno che il Nero era lì, ricomparso dopo settimane in cui si erano perse le sue tracce, e ora lo guardava con la bocca atteggiata a quel sorriso strano che sembrava una smorfia. Rimase semplicemente fermo con gli occhi che gli si andavano riempiendo di lacrime dalla commozione. Si riebbe dopo un tempo che gli parve lunghissimo, per accorgersi che tutti i presenti sorridevano eccetto lui.

«È il Teatro di Giulio Camillo, quello che aveva fatto costruire per Francesco I nel Cinquecento? È un pezzo dal valore inestimabile...».

«Sì, e non solo in senso economico, monsieur... Vi piace? Vederlo dal vivo, intendo. Ve lo immaginavate così?», domandò Sophie con una voce stranamente comprensiva.

«Sì, madame. Esattamente, ma non pensavo fosse così grande... Né che fosse sempre stato qui, sotto i miei occhi».

«A volte gli occhi non vogliono vedere. Anche se mi pare strano... È un teatro, monsieur! Mica un *secretaire*!», esclamò madame mettendo su un tono giulivo che a Prospero suonò stonato.

«Ma come avete fatto ad averlo? Qualcun altro l'ha visto, sa che si trova qui, a Roma, in casa vostra?»

«Non... E nessuno dovrà saperlo, mon cher... Mi raccomando...», la voce di Sophie non era più leggiadra adesso. Prospero capì e la paura che aveva provato prima gli piombò di nuovo addosso. Il teatro era completamente di legno, un miracolo di ebanisteria. Non c'erano spazi a disposizione del pubblico, ma su questa stranezza il ragazzo aveva passato talmente tante ore di studio che a mala pena la notò: quella "macchina" non aveva bisogno di spettatori.

«Vi ricordate come si usa, monsieur?...», domandò Sophie. La donna proseguì senza aspettare la risposta. Era nervosa: «Ricordate che per questo teatro non c'è bisogno di spettatori, vero? Basta una sola persona che diventi pubblico e attore allo stesso tempo. Giulio Camillo lo aveva progettato così e aveva scelto come suo campione il re di Francia. Nella mente del suo creatore Francesco I sarebbe dovuto diventare onnisciente. Un dio».

«Sì, madame... Certamente... ricordo ogni cosa, anche se mi avevate detto di concentrarmi solo sulla serie di Saturno, se non sbaglio...», rispose Prospero.

«Oui... Avete bisogno soltanto di quello per il momento...».

«Perché Saturno governa il tempo, vero?»

«Oui... mio perspicace amico...».

«Madame è la prima volta da settimane che rispondete a una mia domanda...».

«Oggi è il giorno, Prospero, oggi è il giorno... Non risponderò a tutti i vostri quesiti, ma vorrei farvi partire sereno, per quanto possibile...».

«È anche la prima volta che dite il mio nome, madame...».

«Lo so...», Sophie parlò con la voce di una madre preoccupata per la sorte del proprio bambino.

«Madame che cosa devo fare per cominciare?», il ragazzo provò a lanciare un'altra domanda.

«Non è ancora arrivato il momento. Per ora dobbiamo parlare. Quando vi troverete laggiù sarete da solo. Dovete ancora conoscere la destinazione, sapere chi incontrare, dovete vestirvi con abiti dell'epoca. Nel Seicento non si usavano quei pantaloni e la vostra giacca attillata sarebbe inadeguata. Ricordate, arriverete in pieno inverno, nel gennaio del 1600. In quegli anni a Roma le temperature toccarono soglie mai viste. Gli inverni della fine del Cinquecento sono stati definiti "la piccola glaciazione"... Ora fate silenzio e ascoltate. Basta domande», gli occhi di madame lampeggiarono.

Orazio parlò per primo: «Tenete, ho preparato una borsa, un piccolo bagaglio. Dentro c'è un mantello, una giubba, una camicia, un paio di pantaloni, un paio di stivali e qualche ricambio di biancheria. Vi vestirete qui, prima di partire. Prego, s'il vous plaît...», l'uomo passò a Prospero una bisaccia consumata di pelle. Il ragazzo frugò e trovò esattamente tutto quello che il figlio di Sophie gli aveva descritto. Non provò alcuna vergogna mentre si denudava e indossava gli abiti d'epoca che i tre gli avevano fornito. Neanche quando – nel momento esatto in cui si ritrovò nudo – udì il risolino di madame. Dopo aver messo pantaloni, camicia e giubba come da indicazioni si drappeggiò anche il mantello sulle spalle e squadrò i suoi ospiti.

«Mi manca la spada...», disse per allentare la tensione.

«Non vorrete consegnare un'arma al nemico, monsieur... Le spade si portano quando le si sa usare, altrimenti possono essere molto controproducenti... Fidatevi della velocità delle vostre gambe se doveste trovarvi in pericolo... E in quella della vostra mens...», puntualizzò madame, seria.

«Quando arriverete», proseguì Orazio, «vi troverete probabilmente nella stessa zona di questa casa, sarete cioè al Pantheon. Cercate un palazzo con la facciata dipinta e andate fino al piano nobile. Lì vi staranno aspettando. Ma non verrete accolto senza presentarvi e il vostro nome, laggiù, vuol dire poco. Dovrete dirgli esattamente queste parole: "Io sono l'asino mandato dalla signora della spiaggia". Ripetetele s'il vous plaît...».

«Io sono l'asino...», Prospero non poteva credere alle sue orecchie. «Ma davvero devo darmi da solo dell'asino?», domandò.

«Ripetete le parole, monsieur», Orazio non aveva voglia di scherzare.

«Io sono l'asino mandato dalla signora della spiaggia», ripeté Prospero diligentemente.

«*Voilà! Parfait!*», esclamò madame battendo le mani.

«Non dimenticatele mai. E non ditele a nessuno che non siano gli uomini che vi attendono al piano nobile del palazzo dipinto, mi raccomando. Ne va della vostra stessa vita!», insisté Orazio.

«Sì, signor Orazio, ho capito».

«Un altro avvertimento, mon cher», Sophie si intromise «Non farete mai riferimento alla vostra epoca. Non si scherza con il tempo. La compagnia che vi attende è stata preparata, nessuno vi farà domande. Perciò voi non fatevi scappare nulla di nulla. Né notizie, né sensazioni, *rien*... Siamo intesi? Giuratelo!».

«Lo giuro, madame».

«Bene».

«Orazio, mon chou, spiegagli tu cosa deve fare, mentre io mi concentro...», madame lanciava ordini come un generale, con una calma serafica, intanto afferrava una rosa con le mani grassocce e la disfaceva in una ciotola. Mentre si dedicava a quest'operazione le narici le fremevano.

«Bene, monsieur, adesso respirerete a lungo, come vi abbiamo insegnato. Vi concentrerete con tutta la vostra forza mentale e comincerete a percorrere la serie di Saturno. Dal pianeta fino al grado di Prometeo. Per ogni grado prenderete il tempo necessario a guardare le immagini e i simboli, non dovrete solo guardarli, dovrete comprenderli, introiettarli dentro di voi: nella mente e nel cuore. Durante l'ascesa, dovrete soffermarvi anche ad aprire i cassetti che sono disposti lungo il cammino. Li aprirete, leggerete quello che c'è dentro. Rifletterete. Ora mettetevi qui, in mezzo alle colonne di Salomone e cominciate a respirare. Andate e fate buon viaggio».

Prospero mosse il primo passo verso la macchina. Mentre camminava notò che ogni singolo pezzo di legno che componeva gli spalti era riccamente inciso con decori floreali, bucrani, frutta, simboli astronomici e astrologici, più altri segni che non seppe riconoscere. Vide anche che ogni decorazione nascondeva un ripiano e un cassetto dove si disse che dovevano trovarsi i testi da leggere durante l'ascesa. Alla base, fra le colonne in mezzo alle quali Orazio gli aveva ordinato di fermarsi a respirare, arrivava fortissimo l'odore della rose che Sophie stava disfacendo. Fu proprio con quell'odore nelle narici che iniziò la sua meditazione. Improvvisamente percepì non soltanto il fiore, come oggetto fuori da sé. Divenne il fiore, lo comprese nel profondo, ne capì le ragioni di vita, i motivi per cui da bocciolo sbocciava e si apriva, il suo ruolo nel mondo naturale. I motivi per cui, al massimo del suo splendore, la rosa si lasciava morire per far spazio a un altro bocciolo. Per il bene della pianta. Per continuare a vivere. Era semplicissimo. Non aveva quasi bisogno di concentrarsi troppo. Tutto fluiva con naturalezza mentre alle sue spalle sentiva che i tre lo stavano fissando. Non si voltò mai. Neanche una volta. Si abbandonò con tutto se stesso al desiderio di conoscere cosa si sarebbe manifestato durante il percorso. I piedi si mossero da soli e lo spinsero un poco più avanti. Respirò di nuovo in profondità e tirò fuori tutta l'aria che aveva accumulato nei polmoni con un un unico sbuffo. Quindi s'incamminò. Passò Zaphchiel e Binah, rispettivamente l'angelo e la Sephiroth che sovrintendevano la serie, rappresentati come quadri allegorici. Lì si fermò e il suo cuore si aprì all'improvviso, come uno scrigno. Gli fece male all'inizio, ma non si spostò. Era Binah che cominciava a funzionare. Le Sephiroth erano manifestazioni del divino, si disse il ragazzo. E Binah rappresenta proprio l'apertura del cuore e della mente.

«È quello che ti sta succedendo, Prospero, cammina senza fermarti», madame lo incoraggiò. Il ragazzo respirò un'altra volta. Si concesse solo un momento per osservare meglio i decori del teatro, ammirò le statue che rappresentavano i filosofi del passato e lanciò un'occhiata veloce alle altre serie, disposte vicino a quella di Saturno a completare gli spicchi che componevano la macchina di Camillo.

«Proseguite, non vi distraete, non vi fermate», la voce di Sophie lo raggiunse da dietro le spalle ed era flebile, non assertiva come al solito, quasi implorante. Il ragazzo continuò a camminare e poggiò il piede sul gradone che lo introduceva al grado dell'Antro. C'era Cibele che lo aspettava. E le tre teste di lupo, leone e cane che aveva anche visto sul quadro del salotto durante le sue uscite notturne. In quel momento seppe che cosa rappresentavano: passato, presente e futuro. E si fermò di nuovo. Sapeva di trovarsi in un punto determinante del cammino. Anche qui, come per la rosa, gli sembrò di poter afferrare lo scorrere del tempo fra le dita, come fosse qualcosa di suo. Ma si sbagliava. Il tempo non era suo. Lui apparteneva al tempo. Lo capì di colpo e si abbandonò ancora una volta a una nuova consapevolezza. Le altre immagini che gli si pararono davanti non le comprese altrettanto velocemente. Sul passero, in realtà un dipinto a olio, si fermò a riflettere che gli parlava di solitudine. La sua. Abbracciò quella sensazione, si sentì abbandonato a se stesso, ma non ebbe paura. Gustò, anzi, l'emozione e si ritrovò in mezzo ai boschi che circondavano il paese, solo, a leggere i suoi libri, pienamente consapevole di sé, delle proprie possibilità e dei propri desideri. E si sentì completo in quella solitudine. Si sentì perfetto. La salita continuò sempre con le stesse modalità. Nei cassetti che decoravano le varie sezioni che incontrava via via, trovava poesie, brani di romanzi, liriche. Tutte gli parlavano di amore. E lui si lasciò pervadere come mai gli era capitato. Soltanto mentre stava per avvicinarsi all'ultimo grado, quello di Prometeo, il grado che gli avrebbe permesso di staccarsi dal suo presente e addentrarsi nel tempo della Storia e del passato, ebbe un tentennamento. Fu distratto da una voce distante. Era Sophie, di nuovo, e stava ridacchiando.

«Sembriamo dei genitori che giocano con i balocchi dei loro bambini…».

«Perché quella frase?», si domandò il ragazzo. Ma poi, la pelle di Marsia dipinta su tela, con Apollo vicino e soprattutto lo sguardo dell'asino, che lo fissava come se fosse una bestia vera, lo catturarono. Dimenticò quello che aveva sentito. Dimenticò la sua storia. Dimenticò il suo secolo. Dimenticò tutto e cominciò a fluttuare come in un sogno assurdo che lo sconvolgeva. L'ultima cosa che percepì mentre si staccava, fu l'odore di rosa. Un odore forte, persistente che dopo un po' lo nauseò. Con gli occhi serrati cominciò a vedere tutte le immagini incontrate durante la salita e quelle immagini si trasformarono in parole. Gli parlavano dello scorrere del tempo, degli eventi, della Storia, di un ciclo naturale: si vive e si muore trasformandosi incessantemente. Rivide le teste degli animali e ognuna gli raccontò una storia. Gli piacquero tutte. Poi l'odore di rosa si fece disgustoso e lui non seppe più dove si trovava.

Capitolo 14
Inverno a Roma
Roma, 1600

Non aprì subito gli occhi. Li tenne serrati per un tempo che gli sembrò lunghissimo, finché le palpebre non cominciarono quasi a fargli male. Aveva nella mente le immagini del teatro, le sue decorazioni intricate che all'improvviso si erano trasformate in parole: un racconto sereno e scorrevole sullo scorrere del tempo che aveva compreso con una facilità per lui ancora troppo misteriosa. E poi il viaggio. Si era sentito leggero come un fuscello e gli era parso di stare per svenire. E si era abbandonato a quella sensazione, si era lasciato prendere. Nel momento in cui si era staccato dai gradoni del teatro, cieco, sordo e muto, si disse che era stato come annegare ed essere trascinato via da un fiume. Lontano. Quelle immagini gli affollavano la testa mentre teneva gli occhi chiusi. Per un attimo valutò l'opportunità di non aprirli più, di rotolare su un fianco e lasciarsi morire, come una bestia ferita.

«Resterò così. Chi se ne importa se la gente pensa che sono pazzo», si disse. Poi, lentamente, si sforzò di sentire con i suoi altri sensi. E in quel momento preciso avvertì gli effetti del viaggio e delle immagini che aveva fissato. Vomitò. Vomitò con tutta la forza. Ondate d'acido gli invasero prima lo stomaco e poi la gola che gli bruciò come se stesse andando a fuoco. Mentre si liberava, continuava a tenere gli occhi chiusi senza chiedersi se qualcuno lo stava guardando o se stava dando scandalo. Ci si dedicò con impegno, perché voleva svuotarsi di tutto quello che aveva vissuto in quelle settimane; perché voleva aprire gli occhi e trovarsi nel 1889, d'estate, nel suo letto al paese, chiamare sua madre e farsi curare. Appena ebbe finito, invece, si accorse di quanto faceva freddo.

Il gelo gli attanagliò per prima cosa le mani, e Prospero si rese conto che le aveva poggiate per terra e che si erano bagnate di vomito. Quindi il freddo gli entrò nel collo e, a quel punto, si sentì quasi obbligato ad aprire gli occhi. Non vide granché in quel momento. Era ancora stordito. Ma per lo meno si rese conto di alcune cose importanti: era notte fonda, intorno a lui non c'era nessuno ed era carponi nel bel mezzo di un vicolo buio. Lo raggiunse la puzza di escrementi mischiati alla polvere della strada. Ancora un conato lo scosse fino all'ultima fibra. Infine lo stomaco si calmò con la stessa velocità con cui qualche minuto prima si era messo in movimento. Con uno sforzo sovrumano, quindi, Prospero cercò di mettersi seduto. Ci riuscì dopo vari tentativi. Il freddo gli aveva quasi congelato le giunture, si sentiva come se dovesse imparare di nuovo a camminare, come se non avesse ancora mai assunto la posizione eretta. Stare in piedi, in ogni caso, era fuori discussione. Almeno per un po'. Il ragazzo, allora, lentamente cominciò a ragionare.

«Prospero, cerca di stare tranquillo. Respira. Ti devi adattare a questa nuova condizione. E lo devi fare con calma. Sei ancora stordito dal viaggio. Non sai dove ti trovi. Il freddo ti impedisce di pensare. Ragiona: è inverno, il freddo è normale. Le gambe non si muovono. Non importa, lo faranno presto. Ti senti leggero: è normale anche questo. Hai appena vomitato, sei ancora sconvolto dal viaggio. Ora cerca di metterti seduto. Ecco, lentamente, appoggia la schiena al muro. Chiudi ancora gli occhi. Respira Prospero. Riprenditi!». Da questa nuova posizione, il ragazzo cercò di prendersi tutto il tempo per ambientarsi. La visuale non era particolarmente stimolante. Si trovava semplicemente seduto per terra in un vicolo come ce ne sono tanti, al buio. Dietro di sé sentiva la parete e ipotizzò che appartenesse a un palazzo, o a una chiesa; davanti a sé poteva vedere la stessa cosa: un muro intonacato che proseguiva a destra e a sinistra e poi si fermava alla fine del vicolo.

«Bene», si disse Prospero, «sono in una strada secondaria, ci sono meno possibilità che qualcuno mi veda, ho tutto il tempo per adattarmi». Rincuorato dalla sua posizione defilata, finalmente, il ragazzo cominciò a concentrarsi su se stesso. Inspirò a fondo. Poi tirò fuori l'aria in un colpo solo. Quindi riprese a respirare normalmente. A quel punto si guardò le gambe e ricordò. Lo avevano vestito per l'occasione con abiti dell'epoca. E infatti indossava stivali di cuoio morbido e – muovendo leggermente un braccio per portarselo davanti agli occhi – vide che, sopra, pendeva un pezzo di quello che doveva essere un mantello.

«Ottimo», mormorò. «Mi posso coprire», così cominciò a spostare le braccia per afferrare almeno uno dei lembi della cappa. L'operazione durò abbastanza a lungo perché muovere i muscoli era diventato quasi impossibile. Quando ebbe terminato, comunque, si considerò soddisfatto. Il freddo gli pungeva la faccia e gli graffiava le orecchie, specialmente da quando si era alzato un vento gelido e forte che si era incuneato nel vicolo aumentando la potenza delle raffiche, ma il resto del corpo era abbastanza riparato. Lasciò che il vento gli schiarisse la mente. E poi cercò di piegare le ginocchia, un muscolo dopo l'altro. Ci riuscì e si mise a piangere. Singhiozzò come un bambino. E poi scoppiò in una risata isterica che soffocò subito dopo per paura che qualcuno venisse a vedere cosa stava succedendo. Il vento ululò da qualche parte lontano da lui. E fu come un segnale. Si doveva muovere. Doveva andare. Non c'era più tempo. Stava per farsi venire un attacco di panico, quando un pensiero gli si affacciò alla mente. Se una cosa gli era rimasta in tutta quella folle avventura era una specie di consapevolezza irrazionale dello scorrere dei secondi, dei minuti e delle ore. Ora era sicuro: il tempo non esiste. Il tempo si modifica, può essere dilatato e compresso a piacimento. E allora decise che avrebbe usato quella nuova coscienza per aiutarsi. Impiegò quasi mezz'ora per tirarsi su, puntellandosi alla parete che aveva dietro le spalle. Ma ebbe successo di nuovo. E di nuovo festeggiò quella piccola vittoria della mente sul corpo con un'ondata di gioia furiosa. Quando si sentì sufficientemente forte si strappò dal muro.

E fece il primo passo. Il resto del corpo lo seguì. Un passo dopo l'altro. Camminava. Era fatta. Il viaggio era riuscito, per ora. I tre avevano davvero compiuto l'impresa. Prospero sprecò un secondo a ringraziarli nel profondo del cuore e poi li maledisse perché questa sarebbe stata la sua realtà da adesso in poi.

Ebbe bisogno di ripeterselo per crederci fino in fondo: «Hai vent'anni, sei il figlio del notaio del paese, hai studiato, diventerai anche tu notaio. Hai conosciuto tre pazzi che ti hanno catapultato nel passato con chissà che diavolerie magiche. Devi recuperare un libro introvabile per loro. Ti aiuteranno degli uomini che devi andare a cercare. Sei a Roma. È inverno. Devi muoverti».

Annuì. Era proprio così. Si aggiustò il mantello sulle spalle per ripararsi meglio, sollevò il cappuccio della cappa e se lo fece cadere sulla testa. Rabbrividì. S'incamminò verso la fine del vicolo. Doveva capire in quale parte di Roma era atterrato.

Capitolo 15
Rendez-vous
Roma, 1600

Gli bastò sbucare dal vicolo per rendersene conto. Nonostante il vento gelido che lo colse impreparato e lo costrinse a ritirarsi ancora di più sotto il cappuccio, i suoi occhi non poterono fare a meno di riconoscere la mole tonda del Pantheon. Era sempre stato lì vicino. Non si era mosso. Spazio e tempo avevano concordato una tregua per non farlo smarrire più del necessario. Per un momento, l'istante dell'ennesima folata polare, si disse che i tre l'avevano semplicemente buttato fuori di casa per farsi quattro risate alle sue spalle. Che si era immaginato tutto. Magari l'avevano drogato e adesso si era risvegliato in strada, sconvolto, nauseato e vestito da pagliaccio. Avrebbe svoltato l'angolo e davanti avrebbe trovato il paesaggio solito: Roma, i carrettieri, qualche ubriaco come lui, stravolto come lui. Poi, lentamente, gli odori, i colori, la stagione, la consistenza di quello che vedeva lo convinse. Quella città non era la città che ricordava. Era come se l'Urbe fosse stata sovraccaricata di mattoni consunti e piante infestanti. E la Rotonda, gli sembrò un rudere, una regina decaduta e abbandonata nel bel mezzo della campagna. Eppure era Roma. Ma non era la sua città. E quella non era la sua epoca. Dunque era arrivato. Dunque i tre scombiccherati avevano mantenuto la promessa e ora stava a lui mantenere la sua. Non indugiò troppo nello stupore. Si disse che se lo sarebbe lasciato per quando avrebbe finalmente trovato un riparo caldo e qualcuno che potesse spiegargli esattamente quello che era capitato. Quindi ricordò le parole di madame Sophie: «Col tempo non si scherza...». Non doveva porre nessuna domanda, né fornire alcuna risposta. Loro sapevano. L'avrebbero accolto. E tanto gli bastava per il momento. A ogni passo, Prospero si riappropriava della propria coscienza e dei ricordi. All'inizio, però, era stato solo un grumo di freddo e malessere, i suoi pensieri erano esclusivamente guidati dalla voglia di soddisfare le esigenze primarie: riposo, tepore. Poi aveva cominciato a interrogarsi sulla strada da seguire, sull'itinerario e sulla sua capacità di orientarsi in quel paesaggio che gli era noto e straniero allo stesso tempo.

Cercò di ricordarsi le parole di Orazio: «Cercate un palazzo con la facciata dipinta e andate fino al piano nobile. Lì vi staranno aspettando. Ma non verrete accolto senza presentarvi e il vostro nome, laggiù, vuol dire poco. Dovrete dirgli esattamente queste parole: "Io sono l'asino mandato dalla signora della spiaggia"...». Quel pensiero lo rassicurò ancora di più. Sapeva dove dirigersi, sapeva cosa cercare. Doveva solo mettersi in marcia e trovare il modo. L'idea migliore che gli venne in mente in quelle condizioni fu di circumnavigare la mole della Rotonda e osservare le facciate dei palazzi, ma il primo giro non sortì alcun risultato. Stava per abbandonarsi al gelo e alla disperazione quando i piedi, come mossi da un'oscura consapevolezza, lo invitarono a deviare leggermente dal percorso circolare e scartare appena a destra, fino ad arrivare nei pressi della basilica di Sant'Eustachio che non riconobbe perché sul timpano non c'era la testa di cervo con la croce fra le corna. Si sentiva spaesato in questa Roma color terracotta. E molte delle case che aveva incontrato sfoggiavano facciate dipinte. Ma non trovava gli affreschi del palazzo in cui doveva andare. Quello continuava a scappargli, insieme alla calma. Era sul punto di mettersi in disparte a disperarsi, quando vide la casa, in un angolo. Riconobbe i decori e se ne lasciò affascinare per qualche momento, grazie a un raggio di luna che gli illuminò provvidenzialmente la facciata. Ma non si infilò subito nel portone.

Prospero si concesse ancora qualche minuto per valutare la sua situazione: «Sono un turista di una Roma che altri turisti non vedranno mai. Se adesso entro questa sensazione svanirà... Eppure non posso tornare indietro neanche volendo. Sono bloccato in un passato di cui non so nulla, costretto a entrare in contatto con persone a me sconosciute. Cosa ne sarà di me una volta varcato il portone?». Una ventata particolarmente aggressiva lo distolse dai suoi dubbi. Doveva ripararsi da qualche parte se non voleva morire assiderato. Per puro spirito di sopravvivenza, quindi, il ragazzo decise di spingere il portone socchiuso e infilarsi nel cortile del palazzo da cui, secondo le indicazioni di Orazio, avrebbe avuto accesso al piano nobile e quindi all'appartamento dove era atteso dalle sue "guide". Non seppe mai che il portone era aperto perché gli uomini di Fratel R. C. avevano avuto precise indicazioni in merito. Erano appostati poco lontano, lo guardavano non visti da un po'. Avevano osservato le sue mosse, avevano ascoltato l'eco dei suoi passi nella città addormentata e muta fin dal primo giro intorno alla Rotonda. E l'avevano atteso, pronti ad intervenire se lo straniero si fosse messo nei guai o avesse cercato di fuggire. Ora lo guardavano mentre si infilava nel buio del palazzo e saliva lo scalone che l'avrebbe portato su. Entrambi gli uomini del tedesco respirarono all'unisono e si rimisero in posizione per controllare la strada. Ma prima richiusero il portone alle spalle del ragazzo che non si voltò, né notò il cambiamento. Era troppo preso a trovare il coraggio di fermarsi davanti alla porta e bussare. Attese un paio di minuti. Respirò. Respirò di nuovo. Infine poggiò le nocche sul legno e quindi, bussò. Sentì che qualcuno si muoveva dietro la porta. E ricordò che nessuno gli avrebbe aperto se non avesse recitato le parole con cui aveva lasciato madame Sophie e i suoi.

«Sono l'asino mandato dalla signora della spiaggia...», esordì con voce tremolante. La porta si aprì. La prima cosa che vide fu il bagliore di un grosso ciocco di legno che scoppiettava nel camino.

Capitolo 16
Giordanisti
Roma, 1600

Nessuno gli diede il benvenuto. Nessuno gli andò incontro ad accoglierlo e a confortarlo. Rimasero fermi, nella stanza rischiarata dal fuoco del caminetto. E lo fissarono, a lungo, con insistenza, mentre entrava e restava in piedi, con il mantello ancora drappeggiato addosso e il cappuccio calato sugli occhi. Erano quattro laici e un prete abbastanza giovane. C'erano un gigante tutto ricoperto di peli color carota, un uomo alto dall'aria malinconica, completamente vestito di nero, un altro che sembrava uscito dalla più raffinata delle corti rinascimentali e l'ultimo, che era il più giovane, doveva più o meno avere la sua età. La parola eroe brillava sulla fronte di ogni singolo componente di quel quintetto: era gente determinata, pronta a tutto e soprattutto disposta a morire per la missione a cui Prospero era stato spinto a partecipare. Il ragazzo pensò che per quel gruppo di persone, recuperare un misero libro, ancorché antico e introvabile, doveva sembrare un gioco da ragazzi. Poco più di uno svago fra le mille battaglie e le mille avventure che avevano vissuto. E il pensiero lo rassicurò: era in ottime mani. Sophie, Orazio e il Nero gli avevano affiancato la migliore compagnia che gli potesse capitare. La riflessione divenne una certezza quando poggiò lo sguardo su Ser Tomáš, il quale a sua volta gli restituì l'occhiata cordialmente. Di lui gli piacque la mole, le cicatrici sul volto che, a seconda di come fiammeggiava il fuoco nel caminetto, risplendevano alla luce. E gli piacque che aveva un pugnale saldamente infilato nella cintura di cuoio che chiudeva la giacca. Non pensò che il pugnale del grande uomo dai capelli rossi potesse essere rivolto anche contro di lui. Non lo pensò mai, neanche per un momento. L'unica certezza in quel frangente era che il gruppo l'avrebbe protetto e aiutato. E non era una certezza da poco. Il primo ad avvicinarsi fu il ragazzo che doveva avere più o meno la sua età.

«Benvenuto», gli parlò senza sorridere troppo. «Ci avete trovato facilmente? Com'è andato il viaggio? State bene?»

«Basta Joachim», intervenne il gigante rosso, «lo state assalendo! Il nostro amico ha bisogno di riposare, avvicinate una sedia al caminetto, lasciamolo tranquillo a scaldarsi e portate un bicchiere di vino... Come vi sentite?»

«Tutto sommato bene, ho solo freddo, grazie. Mi chiamo Prospero...?», esordì il ragazzo, facendo uno sforzo immane per vincere il nervosismo e la soggezione.

«Venite, accomodatevi... Prospero...», si intromise anche un altro uomo, vestito abbastanza elegantemente.

«Tomáš, versi tu il vino al nostro ospite?»

«John, se me lo chiedi così, sai che non posso dirti di no... Per te mi trasformerei volentieri nella figlia dell'oste...», il rosso, che in quel momento Prospero seppe che si chiamava Tomáš, Ser Tomáš, scoppiò in una risata fragorosa. Parlavano italiano con lui. E tutti avevano un accento straniero che il ragazzo cercò di individuare: l'uomo che aveva avvicinato la sedia al caminetto era inequivocabilmente inglese, Joachim tedesco. Le parole del rosso, invece, uscivano velate a tratti di una durezza che non seppe riconoscere. L'altro, quello vestito di nero, che non si era ancora avvicinato a lui, invece, era rimasto muto a osservarlo da un angolo. Era il più minaccioso e Prospero, saturo di letture romantiche, si disse che doveva essere lui il più eroico e il più coraggioso di tutti. Anche il prete era rimasto in disparte, ma al giovane non sembrò una cosa sbagliata: non gli piacevano le tonache e non si fidava. Se il prete non voleva parlare con lui, meglio così. Se preferiva fissarlo con gli occhi sgranati e le mani tremolanti, a lui andava benissimo. Non sarebbe certo stato il primo a rompere il ghiaccio. Qualcuno lo aiutò ad accomodarsi davanti al caminetto. Una coppa di vino gli arrivò fra le dita come per miracolo. Prospero cercava di rimanere lucido, ma il viaggio, la paura e l'emozione ebbero ben presto la meglio sulla sua volontà e quando si accomodò, cullato dal tepore e dal vino che gli piombò i pensieri nella testa, si lasciò trasportare dal calore e dalla comodità del seggiolone di legno. Nessuno gli fece caso, nessuno gli domandò nulla – come aveva previsto madame Sophie – e lui fu libero e grato di rimanere in silenzio, con gli occhi appuntati sulla brace e sui ciocchi che prendevano fuoco, ad ascoltare i discorsi degli altri. Era arrivato nel bel mezzo di una conversazione. Quando tutti capirono che il viaggiatore non aveva voglia di parlare, semplicemente la ripresero da dove era terminata.

«I segni... i segni sono dappertutto, ormai solo gli sciocchi li ignorano», attaccò l'inglese. Prospero cercò di ricordarne il nome che aveva sentito pronunciare da Tomáš: John.

«Il problema, inglese, è che i segni non li abbiamo colti soltanto noi. Campanella è stato arrestato per quella rivolta, ti ricordo...», rispose il rosso.

«Purtroppo sì... Ma vi rendete conto della portata dell'accaduto. Una rivolta, nel Regno di Napoli... Una rivolta in armi... E solo l'anno scorso... Qualcosa si muove...», ribatté John.

«Più che la rivolta in sé, amici, mi sembra che il dato più significativo qui sia l'ispiratore dell'insurrezione... Campanella in Calabria si è mosso guidato dai nostri stessi stimoli... mi sembra un'ovvietà ricordarlo a voi...», finalmente l'uomo vestito di nero che sembrava un monaco guerriero parlò e lo fece con un tono di rimprovero nella voce che subito svelò a Prospero la sua provenienza: era tedesco anche lui. Prospero si lasciava cullare dai discorsi della compagnia, ogni tanto gli pareva di scivolare nel sonno che però combatteva con tutte le sue forze: se c'era un modo per capire meglio la situazione in cui si era ritrovato era stare a sentire, sperando che qualcuno si lasciasse sfuggire dettagli importanti. Per i suoi nuovi compagni d'avventura, le fantasticherie dei tre scombiccherati che l'avevano mandato laggiù erano chiare come l'acqua; per loro i misteri che l'avevano tenuto sveglio la notte e che gli avevano regalato splendidi incubi erano semplicemente la base su cui si muovevano le loro azioni. Li invidiava, in fondo. Era ammirato, attratto e spaventato allo stesso tempo. Il vino, lentamente si fece largo nei suoi pensieri e il ragazzo si assopì per qualche minuto, svegliandosi però di soprassalto alla prima risata di cuore del rosso.

«Che scena! Avrei pagato per assistervi!», diceva.

«Io no», si intromise il prete.

«Padre Rossi, sei il solito codardo. Non risolveremo nulla a stare sempre con la testa sui libri. Non è solo lì la risposta. E te lo dico io che pure coltivo la tua inclinazione a collezionare testi rari. C'è sempre un momento in cui bisogna mettere le pagine a tacere e occorre sfoderare una spada... Padre, toccherà anche a te prima o poi...». Tomáš concluse il suo discorso facendo l'occhiolino al prete che si limitò ad abbassare lo sguardo e a sorridere.

«Effettivamente, l'idea di vedere i domenicani di Napoli in armi contro i messaggeri del papa deve essere stato uno spettacolo non da poco», aggiunse John.

«Ma ci pensate?... Cinque anni fa appena... E ora... È tutto finito...», disse Joachim sospirando.

«Ragazzo, nulla è ancora perduto... Abbiamo la Provvidenza dalla nostra», cercò di consolarlo il prete.

«Sì ma con il maestro in carcere come faremo? Mercurio è stato incatenato...», il giovane Joachim parlava quasi a se stesso.

«Joachim, ha ragione Padre Rossi, non è ancora il momento di disperarsi. È difficile distinguere i segni nel mare di presagi oscuri che affollano questi giorni. Ma ciò che importa è che siamo arrivati qui, che ci proveremo...». Il giovane cercò di figurarsi l'importanza che doveva avere il ritrovamento della *Steganographia* per questo gruppo a metà fra intellettuali e rivoltosi. Ma non ci riuscì completamente. Era troppo complesso associare un libro di codici magici a un progetto politico. Che utilità poteva avere un libro quando il papa disponeva di un esercito? E poi il ragazzo aveva detto che dovevano provarci. Prospero cercò di immaginare il tipo di avventure che avrebbero affrontato per ritrovare un libro. Ma poi si disse che in fondo si trattava soltanto di un volume raro, soltanto di quello. Il gruppo stava parlando di un'insurrezione armata in un convento domenicano e di una rivolta in Calabria guidata addirittura dal filosofo Campanella. Nessun professore a scuola gli aveva mai fatto accenno a fatti del genere. Prospero spostò leggermente il peso del corpo sul seggiolone per sistemarsi meglio, socchiuse gli occhi per far credere a tutti che stesse dormendo profondamente e invece aguzzò l'udito. Non voleva farsi sfuggire neanche un fiato di quel discorso. Dopo le parole del giovane Joachim, la compagnia rimase in silenzio per qualche momento. Fu l'uomo malinconico vestito di nero a interromperlo. «Le prigioni pullulano di insorti, non c'è solo Iordanus... Tutti i calabresi sono stati presi e torturati, fra loro c'era più di qualche domenicano napoletano. Se solo i turchi fossero arrivati prima non si sarebbe arrivati a tanto».

"I turchi?", pensò Prospero e quasi saltò sulla sedia. "Ma non erano nemici? E se avessero vinto loro che cosa sarebbero state la cultura e la politica italiane quasi quattro secoli dopo?".

«Amici», Padre Rossi assunse il tono grave di un sermone. «I giochi sono fatti, ahinoi. Clemente sta scatenando la più grande offensiva degli ultimi dieci anni contro le tradizioni dei conventi e degli ordini. La sua idea di guerra culturale al mondo protestante passa per la repressione violenta di tutti questi movimenti. Dobbiamo batterlo sul suo terreno, far valere la nostra mens, la nostra intelligenza. Pensate forse di poter attentare alla vita del cardinal Bellarmino o di qualche gesuita? Vi sbagliate. Loro sono la Compagnia di Gesù, amici, sono un esercito. Noi invece siamo manipolo di pazzi che ancora credono nella divinità dell'uomo e nei segni degli astri. Sul piano militare non abbiamo speranze, siamo anacronistici... Bisogna far valere le nostre protezioni e la conoscenza del mondo delle ombre. È l'unico modo».

«Padre, non è l'unico modo. Non possiamo ignorare che senza un nostro intervento la guerra arriverà e arriverà presto. E il nostro contributo non potrà mai essere efficace se ci chiudiamo nelle biblioteche», ribatté John, poi proseguì. «La nostra è una pratica. Non soltanto una forma di conoscenza. Abbiamo la forza di affrontarli. Dobbiamo farlo. Ma senza un Mercurio sarà complicato. Padre, prima di inabissarci dovremo giocarci il tutto per tutto. Sì i mezzi intellettuali sono importanti, ma la guerra è alle porte e se vogliamo evitarla, se vogliamo davvero realizzare il cambiamento e salvare il mondo dall'Apocalisse, dovremo spingere su tutti i fronti».

«Bravo inglese, mi hai levato le parole di bocca!», Tomáš suggellò il commento con una gran sorsata di vino.

"Apocalisse?", il ragazzo riconobbe la suggestione sulla fine del mondo che aveva letto nel *Lamento* dell'*Asclepius*. Avrebbe voluto parlare. Avrebbe voluto dirgli che – nonostante la guerra – il mondo non sarebbe finito e il suo secolo avrebbe portato a compimento tutti i progetti per la nuova società più giusta che loro vagheggiavano. Gli avrebbe voluto raccontare tutto. Ma l'avvertimento di Sophie gli rimbombava nella testa come il vino che aveva ingollato per riscaldarsi. Così come continuava ad echeggiare quel nome: il Mercurio. Sicuramente facevano riferimento al personaggio che campeggiava sull'incisione che aveva visto nella sua camera da letto alla pensione. Perché era così importante? Sapeva che in questo mondo e fra queste persone i simboli non erano codici nascosti, ma segni precisi che loro sapevano leggere con agilità. Eppure, ancora non aveva capito che cosa rappresentasse Mercurio nel loro immaginario. Prospero si rammaricò di non aver posto quella domanda ai suoi tre ospiti durante l'addestramento. Probabilmente non gli avrebbero risposto. Ma forse gli avrebbero lasciato lo spazio di scoprirlo da solo, leggendo i libri della biblioteca di Orazio. Il giovane si mosse ancora una volta sul seggiolone davanti al fuoco. Allungò le gambe e poi le riportò in posizione normale, poggiò la testa sulla spalliera e cominciò a guardare le fiamme nel caminetto cercando di spiegarsi alcuni dei discorsi ascoltati fino a quel momento.

Ma lo sforzo fu troppo per lui. E, senza che se ne accorgesse, né volesse, scivolò nel sonno che aveva cercato di combattere fino ad allora.

Capitolo 17
Dubbi
Roma, luglio 1889

«Che cosa pensi mon ami, c'è pericolo?». Sophie e il Nero erano seduti in salotto, impegnati in quelle loro conversazioni in cui madame poneva domande e l'africano rimaneva muto, la guardava e le rispondeva in modo impercettibile, spostando un sopracciglio, muovendo le labbra, accennando un sorriso. Alla donna quelle risposte bastavano. Per lei era più che chiaro. L'aiutavano a organizzare i pensieri, Sophie riusciva a scovare un'utilità in quelle conversazioni a senso unico anche dalla concatenazione delle sue stesse domande. Il Nero la trasportava in un mondo ordinato, in cui le riflessioni fluivano senza sforzo e arrivavano sempre a conclusione. Quel giorno era preoccupata. Non aveva ancora avuto notizie né da Prospero né dalla compagnia. E si era rivolta al Nero perché certa che lui annusasse i pericoli nell'aria.

«Dunque?», insisté.

Il Nero la fissò a lungo, poi fece schioccare le labbra sui denti. E lei capì. Se il suo amico non manifestava timori nessuno era veramente in pericolo. Avrebbe dovuto comunicarlo a Orazio, la cui ansia era invece cresciuta come una marea dal giorno della partenza del ragazzo. Suo figlio si era affezionato. Non gli capitava spesso e per Sophie era sempre una bella notizia. Ogni volta che il figlio manifestava affetto verso qualcuno estraneo alla famiglia, si faceva più forte. La partecipazione alla realtà, l'interesse per le cose terrene che non fossero i suoi libri gli facevano bene.

«Orazio sarà contento di questa notizia, me lo assicuri, mon ami?». Il Nero semplicemente la guardò.

«Maman, sei stata chiamata?», Orazio fece il suo ingresso in salotto proprio in quel momento.

«Mon chou, sei di nuovo agitato?»

«Oui maman, ho visto dei segni...».

«Quali segni, mon cher?», Sophie guardò il figlio preoccupata e poi si affrettò a fissare il Nero che non le restituì lo sguardo, l'africano si limitò a bere il suo tè, mostrando i denti prima di appoggiare le labbra alla tazza di finissima porcellana inglese, che però era leggermente sbeccata: Orazio si stava sbagliando. Forse.

«Oggi il sole era velato, senza che l'intensità della luce ne fosse modificata, maman», rispose Orazio mentre si metteva seduto vicino al divano su cui erano appollaiate la madre e Mimì.

«Il dettaglio della luce mi sembra importante, Orazio. Non devi farti assordare dalla tua angoscia quando scruti il cielo, lo sai bene...».

«Oui maman, ma non l'ho fatto. Avevo respirato a lungo prima di guardarlo... E i segni non sono buoni».

«Che cosa ti preoccupa veramente, figlio mio? Che la missione fallisca?»

«Non... E se morisse?», domandò l'uomo in tono preoccupato.

«Dunque ti sei affezionato?», madame voleva essere sicura.

«Non lo so, maman, quel ragazzo merita di farcela. È coraggioso. È giusto che ce la faccia».

«Ti capisco, mon chou, ma stavolta i nostri sentimenti non possono mettersi in mezzo. Non possiamo. Dobbiamo restare sereni e in ascolto. Tutto si gioca in questi giorni. E i segni, quelli veri, erano propizi prima di cominciare. Mostravano la possibilità. Ispiravano fiducia. Se la fortuna ci assiste... La fortuna, questo piccolo scherzo della natura...», madame pronunciò le ultime parole rabbuiandosi, sicuramente le stava venendo in mente qualcosa.

«Dovevamo trovarne un altro... Era un buon periodo... Magari saremmo stati pescatori fortunati. Dovevamo andare all'inaugurazione...».

«No. Avevamo già deciso allora. Abbiamo deciso subito. Ed eravamo tutti d'accordo», Sophie rimproverò il figlio, poi gli sorrise dolcemente.

«Oui maman... cercherò di ricordarlo... Non mi piace stare così, voglio la mia salute indietro, la mia forza, la chiarezza dei miei pensieri... Non ce la faccio più...», Orazio sembrava disperato.

«Mon chou, cuore mio, non scompariremo, non ci indeboliremo fino a farci divorare dal tempo che passa».

«Tu forse ti senti meglio, maman?»

«Oui, mon amour... Sono un po' più forte ogni giorno che passa. Un po' più limpida. Un po' più a contatto con me».

«Allora, va bene, maman... Starò più attento... Ho solo qualche rimpianto...», l'uomo ingoiò con un respiro la chiusura del suo discorso. La trattenne a sé, come un segreto da non rivelare.

Sophie colse l'agitazione del figlio e lo anticipò: «Non devi averne. Serviva». Il Nero schioccò di nuovo le labbra sui denti e tutti compresero. Aveva ragione Sophie. Non si dovevano manifestare rimpianti, o sensi di colpa. Il senso di colpa allontana dalla Natura.

«Ricorda Trismegisto, Orazio. Pensa a che cosa possa significare l'Apocalisse. La terra fertile che diventa deserto. La morte, il dolore. Che tipo di utilità avrebbe qualcosa di così definitivo, dunque?»

«Ma c'è sempre Adocentyn, maman... La Salvezza, la Città illuminata dal Sole dove accorrerà il genere umano e si incontrerà con gli dèi! Qualcosa vorrà pur dire!».

«Sì, mon chou, anche se tutto fallisse potremo continuare a sperare in Adocentyn, come disse Trismegisto. Ma temo che questa Città del Sole si costruirebbe sui cadaveri della maggior parte del genere umano. E non possiamo desiderare questo. Bada bene, anche a me dispiacerebbe se dovessimo perdere l'asino. Mi piaceva quella sua aria bellicosa. L'ho trovata così stimolante, così nuova. Ricordi come arrossiva fino alla punta delle orecchie quando ci ascoltava parlare. Potevi leggere i suoi pensieri più reconditi in quel rossore. E l'abbiamo anche fatto. Era bello. Era caldo. C'erano i segni. No, figlio mio, Adocentyn non può esistere se non ci liberiamo dall'incubo dell'Apocalisse. Adocentyn è un premio».

«Oui maman... È vero».

«Dobbiamo solo sperare di avere un po' di fortuna», concluse madame.

«Oui, lo capisco...». Sophie versò il tè nelle tre tazze poggiate sul tavolinetto basso al lato del divano. La foglia di un ficus gigantesco la cui cima si allungava disperatamente per raggiungere il soffitto, si stese con discrezione sul coperchio della teiera quando lei la riappoggiò. Il verde si impose sui decori blu intenso della porcellana inglese. La donna si trattenne qualche secondo per ammirare la scena poi, con delicatezza, scostò la foglia, mormorando dolcemente: «Fa troppo caldo qui vicino, *ma p'tite*... non vorrai mica essiccarti?». Orazio aveva approfittato di quella pausa per schiarirsi le idee, quindi aggiunse: «Eppure non riesco a non torturarmi su una cosa... I miei rimpianti sono tutti lì...».

«Che cosa, figlio mio?», domandò Sophie, attentissima.

«Avremmo dovuto dirgli di più, aiutarlo di più...».

«Non avrebbe capito, mon chou... Te l'ho già spiegato, i nostri sono saperi ancestrali, non si condividono con chi ha appena cominciato il cammino. Occorre una mente robusta per sopportare il peso della conoscenza. Mon chou, la posta in gioco è troppo importante. Non potevamo permetterci questa clemenza... Smettila di torturarti».

«Ci proverò...», Orazio aveva l'aria sconsolata. Il suo tè era rimasto sul tavolinetto al lato del divano. La foglia di ficus sembrava in dubbio se poggiarsi anche lì o rimanere sospesa sul servizio di tazze e piattini a contemplarne i colori.

«Però se almeno glielo avessimo detto...».

«Sei pazzo!», Sophie quasi saltò in piedi. Anche il Nero reagì allo scatto di madame e tese le labbra fino a scoprire i denti. Immediatamente dopo, però, si ricompose rientrando nel suo solito stato di calma infrangibile.

«Non avrebbe mai accettato! Il rifiuto non era contemplato, te lo ricordi. E allora sì che saremmo stati crudeli! Avresti preferito quella sorte per lui? La miseria di morire in un viaggio a Roma nel pieno della gioventù? Questo dolore avresti regalato tu alla sua anima? Per non parlare dello scempio del suo corpo, abbandonato sul Tevere, in pasto ai cani randagi. Come puoi preferire quella opzione? E parli a me di crudeltà e di cinismo! Il tuo è egoismo, mon chou, primo segnale di corruzione. Dovresti saperlo».

«Oui, ma non mi piace confrontarmi con questo sentimento... Non mi piace la vergogna...», disse Orazio.

«Allora torturati sul tuo senso di vergogna, mon chou... Non su quello che abbiamo taciuto al ragazzo...».

Madame adesso appariva seccata. Tagliò corto e suggellò la sua ultima frase bevendo una lunga sorsata di tè.

Orazio avrebbe voluto risponderle subito. Dirle che non si ritrovava in quell'immagine spietata a cui si ispirava lei ultimamente. Che la causa non vale mai i mezzi che si impiegano per ottenerla.

Scelse però di non irritare ancora di più la madre, che adesso sembrava impegnatissima a coccolare e vezzeggiare Mimì. Orazio conosceva bene quella donna. E vedeva le fiamme covare sotto l'aria mondana e svampita che amava mettere su all'occorrenza.

«Oui maman... Finiamola qui... È solo che mi dispiace...».

«Ma ti dispiace che cosa?», madame ruggì, stavolta era furibonda.

«Avergli mentito, averlo mandato a morire facendogli pensare che deve solo recuperare uno stupido libro. Un libro che per altro già abbiamo».

Capitolo 18
Nemici alle porte
Roma, gennaio 1600

L'*Oberst* era nervoso. Continuava a misurare a falcate i pochi metri del Passetto che aveva scelto per l'incontro con la spia. Ogni tanto, vinto dal gelo dell'inverno, si fermava davanti a una delle feritoie esposte al sole e lasciava che il calore malaticcio di quel gennaio gli desse un po' di conforto. Il suo uomo era in ritardo. L'Oberst lo sapeva e stava perdendo la pazienza. Le spie non gli piacevano. E di solito non se ne occupava. Preferiva lasciare l'incarico al suo *Major* o all'*Oberstleutnant*. Ma stavolta i consiglieri del papa erano preoccupati e avevano incaricato lui per occuparsi della faccenda personalmente. Le spie non gli piacevano perché per lui la lealtà era un valore non negoziabile e proprio la sua lealtà gli aveva garantito, pochi anni prima, quel ruolo di estrema importanza: Oberst, cioè colonnello della Guardia Svizzera e diretto responsabile della sicurezza del pontefice. La storia del suo corpo aveva avuto un ruolo fondamentale nella salvezza dei papi. Se Clemente VII era sopravvissuto ai massacri del Sacco di Roma era anche grazie al sacrificio dei suoi che si erano immolati per garantirgli una fuga sicura. Delle quasi duecento Guardie Svizzere che scortarono il Santo Padre, quel giorno, ne sopravvissero appena una manciata. Il papa era passato proprio da qui, dal Passetto, per andare a rifugiarsi in Castel Sant'Angelo dove trascorse giorni a guardare atterrito Roma che bruciava e il suo popolo che veniva trucidato dai lanzichenecchi. L'Oberst non era ancora nato in quel momento. Ma era cresciuto sapendo di dover onorare la morte di quei soldati. E questa convinzione l'aveva portato a diventare colonnello della Guardia Svizzera e primo difensore di Clemente VIII. Per questo aveva comprato la spia. Per questo lo stava aspettando al gelo e continuava ad aspettarlo anche se era in ritardo. Per questa ragione lo tollerava pur odiandolo profondamente. Doveva avere maggiori notizie sugli arrivi sospetti che erano stati registrati recentemente. C'era movimento a Roma. C'era sempre movimento durante il Giubileo. Ma il gruppetto che all'improvviso era giunto nell'Urbe a ridosso dell'inizio dell'Anno Santo aveva fatto insospettire più di un cardinale della cerchia degli Aldobrandini. E a lui era stato dato mandato di investigare. Di compiere il suo dovere. Un infiltrato gli era parso il modo migliore per farlo. Se la banda aveva un piano era inutile inseguirli allo scoperto. Si sarebbero potuti nascondere come topi di fogna in attesa di un momento migliore. Dovevano osservarli in silenzio, controllarne le mosse e gli incontri e poi schiacciarli.

«Che ci fanno a Roma un inglese, un tedesco, un boemo e il segretario del monaco? Di certo non sono venuti in pellegrinaggio e non mi risulta che gente del genere, ben nota alla guardia pontificia, sia arrivata in città per convertirsi», si disse l'Oberst stringendosi nel mantello. Non erano tempi sicuri quelli. Non c'era solo il processo dell'eretico in ballo. Le menti che ruotavano intorno alla figura del papa erano state chiare: bisognava impedire ai protestanti di poggiare le loro mani su Roma e il Nolanus era sicuramente un agente di quella marmaglia. Ora il movimento di stranieri in città aveva convinto anche il soldato. In quell'attività, infatti, ci leggeva una conferma: Bruno, fra le righe, era stato accusato di essere l'ispiratore e forse anche la guida di un movimento di ribelli, serpi nel seno della Chiesa di Roma, che l'avrebbero divorata dall'interno in attesa dell'assalto delle truppe di quei senza Dio. Eccola l'avanguardia dei famigerati Giordanisti. Era giunta. E avrebbe portato la guerra a un passo dalla Cattedra di Pietro, se gli fosse stato permesso. Ma lui avrebbe dato la vita per impedire questo scempio, l'Oberst si disse che era lui il cane da guardia del papa, che era compito suo sacrificarsi per conto del pontefice se fosse stato necessario e che era giunto il suo momento di onorare i martiri che l'avevano preceduto. I segni, d'altro canto non erano buoni. Fuori dai confini dello stato pontificio si ammassavano truppe, si succedevano sovrani, si creavano piccole enclave di ribelli ovunque in Europa e si stabilivano accordi commerciali anche con i nemici. Tutti i sovrani intessevano rapporti più o meno pubblici con gli eretici a spese di Roma, mentre la miseria e le malattie attanagliavano le viscere del popolo che scalpitava. Nel frattempo, nella Città Eterna, si creavano alleanze in vista del conflitto finale e si combatteva quella guerra continua fra famiglie che distraeva tutti dal pericolo imminente. Ma l'Oberst sapeva che queste alleanze si fondavano su principi labili, convenienze pronte a cambiare nel caso in cui la guerra avesse preso una brutta piega. Il colonnello – che all'arte bellica aveva dedicato la vita – leggeva le tracce con facilità, come si leggono le pagine di un libro. Ma questo dettaglio era chiaro a lui e non ai consiglieri politici del papa. E il suo ruolo era quello di difenderlo non di consigliarlo.

C'era aria di guerra, comunque. E odorava di morte e di sangue. L'Oberst continuò a passeggiare e a pensare. Sentiva le dita dei piedi che si ghiacciavano mentre i minuti volavano e il suo nervosismo montava. "Deve essere capitato qualcosa, se non è ancora arrivato", pensò il colonnello, mentre lanciava un'occhiata di sotto. Alla fine arrivò. Ansante e trafelato, con quel sorriso laido stampato sulle labbra e gli occhi sempre troppo impegnati a guardarsi intorno. Era sudaticcio e arrossato.

"Hai fatto una bella corsa, scarafaggio, vero?", pensò il colonnello con odio.

«Dimmi tutto», il soldato non si sprecò in convenevoli. Non aveva tempo da perdere e quella persona gli faceva ribrezzo.

«Oberst, avevate ragione. Sono arrivati a Roma da una settimana e si incontrano da giorni con sospetta regolarità».

«Tu cosa sai?»

«Con me non parlano. Hanno dei sospetti e non mi conoscono. Credo che vorranno utilizzarmi come talpa in Vaticano nel caso in cui decidessero di mettere in atto qualcosa prima o dopo la lettura della sentenza, ma non so che cosa di preciso. Di me non si fidano. Mi parleranno all'ultimo momento», balbettò la spia.

«Se mi inganni ti strappo la lingua con le mie mani».

«No, no Oberst, cosa dite? È la verità. Non si fidano di me. Non parlano con me».

«E allora dovrai tenerli d'occhio e capire che cosa ci fanno qui a Roma. Pensi che vogliano scatenare una rivolta come è successo l'anno scorso?»

«Non credo che ci riusciranno, Oberst».

«Il popolo di Roma è imprevedibile», rispose il colonnello poco convinto delle parole della spia.

«Sì, ma stavolta nessuno si muoverà per un monaco eretico. L'altra volta era per una ragazzina che aveva ammazzato un padre violento. I romani ormai dovreste conoscerli, parteggiano sempre per le vittime del potere, ma non si spingono mai oltre... È la vostra fortuna, o mi sbaglio? L'hanno fatto per la Cenci, ma solo perché fomentati dall'arringa di Farinacci e dalla notizia che la famiglia del papa avrebbe beneficiato della confisca dei beni dei condannati. Non sprecheranno sangue per i deliri di un monaco che appaiono incomprensibili agli ignoranti. Che cosa può importare a un analfabeta di Trastevere della teoria degli infiniti mondi, mi domando?», gli suggerì l'uomo. L'Oberst non rispose. Non era lì per farsi dare suggerimenti da un infame. Però la spia aveva ragione. Anche a lui sembrava improbabile un'insurrezione davanti alla pira del Nolano, ma non ne era sicuro e, sì, il popolo di Roma era per lui qualcosa di incomprensibile. Se solo il papa avesse deciso una data precisa per la lettura della sentenza, sarebbe stato tutto più semplice. Si sarebbe potuto circoscrivere un determinato periodo di tempo e agire con efficacia. Invece no. Il papa era titubante come al solito. Ci aveva messo sette anni per processare e condannare l'eretico. Erano stati sette anni lunghissimi per chi come lui era incaricato della sicurezza. Anni in cui a ogni scricchiolio del sistema si pensava al peggio. Ora si era arrivati al culmine. C'era il Giubileo, c'erano migliaia di pellegrini, la città era invasa e, proprio in questo momento, i politici stavano spingendo il papa a compiere il volere di Dio e condannare il frate, perché fosse di monito a tutti, perché fosse il piatto forte della festa. Il rogo era qualcosa di politico, l'aveva capito, e serviva a mantenere l'ordine pubblico in una cerchia di intellettuali che si sentiva sempre al riparo da ogni tempesta. Ma farlo accadere in quella situazione ambigua gli dava un'infinità di preoccupazioni. Avrebbe di gran lunga preferito farlo fuori di notte, dentro al cortile del carcere dell'Inquisizione come era successo per quel frate compagno di cella di Bruno di cui si erano dovuti liberare dopo la sua delazione contro il monaco. Semplice e indolore. Nessuno aveva visto, nessuno aveva saputo. Il frate era sparito. L'ordine era stato garantito.

«Va' via ora».

«Mi farete chiamare presto?»

«Non lo so, tieni orecchie e occhi aperti». La spia si congedò con un inchino ossequioso e inopportuno che disgustò il colonnello. Il soldato rimase ancora qualche istante vicino alla feritoia, sotto il raggio di sole che gli impediva di congelarsi ormai da qualche ora. Guardò verso l'orizzonte e si fece conquistare dallo spettacolo di tetti, campi e torri che si godeva dal Passetto. Alla sua sinistra, San Pietro svettava con la sua nuova cupola. La meraviglia regina di questo Giubileo.

«Sia fatta la volontà di Dio», si disse l'Oberst. E poi pensò che sì, le spie gli davano il voltastomaco, ma erano indispensabili.

Capitolo 19
Venus alma, formosa pulcherrima…
Roma 1600

Il monaco appoggiò il dito sul muro. Era in cella, prigioniero. Ma la cosa, da giorni, non gli suscitava alcuna reazione in particolare. Viveva in cattività e negli stenti da un tempo abbastanza lungo da essercisi abituato. E lui non era un monaco di quelli corrotti dal lusso e dalle amicizie influenti. Si era temprato nella modestia e nel pensiero, allontanandosi progressivamente dai vizi.

No, la cella non lo spaventava più di tanto, né le privazioni. E poi il papa, tutto sommato, lo aveva trattato bene. Neanche aveva concesso ai suoi di torturarlo. Ma quei sette anni di detenzione cominciavano a pesargli. E attendeva la sentenza come una liberazione: aveva preso la sua decisione. Aveva rifiutato le proposizioni del cardinal Bellarmino e si era disposto all'ennesimo, definitivo passaggio. Si ricordò di quando era giovane. Lo avevano portato a Roma in visita al papa. I suoi confratelli lo avevano sfoggiato come una bestia rara per quella sua capacità mai vista di ricordare. Nessuno mai era arrivato al punto in cui si era spinto il giovane Nolano. Durante quel viaggio a Roma, alla corte del pontefice, aveva recitato in ebraico tutto il salmo *Fundamenta* per la gioia di Pio V e del cardinale Rebiba, con il quale, più tardi, si era intrattenuto per insegnargli i rudimenti dell'arte della memoria. Erano anni semplici, quelli. Anni di studio forsennato. E di illusioni, alimentate – chissà – forse proprio da quel viaggio in cui per la prima e unica volta era stato accolto non come il demonio da catturare, ma come uno studioso. Non c'era ancora stato il primo processo. Ed erano ancora lontani i giorni della sua fuga da

Napoli. La madre di tutte le fughe. Si ricordò anche quel momento. E poi ripensò alla decisione di tornare. Ma senza rimpianti. Si era sbagliato. Il Patrizi era stato chiamato alla cattedra di filosofia neoplatonica perché pure in Vaticano avevano capito l'importanza di certi suoi studi. C'era anche un patto d'amicizia fra lui e Clemente. Ma nemmeno la vicinanza con il papa aveva messo al riparo il filosofo dall'Inquisizione. I cardinali avevano provato a difenderlo, ma poi Clemente VIII lo aveva sacrificato alla ragion di stato. Lì avrebbe dovuto capire e rimanere in esilio. Invece aveva peccato d'entusiasmo e si era fatto trascinare per l'ennesima volta dalla forza delle sue convinzioni. Illuso. Voleva forse convincere il papa a lasciare San Pietro alle erbacce, per unirsi a lui nei suoi riti al Sole? Alla dea? Certo, gli avrebbe insegnato tutto quello che sapeva e avrebbero governato insieme nel difficile momento del passaggio. Poi, insieme, avrebbero allontanato la guerra. Fu l'unico pensiero che gli fece un po' male. La guerra era inevitabile ora. Così come l'Apocalisse, se un altro messaggero come lui non fosse intervenuto in extremis. Pensò con affetto alla sua ingenuità. Con meno affetto pensò al veneziano che l'aveva tradito. Anche lui voleva conoscere i trucchi della sua arte. Ma non aveva pazienza. E le sue intenzioni erano basse e terrene. Non avrebbe mai svenduto una saggezza così antica per un avido mercante, per quanto ricco fosse. La posta in gioco era ben più alta di qualche metro di stoffa pregiata, o delle carni bianche di una cortigiana cresciuta nella seta. Adesso però era tardi per rimpiangere il passato. Era prigioniero del Sant'Uffizio, i giochi si stavano lentamente chiudendo. Presto avrebbe saputo. E con ogni probabilità sarebbe morto. Gli occhi li aveva belli. Per il resto era un piccolo uomo scuro, con il nome di un fiume, il Giordano, scolpito nella lava del suo Vulcano, nel fuoco e nella terra. Ora, prigioniero di quella cella, appariva al mondo come il mostro incatenato, rifiutato da tutti. Non se ne rammaricò. Aveva quasi cinquantadue anni, molti dei suoi coetanei erano già morti. E non aveva mai fatto volentieri amicizia. Si ritenne fortunato. Sperava che qualcuno si ricordasse del suo lavoro, dei suoi pensieri e che li tramandasse ai posteri. Così come la sua arte, in cui la memoria non è mai solo ricordarsi le cose, ma comprenderle, interiorizzarle.

Ripeté a se stesso una frase che aveva detto spesso e che poi aveva scritto: «...Perché così pochi comprendono e apprendono il potere interiore?... Colui che in se stesso vede tutte le cose è, al tempo stesso, tutte le cose». Ecco cos'era veramente l'arte della memoria. Un metodo di conoscenza, non solo di memorizzazione. Essere tutte le cose significa guardare le ombre, cioè le idee che si riflettono sulla natura, sulle "cose", significa ascendere con la mente in quello spazio in cui si torna divini. Ci si fa dio. Sarebbe andato sul rogo per quello. Non per la sua difesa di Copernico, né per le frasi blasfeme che gli avevano cucito addosso al processo. Ma il suo era un potere troppo destabilizzante per il sistema. Per qualsiasi sistema. Cattolici e protestanti in questo erano stati molto simili. Avevano avuto paura di lui, delle sue conclusioni e l'avevano scacciato. Il suo era un potere troppo grande. E non avrebbe mai condiviso quel potere con chiunque. Né con Mocenigo, né con i cardinali, né tanto meno con il papa. Il quale aveva fatto una scelta di campo. Ormai delineata.

Ricordare gli diede coraggio. Spostò di nuovo il dito sul muro, ma questa volta cominciò a tracciare dei segni sulla sporcizia di cui era intriso l'intonaco umido. Tracciò delle ruote e sulle ruote scrisse delle lettere poi dei numeri. Non gli serviva altro. Chiuse gli occhi e spedì la sua mente allenata a mescolarsi con i simboli. Venne fuori di tutto: il mondo minerale, animale e il mondo degli uomini e delle stelle gli balzarono davanti agli occhi come se uscissero da una scatola. Per parlare con lui. E il monaco si sentì libero dopo tanti anni. Non ebbe più bisogno di niente. Fece questo per prepararsi a morire. E prima ringraziò chi doveva ringraziare. Chi gli era stato vicino sul serio, confortandolo. Non il Dio dei cristiani che punisce e non ama, fingendo di farlo. La chiamò come si chiama un'amante. L'attirò. Ma voleva salutarla per l'ultima volta e dirle che non aveva mai smesso di tenerla dentro di sé, per dirle che il suo cuore le apparteneva, insieme alla sua mente.

«Io ti invoco, o Venere, dea del terzo cielo che chiamiamo Stella della Sera, Bosforo, e Portatrice di Luce, ti imploro...». E lei non si fece attendere. Ma prima di intervenire volle ascoltare il resto dell'incantesimo. Le piaceva la voce del monaco quando la chiamava. Per questo si permise un capriccio, per un momento di gioia quasi terrena. Lui lo sapeva. E fu investito dall'amore per quel capriccio innocente. Allora continuò.

«*Venus alma, formosa, pulcherrima, amica, benevola, gratiosa, dulcis, amena, candida, siderea, dionea, olens, iocosa, aphrogenia, foecunda, gratiosa, larga, benefica, placida, deliciosa, ingeniosa, ignita, conciliatrix maxima, susceptrix optima, amorum domina, harmoniarum ministra, musicalium dictatrix, blanditiarum praeposita, saltationum moderatrix, ornamentorum effectrix, universorum compago, rerum vinculum. Tu ex tota primi deorum parentis Caelii propagativa virtute exorta, tu continuam animantibus successionem praebens, tu voluptatum et gaudiorum omnium universalis propagatrix, tu inaccessorum arduorumque omnium penetratrix, tu potens deorum omnium triumphatrix. Adsis dea Paphia, Cypria, Ericina, Calydonia, Samia, Idalis, Gnidia, Cytheraea, Capitolina*». Quando ebbe terminato si sentì meglio. Si sentì amato dall'idea stessa di amore. E non lo dimenticò più. Nemmeno quando le fiamme gli mangiarono il cuore.

Capitolo 20
Buongiorno
Roma, gennaio 1600

Prospero non si voleva svegliare. Lentamente, riprese possesso delle sue membra intorpidite. Un dito del piede dietro l'altro, un muscolo dopo l'altro. Era intirizzito e, durante la notte, si era rigirato nel mantello talmente tante volte da non potersi quasi più muovere. Mentre teneva gli occhi chiusi e poco a poco riemergeva dal sonno, divenne vittima di quella condizione fisica che contribuiva a farlo sentire prigioniero, stretto fra i ceppi della sua stessa coscienza. Svegliarsi, per il ragazzo significava osservare la sua nuova realtà alla luce del sole. Rendersene conto e accettarla. Non aveva più scuse: non aveva sognato, non era stato un incubo, quello era il suo presente, per quanto strano fosse. Aprì gli occhi e si rese conto di essersi addormentato davanti al caminetto, ora spento. Nessuno lo aveva svegliato, né l'aveva invitato a stendersi su di un letto, al riparo nel tepore delle coltri.

«Ecco il perché dell'intorpidimento», si disse. «E del freddo». Si domandò che ore fossero. Con quello che gli era capitato aveva smarrito l'abitudine a considerare il tempo come qualcosa di immodificabile e in quel momento, per lui, poteva anche essere ancora notte fonda. Ma non lo era, ne era sicuro perché si sentiva piuttosto riposato, come se avesse dormito molte ore e in più, adesso che emergeva dal sonno, avvertiva dei rumori provenire dalla stanza e dei mormorii che arrivavano da dietro lo schienale del seggiolone su cui era caduto semi-svenuto la sera precedente. Si bloccò. Bloccò ogni atomo del suo corpo e si irrigidì in ascolto. Sì, erano proprio bisbigli quelli alle sue spalle. C'era qualcuno nella stanza con lui e non voleva farsi sentire. Ebbe paura, poi si tranquillizzò. Magari erano gli altri, magari anche loro erano crollati sul tavolone intorno a cui avevano affrontato quella discussione così particolare. Avrebbe voluto scoprirlo senza farsi accorgere. In quel momento, più forte di ogni altra cosa, c'era la necessità di controllare i movimenti dei suoi ospiti per poter prevenire le loro mosse. Si comportava da preda. Come un cerbiatto nascosto fra i cespugli di un bosco spera che il vento gli porti l'odore del cacciatore che l'insegue, così Prospero cercava un segno che gli indicasse i movimenti dei cinque uomini che aveva conosciuto poche ore prima. Si fidava di loro, spontaneamente. Ma non era più sicuro di niente. E ora che era sveglio e sempre più vigile, si sentiva a disagio nel dare le spalle alla stanza, nel non riuscire vedere. Aguzzò l'udito fino quasi a farsi male. Il bisbiglio continuava. Sentiva anche un fruscio, come se dei fogli di carta pesante venissero letti e passassero di mano. Il fruscio nascondeva anche un'altra sfumatura: era come se qualcosa di solido sfiorasse il legno del tavolo.

"Basta, Prospero", si ordinò con il pensiero. "Non farti uccidere dalle tue paure. Girati e saluta. Se avessero voluto farti del male te ne avrebbero fatto mentre dormivi. Hanno avuto tutto il tempo". Seguì il consiglio che si era dato a metà. Gli bastò giusto per trovare il coraggio di muoversi lentamente cercando di non fare nessun rumore. Se era fortunato, le persone che stavano dietro di lui erano ancora troppo assorte nei loro affari per guardare verso il caminetto. Il ragazzo compì uno sforzo sovrumano per liberarsi il minimo indispensabile dal mantello che lo costringeva in una posizione da mummia, quindi puntellò un piede per terra e fece sporgere la testa dalla spalliera della poltrona per guardare indietro. La stanza era leggermente rischiarata dalla luce che arrivava da una finestra. Per terra, c'erano ancora appoggiati i bagagli della compagnia che, immaginò, non doveva essersi riunita molto prima del suo arrivo. Il tavolone era ancora affollato di coppe vuote e una brocca che la sera precedente conteneva il vino giaceva sul legno, rovesciata su un fianco. In mezzo a questo disordine, sul tavolo, era stato ricavato alla meno peggio un po' di spazio per lavorare. Se ne accorse perché i bicchieri e i vassoi con avanzi di pane e carne che erano serviti al gruppo per sfamarsi, probabilmente dopo che lui era caduto addormentato, erano fermi su una linea invisibile, come se qualcuno li avesse spinti da una parte. E nello spazio creato sul tavolo, vide fogli di carta e delle tavole di legno non molto spesse e ricurve. E un paio di mani che le toccavano. Il ragazzo si sporse ancora di più e vide che le mani appartenevano a John, l'inglese. A quel punto si affrettò a ritirare la testa dietro la spalliera e si preparò a girarsi dall'altro lato, per sfruttare una diversa angolazione e spiare meglio. Quando fu comodo e si convinse che nessuno l'avrebbe mai visto, cominciò a studiare i due che parlottavano intensamente fra loro ed effettivamente non si curavano di controllare se il loro "asino" fosse sveglio oppure no. Fece affidamento sulla sua capacità di leggere le labbra per cercare di percepire alcune parole, ma i due, per quanto usassero l'italiano come lingua comune, bisbigliavano, per giunta dandogli le spalle e l'operazione non gli riuscì. Joachim, sollevò un foglio di pergamena e lo mostrò a John che sorrise e lo prese in mano. Ne studiò i caratteri che vi erano scritti e spostò gli occhi sul pezzo di legno che era stato poggiato sulla superficie del tavolo.

«Un lavoro eccellente, giovane Joachim», esordì soddisfatto l'inglese.

«Ora non resta che montarla. Ho seguito i suoi appunti pedissequamente. Ho cercato di riportare esattamente tutti i codici che sono sulla carta, aggiungendo qualcosa di mio che ho trovato in altri studi. Dovrebbe funzionare, adesso. Sarà contento quando la vedrà», spiegò Joachim.

«La vedrà, Joachim, stai tranquillo». L'inglese alzò la tavoletta e l'avvicinò a un'altra, simile alla prima in tutto e per tutto. Le accostò formando un semicerchio. Seguendo il gesto dell'uomo, Prospero si accorse che sul legno ricurvo c'erano delle incisioni. Gli parvero delle lettere e dei numeri, ma non era sicuro di quello che aveva visto. Proprio mentre si sporgeva di più per osservare i caratteri impressi sul legno, il ragazzo commise un piccolo errore. Un fruscio del mantello fece girare i due amici che lo squadrarono per un istante sbigottiti. Come vinto da un istinto primordiale, Prospero si riparò di scatto dietro la spalliera della poltrona e rimase in silenzio.

«Buongiorno... Bene svegliato, Prospero», l'accento inglese era inconfondibile ormai, come pure quel tono calmo, appena velato di una certa ironia.

«Buongiorno...», il ragazzo si sporse dalla sedia, fingendo di stiracchiarsi. Voltandosi, notò che sul tavolo erano spariti i fogli e i pezzi di legno decorati e il giovane Joachim era accucciato a terra, intento a chiudere una borsa di cuoio in cui si disse che sicuramente erano andati a finire quegli oggetti.

«Gradisci della frutta fresca? Un bicchiere d'acqua? O del pane?», John nascondeva l'imbarazzo di essere stato scoperto facendogli domande banali.

«No, grazie. Non ho fame, sono ancora scombussolato per il viaggio di ieri».

«Immagino...», rispose l'inglese facendosi serio.

«Gli altri sono ancora a dormire?», domandò Prospero che ormai aveva capito che non sarebbero arrivate spiegazioni sulla conversazione che aveva appena ascoltato di nascosto.

«Da queste parti, le giornate cominciano presto, mio giovane amico! Gli altri sono già tutti usciti. Tomáš, il rosso gigantesco che sicuramente ti terrorizza, è impegnato nella sua occupazione preferita: dar fastidio agli stampatori di Roma con richieste assurde su libri antichi e introvabili, Padre Rossi è in convento. Ci è tornato ieri sera poco dopo che ti sei addormentato, la sua presenza fra noi deve rimanere il più segreta possibile. Un uomo della chiesa non si può mischiare con gli eretici protestanti. Te lo dico perché così sai anche tu che non puoi farti scappare una cosa del genere».

«Quel gentiluomo vestito di nero?», domandò il ragazzo timidamente.

«Fratel R. C. vuoi dire? Il nostro caro amico tedesco è anche lui a passeggio. È l'inizio del Giubileo, Roma è stata decorata dai migliori artisti che ci sono in circolazione al momento. E R. C. è un amante della bella pittura e uno scopritore di talenti. Da qualche anno un giovane protetto di alcuni cardinali sta tirando fuori opere mirabili. E il nostro amico manca dalla città ormai da qualche anno. Michelangelo Merisi ha terminato da poco un trittico nella cappella Contrel a San Luigi, dalle parti di piazza Navona. È andato ad ammirarlo. Sono certo che cercherà di incontrare l'artista. Dicono che frequenti la casa del cardinal Del Monte. Ci proverà ma dovrà evitare di farsi riconoscere. Nessuno sa che è qui. E poi figurati se verrà mai ricevuto da un cardinale, illustre membro di Santa Madre Chiesa. Chi vuole un protestante in casa di questi tempi?», John scoppiò a ridere, seguito da Joachim che nel frattempo si era alzato e ora lo guardava amichevolmente.

«Noi, invece, siamo rimasti qui per aspettare che ti svegliassi. Non volevamo spaventarti ancora di più. Avevamo timore che se ti fossi svegliato in una casa vuota, ti saresti fatto prendere dal panico», aggiunse Joachim con tono affettuoso.

«Non ho paura», puntualizzò Prospero, che non voleva farsi vedere intimorito da un suo coetaneo.

«Lo sappiamo. Tra l'altro, ci siamo fermati anche perché dovrai accompagnarci a fare una visita», disse John. «Andiamo a Santa Prassede a trovare Padre Rossi. Dobbiamo parlare di alcuni dettagli e la tua presenza è importante per le informazioni che potrai darci».

«Sono pronto, andiamo», il ragazzo saltò in piedi facendo cadere il mantello per terra.

«Senza fretta, caro Prospero. Prima di uscire dobbiamo prepararti», lo avvisò Joachim.

Il medico inglese, a quel punto, cominciò a parlare: «Il convento non è un luogo amichevole. Padre Rossi è un ospite prestigioso, ma la sua influenza non potrà salvarci se i monaci scoprissero che la loro preziosa biblioteca è stata violata da due protestanti. Siamo eretici per la Chiesa di Roma. Siamo carne da rogo. E non abbiamo intenzione di finirci. Non subito almeno. Joachim è già stato lì, per prelevare Padre Rossi, qualche ora prima che arrivassi. Si è presentato come mercante di libri antichi per non insospettire i confratelli del monaco. Continueremo la pantomima. Io sarò il proprietario di un volume che vorrei far valutare all'abile generale dell'ordine degli olivetani e tu sarai il mio assistente, il mio segretario. È tutto chiaro?»

«Sì».

«Bene, andiamo, allora. Il tempio della cultura cattolica ci attende. Spero solo che la luce divina non mi illumini proprio ora che sta per iniziare il divertimento», John scoppiò a ridere un'altra volta. Joachim fece lo stesso e diede una pacca sulla spalla all'amico. Prospero fu grato a quei due sconosciuti per avere senso dell'umorismo e – senza che se ne accorgesse – si ritrovò anche lui a unirsi a quella risata liberatoria. E si sentì subito un po' più leggero. Un po' meno solo.

Capitolo 21
Giubileo
Roma, 1600

Fin dall'istante in cui misero piede fuori dal portone del palazzo alla Rotonda, Prospero fu catturato dalla bellezza di quella Roma. In passato gli erano sfilate sotto il naso alcune mappe d'epoca in cui la città era stata tratteggiata in modo grossolano. Nessuna di queste era stata in grado di trasferirgli la bellezza dell'Urbe all'inizio del Giubileo, dopo essere stata tirata a lucido per l'occasione. La Roma che gli si presentò in quella passeggiata fino a Santa Prassede, però, era in divenire, ancora molto simile alla città medievale. Ma soprattutto, ciò che colpì Prospero fu il sostanziale deserto in cui pochi monumenti e qualche rovina mezzo sprofondata spiccavano. Mentre trotterellava dietro a John e Joachim, il ragazzo non poté fare a meno di notare che gli spazi aperti, la campagna e gli orti invadevano ogni centimetro libero lasciato dalle costruzioni. Provò a fare domande ai suoi due amici, ma ogni volta che citava un monumento questi lo squadravano come se fosse pazzo perché non ne riconoscevano il nome. Allora, nella zona che si stavano lasciando alle spalle per raggiungere la Suburra, a comandare sul paesaggio c'erano il Pantheon, qualche palazzo e molte torri di cui Prospero non conosceva il nome ma che gli restituivano l'immagine di una città fortificata, sempre sul piede di guerra. Verso la Città Leonina, cinta da mura, spiccava la Cupola che governava una teoria di casette e la mole dell'Ospedale di Santo Spirito, mentre alla sua periferia, congiunta al Borgo dal Passetto, torreggiava la Mole Adriana, Castel Sant'Angelo. Al ragazzo sembrò che la Città Eterna si allargasse in spazi aperti e poi, poco dopo, si contraesse in un nugolo di vicoli puzzolenti sormontati da archetti e passaggi aerei, come un cuore che batteva da millenni. E Prospero se ne innamorò perdutamente. Sulla strada per Monti, il ragazzo non poté fare a meno di notare che c'erano già migliaia di pellegrini. E l'Anno Santo era appena cominciato. La città gli si presentava al suo meglio. Joachim gli fece sapere che il papa si era prodigato a emanare decreti anche sulle bestie, proibendo ai maiali di pascolare liberamente per le strade cittadine, ed evitando così di infettare l'aria con i loro miasmi. John, invece, gli aveva fatto notare una delle tantissime processioni delle Confraternite accorse in città per l'Anno Santo. Ma Prospero non ebbe tempo di ammirarla, perché il trio scartò velocemente a destra e si infilò in una stradina buia e puzzolente.

«Seguitemi, di qua faremo prima e non daremo nell'occhio», disse l'inglese.

«Chi sono quelli?», domandò il ragazzo incuriosito.

«Sono gli esponenti di una qualche confraternita. Non li vedi i cappucci e i segni di penitenza? Non so quale sia nello specifico, ma a quanto pare saranno loro la grande attrazione prevista da Clemente per questo Giubileo. Loro e il transetto di San Giovanni in Laterano recentemente rifatto...», rispose John.

«Perché è tanto importante San Giovanni?», chiese Prospero.

«Perché il papa è lì che ha deciso di lavarsi la coscienza. Dopo anni in cui ci hanno propinato la balla che Costantino in punto di morte donò al papa la città, inaugurando il potere temporale della Chiesa. E dopo che sul fronte protestante sono stati sprecati fiumi di inchiostro per sbugiardare questa truffa. Finalmente si sono decisi a fare chiarezza. I fedeli da oggi in poi, quando visiteranno il Laterano, sapranno che l'imperatore al papa non ha donato un bel niente, ma che il papa se l'è presa la città. E non ha alcuna intenzione di mollarla», spiegò il medico ironicamente.

Prospero sorrise e poi commentò: «Per lo meno è un tentativo di fare chiarezza, non trovate? Mi sembra comunque un passo avanti, così come tutte queste riforme che vogliono ottenere una Roma un po' più salubre e i suoi cittadini un po' più contenti...».

I due si guardarono negli occhi e si sorrisero. Nel frattempo, si erano inerpicati su per un sentierino che gli ricordò una strada di campagna. Ai lati di questo si aprivano giardini e campi coltivati.

Joachim parlò per primo: «Se è per questo, per l'occasione, il caro Clemente si sta proprio dando da fare. Sono talmente tante le opere di carità a cui il pontefice si dedica ultimamente. Di questo passo, alla fine del Giubileo gli vedremo donare tutti gli ori del Vaticano ai poveri...», e scoppiò a ridere di gusto, seguito subito dall'amico.

«Ma che male c'è?», sbottò il ragazzo che detestava sentirsi preso in giro. «Se un papa si comporta bene, meglio! Qualcosa di buono l'avrà pur fatta anche lui, no?».

John tornò serio e gli parlò con voce stanca: «Un tiranno buono cessa di essere un tiranno, Prospero? Anche se ti commuove sapere che l'Aldobrandini rispetta il digiuno e va negli ospizi dei pellegrini a lavare i piedi ai poveracci, ricorda che Clemente sarà per sempre il papa dei roghi, il campione della lotta all'eresia. E noi siamo fra i nemici da combattere. Tu sei un suo nemico». Il ragazzo chinò il capo e non disse più nulla. L'inglese aveva ragione. Arrivarono nei pressi di Santa Prassede dopo aver camminato in silenzio per un po'. La basilica svettava nel poco che gli si stringeva attorno. Lì, in base ai racconti di Orazio, doveva trovarsi il libro che stava cercando. Lì viveva il monaco che aveva conosciuto la sera precedente e che era amico di quella banda di eretici per non si sa bene quale motivo. Il sospetto si insinuò nel cuore di Prospero. Potevano fidarsi di un prete? Contò fino a dieci prima di esprimere quel pensiero. Ma poi vide la mole della chiesa avvicinarsi e Joachim sfilarsi dalla spalla la sua bisaccia di cuoio e respirare in profondità per riprendere fiato prima degli ultimi metri. Era la borsa che gli aveva visto chiudere la mattina al suo risveglio. Di sicuro l'oggetto che i due stavano studiando all'alba era lì dentro. E ora loro volevano mostrarlo al prete. Prospero non era sicuro che quella fosse una buona idea. Perché mostrare le proprie carte a un uomo della Chiesa, se è proprio la Chiesa il nemico di certi studi? Quell'argomento gli parve inoppugnabile e gli diede coraggio per domandare.

«Vi fidate?», chiese laconicamente. Joachim s'immobilizzò e si voltò, ma non rispose. Fu John a parlare.

«Di chi, Prospero?»

«Del monaco. Di Padre Rossi. Non vi sembra strano tutto quest'interesse alla causa da parte di un uomo del papa?», aggiunse.

John rise, poi gli spiegò: «Padre Rossi non si può decisamente definire un uomo del papa, Prospero! Suvvia, quante cose non sai del nostro tempo! Perché non domandi direttamente a lui, se ne avrà il tempo sarà felice di rispondere. Ragazzo mio, io non conosco l'epoca da cui provieni. Ma mi sembra di capire che le tonache continuano ad essere malviste anche nel futuro...». Joachim a quel punto si fece attentissimo. Spostava lo sguardo dal medico inglese al ragazzo. Di certo aspettava una qualche rivelazione da parte di Prospero, il quale però era vincolato alla segretezza degli avvertimenti di Sophie e quindi si limitò a scuotere la testa e a mormorare: «Sì che sono malvisti... se voi sapeste...», ma poi non andò oltre. Non poteva parlare.

Capitolo 22
Santa Prassede
Roma, gennaio 1600

Prospero dichiarò chiusa la discussione. In ogni caso, si sentiva già saturo. Nonostante il gelo che gli si infilava nel mantello a ogni passo, il ragazzo non aveva freddo. Era carico di energie e aveva gli occhi pieni di una serie di meraviglie irripetibili. Era saturo di bellezza e di novità. Si continuava a ripetere che la fortuna di vedere Roma all'inizio del Seicento era qualcosa di unico, che nessun altro della sua epoca avrebbe mai avuto. Pensò a quante memorie indimenticabili si stava costruendo e a come avrebbe raccontato la sua avventura alla madre. Poi si ricordò nuovamente dell'avvertimento di Sophie: «Non dovrete farne parola con nessuno... Mai...». E ricordò i suoi occhi minacciosi quando glielo aveva detto, sibilando. Anche le sue frasi sui rischi si affrettarono a riportargli alla mente che non era il turista più fortunato della sua epoca. Uno di questi era la morte. Prospero si rabbuiò. Smise di notare i palazzi, le strade percorse, i secoli che si erano aggrappati ai muri della Suburra appena attraversata e cominciò a torturarsi di pensieri angoscianti. I suoi due accompagnatori se ne accorsero subito. Joachim e John gli si avvicinarono. Per qualche istante il terzetto si ritrovò a camminare disposto su una linea retta, in silenzio. I loro passi risuonavano all'unisono sul selciato sporco di un vicolo. Prospero si sentì un poco più tranquillo. Era bastata la loro presenza a distendere la sua mente preoccupata.

«Sanno il fatto loro», si disse. Poi tirò fuori l'aria dai polmoni che gli si condensò in una nuvoletta graziosa davanti alla faccia.

«Fa freddo...», disse.

«È inverno...», gli rispose sorridendo John.

«Eccoci, siamo arrivati», da Joachim ricevette l'unica informazione che in quel momento gli interessava.

«Ci siamo, ricordatevi chi dovrete dire di essere», aggiunse l'inglese prima di bussare alla porta del convento. Gli venne ad aprire il solito monaco con l'aria vagamente stupida che Joachim aveva già incontrato il giorno prima. L'uomo sembrò riconoscere il giovane mercante di libri antichi, ma si fermò interdetto davanti agli altri. Si presentarono con nomi falsi, John dichiarò di chiamarsi Pope e Prospero fu costretto ad abbassare il cappuccio ancora di più sugli occhi perché non si vedesse che gli veniva da ridere. Il suo nome fittizio fu pronunciato dall'inglese, com'era naturale che fosse: a lui era stata assegnata la parte del segretario muto e servizievole.

"Meglio così", si disse il ragazzo. "Nessuno fa mai domande ai segretari". Padre Rossi li accolse con uno sguardo ansioso. Non era abituato ad accogliere quel tipo di amicizie a Santa Prassede, dove pure era considerato un ospite di riguardo. Si affrettò a licenziare il buon Luigi che andò via osservando di sottecchi i tre amici del monaco e poi uscì lasciandoli finalmente soli.

«Dobbiamo limitare questo via vai... Qui mi conoscono come un solitario, impegnato negli studi... Non posso ricevere così tanto...», esordì Rossi.

«Padre, non ti preoccupare, veniamo ora e non verremo più. Ma dobbiamo stabilire quali saranno i prossimi passi. E Steiner non si fa vivo da un bel po'. Non è neanche venuto all'appuntamento di ieri sera. Tu cosa consigli, che cosa hai sentito?», John lo incalzò fingendo di non aver raccolto la raccomandazione alla cautela.

«Sapete bene che non frequento gli ambienti dei cardinali... Mi irritano... Non so nulla. Siamo sicuri che Steiner non ci abbia già venduti?».

Joachim, a quel punto, intervenne: «Non ancora. Ma il fatto che non si sia presentato l'altra sera ci fa preoccupare».

Padre Rossi lo corresse: «Dovremmo essergli grati, invece, se fosse venuto avrebbe visto il nostro amico... Se Steiner vuole venderci, pensate che bottino otterrebbe per rivelare che fra noi si nasconde anche un asino...». Prospero alzò gli occhi al soffitto per non tradire la sua insofferenza e nel riabbassarli si concentrò sugli arredi della biblioteca del convento. Com'era differente da quella della pensione della Rotonda. I libri coprivano tutte le pareti anche qui. Ma c'era un'aria austera, dolorosa quasi, che mancava completamente nella casa dei suoi tre ospiti. Qui il clima era gelido non appena ci si allontanava dal caminetto, mentre era certo che nella stanza di Orazio anche in pieno inverno, ci fosse sempre una temperatura mite.

«Ragazzo mio, ti vedo smarrito...», Padre Rossi lo riportò fra loro.

«No, chiedo scusa. Ancora non sono abituato all'idea di trovarmi qui. Tendo ad assentarmi per ammirare il vostro mondo», spiegò il giovane.

«Sono molte le differenze?», domandò Joachim.

«Non posso risponderti, mi dispiace...», Prospero tagliò corto.

«C'è qualcosa di cui dobbiamo discutere dunque, Steiner a parte?», insisté Padre Rossi.

«Sì. Dobbiamo mostrarti qualcosa, ma...», John interruppe la frase a metà e poi si rivolse a Prospero che non vedeva l'ora di entrare nei dettagli della missione. «...ma tu non puoi ascoltare, Prospero, ci allontaniamo... Ormai ti dovrebbe essere chiaro, hai cominciato da poco questo cammino. Non puoi ricevere troppe informazioni. Ne va della tua sicurezza e di quella del progetto. Mi dispiace».

«Non mi piace, ma capisco... E non ho scelta, mi pare...», rispose il ragazzo con un inchino teatrale e un mezzo sorriso. Quando si trovò solo, si sentì abbastanza tranquillo per togliersi il mantello. Il freddo che imperava nella stanza però lo obbligò ad avvicinarsi al caminetto acceso e poi a sedersi sulla sedia di legno massiccio che era sistemata proprio là davanti. Padre Rossi era davvero un ospite di riguardo. La biblioteca del convento era una delle più importanti di Roma gli aveva detto Orazio. E lui la usava a suo piacimento, come fosse casa sua. Prospero si domandò se il monaco ricevesse lo stesso trattamento anche a Firenze, nel palazzo di Don Giovanni. Si rispose che era evidente: certo che sì. E solo lui poteva aiutarlo a trovare quello che cercava. O magari, il libro era già in suo possesso, al sicuro dal Sant'Uffizio, come gli aveva suggerito Orazio. Doveva individuare il momento migliore per fargli delle domande e cominciare la ricerca. Il monaco rientrò nella biblioteca proprio mentre il ragazzo si stava chiedendo quando trovare il momento propizio per interrogarlo. Era da solo. John e Joachim erano rimasti in disparte nella stanza in cui si erano ritirati per discutere in segreto.

«Hai qualcosa da dirmi?», il monaco parlò per primo e lo fece con estrema schiettezza.

«Avrei una domanda. Una serie di domande. Mi risponderete?», disse Prospero.

«Farò del mio meglio».

«Come fa un monaco, addirittura un generale del suo ordine, a congiurare con i protestanti?», domandò senza troppi giri di parole.

«Mio caro figliolo», Padre Rossi sorrise. «Fingerò di non notare la mala grazia con cui mi ti rivolgi e ti risponderò. Molte cose ti suoneranno strane durante questo viaggio. E non ridurrei le dispute di questa epoca soltanto a uno scontro fra cristiani e protestanti. La compagnia che ti ha accolto ha qualcosa in più da occultare. Un bagaglio di conoscenze che di questi tempi non bisogna sbandierare ai quattro venti e che vanno ben oltre il tema della religione. Ma non è stato sempre così. E ti stupiresti nel sapere quanti cardinali si dedicano a forme più o meno velate di magia... Quanti pittori ne dipingono il senso, quanti poeti ne cantano gli amori...».

«Mi state dicendo che anche in Vaticano ci si cimenta con certe pratiche?»

«Sì, figliolo, per quanto assurdo ti possa sembrare, il mio mondo è guidato da una specie di doppia morale: tutto si può pensare nel privato, a tutto si può credere. Ma guai a dichiararlo in pubblico».

«Dunque l'Inquisizione non è così occhiuta come vuole far pensare», aggiunse il ragazzo.

«L'Inquisizione e l'Indice dei Libri Proibiti sono i due cani da guardia del papa, figliolo. Agiscono quando gli viene ordinato di farlo. E non sempre agiscono alla luce del sole, con i processi, il carcere e poi i roghi, o le abiure. Il più delle volte, gli inquisitori del papa si limitano a raccogliere informazioni per poi utilizzarle al momento opportuno e non è sempre per condannare: la maggior parte delle volte, ciò che soprattutto desidera il Vaticano è una delazione ad hoc e, più in generale, una resa incondizionata».

«Immagino di sì», rispose Prospero confuso.

«Sì. Ti sembrerà strano, ma – credimi – anche su di me si è certamente poggiato l'occhio dei Gesuiti. Mi stanno osservando e agiranno quando lo riterranno utile o quando gli verrà comandato. Per il momento mi lasciano in pace. Ai miei studi innocenti. Magari farò anche carriera... Chissà... Ma arriveranno. Prima o poi arriveranno, me lo sento. Dipenderà da me. Quando la smetterò di salvare libri messi all'Indice mi lasceranno in pace. Ma a loro sfugge che io non mi fermerò mai. Ho visto troppe cose ormai. E tu sei una di quelle».

«E come vi difendete?»

«Non lo faccio. Ma non sono un eroe. Se fossi stato autore di qualche trattato avrei utilizzato il metodo di Agrippa, come molti». Padre Rossi stava per proseguire ma Prospero si intromise: «Vuol dire Cornelio Agrippa? Ho letto il *De occulta philosophia*. Un'opera pericolosissima per il potere, secondo quello che mi avete detto».

«Sì lo è. Immagino che però non avrai letto il *De vanitate scientiarum*. Lo scrisse tre anni prima del testo che lo ha reso famoso, nel 1530».

«No, non lo conosco».

«Ebbene, se leggessi quelle parole inorridiresti. Negano tutto ciò che sarà affermato tre anni più tardi nel *De occulta*».

«Solo gli stupidi non cambiano mai idea», ribatté il ragazzo, sicuro.

«Ma Agrippa non ha mai cambiato idea, del resto non ha neanche mai manifestato un'adesione cieca a certi principi. Lui si limitava a parlarne», disse il monaco sorridendo, poi aggiunse: «e ne parlò solo dopo aver compilato un trattato che condannava le teorie di cui poi effettivamente scrisse. Queste teorie sono infine diventate un manuale per coloro che esercitano le nostre pratiche. Ingegnoso non trovi?»

«Che cosa volete dirmi, non capisco».

«Se i metodi dell'Inquisizione e in generale dell'ortodossia cattolica sono raffinati, lo sono anche quelli dei loro antagonisti. Agrippa si è semplicemente protetto, pubblicando prima un'opera che negava i principi su cui si basa la nostra ricerca di conoscenza. Poi, tre anni più tardi ha dato alle stampe, in relativa tranquillità, una raccolta in cui illustrava tutti i metodi per entrare in contatto con il mondo delle ombre, o delle idee, secondo la definizione dei filosofi neoplatonici. Quale tribunale avrebbe potuto condannarlo? Non si può condannare l'erudizione. O mezza Roma sarebbe obbligata a presentarsi in Sant'Agnese in Agone in ginocchio a chiedere perdono».

«Mi state dicendo che gran parte delle pubblicazioni di questo periodo sono pensate e scritte in modo da sfuggire al rogo e per rendere più complicate le indagini dei giudici?»

«Più o meno. I libri hanno molto potere, ultimamente. E possono significare la vita o la morte di chi li scrive. Di chi li legge. O di chi li custodisce». Su quest'ultima frase gli occhi del monaco si fecero tristi.

«Non ho dubbi sul valore dei libri in questa epoca. Le persone che mi hanno mandato qui me ne hanno parlato a lungo prima di partire. Così come mi hanno raccontato di un volume che è necessario trovare...».

«Dimmi, figliolo. I tuoi amici laggiù hanno bisogno di qualcosa? Farò di tutto per aiutarli...», Padre Rossi sembrava emozionato di ascoltare le parole di Prospero. Di eseguire degli ordini.

«In effetti mi hanno chiesto espressamente di cercare di voi...».

«Di me? Eccomi, mi hai trovato, non perdiamo altro tempo, che cosa ti hanno chiesto?»

«Ho una missione da compiere qui. E solo voi potete aiutarmi»,

Prospero stava per cominciare a parlare, ma indugiò un istante, sorpreso dall'espressione di Padre Rossi che lo fissava fremendo. Possibile che il prete non sapesse nulla?

«Veramente l'aiuto ce lo stai dando tu, ragazzo».

«Forse non mi avete capito? La missione che devo compiere è impossibile se non mi assisterete. Ho bisogno delle vostre conoscenze». Rispose il giovane visibilmente confuso.

«Certamente, figliolo, e noi siamo qui per dartele, ma il compito più gravoso ricade sulle tue spalle. Il tuo rientro a casa potrebbe essere la soluzione a tutti i problemi di quest'epoca martoriata».

«...e di quella da cui provengo. Ma sarà molto difficile se non trovo quello che cerco».

«Forse sono io a non aver capito bene le tue parole, figliolo. Cominciamo con ordine, che cosa cerchi?», la domanda del monaco lasciò Prospero ancora confuso.

«Ma la *Steganographia* dell'abate Tritemio, Padre, che altro?»

«Dunque esiste! Te ne hanno parlato! Allora non è perduta per sempre! E dove dobbiamo andare a cercarla?», il monaco sembrava un fanciullo a cui era stato promesso un giro sulla giostra.

«Che cosa dite, padre? Non lo conoscete? Non l'avete voi?», Prospero sentì che la terra gli crollava sotto i piedi.

«Io? Darei il mio braccio destro per entrare in possesso di quel libro. Ma l'autore l'ha dato alle fiamme poco dopo averlo scritto. Ne è stata recuperata una parte. Una parte minima. Che esista nella sua versione originale e completa è una specie di leggenda. In molti hanno provato a cercarlo, in passato, in anni più felici o tranquilli. Lo stesso Tomáš ha girato mezza Europa anni fa con lo scopo di mettere le mani su quel volume. Tutti lo sanno. Non capisco come mai ti abbiano affidato questa missione. Tra le altre cose. Con l'impegno che abbiamo davanti. E i rischi». Prospero si sentì avvampare. Fu come se gli avessero dato un pugno nel pieno della cassa toracica. Gli mancò il respiro e fu costretto ad appoggiarsi allo schienale della sedia. A quale impegno si riferiva il monaco? Perché Orazio gli aveva detto che il libro ce l'aveva lui? Che l'avrebbe aiutato? Era stato ingannato dunque. I tre avevano altri piani e si erano ben guardati dal metterlo a conoscenza dei loro disegni. Farabutti. Che scherzo gli avevano preparato? Dunque era una vittima sacrificale. Ma lui non ci sarebbe stato. Non si sarebbe fatto fregare un'altra volta. Voleva sapere. E voleva sapere adesso.

«Padre, raccontatemi la verità o appena esco di qui vado a cercare la prima guardia per dirgli tutto», il ragazzo parlava senza ascoltarsi. Non l'avrebbe mai fatto, ma voleva credere che il monaco si sarebbe terrorizzato al solo pensiero di finire davanti all'Inquisizione.

«Prospero, non dire sciocchezze... Se non ti hanno detto nulla è perché non devi sapere nulla. La conoscenza di queste cose non rimane senza conseguenze».

«Mi pare che le conseguenze le stia già pagando. Che ci faccio qui dunque? Ditemelo voi che sapete tutto? Non c'è un libro fra i vostri che lo spiega? Perché... perché... perché ho dato retta a un branco di pazzi?...». Il ragazzo era disperato. Il pianto gli aveva strozzato la voce, la disperazione gli aveva chiuso la mente. Quando Joachim e John rientrarono lo trovarono in quello stato di prostrazione e si preoccuparono.

«Che succede qui?», domandò l'inglese in apprensione.

«Mi avete mentito tutti! Siete dei bugiardi! Che cosa volete da me?», gridò Prospero in preda al rancore.

Capitolo 23
Rivelazione
Roma, 1600

«Che cosa gli hai detto?», l'inglese ruggì contro il monaco.

«Nulla Burbage, è stato un equivoco...», rispose Padre Rossi.

Prospero era inferocito. Aveva afferrato lo schienale del seggiolone con entrambe le mani e ci si era messo dietro, in piedi, come fosse una barricata. Spostava lo sguardo da un uomo all'altro e da ognuno, in fondo, cercava una risposta, se non la verità.

«Dovevate aiutarmi e invece avete mentito!», strillò di nuovo.

«Ti prego, abbassa la voce. Non c'è niente che non possa essere risolto. Non puoi farci arrestare tutti. Non puoi!», Joachim intervenne con fermezza e come sempre riuscì a tranquillizzare Prospero.

Il ragazzo si afflosciò sulla sedia. Non pianse. Non si disperò. Rimase con la testa fra le mani davanti al caminetto acceso. Non avrebbe mai fatto la spia. E si rammaricava anche di averlo minacciato. Di aver fatto credere ai suoi compagni di essere un vile e un infame. Gli avevano mentito, ma non c'era ragione per non risolvere la questione da uomini. Fra uomini.

«Voglio sapere tutto. Non dovrete mai più tacere niente. Niente! Sono stato chiaro?», sbottò all'improvviso.

«Non possiamo dirti tutto, figliolo», il monaco gli si era avvicinato e gli stava accarezzando i capelli.

«Non mi toccate! Non mi importano i vostri trucchetti da mago di quarta categoria. Né i vostri libri incomprensibili. Voglio sapere che cosa ci faccio qui e a che cosa vi servo. Se devo fare la bestia da soma, almeno voglio sapere dove mi state portando. Non morirò senza conoscere il motivo, sappiatelo».

«Il ragazzo ha ragione. Non possiamo svelargli tutti i dettagli, ma almeno una parte del piano dovrà conoscerla. Ne va della nostra e della sua sicurezza. Se non sa quali segreti tacere, è facile che li riveli alle persone sbagliate, non pensate? Mi assumo io la responsabilità di questa cosa... Me l'assumo io davanti a chiunque», John Burbage calcò su quel "chiunque" con troppa preoccupazione. Ma in quel momento Prospero sentiva di essere prossimo a una spiegazione e non avanzò altri dubbi. Gli bastava sapere, se non era per il libro, che cosa ci facesse all'inizio del Seicento, a Roma, in compagnia di cinque pazzi visionari.

«Parlate, dunque. O me ne vado adesso», insisté il ragazzo.

«Che cosa ti è stato detto prima di partire?», domandò Joachim.

«Che dovevo venire qui, contattare Padre Rossi e farmi consegnare la *Steganographia* di Tritemio per riportarla nella mia epoca in modo che i tre che mi hanno mandato possano decifrare dei testi», Prospero parlò senza riprendere fiato. John, Joachim e Padre Rossi si scambiarono una lunga occhiata densa di significati. Il ragazzo era completamente all'oscuro.

«Dunque? Che cosa mi dite?», li incalzò.

Gli rispose Joachim: «Non è questa la ragione del tuo viaggio. Quel libro non esiste più da molto tempo...».

«Questo l'ho saputo!», rispose il ragazzo sempre più nervoso.

«Sono altre le ragioni per cui sei qui. Sei l'asino. Il portatore. Sono certo che quest'immagine non ti sia del tutto sconosciuta», John fece eco al tedesco.

«Non mi interessa a quale bestia vogliate paragonarmi. Dovete dirmi che ci faccio qui e qual è la mia utilità in questa follia!».

«Ebbene lo saprai», concluse l'inglese.

«No, John. Aspetta, rifletti. Il ragazzo ha un altro ruolo nella faccenda, non deve prendervi parte. Se glielo dici lo dovrai coinvolgere, sei sicuro di questo? Lui è l'asino mandato dalla signora della spiaggia. Ricordatelo prima di parlare troppo...», Padre Rossi si intromise nel discorso. Ma non riuscì neanche a finire il suo avvertimento perché Prospero aveva cominciato a fissarlo con odio.

«No, Padre. Ormai è tardi. La condizione in cui si trova ora Prospero è troppo crudele per non aiutarlo. Capiranno tutti. E immagino che al ragazzo non manchi il coraggio per prendere parte al nostro impegno», rispose John.

«Qual è questo impegno?», insisté il ragazzo.

«Sì, Prospero. All'inizio non era prevista la tua presenza durante l'azione. Ci sono troppi pericoli da considerare. In più sei sicuro di saperti muovere nella Roma di quest'epoca? Ma non devi rispondermi, ci devi solo pensare su. Non voglio che mi racconti cose che non puoi dire. Io, al contrario di te, so quando fermare la mia curiosità», John sorrise bonario.

«Sono pronto a tutto, che cosa mi aspetta?»

«All'inizio dovevi rimanere nella casa dove ti abbiamo ospitato. E poi avresti dovuto riportare qualcosa indietro, ma non il libro di Tritemio. Non quello...».

«E cosa allora?»

«Una persona...».

«Una persona?», Prospero guardò istintivamente Padre Rossi. «Chi?», domandò di nuovo.

«Un prigioniero...», si intromise Joachim.

«Iordanus...», John completò la frase a mezza bocca, mentre Padre Rossi distoglieva lo sguardo e scuoteva la testa, sconfitto.

«E come farò?»

«Non devi preoccupartene e ora non è necessario che tu conosca le nostre vie. L'importante è che, a questo punto, tu sappia il motivo del nostro *rendez-vous* dai quattro angoli d'Europa... La domanda che devi porre, quindi, non è come farò, ma come faremo...», spiegò l'inglese.

«Come faremo, dunque?»

«Lo faremo evadere al momento opportuno». Prospero rimase a bocca aperta. Padre Rossi allargò le braccia in segno di rassegnazione. Mentre John e Joachim gli concessero un sorriso. Il sorriso di due folli o di due eroi. Il ragazzo non seppe mai come definirlo.

Capitolo 24
L'appartamento del papa
Roma, 1600

Il cardinale aveva preso a considerare la sua guarigione come una piccola vittoria sulla materia. La gotta che l'aveva perseguitato l'estate precedente sembrava essersi finalmente placata. Durante le lunghe nottate insonni che aveva trascorso a mordere le lenzuola imbevute di sudore non aveva mai levato neanche un pensiero alla madre di Dio, né a Dio stesso. Si era concentrato, piuttosto. E aveva fissato la luna, spesso con astio. Ma il più delle volte quella visione lo aveva rasserenato. Il giorno dopo si era sentito meglio e quello dopo ancora le fitte erano completamente scomparse. Era andato via via migliorando. Ed era guarito del tutto quando aveva cominciato a indossare una cintura verde intorno alla vita. E da quando guardava con regolarità quell'immagine su cui erano raffigurati un re seduto in trono con la veste gialla, un corvo e il simbolo del Sole. Aveva trovato il talismano in un'opera di Marsilio Ficino, che lo dava per utile contro le febbri e per aiutare la salute. Aveva funzionato. Due anni prima, quando il papa si trovava a Ferrara per quella brutta questione della successione, gli era capitato di supervisionare la compilazione del *Sommario* del processo del Nolano. Quel testo, un riassunto dettagliato degli atti del procedimento, sarebbe poi finito nelle mani del pontefice e, da quello, il papa avrebbe tratto le sue conclusioni e studiato le contromosse. Il cardinale aveva letto le risposte di Bruno. E ne era rimasto turbato. Non era stato in grado di cogliere tutte le sfumature. Né di risalire ai libri su cui si era formato l'eretico. Ma la ricerca si era trasformata in una piacevole ossessione segreta, che aveva occupato molto del suo tempo. A volte troppo. Il *De occulta philosophia* di Cornelio Agrippa, per esempio, che gli era capitato in mano quasi per caso, all'inizio lo aveva terrorizzato. Ci si era avvicinato di nuovo quando era stato costretto a letto dalla gotta. Per noia, quasi. E aveva ritrovato gli stessi simboli che Ficino consigliava di utilizzare per guarirsi. Ma, stavolta, il loro utilizzo lo avvicinava a cose diverse. Il Sole, per esempio, andava invocato per prevalere sui propri nemici. In quel momento si disse che, in fondo, il talismano gli sarebbe stato utile anche una volta guarito. Il Vaticano non era forse il più sanguinoso dei campi di battaglia? La competizione era spietata e la salute dei papi troppo cagionevole per determinare anche solo il fantasma di un equilibrio. Gli alti prelati come lui erano anni che si muovevano guardinghi. Timorosi di legarsi a questo o a quel personaggio influente, per paura della disgrazia sempre dietro l'angolo. Per paura della nobiltà romana che sapeva essere feroce contro i suoi avversari. I pontefici che avevano preceduto Clemente non erano forse vissuti lo spazio di un attimo? Dopo la guarigione il cardinale si era fatto affidare uno spazio per lavorare nell'appartamento Borgia. Non aveva sbandierato ai quattro venti il motivo vero. Ed era riuscito a ottenerlo, forse proprio grazie all'aiuto dato con quella supervisione. Da allora le sue giornate terminavano sempre allo stesso modo. Alzava gli occhi e li lasciava liberi di correre sulla volta e sulle pareti della stanza decorata poco più di un secolo prima da Pinturicchio per Alessandro VI. Si fissava spesso sulle scene dello *Sposalizio di Iside e Osiride*. Erano la ragione per cui aveva preteso quella stanza. Se c'era un problema o una difficoltà da superare si spingeva anche oltre, assicurandosi prima che nessuno, neanche l'ultimo dei suoi segretari, fosse lì a testimoniare una pratica che sapeva essere al limite. In quei momenti tirava fuori l'immagine del Sole. E si concentrava, invece che sulle parole suadenti e gentili di Ficino, su quelle aspre e crude di Agrippa.

L'ambiente, d'altro canto, lo aiutava. E quel richiamo costante all'antica sapienza dei sacerdoti egizi lo confortava. Se anche il papa Borgia ci credeva, non poteva forse crederci pure lui, un oscuro cardinale senza storia? Quel giorno aveva saputo da chiacchiere di corridoio, che il Sant'Uffizio stava indagando su di lui. Si scoprì stranamente calmo. Ma il cardinale sapeva di non essere un cuor di leone. Forse, a dargli coraggio, erano i suoi piccoli riti segreti. E quelle immagini. Il toro Borgia rappresentato come la divinità egizia Api, il cigno ai piedi degli sposi nell'affresco, gli dèi. Preparò tutto con l'abituale pignoleria. Svuotò la mente dai pensieri impuri, passò un tempo dignitoso a osservare lo *Sposalizio* sulla sua testa. Spostò gli occhi su Api. Poi tornò in sé. Strinse in mano il suo talismano.

Aprì il libro di preghiere nel caso in cui fosse entrato qualcuno all'improvviso e si dispose, con il cuore carico d'amore, a invocare il Sole: «*Beydelus, Demeymes, Adulex, Metucgayn, Atine, Ffex, Uquizuz, Gadix, Sol, Veni cito cum tuis spritibus*...». Si sentì meglio subito dopo, come sempre. Anche se un tremore incontrollabile sotto la palpebra inferiore gli ricordò che rimaneva comunque in pericolo. Il cardinale deglutì e pensò al tribunale, a Monsignor Governatore, alle guardie, alle picche e alla pira e continuò a fissare quel suo talismano consumato, sperando che almeno lì, ci fosse un briciolo del coraggio che gli mancava. Ma non lo trovò.

Capitolo 25
Pensieri di un condannato a morte
Roma, 1600

Lo avevano riportato a casa. Lo avevano costretto quasi di forza a mettersi a letto. E gli avevano intimato di rilassarsi e di riordinare le idee. Loro lo avrebbero aspettato in sala da pranzo, davanti al caminetto e, se avesse voluto, gli avrebbero spiegato. La stanza dove si trovava era spoglia e fredda. Nessun abbellimento. I muri, semplicemente intonacati, non facevano sfoggio di quadri. Prospero non aveva altro conforto che non fossero i suoi pensieri. Si era sentito ingannato da madame Sophie e dalla sua combriccola. Ma in fondo era abituato agli stratagemmi di quei tre. E non avrebbe mai accettato l'incarico se gli avessero confessato che doveva prendere parte a un'evasione in un'altra epoca, in una città che non riconosceva.

Questo se lo disse con onestà. Poi aggiunse: «Se mi fossi trovato io nei loro panni, forse avrei fatto lo stesso». Era stato considerato un elemento sacrificabile. Da tutti. Era questo sentimento che non poteva accettare e su quest'altra riflessione sprofondò nell'autocommiserazione. Perché Joachim, John e Tomáš gli erano piaciuti fin dall'inizio e si era fidato di loro. E ora che sapeva che non gli avrebbero detto niente se lui non avesse messo in difficoltà il monaco, si sentiva tradito. Il tradimento fu l'ultima sensazione con cui decise di fare i conti. Si era sentito tradito da suo padre che era morto troppo presto, da Sophie e dai suoi, soprattutto Orazio con il quale gli sembrava di aver creato una specie di amicizia, o almeno così si era illuso per tutto il tempo in cui i tre avevano giocato con la sua mens. Si era sentito tradito anche da Roma che avrebbe voluto vedere in una festa perenne e invece aveva percepito immobile nella sua corruzione millenaria. E ora lo tradivano gli unici alleati ai quali aveva voluto credere in questo viaggio delirante in cui si era fatto trascinare come un fesso. Infine, si sentiva tradito da se stesso per non essersene accorto. Per non aver reagito in tempo, per essersi fatto fermare dal caldo romano, per non aver cambiato pensione. Era stremato. Ma non riuscì a dormire. In un istante ebbe la precisa consapevolezza che non avrebbe mai più dormito serenamente. Per sempre. Soltanto un piccolo pensiero, un fiato di ottimismo, lo aiutò in queste ore travagliate di dubbi e risentimento. Poco a poco, il senso di quello che si stava preparando ad affrontare squarciò la crosta della rabbia di Prospero. Avrebbe salvato Giordano Bruno dal rogo. Se lo ripeté più di una volta. E alla fine lo mormorò sotto voce, quasi per convincersene meglio. Sarebbe stato un eroe. Forse. Se il piano avesse avuto successo. Ma la paura lo incalzava. Il timore di rimanere ferito, di morire o di rimanere bloccato in un passato che non capiva e non gli apparteneva era troppo forte per lui. E tornò a invadergli il cervello. Respirò. Respirò finché non lo colse una strana vertigine. Si sentiva debole e inadeguato. E non gli piaceva quella sensazione. Si sentiva ignorante. Intorno a lui non c'erano parole chiare, tutti erano dubbiosi, sembravano già sconfitti. Poi, il sorriso aperto di John gli venne incontro. Anche le parole di Joachim lo soccorsero. Non avevano l'aria di due truffatori. Erano intelligenti e coraggiosi e a Joachim, in particolare, erano brillati gli occhi quando gli avevano rivelato la vera missione.

Non riusciva a non fidarsi di loro. Gli sembravano onesti quando gli avevano confessato di non averlo potuto mettere al corrente. Che era per il suo bene. Che si sarebbe dovuto limitare a fare l'asino, a trasportare l'eretico. Quei due volevano bene. Amavano ed erano sospinti da sentimenti che gli avrebbero fatto accettare anche l'estremo sacrificio e di morire per quello in cui credevano. Si era sbagliato a chiamarli farabutti, a pensare che fossero criminali qualsiasi. Non se lo meritavano e forse gli doveva delle scuse. Mentre pensava, gli tornò in mente il pugnale di Ser Tomáš saldamente ancorato alla sua cintura. Non era circondato da sprovveduti. Tutti avevano un ruolo di primo piano nel mondo da cui provenivano. Soltanto qui, nell'Urbe erano costretti a nascondersi. Ma sapevano il fatto loro. Sapevano muoversi, avevano affrontato mille avventure, glielo aveva letto in faccia.

"Dalle ceneri sorgerà il vendicatore", pensò. Ma si disse che, se la missione fosse andata a buon fine, non ci sarebbero state ceneri e il vendicatore avrebbe camminato a testa alta fin davanti al grugno di Leone XIII per ottenere giustizia per tutti gli eretici come lui. Voleva vederla questa scena. Voleva far parte dell'evasione più importante della Storia. Fu su quei pensieri che si alzò dal letto, ricaricato. E si diresse verso la camera con il caminetto per parlare con John e Joachim. Era arrivato il momento di porgere delle scuse e di accettare il proprio fato.

Capitolo 26
Un piano ben organizzato
Roma, 1600

Prospero fece un bel respiro prima di aprire la porta e andare a cercare John e Joachim. Si era preparato un discorso, avrebbe esordito con delle scuse appropriate. E poi gli avrebbe chiesto di sedersi intorno a un tavolo e di aggiornarlo sul piano che sicuramente dovevano avere per salvare il monaco. Stavolta si sarebbe accontentato di quello che volevano dirgli. Gli bastava sapere che comunque avrebbe fatto parte di quella compagnia in modo attivo. Sarebbe stato un asino, questo gli parve immodificabile, ma un asino informato quanto meno. Prospero si sentì tutto sommato leggero mentre percorreva il corridoio austero dell'appartamento e si dirigeva verso la sala principale, dove gli altri stavano ad aspettare la sua decisione finale. Li trovò impegnati in una discussione animata, ma quando entrò, John e Joachim si fermarono e lo guardarono seri.

«Per prima cosa voglio scusarmi con voi per il mio comportamento di qualche ora fa...», il ragazzo parlò subito senza troppi giri di parole, ma non era sicuro che quell'inizio di discorso fosse esattamente ciò che si era preparato in camera da letto.

«Non c'è bisogno, Prospero, la tua reazione, in fondo, è stata più che comprensibile...», lo interruppe John e poi proseguì. «Probabilmente avrei agito allo stesso modo se mi fossi trovato nella tua condizione... L'importante è che adesso possiamo ricominciare da capo. Un nuovo inizio, che ne dici?»

«Sono d'accordo», balbettò.

«Tomáš è quasi di ritorno, aspettiamo lui, poi ti spiegheremo tutto, per quanto possibile…», Joachim lo invitò ad accomodarsi al tavolo, mentre gli parlava.

«R. C. è con i suoi uomini appena fuori porta, lui, pur non amando molto le azioni di gruppo, interverrà al momento opportuno. Tomáš – come sai – è sulla via del ritorno. Padre Rossi non ha bisogno di essere informato sui dettagli di un piano a cui non prenderà parte in modo attivo e manca Steiner, come al solito, perché non lo incontriamo quando ci sei anche tu. È meglio che non ti veda. Non possiamo fidarci fino a questo punto», gli spiegò l'inglese che concluse: «Sei soddisfatto? Visto che dobbiamo cominciare a parlarci in maniera chiara ho pensato che ti avrebbe fatto piacere sapere in quanti saremo a discutere i dettagli…». Prospero non rispose. Si limitò ad annuire. John aveva appena finito di elencare i partecipanti alla riunione, quando Ser Tomáš entrò nella stanza. Era paonazzo, aveva le braccia piene di pergamene e un sorriso soddisfatto stampato sulla faccia sudata.

«Boemo, sei l'unico a sudare di questa stagione!», lo accolse l'inglese con quel modo che avevano di parlare fra loro, brutale e affettuoso.

«Forse perché mi sono spostato ai quattro angoli di questa maledettissima città per trovare le mie pergamene. È stata dura ma ho recuperato molte cose. Voi? Tutto bene con il monaco?», domandò Tomáš guardando fisso Prospero.

Joachim gli raccontò la novità: «Tutto bene. Anche se non abbiamo avuto tempo di parlarci a lungo. Prospero da oggi in poi farà parte del tentativo. C'è questo piccolo cambiamento nel programma originario». Il boemo si limitò a fissare John intensamente, il quale gli restituì lo sguardo e lo tranquillizzò con un sorriso aperto. Sorrise anche Tomáš e, con un riflesso istintivo, si toccò il pugnale nella cintura.

Poi si rivolse direttamente al ragazzo: «È un lavoro da uomini, te la senti? Non dovrò venire a recuperarti sotto il tavolo di un'osteria, mentre piangi di paura, vero ragazzo? Me lo prometti?»

«Ve lo prometto», rispose Prospero, ma una lama di terrore gli si piantò nella spina dorsale.

«Allora per me va bene, ma se ci metti in pericolo ti scanno come un cinghiale...», Tomáš concluse la frase concedendo al ragazzo almeno il beneficio del dubbio: gli fece l'occhiolino.

«Bene, ora che hai spaventato per benino il nostro amico possiamo cominciare a parlare della cosa», John tagliò corto. Aveva voglia di chiudere la parte teorica e di prepararsi a mettere in atto il piano.

«Joachim, fai tu gli onori di casa?», domandò al giovane tedesco.

Il ragazzo non se lo fece ripetere due volte e cominciò a parlare: «Per prima cosa, Prospero, prima dell'arresto, sono stato il segretario di Iordanus. Anche per questo motivo sono arrivato qui a Roma da Padova, ci tengo che il mio maestro non venga arso vivo... Farei di tutto. Mi ero deciso già da tempo, dovevamo soltanto aspettare le ultime mosse del monaco. È successo nel dicembre scorso, quando ha definitivamente rigettato le otto proposizioni del cardinal Bellarmino, inquisitore per conto del papa in questo processo, e si è disposto a ricevere la condanna. Lì abbiamo capito che c'era soltanto un mezzo per riaverlo con noi e consegnarlo a te, l'evasione. Ora, non manca molto per la lettura fatidica della sentenza. Ma in Vaticano si tengono stretta la data perché non vogliono che l'occasione si trasformi in un evento troppo pubblico: hanno paura che il popolo reagisca come fu l'anno scorso per l'esecuzione di Beatrice Cenci e che si possa verificare un intervento in armi di quelli che loro definiscono "Giordanisti"... Che poi saremmo noi, secondo gli sgherri del papa...».

«Sarebbe bello avere un esercito a disposizione. Allora sì. Entreremmo a cavallo in Sant'Agnese in Agone, metteremmo Roma a ferro e fuoco e spariremmo nei campi... Sarebbe bello e molto semplice...», commentò Tomáš sovrappensiero, come se parlasse a se stesso.

«Invece no, caro boemo...», lo interruppe John. «Ci tocca fare i topi fino al momento giusto. Ma in ogni caso porteremo comunque un po' di scompiglio nella città che tu definisci "maledetta", sei contento?»

«Sono sempre contento quando c'è da fare rumore», il boemo scoppiò a ridere e si versò una coppa di vino.

John approfittò di quella pausa per riprendere il filo del discorso: «Quindi il piano è questo: sappiamo con certezza che la sentenza, quando sarà, verrà comunicata al monaco, ai membri dell'Inquisizione e a qualche notabile laico dalle parti di Sant'Agnese, nella casa del presidente del tribunale, il cardinale Ludovico Madruzzo. Da lì, secondo la legge pontificia, il condannato verrà trasferito nel carcere secolare di Tordinona, che si trova non lontano da piazza Navona, dalle parti della Mole».

«Perché sarà trasferito?», domandò Prospero.

Gli rispose Joachim con un sorriso tirato sul volto: «Perché un buon pastore non uccide le sue pecorelle, anche se queste sono eretiche. La Chiesa perdona... Chi non perdona è Monsignor Governatore, cui il condannato verrà affidato. Si occuperà la giustizia terrena di lui e del suo corpo. Per questo lo trasferiscono. Dopo che la sentenza sarà letta non sarà più affare dell'Inquisizione, verrà condannato dalle istituzioni di Roma. Che ipocrisia...».

«È uno schifo, altro che ipocrisia! È un'ingiustizia!», sbottò Prospero.

«È la normalità, Prospero. Non mi indignerei così tanto se fossi in te. Le esecuzioni degli eretici saranno per sempre una macchia sulla coscienza delle religioni, anche su quella dei protestanti. Ma in questo caso, per quanto mi dolga dirlo, è una reazione più che naturale. Non mi dire che sei così ingenuo e che non l'hai capito anche tu. La Chiesa, in fondo, fa quello che deve fare. Iordanus ha ripetuto ovunque in Europa che l'unica soluzione ai problemi del mondo era la fine delle due grandi religioni: il protestantesimo e il cattolicesimo. Ha dichiarato che queste dovevano essere superate per trasformarsi in un unico credo ispirato alla legge naturale, amministrato dai saggi e dai filosofi, nel nome delle divinità dell'antico pantheon egizio... Pensi che Clemente possa accettare la fine dei suoi giorni di gloria senza difendersi? La posta in gioco va oltre quattro teorie sull'ordine del mondo e sulla sua anima. Qui mettiamo in discussione la stessa esistenza del Vaticano... È una guerra dichiarata...».

«John, voi non mi conoscete, né io sono autorizzato a rivelarvi dettagli della mia epoca. Non posso aggiungere altro, soltanto una cosa: io mi sono fidato di voi e della vostra purezza di cuore. Vi chiedo solo di fare altrettanto con me... Non consideratemi un ingenuo. Sono stato uno sciocco a seguire i deliri di una pazza, ma non sono più un bambino...», Prospero espose il suo punto di vista senza riprendere fiato. Come per liberarsi della cosa che lo umiliava più di tutte, essere considerato un nulla, o peggio, un peso per la missione.

«Non chiamarla pazza, ti prego...», Joachim parlò come se un'immensa tristezza lo avesse avvolto.

«Dunque, bando alle sottigliezze della politica, parliamo della festa!», Tomáš li esortò a continuare, ma aveva seguito il discorso con estrema attenzione. E Prospero non ebbe dubbi sul fatto che il boemo sposava in pieno le parole di John. Il quale proseguì come se non fosse stato interrotto.

«È molto semplice a dirsi. Un po' meno a realizzarsi: ci muoveremo insieme al trasporto che andrà da piazza Navona a Tordinona. E lo faremo facendo più rumore possibile. Ricordiamoci che non sappiamo se Iordanus è stato torturato in questi anni, quindi non conosciamo le sue condizioni fisiche. Dovremo disperderci nei vicoli trascinando forse una persona che non è in grado di camminare... Per questo motivo R. C. e i suoi ci daranno una mano, creando un diversivo. Mentre Tomáš, che è il più forte di tutti noi, si occuperà di raggiungere il carro, liberare il Nolano e trasportarlo a braccia se necessario. Noi, d'altro canto, saremo lì a combattere con chiunque si metta di traverso. Tu Prospero, sai maneggiare una spada?»

«No, John... Purtroppo no». Prospero ricordò l'avvertimento

di Sophie poco prima di partire: avere una spada, o qualsiasi altra arma con sé senza saperla usare significa dare un vantaggio all'avversario, fargli un regalo.

«Non è un problema per il momento. Tu, d'altro canto, non dovrai essere proprio al centro della scena. Per esempio, potresti rivestire un ruolo da vedetta. Eventualmente, se le cose andassero male, il tuo compito può essere quello di correre a Santa Prassede per avvisare Padre Rossi. Lui saprebbe cosa fare e come rimandarti indietro prima che gli eventi precipitino, te la senti?»

«Sì, ce la farò», non era molto, ma almeno sapeva che cosa sarebbe capitato da lì a qualche giorno.

«Bene, se le cose sono chiare a tutti, beviamoci su!», Tomáš versò quattro coppe di vino, svuotò la sua con un sorso e se ne riempì immediatamente un'altra, dicendo: «Visto che in realtà sarò io la bestia da soma, mi merito una bevuta doppia», e scoppiò a ridere. A Prospero, per un istante, venne in mente che il piano gli sembrava un po' poco dettagliato. Troppi elementi non erano entrati nella discussione: e se quel giorno i vicoli fossero stati bloccati per qualsiasi motivo? E se questo famigerato Steiner gli avesse dato false informazioni? Se pure l'assalto al carro, durante il trasferimento pareva anche a lui l'unica occasione in cui il monaco sarebbe stato avvicinabile, temeva comunque i tanti imprevisti di una giornata particolare. Non si erano lasciati molte vie di fuga. Questo lo aveva capito. Voleva sapere soltanto se quella scelta era avvenuta per uno strano istinto suicida o semplicemente perché era la loro ultima occasione e l'alternativa era semplicemente morire. Avrebbe voluto porre tutte queste domande ai suoi compagni d'avventura, ma li vedeva così tranquilli e gioiosi a modo loro che si diede dello stupido da solo e si limitò ad affondare il naso nel bicchiere e a buttare giù il suo vino.

«Bravo ragazzo, vieni qui che te ne do un altro po'!», Tomáš non perdeva occasione per punzecchiarlo. Al terzo bicchiere anche lui si sentì pronto per unirsi a quella che dall'esterno sarebbe sembrata una compagnia allegra di amici che si sono rivisti a Roma dopo tanto tempo. In un angolo ancora lucido del cervello trattenne il proponimento di dichiarare tutti i suoi dubbi a John appena possibile. Ma voleva godersi quel momento di spensieratezza e poi, in fondo, si disse che non aveva voglia di mostrarsi incerto davanti a Tomáš, certo che per il boemo ogni suo tentennamento era la prova di un'evidente inesperienza.

Capitolo 27
La guerra nell'aria
Roma, 1 febbraio 1600

L'agitazione in Vaticano era arrivata al parossismo. Dunque si era giunti alla resa dei conti, pensava l'Oberst mentre passeggiava nel Cortile della Pigna. La lettura della sentenza era stata programmata per la settimana successiva. I giochi erano fatti. Era grato al papa per quella decisione. Ora quasi si sentiva di dover proteggere una città un po' più normale. Aveva dedicato tutta la sua vita a Roma. Però continuava a sfuggirgli. Mai avrebbe capito i suoi abitanti, per esempio: straccioni che si sentivano eredi degli imperatori; nobili arroganti, inetti, corrotti e perennemente in guerra fra loro per una mollica di potere in più, per un po' di denaro in più. Per non parlare della classe cardinalizia, di cui pensava ogni male, ma che serviva fedelmente da sempre.

«Troppa storia, troppo oro, troppo cibo, troppe rovine...», se lo ripeteva continuamente, ma nelle ultime settimane quella spiegazione non gli bastava più. «Come si fa a mandare sul rogo un frate perché professa idee che, nel segreto degli appartamenti dei cardinali, sono pratiche abituali?», si domandava l'Oberst. Non c'era stato bisogno di chiedere a qualcuno, comunque, il colonnello una spiegazione se l'era data ormai anni fa.

«La morte di Bruno è il ringhio della bestia prima dell'attacco. Nessuno deve più illudersi che Roma possa tentennare in questi tempi bui». L'uomo aveva appena avuto un colloquio con la spia. Aveva saputo che la compagnia di cospiratori stranieri era interessata a conoscere in anticipo il giorno della lettura della sentenza. Non gli ci era voluto molto per capire che sicuramente volevano intervenire proprio in quell'occasione. Ma per il momento, la data era ancora un segreto. Un segreto che solo lui conosceva e che si era guardato bene dal diffondere. La spia se n'era andata con la coda in mezzo alle gambe e, come al solito, lui aveva provato un piacere sadico a vedere quell'uomo mentre sudava terrorizzato per la paura di trovarsi fra due fuochi. Come tutti i codardi era disposto a mettersi in pericolo pur di non correre rischi. Stupido. Si sarebbe occupato di lui più tardi. Per il momento, però, la sua mente era affollata di supposizioni. E di preoccupazioni. Ormai si parlava della guerra come qualcosa di inevitabile. E anche lui ne era convinto. Tutto concordava: la miseria regnava appena fuori dalle ricche sale del Vaticano e, all'estero, si muovevano troppi sciacalli. Anche l'affare della successione a Ferrara aveva contribuito a convincerlo: troppi spostamenti, troppi accordi. E poi, due anni prima, il Tevere aveva straripato, uccidendo e devastando. E a tutti era apparso come un presagio terrificante. Pure a lui, che di solito lasciava la superstizione ai popolani e ai cardinali grassi. La guerra era lì. Nascosta fra i ciocchi di legno che presto avrebbero dato vita al rogo, nascosta nei viaggi del papa, negli incontri segreti, nella disperazione di quelli più informati e più sensibili. E fra i gruppi di eretici che si davano appuntamento a Roma. No, l'Oberst non sarebbe mai stato un politico. Ma, da soldato, abituato a una gavetta eterna di guardie notturne si era addestrato ad annusare l'aria, a guardare oltre l'evidenza, a scrutare nelle tenebre più profonde e ora ne era certo. La guerra, il mostro, era nell'aria e bussava alle porte di Roma: la città che sorrideva alla decadenza, che si putrefaceva di banchetto in banchetto, di festa in festa, di conclave in conclave. Sarebbe volentieri tornato in Svizzera se i calvinisti non l'avessero tenuta saldamente in pugno. Ma aveva prestato giuramento e lui era un uomo leale: rimaneva al suo posto, a morire con la culla della cristianità, una culla in cui si agitavano serpenti, fiere di ogni genere e lupi travestiti da agnelli. E mentre pensava a queste cose, per un istante, un istante brevissimo, capì le ragioni dei nemici. A tutta quella corruzione, a tutta quella decadenza si poteva opporre soltanto il ferro delle armi. Anche per questo la guerra gli appariva inevitabile, anzi, quasi utile. Poi si spaventò del suo stesso pensiero e lo scacciò velocemente come se qualcuno potesse leggergli la mente.

"Sto diventando come gli altri, la corruzione sta toccando anche me. Mi guardo le spalle e ho paura di me stesso. Sono diventato un uomo di corte, un romano...", pensò, accennando un mezzo sorriso che gli uscì triste.

«Troppa storia, troppo oro, troppo cibo, troppo passato, troppe rovine... E troppe divinità...», si disse il colonnello.

Capitolo 28
Villa Palombara
Roma, luglio 1889

I lavori fervevano da quasi un decennio ormai. L'obiettivo era di trasformare il colle delle necropoli, dei fantasmi e delle ville fuori porta dei romani ricchi in un nuovo quartiere efficiente alla piemontese. Ci stavano riuscendo. Massacrando l'abbandono e la meravigliosa stasi che tanto avevano consolato Sophie durante alcune delle sue sempre più scarse passeggiate. La donna lo pensava con rammarico. Mentre, di notte, in compagnia di Orazio e del Nero tagliava la Suburra per inerpicarsi sull'Esquilino. Avevano un piano. O meglio, il piano ce l'aveva lei. Dovevano fare una visita a lungo rimandata. Lei, come sempre, li aveva trascinati e loro non avevano saputo dirle di no. Nessuno ci riusciva. Si era messa in testa che tutto sarebbe andato bene se loro si fossero impegnati a non tralasciare il più piccolo dettaglio. Orazio, al contrario, pensava che la madre fosse adirata con la realtà: nulla dipendeva più da loro, non c'era niente che potevano fare se non attendere notizie, sviluppi. E lei non si sapeva rassegnare all'immobilità. Non poteva neanche concepire di perdere il controllo sugli eventi. E allora si era inventata questa camminata notturna al chiarore di una splendida luna piena. Era da qualche giorno che la preparava. Andava girando per l'appartamento in uno stato di parziale incoscienza. Non si lavava, i capelli le cadevano sciolti e scarmigliati sul vestito verde tutto stazzonato. Sembrava una pazza in preda al delirio. Le uniche parole sensate che concedeva al mondo erano che mancava qualcosa, qualcosa che avevano tralasciato e che potenzialmente avrebbe potuto rovinare tutto. Orazio non si era preoccupato. Conosceva le reazioni della madre. Di solito le bastava qualche giorno per stare così, poi una mattina si alzava e tutto tornava al suo ordine abituale. Ma stavolta era diverso. Mai negli anni si erano permessi una licenza così estrema. Mai avevano osato giocare con le teste di cane, di lupo e di leone che avevano appese in casa. Lei però era convinta che salvare l'eretico fosse l'unica speranza che le rimaneva. E a Orazio continuava a rimanere il sospetto che facesse tutto questo perché non accettava l'indebolimento, la decadenza, la vecchiaia che incombevano su di loro inesorabili. Lui, dal canto suo, era quasi rassegnato. Il poco che gli era rimasto dei suoi anni passati era ancora molto ed era ancora utile. L'unico per cui pareva che non fosse trascorso il tempo era il loro amico africano. Orazio si continuava a ripetere che per lui non sarebbe mai cambiato nulla veramente. E che forse un giorno, semplicemente, non sarebbe più tornato dalle sue passeggiate al cimitero, o non si sarebbe più svegliato. Avrebbe continuato a dormire. Tutto qui. Il Nero sarebbe morto così, senza far rumore, come era vissuto.

«Andiamo, forza, non abbiamo tempo da perdere, come ho fatto a non pensarci prima», madame li incalzava. Il trio si arrampicava sul colle non senza difficoltà. Solo il Nero percorreva la strada in testa e in silenzio con il passo di chi non sa che cosa sia la fatica. Sbucarono su piazza Vittorio con la luna al suo massimo splendore. La scena era illuminata quasi a giorno. Dappertutto le recinzioni e le attrezzature di un quartiere che stava nascendo sulle spoglie di una Roma che nessuno voleva più. Il gruppo si fermò qualche istante a contemplare quello che all'unisono pensarono fosse uno scempio. Erano anni che non andavano a fargli visita. Non ne avevano mai avuto bisogno veramente fino ad allora. Ci misero un po' a orientarsi. Poi si diressero sicuri verso i giardini, praticamente terminati. Era lì, ad aspettarli. Un muro corroso, il muro di una chiesa che non aveva resistito alle demolizioni. E addossata, anzi incastonata una porta bianca che risplendeva alla luce della luna. Quello era il luogo dell'appuntamento. Orazio pensò che stavano facendo una sciocchezza. Sophie si guardava intorno febbrilmente.

Il Nero aveva scelto l'angolo più buio del giardino e si era piazzato sotto l'ombra proiettata da un rudere. Sophie, una volta certa che nessuno stava ficcando il naso nei loro affari, si diresse verso la porta. Secoli prima quegli stipiti e quell'architrave erano dentro la villa del nobile Palombara. Si diceva che la stessa regina di Svezia, Cristina, l'avesse frequentata spesso per i suoi incontri con il gruppo di alchimisti che componeva la sua cerchia. E che da quella porta fosse passato uno di loro, dopo aver finalmente scovato il segreto della pietra filosofale. E che l'uomo non avesse mai più fatto ritorno per condividere la sua conoscenza.

"Tutto passa", pensò Orazio. "Tutto, anche le regine, le ville e le porte. Forse un giorno anche noi verremo relegati in un giardino, con l'unica consolazione della luce della luna a cui ululare".

L'uomo raggiunse la madre e squadrò i simboli che apparivano sugli stipiti. Erano i segni dei pianeti, dello zodiaco e degli elementi a loro collegati. «*Si sedes non is. Si non sedes is*», madame recitò una delle frasi oscure incise all'interno dei lati, con voce ferma come se si trattasse di un incantesimo. A Orazio venne da sorridere, si voltò per cercare gli occhi del Nero, ma nel buio dell'ombra in cui si era nascosto riuscì soltanto a vedere i suoi denti bianchi.

«Maman sei sicura?»

«Certo, mon chou, proprio non ci avevamo pensato. Mancava soltanto una cosa: la fortuna», rispose Sophie tranquilla.

«Ma non ci siamo fatti vivi da tanti di quegli anni. Forse non vuole più parlare con noi», le fece notare il figlio.

«No, è qui, lo sento. Ne abbiamo bisogno…», insisté madame.

«Credi che ci ascolterà? Non sarà arrabbiato con noi?», domandò Orazio.

«Questo lo scopriremo presto. Silenzio adesso», intimò la donna.

Sophie chiuse gli occhi e respirò a fondo, poi disse: «Buonasera fratello». Non le rispose nessuno. Almeno non immediatamente. Orazio lasciò passare qualche secondo. Poi piegò le spalle e fece per girarsi quando sentì la sua voce.

«Sorella», esordì. Ma quel "sorella" suonò carico di rancore. «È tanto che non ti fai vedere. Sei venuta a cercarmi. Quindi ti servo a qualcosa».

«Sì, fratello mio. Ho bisogno di fortuna e solo tu puoi darmela», rispose la donna in modo asciutto, aveva percepito l'ostilità e non voleva farsi trovare inerme.

«Che cosa hai per me?», domandò la voce.

«Questa luna. E tutte le lune che verranno. E un po' più di considerazione da oggi in poi, te lo prometto».

«Non mi serve la tua considerazione, sorella. Ho già quella degli architetti che non mi hanno buttato via. Che mi hanno messo qui, a guardia di questa porta», il tono era sarcastico.

«Non irritarti fratello. Ancora c'è qualcuno che ti prega. Qualcuno tipo me, non ti basta?», la voce di madame adesso si era fatta imperiosa.

«Va' via, sorella, mi hai dimenticato per troppo tempo e non ho bisogno delle cose che mi prometti. Va' via e vivi la tua vita. A vivere la mia ci penserò io». La voce tacque e non tornò più a parlare.

Sophie si accasciò. Orazio accorse per aiutarla. Quando la donna si voltò e guardò il figlio aveva il viso rigato di lacrime.

«Non lo farà… Non lo farà….», continuava a ripetere.

«Maman, alzati, ci possono vedere», l'uomo cercò di sorreggere la madre e di metterla in piedi. Quando ci riuscì tolse la polvere che si era appoggiata sul vestito e le circondò le spalle con un braccio. Intanto madame piangeva a singhiozzi.

«Non ci aiuterà. È arrabbiato con noi perché non l'abbiamo aiutato. Bes, che tu sia maledetto! Si dimenticheranno di te! Morirai!», l'ultima frase la gridò contro le due statue di pietra bianca che sostavano davanti alla Porta Magica. Orazio le afferrò di nuovo le spalle e la costrinse a voltarsi.

«Andiamo, maman, non abbiamo altro da fare qui, torniamo a casa».

Capitolo 29
Pellegrini
Roma, 1600

Roma vista insieme a Tomáš aveva tutto un altro sapore. Erano in attesa della soffiata di Steiner riguardo la data della lettura della sentenza e in quel lasso di tempo, il boemo aveva invitato Prospero ad accompagnarlo nelle sue passeggiate a caccia di testi rari per conto del suo signore a Praga. Anche Joachim, in un tentativo di alleggerirsi l'umore, aveva deciso di unirsi alla compagnia. Così, all'indomani della riunione in cui si era stabilito un piano per liberare Giordano Bruno, il terzetto si era dato appuntamento all'alba per uscire. Quella mattina era stato Prospero a svegliarsi prima di tutti. La notte precedente non aveva praticamente dormito, divorato dall'ansia e dal timore di fallire. Ma quando gli altri lo trovarono nella sala principale della casa, intento ad accendere il fuoco del caminetto disse che si era svegliato presto perché era emozionato per la passeggiata promessa. Tomáš lo aveva guardato con la tenerezza con cui si guarda il proprio figlio. Joachim, invece, gli aveva lanciato un'occhiata triste, probabilmente neanche lui aveva passato una nottata tranquilla e riconosceva la stessa angoscia nelle occhiaie di Prospero. Non fecero colazione. Piuttosto si fermarono in un'osteria sulla strada dove li rimpinzarono di pane, carne e vino e alle sei del mattino, il ragazzo si sentiva già mezzo ubriaco. Mentre cercava di alzarsi dalla panca senza tirare giù dal tavolo le posate sporche e le vettovaglie avanzate si disse che l'unica cosa che veramente gli mancava del suo secolo era il caffè della mattina.

Non appena lo vide in difficoltà, Joachim gli fu subito vicino: «Che hai? Ti senti male?», domandò.

«No, va tutto bene. Non sono abituato a bere vino la mattina presto, un altro bicchiere e sarei ubriaco marcio. Nella mia epoca, le colazioni sono più delicate…», rispose. Avrebbe voluto raccontare del caffè a Joachim, che gli sembrava il più curioso sul futuro che attendeva il genere umano, ma, di nuovo, si morse la lingua e si limitò a fermarsi qualche secondo per recuperare la lucidità e seguire il boemo che già scalpitava in strada: «Insomma! Mi state facendo perdere tutta la mattina! Se sapevo di avere a che fare con due damigelle vi avrei lasciato a casa a ricamare!», e per meglio siglare la battuta, l'uomo era esploso in una risata delle sue, interrotta soltanto dal passaggio di una popolana a cui Tomáš aveva rivolto il più deferente degli inchini. La donna lo aveva ripagato con un risatella e un'occhiata di sguincio e poi aveva allungato il passo e si era pudicamente allontanata da quel gigante tutto rosso e coperto di peli che sembrava un demone.

«Ah, le donne di Roma!», sospirò Tomáš mentre si incamminavano.

«Dove andiamo, boemo?», gli domandò Joachim.

«Per ora ci dirigiamo verso Parione. Dietro la Chiesa Nuova ci sono molte botteghe di librai. Poi ci spingiamo fino a Sant'Agostino e da lì vedremo… Dovremo fare i conti con le vostre gambe secche e poco allenate». E di nuovo si mise a ridere. Sì, a Prospero piaceva di più passeggiare con Tomáš che con John. Le personalità dei due risaltavano proprio in questi momenti. E quando con l'inglese si erano diretti a Santa Prassede, il ragazzo aveva rimpianto di non essere stato condotto sulle strade principali per godersi la città durante il Giubileo. Ma c'era la necessità di arrivare presto al convento e senza farsi troppo notare e quindi John li aveva guidati su un itinerario di vicoli secondari. Invece, era sicuro che il boemo li avrebbe buttati nella folla e nella confusione perché a lui piaceva così, si nutriva di risate e di discussioni intelligenti, di battute piccanti e di atti eroici. Il ragazzo pensava che la vita dell'uomo fosse un esempio da seguire: riempirsi di gioia, specie nei periodi bui, è un buon antidoto alla tristezza. Prospero, però, era anche consapevole che l'indole malinconica fosse propria della sua personalità, come un marchio da cui non si sarebbe mai liberato. Per quanto potesse perseguire la felicità e raggiungerla, ci sarebbe sempre stato un momento in cui la solitudine, il silenzio e le cose tristi lo avrebbero attirato a loro, immergendolo in uno stato d'animo nostalgico. Eppure non gli avrebbe fatto male assomigliare di più a Tomáš. E si ripromise di provarci, se fosse tornato indietro sano e salvo. I tre si diressero prima verso piazza Navona che attraversarono in silenzio e in velocità per evitare che qualche lavoratore del mercato li notasse e poi se li ricordasse al momento meno opportuno. Ma poi, non appena superata la piazza e una volta imboccata via di Parione dalla parte di Santa Maria della Pace, si rasserenarono e modificarono l'andatura. Prima di sbucare dalle parti della Chiesa Nuova deviarono un poco e si attardarono nei vicoli per godersi un po' di Roma e chiacchierare con calma.

«Quanto mi piace questa città!», esclamò Joachim rapito.

«Pensavo la odiassi», commentò Prospero.

«Non siamo mica ciechi, ragazzo! Questa città è unica al mondo, il fatto che appartenga al nostro primo nemico non vuol dire nulla...», gli rispose Tomáš.

«In più mi sembra che Clemente si interessi anche al suo miglioramento, oltre che a bruciare eretici», notò il ragazzo.

«È vero, ma deve farlo. Altrimenti il popolo che vuole tenersi buono andrebbe a trovarlo fin dentro al Vaticano per ammazzarlo», concluse Tomáš.

Joachim volle aggiungere un'altra riflessione: «Io non credo sia solo per il popolo, boemo. Clemente ha capito perfettamente che il ruolo di Roma non si discute in Europa. È la città più longeva del mondo e va trattata bene in ogni caso. Questo papa è astuto... Sa il fatto suo. È un avversario da non sottovalutare mai...».

«Hai ragione, ragazzo. E anche tu non devi essere sottovalutato», Tomáš lo gratificò con una pacca sulla spalla che lo fece quasi cadere in avanti. Era bello passeggiare con loro. Il ragazzo continuava a ripeterselo. E non vedeva l'ora di visitare una tipografia e di vedere l'uomo di Hainzell all'opera con questioni intellettuali che non prevedessero il buon cibo, le belle donne, il vino e una sana scazzottata. Nel frattempo, fra una chiacchiera e un'altra si erano fermati davanti a una bottega che era ancora chiusa.

Tomáš aveva imprecato: «Perdìo! Ai romani piace dormire! Venite, andiamo a Sant'Agostino, lì troveremo qualcosa di aperto». E così si rimisero a camminare sui loro passi, ma stavolta evitarono piazza Navona allungando il tragitto. Raggiunsero Sant'Agostino con il sole già alto e la via in piena attività. Lo stampatore e mercante di libri rari era aperto e dimostrò di conoscere Tomáš molto bene. Lo accolse alzando gli occhi al cielo e fingendo di provare fastidio. Ma poi, per le battute che si scambiarono, Prospero comprese che era una messinscena recitata per un cliente difficile e tenace, che però comprava e pagava bene, in moneta sonante. Nell'ora che trascorsero nella bottega, il ragazzo ebbe modo di ammirare il suo amico all'opera. Era un mercante nato anche lui e aveva un senso degli affari rarissimo. Il libraio gli propose le sue migliori edizioni, ma il boemo fece finta di non apprezzare, poi si offrì di liberarlo dal peso di qualche volume poco fortunato a un prezzo decente e l'artigiano cedette sconfitto, o finse di cedere, perché l'offerta gli conveniva. Tomáš toccò tutto, infastidì i garzoni, mise il naso su ogni pelle appena conciata, si avvicinò alle macchine per stampare e tentò di comporre una pagina, rovinando per sempre una pergamena. Era una tempesta che si muoveva agilmente nella stanza affollata. Al ragazzo pareva di trovarsi a metà strada fra una biblioteca preziosa e la bottega di un calzolaio. Qui si sudava su ogni pagina, gli uomini erano sporchi di inchiostro, l'ambiente era saturo dell'odore che le pelli lasciavano nell'acqua in cui venivano messe a lavare e zeppo delle stesse pelli che poi venivano distese all'aperto per essere tirate e, infine, trasformate in fogli. I muscoli erano messi al servizio della conoscenza e ogni libro che usciva di lì rappresentava qualcosa di più del suo contenuto, c'era anche lo sforzo e il sacrificio di chi l'aveva stampato. L'artigiano aveva appena mostrato a Tomáš un'incisione su un tipo di carta bianchissima che sulle prime non gli sembrò di origine animale come il resto dei fogli prodotti nella bottega.

Tomáš lo chiamò: «Vieni ragazzo! Vieni a sentire che morbidezza e a vedere com'è chiara!». Prospero si avvicinò curioso e prese un lembo del foglio con due dita, era una pergamena, ma gli sembrò di sfiorare la pelle di un bambino pallidissimo. Guardò il boemo con aria interrogativa.

«La pelle è di un agnellino nato morto. Per questo è così morbida. Il mio amico qui mi ha detto che questa stampa è riservata addirittura a un cardinale... Certo, un cardinale che raccoglie immagini di Giuliano l'Apostata ama correre rischi... Ma qui è così, so che te l'hanno spiegato. Roma è la città dell'ipocrisia!».

«Giuliano l'Apostata a casa di un cardinale?», domandò ancora Prospero allibito. Non riusciva proprio ad abituarsi alla questione della doppia morale che gli aveva spiegato Padre Rossi a Santa Prassede. «È assurdo... Un torturatore di cristiani nella casa di un cattolico...», aggiunse.

«E chi te l'ha detto che l'ultimo imperatore genuinamente pagano torturava e perseguitava i cristiani?», gli rispose Tomáš.

«L'ho imparato a scuola...».

«Io non so che scuole avete nella tua epoca, ragazzo, ma a quanto pare vi insegnano un sacco di fesserie... Quando tornerai va' dal tuo maestro e digli che sotto Giuliano la tolleranza religiosa era più che tutelata. E che l'imperatore ci aveva visto giustissimo, il mondo non meritava un unico dio così come non merita un unico sovrano. Gli dèi pagani sono personificazioni delle idee degli uomini e ne regolano le vite, ma secondo le leggi naturali. La Natura non bada al potere, ragazzo, non è un tiranno. La Natura guarda lontano... Giuliano era un uomo saggio, morì in Persia, durante una battaglia. Forse aveva pregato male la dea del posto, o si era dimenticato di pronunciare l'*evocatio*... Che perdita. Il mondo, se avessero vinto le sue idee, non sarebbe a questo punto».

«Che cos'è un'*evocatio*, Tomáš?», domandò Prospero, dopo aver salutato lo stampatore. Gli rispose Joachim, che fino a quel momento era rimasto in silenzio, a sfogliare i volumi in vendita del negozio.

«Era un antico rito inventato dai romani durante le campagne di conquista. In pratica corrompevano le divinità dei Paesi che intendevano soggiogare offrendogli templi e onori a Roma se queste avessero abbandonato il loro popolo... Naturalmente gli eserciti dell'Urbe erano prontissimi a entrare in azione a prescindere dal favore degli dèi, ma non mancavano mai a una promessa fatta. La religione allora, sì che era una cosa seria». Velocemente avevano raggiunto di nuovo la zona della Rotonda. Ma nessuno di loro aveva voglia di tornare subito a casa e semplicemente rimasero in giro, a vagabondare per le strade che circondavano il Pantheon. Fu così che capitarono davanti Santa Maria sopra Minerva. A Prospero la piazza su cui si affacciava la chiesa sembrò spoglia senza l'elefantino di Bernini.

«Andiamo via Joachim, questo posto mi mette i brividi», disse Tomáš frettolosamente.

«Prospero è qui che si svolge la cerimonia delle abiure. L'autodafé è uno dei rituali più macabri della Chiesa cattolica. È l'umiliazione del pensiero alla sua massima potenza. Quando vedi un filosofo intelligente con il capo chino e le ginocchia fisse contro il pavimento duro che afferma davanti a un giudice che le sue idee, gli studi cui ha dedicato una vita sono sciocchezze, ti si stringe il cuore. Intorno a lui poi, la grassa aristocrazia romana si gode lo spettacolo. A volte penso che la crudeltà di questo popolo sia rimasta intatta dal tempo del Colosseo e dei leoni. Godono a vedere la gente soffrire, nel corpo e nell'anima...», spiegò Joachim.

«Per fortuna ci sono anche altre forze che portano equilibrio in questa zona di Roma», Tomáš si voltò in direzione dei due giovani che ancora parlavano fra loro e sfoderò il suo sorriso migliore. Joachim lo ricambiò e mormorò piano: «Iseo campense...».

«Che c'è? Che avete voi due?», chiese Prospero. Di nuovo fu il suo coetaneo a dargli qualche spiegazione: «Qui sorgeva l'antico tempio di Iside, il tempio più grande mai costruito per la dea fuori dall'Egitto. I romani la tenevano in grande considerazione, e in molti si dedicarono al suo culto. Il suo tempio era l'unico sempre aperto, sempre a disposizione di chi la volesse pregare… È stata una dea generosa». Joachim rimase in silenzio. Tomáš, a quel punto, tirò un calcio distratto a un sasso che gli era capitato fra i piedi. E Prospero capì che non era il caso di domandare oltre, pur avvertendo il peso che gravava su quelle ultime frasi.

Capitolo 30
Il popolo di Roma
Roma, 31 gennaio 1600

L'Oberst si era riunito con i suoi uomini migliori. Aveva organizzato un drappello di soldati, i più fidati, affinché si occupassero esclusivamente dell'eventualità di un attacco l'8 febbraio. La data era quella. Quel giorno, di mattina presto, il monaco *relapso*, l'impenitente, sarebbe stato condotto a casa del presidente del tribunale per la lettura della sentenza. I suoi dovevano trasformarsi negli angeli custodi del domenicano fin dalla sera prima. Avrebbero presidiato il carcere dell'Inquisizione. Avrebbero assistito alla vestizione del Nolano con il San Benito, la tonaca degli eretici dipinta a pece con le fiamme dell'inferno e i demoni. E non l'avrebbero lasciato da solo neanche un minuto. Soprattutto durante i trasferimenti, tradizionalmente i momenti più delicati. Non si era limitato a quello, però. Era da tempo che l'Oberst mandava le sue spie in giro per le osterie dei rioni più poveri di Roma. Voleva sapere se per caso la faccenda dell'esecuzione fosse diventata un tema ricorrente nei discorsi dei romani. Gli era stato riferito che non era così. Il che l'aveva molto tranquillizzato.

«Dunque il popolo non si rivolterà», si era detto. «Metà del lavoro è fatto… Se c'è da tenere a bada soltanto gli uomini che mi ha segnalato quel tedesco convertito sarà un gioco da ragazzi». Ma al colonnello delle Guardie Svizzere non piaceva comunque quell'aria di tranquillità. Perciò ai suoi che lo fissavano in attesa di disposizioni non mancò di sottolineare la pericolosità della giornata.

«Il Santo Padre ha finalmente stabilito una data per la lettura della sentenza. È l'8 febbraio prossimo venturo», l'Oberst si fermò e fissò i suoi uomini uno per uno. Voleva essere certo che ognuno di loro si ficcasse ogni singola frase del suo discorso nella testa.

«Vi ho fatti convocare perché intendo creare un corpo scelto che si dedicherà unicamente a questo evento. Da oggi in poi sarete sollevati da turni di guardia, dal pattugliamento e dalla presenza alle celebrazioni liturgiche del Giubileo. Voi, soldati, siete i migliori del vostro corpo...», il colonnello fece un'altra pausa, stavolta per assicurarsi che i suoi avessero recepito e apprezzato il complimento.

«...sulle vostre capacità si basa ora tutta la mia fiducia. Non ne parlerete con nessuno, ufficialmente siete stati messi al mio servizio. In realtà sarete i miei occhi e le mie braccia durante quel giorno...».

«L'8 febbraio formerete una barriera intorno all'eretico. Nessuno gli si avvicinerà. Lascerete il passo esclusivamente agli incaricati dell'Inquisizione che andranno a vestirlo e ai giudici del tribunale. Per il resto, ogni suo spostamento verrà nascosto e protetto dalle vostre persone, fino all'estremo sacrificio. *Alles klar?*»

«*Jawohl, Herr Oberst!*», risposero in coro gli uomini. Il colonnello si sentì soddisfatto dell'entusiasmo dei suoi soldati migliori.

«Ammetto che vi potrà sembrare uno spreco di energia difendere un eretico che verrà comunque presto condannato, ma non è così. C'è il sospetto che il popolo si possa rivoltare... Questo non deve accadere. La folla sarà tenuta a bada, ma esigo che ci sia uno schieramento fitto intorno all'uomo, specialmente quando si troverà più esposto, cioè per strada. Chiunque vorrà avvicinarsi, dovrà farlo superando le vostre picche. E so che non sarà un affare semplice». Il colonnello sorrise ai suoi uomini e li lasciò rumoreggiare e darsi manate sulle spalle per un po'. Poi si fece più grave.

«La Chiesa di Roma è di nuovo in pericolo. Abbiamo avuto notizia che probabilmente si sta preparando un'azione durante quella giornata. Dovrete creare un muro su cui si infrangeranno le armi dei nostri nemici. Nemici che – se Dio ci assiste – scoveremo anche prima e schiacceremo molto presto. È un incarico difficile, non lo nego, stavolta combattiamo un avversario che si nasconde e non sappiamo di quanta forza disponga. Per il momento, per quello che conosciamo, potrebbe attaccarci anche Satana in persona. Dobbiamo essere pronti. Ora avete facoltà di lasciare la stanza. Tornate alle vostre esercitazioni». I soldati salutarono il loro colonnello e ordinatamente lasciarono l'ufficio in cui erano stati convocati. Gli occhi gli brillavano perché l'Oberst aveva detto chiaramente che erano i migliori, i suoi favoriti. Ogni singolo uomo che aveva ascoltato quelle parole lasciò l'ufficio dell'Oberst pronto a scontrarsi anche contro l'Anticristo in persona pur di rispettare l'ordine.

Capitolo 31
Presagi ostili
Roma, 31 gennaio 1600

Era ormai qualche giorno che Prospero usciva con Tomáš e Joachim. Adesso che il piano era stato delineato a grandi linee, il ragazzo provava una strana sensazione di serenità. Si stava godendo quelle ore libere da pensieri asfissianti. E imparava. I libri con cui Sophie e gli altri avevano corroso la sua mente ora se li vedeva sfilare davanti agli occhi, nuovi, intonsi, la pelle delle copertine appena battuta, i caratteri dei titoli appena impressi a fuoco. Prospero stava sperimentando il piacere di annusare pagine di carta pergamena, aveva visto stampatori all'opera in un'occupazione che al giovane sembrò eroica. E, infine, aveva riso alle battute rumorose del boemo e alle imbarazzate risposte del tedesco con il quale, forse per ragioni anagrafiche, il ragazzo si trovava sempre meglio. Roma, da quella prospettiva, gli era sembrata più attraente della città di fine Ottocento che aveva tanto cercato senza trovare. Tutto lo incuriosiva, le donne in particolare. Non l'avrebbe mai detto, ma nel Seicento, complici gli abiti spumosi di dame e popolane, il genere femminile sembrava uscito da una favola di burro e carne, un mondo voluttuoso che guardava quello maschile di sottecchi, ammiccando. Tomáš, tra l'altro, non mancava di fargli notare ogni ragazza attraente che incontravano per la strada, fosse questa una contadinella che viaggiava a dorso di mulo o una giovane patrizia, accompagnata da un nugolo di servitori e donne di compagnia. Per ognuna aveva un soprannome, per ognuna un commento piccante che infastidiva Joachim. Anche quel giorno erano stati in giro. Avevano fatto scorta di chiacchiere con i librai e di visite ai tipografi; avevano scovato qualche pezzo raro per arricchire la collezione di Hainzell, il capo del boemo; avevano macinato chilometri nei vicoli della città e avevano riso, a volte a crepapelle. Prospero per un momento, si era ritrovato a pensare di dover ringraziare i tre scombiccherati, una volta rientrato nella sua epoca. Doveva a loro quella tregua con l'Urbe e la spensieratezza con cui stava trascorrendo i giorni che precedevano la grande azione per liberare Giordano Bruno dai ceppi e la sua intelligenza dalla morsa della Controriforma.

"Che cosa bizzarra", pensò il ragazzo mentre si avviavano verso casa dopo un'intensa mattinata di commissioni. "Ora che dovrei essere in ansia sono sereno. Che strani animali siamo noi uomini...".

Quasi che Tomáš fosse stato in grado di leggere i suoi pensieri, lo gelò con un commento: «Quant'è bella giovinezza che si fugge tuttavia, del doman non v'è certezza, chi vuol esser lieto sia!», esclamò agitando le braccia. Joachim si limitò a fissarlo stupito. Prospero non poté fare a meno di rispondergli: «Pensavo più o meno alla stessa cosa, un istante prima che voi recitaste queste rime!», e gli sorrise.

«Ragazzo mio, siamo in perfetta armonia!», rispose il boemo regalandogli una pacca sulla spalla che scosse il ragazzo come un terremoto. Stavano ancora scherzando quando la sagoma della casa dipinta si stagliò sul cielo azzurro spazzato da una tramontana gelida.

«Eccoci a casa, pecorelle, suvvia entrate!», li esortò Tomáš. Il trio entrò dalla porta dell'appartamento mentre stavano ancora ridendo. Le risate, però, gli si smorzarono immediatamente sul volto quando si resero conto che c'era la compagnia al completo ad attenderli intorno al tavolo. E stavolta anche Padre Rossi stava partecipando al *rendez-vous*.

«È morto qualcuno?», fu Tomáš a rompere il ghiaccio.

«Lavoriamo, boemo. Mettetevi seduti se la cosa non vi fa troppo ridere...», li canzonò John.

Fratel R. C. stava parlando e si era interrotto per lasciare ai tre lo spazio di trovare posto. Attese che tutti si fossero seduti. E che Tomáš si fosse versato la solita coppa di vino, quindi continuò: «Ho incontrato Steiner qualche ora fa. La data per la lettura della sentenza è fissata per l'8 febbraio prossimo venturo nel primo pomeriggio. Hanno scelto la controra perché il pericolo di un'insurrezione è tangibile e sta torturando le guardie del papa. Pare che non vogliano rischiare di incappare in una processione affollata durante la mattinata. Il che per noi, è una notizia splendida».

«Ottimo», commentò Padre Rossi. «Quello che ancora non è stato discusso è il dopo. Ammettiamo che sia possibile sconfiggere chissà quante Guardie Svizzere, che cosa dovremo fare dopo la fuga?», mentre parlava, il monaco si rivolgeva quasi unicamente a John. Non aveva voglia delle risposte scarne di Fratel R. C., né della sbruffonaggine di Tomáš ed era consapevole che i due ragazzi del gruppo, Prospero e Joachim, si limitavano a seguire gli altri più grandi.

«Padre…», gli rispose infatti l'inglese. «Se usciremo vivi dai vicoli di piazza Navona, punteremo al porto di Ripetta dove un mio uomo di fiducia che fa il barcaiolo ci condurrà con una barca coperta fino alla campagna. Lì smonteremo e ognuno prenderà la sua strada. Tomáš tornerà in Boemia a rassicurare i suoi, R. C. si avvierà verso la Germania e noi rimarremo in Italia il tempo necessario per organizzare il rientro di Prospero e, speriamo, anche di Iordanus… Ma sarà necessario aspettare qualche giorno in un luogo tranquillo prima di agire. Un luogo che già conosco, ma che non vi posso dire al momento, nel caso vi prendessero e foste torturati. Dobbiamo fare tutto ciò che è in nostro potere per non pregiudicare l'azione. Le informazioni che condividiamo sono la nostra salvezza, ma potenzialmente potrebbero diventare anche la nostra rovina… Pensiamoci bene sempre prima di cercare di soddisfare la nostra naturale curiosità». L'inglese terminò il suo discorso guardando Prospero dritto negli occhi. Il ragazzo abbassò lo sguardo. Fratel R. C., a quel punto, prese di nuovo la parola: «Vorrei che fosse chiaro a tutti anche un altro dettaglio. Non agiremo per ferire o spaventare. I soldati che si opporranno a noi non avranno queste intenzioni. Loro colpiranno per uccidere, sanno farlo e vogliono farlo. Noi dovremo pensarla allo stesso modo... Le sentinelle devono morire. Mi piacerebbe che ognuno di voi ci pensasse serenamente in modo che non ci siano esitazioni nel momento in cui bisognerà affondare la lama nella gola di un altro uomo». Tutti annuirono gravemente. Prospero spostò lo sguardo su Tomáš che oltre ad annuire si concesse anche un'occhiata sanguinaria rivolta a Fratel R. C.: il tedesco smunto doveva sapere che il boemo aveva già ucciso e non si sarebbe fatto scrupolo a trapassare col ferro chiunque gli fosse finito fra i piedi in quel momento. E, in fondo, la cosa lo rassicurò. Prospero era emozionato e spaventato allo stesso tempo. Le risate, le passeggiate e l'odore di pelle appena conciata gli sembrarono improvvisamente lontani ere geologiche. Non si scherzava. Era giunto il momento di dimostrare di che pasta era fatto e di compiere il dovere a cui era stato chiamato. Sapeva che l'avvertimento di Fratel R. C. non riguardava lui, ma probabilmente il suo coetaneo tedesco che, invece, avrebbe maneggiato la spada. Eppure si disse che qualcosa poteva sempre andare storto e che si sarebbe potuto trovare tranquillamente davanti all'opzione di uccidere o farsi ammazzare. Prospero strinse le mandibole fino quasi a farsi male e pensò che era pronto. Che tutto quello a cui era stato sottoposto fino a quel momento lo aveva reso pronto. Avrebbe ucciso se necessario. E se necessario si sarebbe immolato. Il ragazzo pensò che nessuno nel gruppo gli avrebbe permesso l'estremo sacrificio. Un asino ben addestrato non si sacrifica.

Capitolo 32
Preparativi
Roma, 7 febbraio 1600

Era stato un giorno strano. Non c'erano stati né passeggiate né scherzi. Non c'era più tempo per le battute sulle donne. Tutti, Tomáš compreso, erano assorbiti nei loro pensieri. Come per seguire un istinto irrefrenabile, il gruppo si era riunito fin dalla mattina, ma non c'erano state chiacchiere. Si erano limitati a stare insieme, a lanciarsi occhiate dense di significato e a bere vino. I preparativi erano qualcosa di personale e ognuno era rimasto chiuso in uno strano silenzio carico di concentrazione. Anche Padre Rossi si era affacciato a un certo punto della giornata. Aveva lasciato la biblioteca con la scusa di una visita a un antiquario che non era potuto andare a domicilio e, finalmente libero, si era semplicemente fatto trasportare dai suoi piedi fino alla casa del Pantheon dove aveva trovato la compagnia in quel silenzio assorto.

«Padre, che cosa ci fai qui? Ci vuoi far scoprire?», Tomáš l'aveva accolto nel suo modo brusco.

«Sono passato per un saluto veloce. Non riuscivo a concentrarmi sui miei studi. La verità è che vorrei essere con voi domani… Anche se non è possibile in alcun modo, mi rendo conto».

«Padre, proprio non ti ci vedo con le armi in pugno. Non sei mica uno dei domenicani di Napoli!», di nuovo fu il boemo a spezzare la lama di tensione che tagliava l'aria della stanza.

«Certo che no. Ho fatto altre scelte. Le mie armi sono la conoscenza. Ma voi siete i miei amici più cari, quelli che conoscono ogni mio singolo pensiero e i miei desideri. Non potevo lasciarvi da soli il giorno prima...», il tono del monaco era inequivocabilmente triste. Era consapevole di non essere un eroe, ma allo stesso modo sentiva che quello sarebbe stato il giorno dei saluti e che più d'uno dei suoi sarebbe potuto morire durante l'azione.

«Giovan Battista», il tono di John era dolce, gli parlava come a un fratello. «Sei stato gentile a passare. La tua presenza ci calma e ci dà la possibilità di ragionare su alcuni sviluppi». Gli altri si fecero subito attenti, l'inglese continuò a parlare. «Nel caso in cui qualcosa vada storto, dovrai occuparti tu delle due questioni che ci stanno a cuore. La prima è che Prospero deve assolutamente tornare indietro, con o senza Iordanus. Se sopravviverò all'azione di questa faccenda me ne occuperò io stesso, altrimenti sarà affar tuo. La seconda è che tu dovrai portare a termine quello che ci siamo prefissati. La nostra conoscenza va messa in salvo. Tu lo sai». L'intensità con cui il medico inglese parlava faceva quasi prendere corpo alle sue parole. Prospero sapeva che dietro quel discorso c'erano piani, accordi e decisioni già prese in sua assenza di cui non era stato informato. Ma non se la sentì di piantare un capriccio anche per quello. Nella dolcezza di John c'era una determinazione senza pari. Nei suoi silenzi un'inevitabilità che il ragazzo aveva imparato a conoscere negli ultimi giorni. Quell'uomo avrebbe sopportato mesi di tortura senza rivelare una virgola dei suoi progetti e delle sue intenzioni. Prospero lo stimava per questo e sapeva – ora ne era certo – che se John non voleva rivelargli qualcosa non l'avrebbe fatto mai.

«Dunque mi si chiede di fuggire?», domandò l'olivetano.

«Sai bene che non è come fuggire. Ti si chiede di mettere in salvo un universo di saperi. E di custodirli affinché possano essere diffusi in futuro. Non possiamo essere soltanto noi i depositari di questo mondo, Padre. Perché la Storia continui ci vuole qualcuno che rimanga a testimoniarla. E quel qualcuno sei tu». Il monaco chinò il capo e si fissò la tonaca. Avrebbe voluto strapparsela di dosso, impugnare una spada e gettarsi nella mischia. Ma capiva in profondità le parole di Burbage e sapeva di avere altre responsabilità, di dover compiere altre azioni altrettanto rischiose. Fu solo quel pensiero che gli impedì di protestare. Guardò i suoi amici uno per uno e lasciò l'ultima occhiata per Prospero. Fu la più intensa.

«Ragazzo mio, dunque forse ci rivedremo. Abbi cura di te. Perdonami se non volevo rivelarti il segreto. Vieni qui, abbracciami». Il monaco aprì le braccia. Prospero si alzò. Si avvicinò all'olivetano e lo strinse. Aveva un odore forte. La tonaca non era stata lavata di fresco e neanche la sua persona. Ma gli sembrò di annusare qualcosa di estremamente vicino a lui nella distanza abissale di idee che li separava. Sarebbe stato con lui se tutto fosse andato a rotoli. Padre Rossi era la persona da cui correre nella peggiore delle eventualità. E il ragazzo si disse che doveva cominciare a farsi piacere un prete se voleva tornare a casa.

Prima di congedarsi Padre Rossi parlò per un'ultima volta: «Vorrei abbracciare tutti quanti. Domani mattina tornerò...», a questo punto fissò John dritto negli occhi. «...non voglio sentire ragioni. Prima di partire mi farai venire a prendere e mi porterete qui. Voglio aspettarvi». Poi si avvicinò a ognuno e per tutti ebbe una stretta e poche parole di conforto. Quindi imboccò la porta e sparì nei vicoli di Roma. John e Fratel R. C. si guardarono e il tedesco capì senza bisogno di parole. Si affacciò alla finestra, fischiò e tornò a sedersi.

Joachim captò lo sguardo confuso di Prospero e si affrettò a spiegargli. «Non siamo soli veramente. R. C. è accompagnato da due uomini che ora seguiranno Padre Rossi per assicurarsi che questa visita rimanga segreta per tutti. Se dovessero scoprire delle spie dietro la tonaca del nostro olivetano, non esiteranno a farle fuori. Sai, sono stati loro ad aprirti il portone la notte che sei arrivato. Scommetto che non ti sei mai accorto della loro presenza».

«No, effettivamente no... Sapevo che c'era qualcun altro, ma non li ho mai notati, possibile?»

«È quello che deve accadere. Loro non sono qui per farsi notare. Dai nemici come dagli amici», tagliò corto Fratel R. C. che si mise seduto, afferrò la sua spada la sguainò e cominciò a controllarne il filo con estrema pignoleria. Subito Tomáš lo imitò, borbottando: «Lame, amiche mie, assistetemi domani o vi trasformerò in un pitale». A quelle parole tutti scoppiarono a ridere, ma l'atmosfera non si rasserenò e il gruppo tornò ben presto ai propri pensieri e alle proprie occupazioni in cui rimasero per il resto della serata. Era notte fonda quando, alla spicciolata, gli uomini si congedarono e andarono a dormire. Fratel R. C. invece uscì per andare a conferire con i suoi uomini e probabilmente per definire con loro la famosa azione diversiva che all'indomani avrebbe distratto gran parte delle guardie del papa. Tomáš già russava da tempo perché il vino aveva fatto effetto su di lui. Joachim era rimasto a leggere, ma in realtà studiava Prospero che, assorbito nei suoi pensieri, torturava il tavolo con un coltello da carne.

«Va' a dormire Prospero, devi essere riposato domani. C'è anche un'altra cosa da fare prima di cominciare l'azione», gli disse John.

«Che cosa?», rispose il ragazzo finalmente contento di interrompere il filo delle sue lugubri riflessioni.

«Domani mattina all'alba, tu andrai in piazza Navona per un rapido sopralluogo. Vorrei che controllassi i vicoli intorno la piazza e che eliminassi eventuali ostacoli. E poi vorrei sapere quante guardie sono state predisposte per l'occasione e se già presidiano la zona. Dovrai stare molto attento e non dovrai attirare l'attenzione su di te. Passaci un'oretta circa, fa' finta di passeggiare, fingi di essere un pellegrino. La tua faccia non è nota a Roma. Noi intanto ci prepareremo, mentre Joachim andrà a prendere Padre Rossi a Santa Prassede».

«Sì, va bene, vado... John...».

«Dimmi».

«Tu hai paura?», domandò Prospero.

«Sì, ma non voglio seguirla, non voglio essere un vile», rispose John.

«Neanche io...».
«Non lo sei, ragazzo, stai tranquillo. Sei molto coraggioso. Non saresti arrivato fin qui altrimenti. Hai tutta la mia fiducia», l'inglese gli si avvicinò e gli poggiò la mano su una spalla.
«Qualcuno potrebbe morire, domani...», continuò Prospero.
«Sì, ragazzo mio, è una possibilità».
«Mi dispiacerebbe...».
«Sì. Ma se ci impegniamo, morirà giusto qualche Guardia Svizzera... In una guerra come questa sarebbe una perdita accettabile da entrambi i lati». John gli parlò di nuovo con estrema dolcezza. Ma le sue parole erano durissime.
«Joachim tu hai paura?», domandò di nuovo Prospero.
«Sì. Come potrei non averla. Ma quando mi morde lo stomaco e mi impedisce di pensare, ricordo gli anni in Germania, il Maestro e le sue lezioni appassionanti e penso che la paura non può essermi d'intralcio... Siamo al servizio di un messaggero. Il compito che dobbiamo portare a termine potrebbe cambiare la realtà. Non bisogna avere paura. Eppure ne ho. Ho paura di morire. Ma penso che sarà proprio questa paura a farmi vivere. Mi terrà attento. Coltivala anche tu, fratello mio, domala e vedrai, domani sarà un tutt'uno con le tue budella, con i tuoi occhi e con le tue gambe. La paura è nostra alleata, Prospero, non dimenticarlo».
«Sta' attento, mi raccomando», i ragazzi si scambiarono uno sguardo affettuoso e un po' distante. Poi si sorrisero. Erano amici e lo sarebbero stati per sempre, a prescindere da come sarebbe andata a finire la giornata di domani.
Prima di congedarlo John rivolse un'ultima parola al ragazzo: «Non ti farai trascinare dalle tue pulsioni, vero?»
«No, lo prometto. Non domani», lo rassicurò Prospero.
«Bene, va' a dormire adesso. La luna è alta da un pezzo e domani ti svegli presto».
«Buonanotte». Una volta rimasti soli Joachim e John tirarono fuori dalla borsa del ragazzo le tavole di legno che stavano studiando la mattina in cui Prospero si era svegliato sulla se-

dia davanti al caminetto. Trascorsero circa due ore a cercare di montare il meccanismo aiutandosi con gli appunti del Nolanus. Alla fine tirarono fuori il talismano di John e si concentrarono come sapevano. Poi il sonno li vinse. Ma nessuno si addormentò facilmente quella notte.

Capitolo 33
Sarà di nuovo primavera
Roma, luglio 1889

«Bonjour, maman… come stai oggi?»

«Benissimo, mon amour! Non mi sentivo così bene da tempo! E anche tu, hai un'ottima cera a quanto sembra». Sophie e Orazio si sorrisero cordialmente. Per un momento, il volto di madame apparve talmente illuminato e fresco da sembrare quello di una ragazza nel pieno della gioventù. Sotto la lama di luce che si insinuava dalla finestra della biblioteca i suoi capelli crespi e sfibrati avevano preso una sfumatura ramata che li faceva brillare al sole, dando l'illusione che fossero di seta. Anche il suo corpo, per uno strano gioco di luci e ombre, appariva snello, fasciato nel verde del solito vestito. Solo gli occhi erano rimasti gli stessi: mandavano ancora bagliori di amore misto a furore, ogni volta che parlava.

«Maman sei riuscita a metterti in contatto con loro?»

«Non ce n'è bisogno, mon chou, basta guardarci. È come se stessimo ringiovanendo, non credi?», rispose madame con il suo sorriso più smagliante. Anche Orazio era di buon umore. Nella biblioteca, il solito fresco ispirava comunque pensieri leggiadri, ma lui, addirittura, si aggirava fra gli scaffali accarezzando le coste dei suoi libri antichi mentre canticchiava un motivetto in voga in quel periodo. Mimì, con un salto, atterrò sulle ginocchia di Sophie e – subito dopo – si appallottolò sul suo grembo facendo le fusa.

«Anche Mimì ha capito ormai. Guarda che bel pelo lucido ha oggi».

«Oui maman… scusami se ho avuto dei dubbi».

«Non siamo ancora al sicuro mon chou, non del tutto. Siamo più forti e questo mi fa capire che qualcosa si sta muovendo laggiù, che il nostro campione non era uno sprovveduto; in ogni caso la missione non è ancora terminata e i pericoli sono molti».

«Ma noi stiamo meglio!», esclamò Orazio, un filo di preoccupazione gli velò l'occhio buono.

«Certo che stiamo meglio... Per ora, mon chou, per ora stiamo meglio».

«Hai già incontrato il nostro amico, maman?»

«Sì, stanotte. Tornava dal solito giro in quel nuovo cimitero. Ora dorme. Anche lui sembrava illuminato, dopo così tanto tempo... I segni sono ottimi, dobbiamo essere prudenti, ma possiamo concederci un momento di cauta gioia, mon chou», mentre parlava Sophie aveva reciso una rosa dal vaso sul tavolinetto basso sistemato davanti al caminetto spento e aveva affondato il naso fra i petali. Era da quando Prospero si era allontanato che madame aveva preso l'abitudine di lasciare un mazzolino di rose in biblioteca. La facevano sentire più tranquilla. Orazio non aveva protestato più di tanto e alla fine, come sempre, aveva ceduto ai desideri di sua madre.

«Maman ma se fallissero? Cosa ne sarà di noi?»

«Abbiamo affrontato questa discussione milioni di volte ormai. Se dovessero fallire non bisognerà disperare. Non bisogna mai disperare. Quanti fallimenti abbiamo conosciuto durante questa vita? A centinaia. Ci siamo sempre detti che sarebbe andato tutto bene. Bisognava soltanto pazientare e trovare la persona giusta. Ora quella persona l'abbiamo trovata. È il miglior campione possibile? No di certo. È un fallimento scontato? Neanche. Quindi va bene. Tra l'altro sia il monaco che il medico si sono messi in contatto e la compagnia ha un piano preciso per compiere la missione che gli abbiamo affidato. Il ragazzo non ha più voce in capitolo. Ora tocca agli altri e di loro ci siamo sempre fidati. Se siamo ancora qui è a loro che lo dobbiamo».

«Oui, ma se fallissero?»

«Non ho intenzione di rovinarmi questa magnifica giornata con pensieri tristi, Orazio», gli occhi di madame mandarono un lampo. Poi Sophie si ricompose e affondò di nuovo il naso nella rosa.

Quando riemerse sorrise di nuovo guardando il figlio con profondo amore.

«Ma guardati, mon chou, sembri un altro. Non ti basta? Andrà tutto bene, figlio mio, vedrai...».

«Oui maman, andrà tutto bene...».

«Ma non ne sei convinto».

«*Non*, maman... non veramente».

«Si vede, mon cher... Si vede... Ma ricordati, ricordati il nostro passato. Quanti periodi bui, il viaggio, la fuga in Francia con quel frate pazzo, ricordi? E poi gli anni a corte. Allora tutto sembrava perduto e noi non vivevamo veramente, ci addestravamo a sopravvivere. Era il tempo del nostro marcire quello. Ora il ciclo dovrà essere modificato. Il ragazzo sta facendo grandi cose. Si è comportato benissimo e se continuerà su questa strada verrà generosamente ricompensato. Vedrai come sarà contento di aver accettato il nostro invito. Quando sarà il momento riceverà tutto quello che vuole e molto altro che non ha il coraggio di chiedere. Deve solo tornare sano e salvo. Vedrai, mon chou, sarà di nuovo primavera...».

«Oui maman, sarà di nuovo primavera».

«Sì, non dovremo più andare via di nuovo, non dovremo più scappare».

«Lo spero... ma non sono tranquillo».

«No, è giusto che tu non lo sia perché non dipende più da noi. Ora tocca a loro far valere tutti gli insegnamenti. E tocca alla fortuna. Ma sono stati bravi allievi e sanno quello che fanno. E poi, la loro fede nella Salvezza e nella Provvidenza è incrollabile. Voglio credere che ci riusciranno. Ho sempre avuto fiducia in quelli che l'hanno riposta in me».

«Oui maman...».

«Orazio, stai tranquillo, sarà di nuovo primavera...», ma la voce di Sophie aveva perso il tono leggiadro da fanciulla e i suoi capelli, ora che il sole era leggermente offuscato da una nuvola passeggera erano tornati alla loro solita consistenza sofferente.

«Oui maman, come vuoi tu», rispose Orazio rassegnato.

Capitolo 34
L'eretico
Roma, 8 febbraio 1600

L'alba arrivò gelida e frettolosa. Colse Prospero in uno stato di dormiveglia. Quella notte era stata lunghissima e il ragazzo aveva appena cominciato a mettere in ordine i pensieri e a farsi vincere dalla stanchezza quando i rumori dalla strada e una luce tagliente come il ferro riportarono i suoi sensi all'erta. Era il giorno in cui sarebbe dovuto accadere tutto. E quel giorno doveva cominciare con lui, con la sua ronda a piazza Navona e il sopralluogo in una zona che poteva essere infestata da pericoli nascosti. Per un istante Prospero si abbandonò alla disperazione: e se non fosse stato in grado di riconoscere i potenziali intralci? E se qualcuno gli avesse chiesto chi era e che cosa ci faceva a gironzolare intorno a Sant'Agnese in Agone in un giorno molto specifico? Avrebbe tanto voluto essere accompagnato da qualcuno più preparato di lui. Pensò intensamente a Joachim. Ma sicuramente il giovane aveva un incarico ben definito. La sera precedente gli era sembrato di capire che si sarebbe occupato del trasferimento di Padre Rossi da Santa Prassede alla casa del Pantheon e poi si sarebbe unito agli altri durante l'assalto. Dunque sarebbe andato solo. Però, stavolta non gli sembrava per niente qualcosa di desiderato. Prima di presentarsi agli altri, quindi, il ragazzo si sforzò di calmare la paura. Ripensò quasi istintivamente al passero dipinto a olio che aveva incontrato durante la sua salita nel Teatro di Giulio Camillo. Allora si era sentito perfetto in quell'immagine che simboleggiava il sottile lirismo della vita solitaria. Aveva avuto la sensazione che ogni fibra del suo corpo rispondesse ai suoi comandi e che fosse il centro del suo mondo. «Ecco», si era rassicurato. «Ritrova quel piacere, vigliacco! Cos'è questa manfrina da fifone!». Ma nulla sembrava calmarlo. Fu soltanto il pensiero che i suoi amici si sarebbero lanciati con le armi in pugno contro le picche dei soldati che lo fece calmare: non era lui quello in pericolo. Anche solo preoccuparsi della sua sorte perché doveva uscire all'alba per una passeggiata fino in piazza Navona gli parve un tradimento. E allora, improvvisamente, tornò tranquillo. Quando fece il suo ingresso nella sala principale della casa si accorse che gli altri erano svegli da parecchio prima di lui. Erano tutti vestiti e sbarbati di fresco. John era intento a lucidare la lama della spada, mentre Fratel R. C. era seduto davanti al caminetto scoppiettante, intento a leggere un libro. Tomáš entrò insieme al ragazzo, ma dalla porta principale. In mano teneva un cestino da cui sporgeva una forma di pane e un fiasco di vino e sul viso aveva stampato il suo solito sorriso, solido come lui.

«Ci vuole una buona colazione prima di andare a camminare, ragazzo, vieni a mangiare! Cos'è quella faccia da condannato a morte?», gli gridò senza neanche guardarlo mentre poggiava il canestro sul tavolo.

«L'oste oggi è stato più generoso del solito, ci ha messo anche una terrina di carne stufata che fa venire le lacrime agli occhi. Sentite che profumo. Non quella coda lessa che hai preso tu, l'altro giorno. Inglese! Parlo con te! Perché voi che arrivate da quell'isola umida vi rifiutate di mangiare bene?»

«Mi avevano detto che la coda era una specialità del Rione Regola, boemo. Non l'hai trovata di tuo gradimento? Era insipida?», gli occhi di John brillavano di divertimento mentre scherzava con il suo amico. Ser Tomáš era l'unico che lo tirava veramente su di morale prima di partire per un'impresa.

«Caro Prospero, noterai che in questa stanza si stanno scontrando due tipi differenti di gnosi...», l'inglese scoppiò a ridere, seguito da Joachim e Fratel R. C. che si era voltato e aveva chiuso il libro. Anche Tomáš, dopo poco si unì al gruppo. Era bello ridere in quel momento. Ma Prospero non fu sicuro di aver afferrato il senso.

«Che volete dire?», domandò preparandosi a essere preso in giro.

«Devi sapere, ragazzo, che ci sono due modi per concepire la conoscenza, cioè la gnosi, che non è esattamente il sapere terreno che si costruisce in anni di studio», la spiegazione gli arrivò da Fratel R. C., Prospero si stupì. Era la prima volta che gli sentiva pronunciare tutte quelle parole. «Ma una consapevolezza profonda che arriva insieme all'illuminazione divina. Uno si potrebbe definire pessimista, come il nostro John. Lo gnostico pessimista considera la materia un male dal quale liberarsi per arrivare a cogliere con uno sguardo le cose divine. Per l'ottimista, invece – e il nostro Ser Tomáš ne è un esempio perfetto – la natura e la materia sono riflessi del dio e quindi vanno trattate come tali, cioè con amore. Vero boemo?»

«Puoi giurarci, fratello!», e l'uomo affondò un cucchiaio nella pentola che arrivava dall'osteria e se lo ficcò in bocca con un gesto teatrale, strabuzzando gli occhi e mugolando di piacere in direzione dell'inglese che se la rideva sotto i baffi e scuoteva la testa in un finto rimprovero. Prospero guardava la scena incantato. Era amicizia allo stato puro quella che si stava manifestando davanti ai suoi occhi. Quegli uomini vivevano a migliaia di chilometri di distanza eppure la loro fratellanza sembrava indissolubile. La ricerca a cui avevano dedicato le loro vite, quella pratica misteriosa e magica che lo aveva portato fin lì, era un collante sufficiente per saldare un'unione come quella. Lui non si era mai concesso un trasporto simile per gli altri. Come se quell'ultimo pensiero fosse stato un segnale, il ragazzo tornò a incupirsi e poi disse: «È meglio che vada, si sta facendo giorno. Presto i vicoli intorno piazza Navona saranno pieni di guardie».

«Aspetta, ragazzo», Tomáš ingollò una coppa di vino e si pulì il mento con la manica della giubba. «Ti accompagno io, così ti tengo d'occhio». Glielo disse toccandosi il pugnale nella cintura. Prospero non ebbe dubbi: se si fosse lasciato prendere dalla paura, il boemo non avrebbe esitato a tagliargli la gola anche nel bel mezzo della piazza. Eppure il ragazzo non poté fare a meno di sentirsi un poco sollevato per non dover andare da solo. Dopo poco, salutati gli altri con il calore di un addio, uscirono in strada. Piazza Navona era già affollata dai banchi del mercato e relativi venditori. I ritardatari si stavano affrettando a caricare i banchetti con le ultime merci che scaricavano dai carretti. I banchi erano di legno, abbelliti da nastri e tende stinte dal sole e dalla pioggia. Vide varietà di frutta e verdura per lui sconosciute e tagli di carne rozzamente messi a bollire in grandi calderoni fumanti, che non gli davano altro che nausea. Ancora non si era mai trovato in mezzo a una folla. Durante le passeggiate dei giorni precedenti aveva visto qualche processione da lontano, ma i suoi accompagnatori preferivano sempre i vicoli e i passaggi coperti, oppure tagliavano le strade principali in velocità per evitare di mostrarsi troppo in pubblico. E fu costretto a farci i conti con quella sensazione per lui spiacevole, di smarrimento. Doveva essere sicuro che quando avrebbero trovato un punto d'osservazione non si sarebbe fatto distrarre dalle gonne delle donne, dalle gabbie piene di polli e anatre vive che starnazzavano, dalle facce rosse degli uomini e dalle loro grida e dal vapore schifoso che arrivava dai calderoni dei venditori di carne di scarto.

«Ragazzo, fai bene a guardarti intorno. Cerca di memorizzare ogni dettaglio della piazza e dei banchi. Più tardi dovrai descriverli perfettamente agli altri. Sono informazioni importanti. Vedi quel banchetto laggiù? È un nascondiglio ideale per ripararsi da una picca, mentre si cerca di menare un fendente», proseguì l'uomo. Prospero annuì e fece scorrere lo sguardo lungo il vecchio perimetro dell'Agone di Domiziano. La piazza aveva la forma oblunga che anche nella sua epoca conosceva alla perfezione. Ma gli sembrava più sgombra e meno trionfale, più intima. Poi si rese conto che alcuni suoi punti di riferimento soliti, come la facciata della chiesa e la fontana di Bernini, non erano ancora una realtà in quegli anni. Ora piazza Navona sembrava più che altro il tipico mercato, sporco, puzzolente, affollato e rumoroso. Ma non poté fare a meno di pensare che forse sarebbe stata più bella se fosse rimasta così. Più romana, meno cosmopolita di quando l'aveva vista lui.

«Andiamo, ragazzo, spostiamoci in quel vicolo. Forse c'è un problema, quel carretto non deve trovarsi lì più tardi», Tomáš lo riportò bruscamente alla loro realtà. Arrivarono nel vicolo a passo sostenuto nel momento esatto in cui un asino esausto crollava morto davanti a un carretto. I proprietari colpivano la carogna, quasi a volerlo resuscitare a legnate. Poi, un garzone e pochi altri uomini si aggrapparono alle stanghe del carro e, bestemmiando, lo alzarono e cominciarono a spostarlo. I due tirarono un sospiro di sollievo. Ma a Prospero, la sorte dell'asino suonò come un presagio tetro. In quel momento sentirono il mercato rumoreggiare. Riemersero sulla piazza nell'istante in cui un drappello di Guardie Svizzere faceva il suo ingresso. Erano in due, armati di picche. Nel frattempo i portoni di Sant'Agnese si spalancarono. E dietro le due guardie ne comparirono prima altre due, poi tre. Infine, lentamente, arrivò un carretto trainato da un cavallo nero e circondato da otto guardie, quattro per lato, che seguivano quella strana processione.

Tomáš e Prospero non potevano credere ai loro occhi. Quando si accorsero di chi fosse il passeggero del carretto, il loro mondo sprofondò. Gli avevano dato un orario sbagliato. Li avevano traditi. Vestito con il San Benito, Iordanus in ceppi, faceva il suo ingresso in Sant'Agnese in Agone. Da lì, dopo poco, sarebbe stato trasferito alla presenza del cardinal Madruzzo, decano della Congregazione del Sant'Uffizio per ascoltare la formula della sentenza di condanna al rogo. I giochi erano fatti. Il piano stava fallendo davanti ai loro occhi. Scartarono velocemente verso una posizione riparata e così riuscirono a vedere il resto del corteo che si affrettava verso la chiesa. Qualche cardinale senza l'abituale vestito color porpora che Clemente VIII aveva proibito in segno di austerità per la durata di tutto l'Anno Santo, qualche giovane gesuita vestito di nero che sicuramente era l'attendente di un porporato. E infine alcuni laici panciuti. E dietro di tutti, con la faccia rivolta per terra e le braccia piene di fogli bianchi, Steiner. Tomáš lo riconobbe e lo segnalò a Prospero con un ruggito: «Maledetto bastardo, Steiner, ti strapperò la testa. Siamo fottuti». Il ragazzo, per un istante, pensò con sollievo che, vista la situazione, nessuno si sarebbe fatto del male e i suoi amici sarebbero rimasti illesi. Poi si vergognò di se stesso e provò pietà per Giordano Bruno, l'unico che da quella giornata avrebbe guadagnato una condanna a morte e non la libertà. Erano finiti i sogni. Quella era la realtà. Lo sapevano tutti che Steiner era inaffidabile, Prospero se lo ricordava bene, e ora non bisognava stupirsi che una spia avesse fatto il proprio dovere. Tradimento. Morte. Prigionia. Pericolo. I sensi del ragazzo gli restituivano soltanto immagini cupe e disperazione. Tomáš reagì per primo.

«Ragazzo devi correre a casa ad avvisare gli altri. Bisogna andare a nascondersi. Siamo stati scoperti», ordinò bruscamente.

«Tu che farai?», domandò Prospero.

«Io rimango qui a controllare quello che succede. E poi voglio vedere se riesco a pizzicare Steiner da solo», e per sottolineare meglio la sua decisione sputò in terra e si aggrappò con la mano al pugnale che ora riposava nascosto sotto il mantello scuro.

«Tomáš non fare sciocchezze, mi raccomando», gli rispose Prospero tirandosi il cappuccio sugli occhi e iniziando a muoversi verso il vicolo che l'avrebbe condotto alla Rotonda.

«Sbrigati, ragazzo, non perdere tempo», lo esortò il boemo continuando a fissare la spia che si affrettava verso la chiesa. Prospero non ebbe il tempo di pensare a niente, le sue gambe si mossero da sole. Un passo dietro l'altro e si era messo a correre. Non vide le teste delle guardie che si voltavano. Non vide nulla. Neanche la contadina che veniva proprio nella sua direzione.

Capitolo 35
La fuga
Roma, 1600

Prospero investì la donna con la forza di un uragano. E la contadina lanciò un urlo che gli parve un ululato. Ma non c'era tempo per soccorrerla e le sue gambe non glielo avrebbero permesso, così il ragazzo si lanciò oltre la donna che gridava e cercò di allontanarsi dal baccano che si stava levando alle sue spalle. Le guardie si agitarono e fecero per corrergli dietro, ma il giovane non le notò. Non si accorse neanche che uno dei soldati gli aveva intimato di fermarsi e ora stava parlando con due svizzeri per farlo inseguire. Chi se ne accorse, invece, fu Tomáš che, per favorire la fuga del ragazzo, si lanciò ruggendo contro il manipolo di soldati. Prospero sentì il clangore delle armi da lontano. E non ebbe bisogno di fermarsi a vedere che cosa stava succedendo nella piazza: un amico si stava sacrificando per aiutarlo a salvare gli altri. Reagì d'istinto, si comportò come una preda: scappò finché poté, senza rendersi conto di dove andava. Poi, dopo essersi perso un paio di volte, ritornò sui suoi passi e si riavvicinò all'ingresso del Rione Sant'Eustachio, a pochi metri dalla Rotonda. A quel punto, vinto dai battiti furiosi del suo cuore e dalla paura, pensò di potersi nascondere e lo fece dietro l'angolo di un palazzo che occupava al centro piazza Madama e l'imbocco di via della Sapienza. Lì, con uno sforzo sovrumano e cercando di non destare sospetti nei passanti che invece accorrevano verso Sant'Agnese in Agone per andare a vedere che cosa stava succedendo laggiù, il ragazzo cercò di calmare il respiro e di vedere se per caso qualcuno lo stesse seguendo.

“Non posso correre all’appartamento prima di assicurarmi di non avere i soldati attaccati alla coda... A quest’ora sicuramente mi staranno cercando...”, pensò preoccupato. Protetto dal muro del palazzo, Prospero trovò la forza per capire che, se voleva depistare eventuali pedinatori, doveva allontanarsi dal nascondiglio e continuare a muoversi, ma con più calma. Si unì, allora, a un gruppo di persone che camminava verso piazza Navona, ma svicolò un istante prima di abbandonare Sant’Eustachio e fece ritorno sui suoi passi sempre seguendo un altro gruppo che andava nella direzione inversa a quello precedente. Il ragazzo era letteralmente in preda al panico. Non sapeva cosa fare. Se fosse andato a casa avrebbe corso il rischio di portarsi dietro i soldati del papa, se fosse rimasto in strada in attesa di Tomáš, avrebbe messo a repentaglio tutta la compagnia, rischiando di arrivare tardi, quando già si erano mossi. Non gli era mai capitato di partecipare a un’azione così pericolosa e ora ne pagava le conseguenze. In più, il suo cervello era completamente assorbito dalla preoccupazione per la sorte del boemo. Si sarebbe salvato? Lo avrebbero ammazzato sulla piazza? Che ne sarebbe stato di lui che – con immensa generosità – si era lanciato da solo contro un gruppo di uomini armati e solo per proteggere la sua fuga e gli altri? Era colpa sua, solo colpa sua. Aveva insistito per partecipare a un’impresa per cui non era preparato. La sua inesperienza e la sua supponenza avevano fatto il resto, mettendo a repentaglio la sicurezza di tutti. Il senso di colpa gli attanagliava il cuore forse più della paura. Con quale faccia si sarebbe presentato al cospetto del saggio John e del coraggioso Joachim? La missione era fallita perché si era messo a correre. Perché non aveva mantenuto il sangue freddo e si era abbandonato a una reazione irrazionale. Pensò che la fortuna non li aveva protetti. E poi si disse che la sfortuna non c’entrava nulla. La colpa, comunque la mettesse per giustificarsi, era soltanto la sua. Non gli restava, quindi, che presentarsi dagli altri e accettare il suo destino e il loro disprezzo. Attese ancora un po’, girovagando nei dintorni della chiesa di Sant'Eustachio sperando, per un miracolo, di venire avvistato dagli uomini invisibili che circondavano Fratel R. C., ma poi pensò che il gruppetto di tedeschi misteriosi era probabilmente già in posizione per preparare il diversivo con cui bisognava distrarre un bel po' di quelle guardie. «Forse si sono accorti anche loro del trambusto a piazza Navona? Forse loro hanno già dato l'allarme?»

"Impossibile", concluse fra sé e sé. "Devono essere tutti a casa. Non era ancora il momento di prendere posizione. La sentenza doveva essere letta verso la controra, secondo le indicazioni della spia maledetta. È ancora presto. Dipende tutto da me". E si disperò di nuovo. Di nuovo si fece prendere dal panico. Fece un altro giro, proprio per essere sicuro che intorno alla Rotonda la vita scorresse normalmente. Si fermò per un po' sulla piazza, fingendo di ammirare il tempio costruito da Agrippa per celebrare tutti gli dèi e per la prima volta rivolse un pensiero alle divinità del mondo pagano. Lo fece con timidezza, vergognandosene subito dopo. Non aveva mai pregato neanche una volta in vita sua e sempre aveva avuto per gli argomenti spirituali l'atteggiamento sprezzante che tutti tenevano in famiglia. Eppure quella preghiera gli sgorgò dal cuore e prese la forma di una supplica: «Oh dèi del Pantheon, se ancora siete lì, se dividete lo spazio con i santi cristiani che hanno usurpato casa vostra, aiutateci. Aiutatemi, vi imploro».

Prospero si stupì di se stesso. Le parole gli erano uscite senza averle pensate prima, come un flusso spontaneo che però, incredibilmente, lo fece subito rilassare. Ora sapeva che cosa avrebbe dovuto fare. Intorno a lui, in quella porzione di Roma, nulla era ancora accaduto: Tomáš era vivo, sano e salvo, lui non era in fuga dai suoi stessi stupidi errori e il Nolano era ancora nel carcere dell'Inquisizione in attesa della sentenza. Doveva andare a casa ad avvisare i suoi. Doveva accettare il rischio di essere stato seguito da lontano. Doveva comunicare che il piano era saltato, che Iordanus sarebbe morto e che era tutta colpa sua. Mesto, con il cuore chiuso in una morsa d'acciaio, Prospero cominciò a camminare lentamente verso la casa dipinta. Ma quando ci si ritrovò davanti fu di nuovo vittima della sua ansia e, senza neanche accorgersene, cominciò a tempestare il portone di pugni. A ogni colpo una lacrima lasciava gli occhi e gli cadeva nel collo.

Capitolo 36
Decisioni
Roma, 1600

I primi occhi che incontrò furono quelli di Joachim e sul volto del ragazzo, Prospero colse la somma di tutti i dubbi che avevano attanagliato il gruppo. Lo fece sedere senza dire una parola, gli allungò un bicchiere d'acqua e per un momento lo lasciò da solo. Doveva chiamare gli altri. In quegli istanti nella mente del ragazzo passò ogni tipo di pensiero. Non sapeva come avrebbero accolto la notizia del suo errore, forse l'avrebbero buttato fuori casa o, peggio, l'avrebbero rimandato da Sophie, Orazio e il Nero a forza, per pagare il prezzo della sua ingenuità. Oppure si sarebbero limitati a scuotere la testa e a dirsi che era stata un'imprudenza, lasciare che un ragazzino si occupasse di affari da uomini. Tutte le opzioni lo atterrivano e lo umiliavano. Se ne stava seduto al tavolo, la sedia era stata provvidenzialmente spostata verso il camino che era ancora acceso dalla mattina. La testa gli era crollata fra le mani e Prospero aveva cominciato a piangere, a piangere sul serio. Non gli importava più niente. La sua dignità si era già infranta sulla terra battuta di piazza Navona e addosso alla cesta di quella donna che aveva urtato nella fuga. Non sentiva più il bisogno di nascondersi, nulla aveva più senso. Lo trovarono così: in lacrime e in preda alla disperazione più nera. E gli si strinsero attorno come una famiglia vera.

«Prospero, dov'è Ser Tomáš?», esordì John. Gli aveva appoggiato una mano sulla spalla. Il ragazzo immaginò il momento in cui l'inglese l'avrebbe ritirata inorridito, dopo aver ascoltato il suo racconto.

«Figliolo, bevi un altro po' d'acqua. Calmati. Respira, che cos'è successo?», la voce di Padre Rossi, che era lì come aveva promesso il giorno precedente, sembrava tranquilla.

«Tomáš… Tomáš… è a piazza Navona…», Prospero balbettava e tirava su con il naso. Gli era quasi impossibile formulare frasi di senso compiuto ed ebbe bisogno di qualche secondo per raccogliere i pensieri. Fu la preoccupazione di vedere le Guardie Svizzere irrompere nella casa del Pantheon che lo fece tranquillizzare quel poco che bastò per raccontare l'accaduto. Parlò a velocità incredibile, terrorizzato dall'idea di scoppiare a piangere di nuovo e di concedere alle sue parole di aggrovigliarsi.

«Ci stavamo guardando intorno e tutto sembrava normale. Poi siamo andati a controllare in un vicolo. C'era un asino morto davanti a un carretto. Abbiamo pensato che se il carretto fosse rimasto lì sarebbe stato un problema durante la fuga. Ma mentre eravamo nel vicolo abbiamo sentito dei rumori provenire dalla piazza e siamo andati a vedere. Erano i soldati del papa. E avevano Giordano Bruno. Era in catene. E stava entrando in Sant'Agnese per la sentenza. Siamo stati ingannati. Tomáš ha detto che eravamo stati fottuti. E poi ha riconosciuto Steiner fra i laici che stavano entrando in chiesa. E allora ha sputato a terra e mi ha ordinato di venirvi ad avvisare…», si fermò solo un istante. Era giunto il momento di confessare le sue colpe. «Allora io mi sono mosso, ma non so perché ho cominciato a correre e ho urtato una donna e allora lei s'è messa a strillare. E le guardie devono avermi visto perché poi ho sentito un gran rumore mentre scappavo. E sicuramente Tomáš s'è messo in mezzo e ora non so dov'è. Non so se è vivo. Se è ferito. Non so niente di niente! So solo che dobbiamo scappare, che ora ci vengono a prendere».

Il gruppo lo guardava senza fiatare. La mano di John si era ritirata dalla sua spalla, ma per quanto Prospero si sforzasse di indagare il volto dell'inglese, non riuscì a trovare il disprezzo e l'odio che si era immaginato pochi minuti prima. Lesse invece una pena infinita e un dolore immenso per la sorte del boemo.

«Prospero non ti torturare. La fortuna ci ha giocato un brutto scherzo e noi siamo tutti colpevoli per non averla tenuta in considerazione e per esserci fidati di uno sconosciuto. Chissà con che cosa l'hanno comprato? Forse con la possibilità di assistere alla lettura della sentenza. Non possiamo saperlo. Quanto alla tua corsa, hai reagito d'istinto. Sì, sarebbe stato meglio se ti fossi allontanato camminando, per non destare sospetti. Ma non è capitato. Ora abbiamo altri pericoli da evitare. Calmati Prospero. Respira profondamente. Sei stato seguito?», John gli continuava a parlare con calma, come se il maremoto di emozioni che gli velavano lo sguardo fosse qualcosa che accadeva a qualcun altro. La vergogna s'impadronì del ragazzo più che se l'inglese gli avesse sputato in faccia.

«Restiamo e resistiamo, anche se il ragazzo non è stato seguito, presto o tardi arriveranno. Se Steiner ci ha dato informazioni sbagliate, vuol dire che con molta probabilità ha rivelato anche il nostro indirizzo. Saranno qui a momenti. Ne sono certo. Restiamo e combattiamo. Abbiamo risorse che gli altri non conoscono». Fratel R. C. si era infiammato improvvisamente. Parlava tenendo la mano sull'elsa della spada e mentre ragionava si avvicinava alla finestra. Un solo fischio e i due che li aspettavano fuori si sarebbero schierati nella posizione ideale per poter investire le Guardie Svizzere con una muraglia di frecce.

«Fermi, fermi tutti, ragioniamo...». Joachim lo bloccò. «È inutile combattere in questo momento. Siamo in pieno giorno e le strade sono affollate. Quanto potremmo resistere? Un'ora, due? Resisteremmo il tempo necessario ai tuoi di esaurire le frecce, fratello. E poi? Quanto possono resistere le nostre spade? Invece dobbiamo fuggire. Dobbiamo metterci in salvo e sparire. Non sapranno mai quanti di noi hanno preso parte al complotto, né chi siamo veramente. Rimarranno sempre con il sospetto di essersi scontrati con dei fantasmi. E poi, amici, considerate anche questa altra obiezione. Siamo rimasti in pochi in Europa. Se si esclude la corte di Rodolfo II in Boemia. Dobbiamo proseguire l'opera del Maestro, dobbiamo vivere».

John lo guardò con un affetto infinito. Il giovane segretario del monaco era quello che meno di tutti guardava all'uomo come a una "causa", eppure era stato il primo ad accettare il destino di Iordanus e a superare il dolore.

«Hai ragione, Joachim. Sei un brav'uomo», gli disse l'inglese.

«Va bene», aggiunse R. C. «Il ragazzo ha ragione davvero. Non ha senso resistere a questo punto. Vendicheremmo Tomáš. Ma perderemmo il resto...», Prospero ascoltava prigioniero di una morsa di terrore. Dunque Tomáš era morto. Ne parlavano come se fosse una cosa sicura, inevitabile. Non gli davano neanche una possibilità di salvezza. Neanche il pugnale di quel gigante era invincibile. Il ragazzo se lo disse con tristezza e si incolpò anche di quell'ingenuità. Come poteva credere che un solo uomo potesse tenere a bada più di dieci soldati bardati e armati di picche? Non stava vivendo in un libro d'avventure. Era la realtà. Avrebbe voluto versare delle lacrime. Tomáš se le sarebbe meritate, ma non c'era tempo neanche per quello. Le decisioni incalzavano il gruppo.

«...a questo punto occorre mettere in salvo Padre Rossi... Te ne devi andare, monaco. Questo non è più un posto sicuro», gli occhi di R. C. fiammeggiavano. Ogni sua parola suonava come un ordine secco.

«Ma come posso lasciarvi da soli? Come posso? Mio Dio... Tomáš... Che cosa abbiamo fatto?», il monaco scoppiò in lacrime.

«Padre, ti prego. Non rendere tutto più complicato. Devi andartene, ha ragione R. C.. È finita. Non c'è altro che possiamo fare adesso. Dobbiamo solo metterci al riparo. Torna ad essere il generale del tuo ordine e a salvare il nostro sapere, Giovan Battista. Smettila. Fatti coraggio», John parlava dolcemente, ma c'era una sicurezza nella sua voce triste e bassa che lo faceva sembrare un eroe epico. Al solo sentire quelle frasi il monaco si riebbe. «Sì... sì... salvare il nostro sapere... sì... va bene».

«Conoscenza va messa in salvo. Lo sai. L'hai sempre saputo. E solo tu puoi farlo. Te ne devi andare, monaco. Assicurati che sia protetta ora che il messaggero è perduto. Ti accompagnerò io a

Santa Prassede», Joachim lo esortò, toccandogli gentilmente il braccio. Padre Rossi riemerse dal suo sconforto e guardò Prospero intensamente: «Figliolo, non sentirti in colpa, hai fatto quello che hai potuto e l'hai fatto con il cuore. Non ti torturare più. Addio». Non disse altro, si infilò sotto il mantello e si calò il cappuccio sugli occhi, poi si avvicinò alla porta, abbassò lo sguardo e attese Joachim.

«Portalo a Santa Prassede, Joachim. Ti aspetteremo sotto la grotta di Colle Oppio, tu sai dov'è. R. C., i suoi, Prospero e io cercheremo di uscire senza farci notare. Porta la bisaccia con te e non perderla mai di vista, mi raccomando. La Provvidenza proteggerà i tuoi passi», disse John. Il ragazzo provò a muovere un'obiezione: «Non sarebbe meglio che anche lui venisse con noi? Può diventare pericoloso là fuori e non è neanche armato».

«Non ci possiamo permettere di consegnarlo al nemico. Se Padre Rossi e Prospero vengono catturati insieme saremmo rovinati veramente. Dobbiamo tenerli separati per il momento. E poi sarebbe impossibile giustificare la sua presenza a Santa Prassede, passate le prime ore...», rispose John. Joachim capì immediatamente, lo abbracciò e concluse: «La Salvezza è con noi», poi salutò con un cenno della testa Fratel R. C. e riservò a Prospero l'ultimo sguardo, il più triste. Sicuramente pensava che forse non si sarebbero più visti. Il ragazzo avrebbe voluto fermarlo e abbracciarlo come gli altri. Ma era come saldato alla sedia. Immobilizzato dall'angoscia. Non appena i due furono usciti, John e R. C. cominciarono a preparare dei bagagli leggeri freneticamente. Intanto facevano piani per la fuga.

«Dobbiamo cercare di uscire senza farci notare. Non dobbiamo correre», ripeteva l'inglese.

«Devo recuperare dei cavalli. I miei ci seguiranno finché non ci lasceremo il rione alle spalle, poi si uniranno a noi. E prenderanno possesso delle cavalcature. Se quando saremo fuori qualcosa andrà storto, allora cominciate a correre e non voltatevi per nessuna ragione. Svoltate subito a destra, Colle Oppio è in quella direzione. Se l'aria si scalda dovremo fidarci soltanto delle nostre gambe e delle nostre spade. John tu proteggi il ragazzo con la tua vita se necessario. L'appuntamento è alla grotta, ci troveremo lì», precisò R. C.. John annuì gravemente.

«E se ci vedono?», domandò Prospero. «Se sono fuori ad aspettarci?»

«I miei ci avrebbero avvisati. Non abbiamo tempo da perdere, forse ce la caviamo con una fuga discreta e veloce», lo rincuorò il tedesco e per confermare ancora di più le sue parole si sforzò di sorridere al ragazzo. Il sorriso gli riuscì tirato. Il fischio, acutissimo e prolungato li raggiunse nel momento esatto in cui cominciavano a trovare la forza per allontanarsi dall'appartamento e scendere in strada. Erano tutti e tre sulla soglia. Già pronti.

«Troppo tardi. Stanno venendo a prenderci», R. C. confermò i timori di Prospero.

«Eccoli», aggiunse l'inglese.

«Presto, usciamo, appena fuori correte e cercate di starmi dietro. I miei due confratelli ci copriranno le spalle». Il terzetto scese le scale a perdifiato e ben presto si ritrovò davanti al portone chiuso. L'inglese lanciò un ultimo sguardo al ragazzo. Fratel R. C. sguainò la spada, aprì e si lanciò in strada. La luce che veniva da fuori impedì a Prospero di vedere che cosa li attendeva all'esterno e forse fu meglio così. Il riverbero gli impedì di rendersi conto che fuori impazzava una battaglia in pieno giorno. E che il giallo e il blu delle uniformi degli svizzeri si stava avvicinando sempre di più a loro. Gli arrivarono invece le grida, ma il giovane si illuse che era il solito frastuono dell'Urbe. Con un salto si mise a inseguire John e R. C.. Non si accorse subito che oltre alle Guardie Svizzere, gli correvano dietro anche gli uomini di R. C.. Pensò solo a muoversi. E mentre lo faceva i sensi di colpa, il dolore e la vergogna gli sembrarono sensazioni lontane. C'era la vita in ballo.

Capitolo 37
Sententiamo et dichiariamo te heretico impenitente
Roma, 8 febbraio 1600

Il prigioniero fu condotto alla presenza dei cardinali notabili che si erano occupati del suo caso. Nei sette anni di processi e prigionia, sugli scranni della Santa Inquisizione, si era esibito il meglio del meglio fra gli uomini forti dell'epoca clementina. Quel procedimento per eresia aveva ben presto assunto valenze superiori, che andavano addirittura oltre la teologia. Si trattava – con la condanna delle teorie di Bruno – di mettere fine alle ambiguità della fede e alla debolezza del papato come forza politica, all'alba di eventi che avrebbero presto fatto precipitare l'Europa protestante e cattolica in una delle sue guerre più sanguinose. Insieme alle controversie dottrinali, comunque, il processo rappresentò anche un duro colpo a quella "doppia morale" che permetteva di pensare quasi tutto in privato, fin tanto che tali idee non venivano propagandate in pubblico. Questa condotta, che non mancava di coinvolgere anche svariati cardinali e il papa in persona, non bruciò sul rogo con l'eretico, ma fu molto ridimensionata: era intenzione di Clemente VIII combattere i luterani a colpi di ragione e di educazione. Per farlo si era dotato delle migliori menti fra i Gesuiti, Roberto Bellarmino in testa. Bruno, con la sua ostinazione, era diventato il perfetto capro espiatorio. Il simbolo di un mutato costume di intendere la giustizia, la filosofia, la religione e l'ordine pubblico. Ma quel giorno, la vicenda si stava per concludere. Il processo, che arrivava dal tribunale dell'Inquisizione di Venezia, a seguito della denuncia di Giovanni Mocenigo, era stato avocato a Roma dal papa in persona, nonostante i fatti dimostrassero che l'accusa del patrizio della Serenissima ed ex allievo insoddisfatto del Nolano, poteva essere pretestuosa e priva di altre testimonianze che ne potessero avvalorare la forza. Al domenicano non si muovevano accuse di eresia in generale. Nelle fasi conclusive del processo, gli argomenti in sfavore del prigioniero erano stati ridotti a otto proposizioni preparate da Bellarmino in persona, nella funzione di consultore, basandosi sugli scritti e sui volumi pubblicati dal Nolano, quindi non più su basi aleatorie, su testimonianze inaffidabili come all'inizio del calvario del monaco. A Venezia, per esempio, una delle accuse, quella di ateismo, di Mocenigo si basava su un episodio di per sé abbastanza insignificante: durante un gioco in cui i partecipanti erano invitati a dire ognuno una frase, Bruno aveva scelto un verso di Ludovico Ariosto: "D'ogni legge nemico e d'ogni fede", alla quale era seguita una risata del processato. Se a Venezia questa testimonianza fu presa come meritava, cioè senza particolare attenzione, a Roma divenne importante, divenne una prova che si unì alle altre accuse che via via si aggiungevano a quella del veneziano, da parte di strani compagni di cella del domenicano, sempre prontissimi a spergiurare che il monaco adorasse bestemmiare nel privato della prigione, per poi difendersi secondo logica e buon senso in sede processuale. Finché non fu preso in mano da Bellarmino e Clemente VIII, in ogni caso, il dibattito sembrava destinato a fermarsi su un binario morto. Giordano Bruno viene formalmente accusato di aver negato la transustanziazione del corpo, cioè la trasformazione del pane in carne divina, la stessa divinità di Cristo e la verginità della Madonna, il primo ridotto a mago e la seconda considerata un'assurdità. Gli veniva imputato, inoltre, di aver affermato che la croce era in realtà il simbolo magico della dea Iside e di aver teorizzato la presenza di infiniti ed eterni mondi, oltre che la formazione di una setta, i Giordanisti, il cui scopo era di sovvertire la Chiesa di Roma per stabilire invece una nuova religione ispirata al paganesimo egizio, fortemente influenzata da elementi magici. Alla fine di questa odissea, l'8 febbraio del 1600, forse gli sembrò quasi una liberazione, mentre veniva condotto a Sant'Agnese in Agone per ascoltare le disposizioni del Sant'Uffizio e la sua condanna a morte. A quel punto, Bruno aveva definitivamente cessato di rispondere alle proposizioni, di sicuro aveva inviato un ultimo scritto al tribunale che non fu mai letto. In passato si era prodigato per raggiungere un accordo con l'Inquisizione in cui si impegnava ad abiurare almeno una parte di quelle teorie per cui veniva accusato. Ma improvvisamente, forse spaventato dall'idea del carcere a vita e dall'obbligo di riprendere il saio e rimanere in silenzio per sempre, smise di cercare compromessi e si ritirò in un ostinato mutismo, in attesa delle conclusioni. Quella mattina, dunque, mentre Prospero e Ser Tomáš respiravano le ultime molecole di speranza sulla terra battuta davanti Sant'Agnese in Agone, Giordano Bruno fu condotto in presenza degli organi giudicanti per la lettura della sentenza.

Queste furono le parole finali dei giudici del Sant'Uffizio:

Per il che essendo stato visto e considerato il processo contra di te formato e le confessioni delle tuoi errori ed eresie con pertinacia e ostinazione, benché tu neghi essere tali, tutte le altre cose da vedersi et considerarsi: proposta prima la tua causa nella Congregazione nostra generale, fatta avanti la Santità di Nostro Signore, sotto il dì 20 di Gennaro prossimo passato, e quella votata e resoluta, siamo venuti all'infrascritta sentenzia. [...] Sententiamo et dichiariamo te, fra Giordano Bruno predetto, essere heretico impenitente, pertinace [et ostinato], et perciò essere incorso in tutte le censure ecclesiastiche et pene [dalli sacri] Canoni, leggi et consitutioni, così generali come [particolari, a] tali heretici confessi, impenitenti, pertinaci et ostinati imposte; et come tale te degradiamo verbalmente et dechiaramo dover essere degradato, sì come ordiniamo et comandiamo che sii attualmente degradato da tutti gl'ordini ecclesiastici maggiori et minori nelli quali sei constituito, secondo l'ordine delli sacri Canoni; et dover essere scacciato, sì come ti scacciamo, dal foro nostro ecclesiastico et dalla nostra Santa et immaculata Chiesa, della cui misericordia ti sei reso indegno; et dover essere rilasciato alla Corte secolare, sì come ti rilasciamo alla Corte di voi monsignor Governatore di Roma qui presente, per punirti delle debite pene, pregandolo però efficacemente che voglia mitigare il rigore delle leggi circa la pena della tua persona, che sia senza pericolo di morte o mutilatione di membro».

Nell'unica cronaca su questa giornata, giunta in epoca moderna, si asserisce che una delle frasi pronunciate dal monaco poco prima che gli venisse confermata la sentenza di morte fosse stata: «Avete voi più timore nel pronunciare la mia condanna che io nell'ascoltarla». Non sappiamo se questa frase corrisponda davvero a verità o fu soltanto un'invenzione letteraria dell'autore della cronaca. Di certo il piglio del domenicano è coerente con una risposta del genere. Anche Prospero pensava spesso alla risposta di Bruno davanti all'Inquisizione. E da quella risposta traeva forza per consolidare le sue idee. Ma in quei giorni felici in cui Giordano era soltanto un eroe anticipatore del secolo d'oro in cui lui era nato e uno scienziato *ante litteram*, il ragazzo non aveva ancora fatto la conoscenza con i proprietari della pensione del Pantheon. Quindi, in fondo, non sapeva nulla.

Capitolo 38
Cronaca di un disastro
Roma, 1889

Sophie non riusciva a credere ai suoi occhi.

«*Merde!*», esclamò, poi chiuse l'epistolario che aveva scelto, lo scaraventò lontano e si alzò dalla poltrona. Orazio la fissava stupito. Non aveva mai sentito la madre imprecare in tutta la sua vita. L'uomo si tenne in disparte, continuando a sistemare i libri sugli scaffali e a tirarne fuori di nuovi, per continuare a studiare come facevano tutte le notti per tutta la notte da quando Prospero era andato via. Nel frattempo guardava la madre di sottecchi. Lei si alzava e subito dopo si rimetteva seduta; si alzava ancora una volta, appoggiava le mani alla cornice scolpita del caminetto e sbuffava. Era da giorni che cercavano un segno. Il gruppo che aveva accolto il ragazzo praticamente non si metteva più in contatto e loro erano impauriti da questo silenzio. Orazio se ne rimase a fingere di essere occupato con i suoi affari. E a intervalli regolari buttava uno sguardo in direzione di maman, tutta intenta a leggere l'epistolario che aveva rappresentato per l'Ottocento l'unica testimonianza dell'effettiva condanna al rogo di Giordano Bruno. Soltanto quell'anno, infatti, le fonti storiche si erano ampliate e completate con dati oggettivi. La maggior parte di questi proveniva dall'archivio della Confraternita di San Giovanni Decollato della Nazione Fiorentina, che si occupava di dare conforto ai condannati a morte e a molti eretici. Per ottenere quel documento, Francesco Crispi aveva dovuto addirittura ordinare il sequestro dell'intero archivio. Nessuno sapeva ancora di quel contributo. Ma loro avevano amicizie anche ai piani alti della politica e la notizia aveva fatto il suo ingresso nelle stanze della casa del Pantheon, quando ancora gli studiosi stavano arrabattandosi sui documenti ufficiali. Orazio ricordava perfettamente il giorno in cui uno dei tanti spiritisti che la madre si divertiva a frequentare era arrivato tutto trionfante a casa loro. Con sé aveva portato copia della cronaca della Confraternita e gliene aveva fatto dono. Poi si era messo a evocare non si ricordava più quale spirito e il discorso era svicolato su altri temi che Sophie trovava sempre enormemente comici nella loro incongruenza. L'aveva letta più di una volta, auspicandosi di non dover più trovare quelle parole sui fogli, quando il piano che stavano meditando ormai da tempo fosse andato a buon fine. Ecco, quello era il momento della verità. Secondo l'epistolario che la madre stava sfogliando dalla mattina presto, l'8 febbraio era stata data lettura della sentenza. E, in base ai loro calcoli, nel Seicento, quel giorno era oggi. Quindi, sempre in base ai loro calcoli, avrebbero dovuto trovare altre parole nella raccolta di lettere che Gustav Steiner aveva inviato da Roma al suo concittadino Corrado Ritterchausen documentandogli l'avvenuta lettura della sentenza e, successivamente, l'esecuzione. Non dovevano essere andate bene le cose, visto l'imprecazione che aveva lanciato Sophie, pensò Orazio. Non è un buon segno. Ma l'uomo non osava controllare nel raccoglitore di documenti in cui aveva riposto la cronaca della Confraternita e gli Avvisi di Roma con i quali si dava notizia della condanna avvenuta, perché in fondo, dentro di sé, sapeva che se avesse letto le solite parole, i danni sarebbero stati irreparabili.

«Non è possibile, merde!», ripeté la madre pestando un piede sul tappeto antico.

A questo punto Orazio non poteva esimersi.

«Brutte notizie maman?»

«E me lo domandi? Sai che cosa stavo leggendo?»

«Le lettere di Gustavo Steiner a Corrado Ritterchausen per caso?»

«Vuoi prendermi in giro, figlio mio? Non è il momento...», rispose secca madame.

«Maman, non farei mai una cosa del genere... In realtà so perfettamente che non hai trovato buone notizie lì dentro, vero? Per questo ti sei arrabbiata, maman?»

«Mon chou... oui... È rimasto tutto invariato. I fatti, ad oggi, sono quelli che conosciamo... Senti qui:...», Sophie raccolse il libro dove era stato precedentemente lanciato, se lo appoggiò in grembo ancora aperto, lisciò le pagine come per chiedergli scusa e lo aprì nel punto desiderato. Quindi si mise a leggere con voce ferma: «...prima si era fatto resoconto della sua vita, dei suoi studi e della sua dottrina facendo notare tutta la premura con cui l'Inquisizione aveva cercato di mostrargli che stava percorrendo una strada sbagliata...».

«È gravissimo, maman...», la interruppe Orazio.

«Controlla anche tu, a me fanno male gli occhi a forza di leggere...». Orazio andò al portadocumenti di cuoio. Con un lievissimo tremore lo aprì e si mise a frugare nel suo contenuto per trovare i fogli della Confraternita. Se fosse riuscito a leggere la cronaca della notte del 16 febbraio era veramente la fine. Il Nero entrò in quel momento, con la faccia assonnata di chi si è appena lasciato alle spalle una nottata difficile. Per un istante, Sophie lo accolse con un sorriso e qualche parola gentile, e tutto parve rientrare nella norma di una mattinata qualsiasi.

«Tutto bene, mon ami? Mi sembri distrutto...», domandò madame. Il Nero, per tutta risposta, si accasciò sulla poltrona davanti al caminetto e si coprì gli occhi con le mani.

«Non mi piace vederti così, amico mio... vedrai che andrà tutto bene...», lo consolò Sophie, sapendo che quel gesto nascondeva certamente una notizia terribile, poi – come se nulla fosse – tornò a quello che dovevano fare. Era un momento doloroso, ma in fondo, la donna si sentiva più tranquilla ad apprendere la notizia con tutta la famiglia riunita al suo fianco. Guardò per qualche secondo il Nero negli occhi e lui le restituì lo sguardo. Poi sospirò e infine si rivolse a Orazio che attendeva disposizioni con il foglio in mano.

«Che cos'è figlio mio?»

«La cronaca del 16 febbraio redatta dalla Confraternita, maman...», il tono dell'uomo era inequivocabile, ma lei volle che la leggesse comunque a voce alta.

«Orazio leggi, s'il te plâit...». L'uomo si schiarì la voce e cominciò.

«Giovedì a dì 16 detto. A hore 2 di notte fu intimato alla Compagnia che la mattina si dovea far giustitia di un inpenitente; et però alle 6 hore di notte radunati li confortatori e capellano in Sant'Orsola, et andati alla carcere di Torre di Nona, entrati nella nostra capella e fatte le solite orazioni, ci fu consegniato l'infrascritto a morte condennato...», Orazio si fermò.

«Maman, mi sembra inutile proseguire...», disse.

«Potrebbe ancora parlare di qualcun altro, leggi», il tono della voce si era fatto più duro.

«...cioè: Giordano del quondam Giovanni Bruni frate apostata da Nola di Regno, eretico inpenitente. Il quale esortato da' nostri fratelli con ogni carità, e fatti chiamare due Padri di san Domenico, due del Giesù, due della Chiesa Nuova e uno di San Girolamo, i quali con ogni affetto e molta dottrina mostrandoli l'error suo, finalmente stette sempre nella sua maledetta ostinatione, aggirandosi il cervello e l'intelletto con mille errori e vanità...», Orazio si fermò di nuovo.

«...maman...», chiese pietà.

«Leggi! Fino alla fine!».

«...e tanto perseverò nella sua ostinatione, che da' ministri di giustizia fu condotto in Campo di Fiori, e quivi spogliato nudo e legato un palo fu brusciato vivo, aconpagniato sempre dalla nostra Compagnia cantando le litanie, e li confortatori sino a l'ultimo punto confortandolo a lasciar la sua ostinatione, con la quale finalmente finì la sua misera et infelice vita». L'uomo si mise seduto su una sedia e fissò il nulla davanti a sé. Nessuno fiatò per qualche minuto. Il silenzio fu interrotto dalla voce tremolante di Sophie. Era sul punto di piangere.

«Leggi l'Avviso, adesso...», chiese, di nuovo gentile ma perentoria. Orazio l'assecondò con fare meccanico. Non aveva più forza per opporsi alla madre e troppi pensieri gli assillavano la mente in quel momento.

«...giovedì mattina in Campo di Fiore fu abbruggiato vivo quello scelerato frate Domenichino da Nola, di che si scrisse con le passate: heretico ostinatissimo, et havendo di suo capriccio formati diversi dogmi contro nostra fede, et in particolare contro la Santissima Vergine et Santi, volse ostinatamente morir in quelli lo scelerato; et diceva che moriva martire et volentieri, et che se ne sarebbe la sua anima scesa con quel fumo in paradiso. Ma hora egli se ne avede se diceva la verità». Il Nero fece schioccare le labbra sui denti, come suo solito e poi se ne rimase immobile con quel suo sorriso che mostrava i denti bianchi. Orazio e Sophie lo guardarono, ma non ebbero bisogno della conferma del loro amico. Sapevano.

«Andrà tutto bene...», disse madame.

«Avevo controllato tutto... il rito aveva funzionato...», mormorò Orazio.

Sophie parlò più forte. «Ne abbiamo viste tante, risolveremo anche questo problema. Andrà tutto bene». Ma si vedeva che non era più tanto tranquilla.

Capitolo 39
La Suburra
Roma, 1600

«Ma queste cose non dovrebbero accadere di notte?», Prospero correva e pensava come se cervello e gambe appartenessero a due persone diverse. Nella concitazione di quella fuga scomposta, il ragazzo non riusciva a spiegarsi come potesse accadere che la sua mente gli offrisse tutto quel materiale su cui ragionare. Appena era scattato fuori, mentre si rendeva conto che la strada davanti alla casa dipinta si stava riempiendo di Guardie Svizzere, si era limitato a fissare gli occhi sul mantello bruno di John e aveva liberato le gambe. Questo almeno sapeva farlo. Fu la sua testa a non dargli tregua neanche un minuto. Cominciò a pensare al paese e alla tranquillità con cui aveva vissuto i suoi primi vent'anni. E la maledisse, quella tranquillità. Quella bambagia, i vizi e i baci con cui era stato allevato. Lo avevano indebolito. E adesso poteva solo correre, senza avere la minima speranza di potersi difendere se fosse stato preso. Poi gli venne in mente che una fuga del genere aveva del letterario. Ma in letteratura, di solito, queste cose avvengono con il favore delle tenebre. E allora il panico lo prese: dove si sarebbero andati a nascondere se anche fossero sfuggiti? E se qualcuno li avesse feriti? E se lui fosse stato ferito gravemente? Come si curava una lacerazione da arma da taglio nel Seicento? Correva e ascoltava i suoi pensieri e insieme a loro, di sottofondo, gli arrivava il sibilo delle frecce. Gli sembrò che una macchia blu e gialla stesse avvicinandosi troppo, poi la vide scomparire. Forse il soldato era stato colpito. I vicoli si confondevano in un gomitolo intricato: svoltavano a destra, poi a sinistra senza un piano apparente. Fu in quel momento che il rischio di perdersi e finire in una strada senza uscita gli bloccò il respiro. Immediatamente dopo si sentì le gambe di cemento e allora tirò fuori tutta l'aria che aveva nei polmoni con un unico colpo. Anche la mente si liberò di qualche peso e Prospero fu in grado di continuare a correre. Si ripararono qualche secondo sotto un ponticello sospeso che aveva resistito alla ristrutturazione di Roma prima del Giubileo. Ma il destino gli concesse pochissimo tempo. Di nuovo il fischio degli uomini di Fratel R. C. che li seguivano e gli proteggevano le spalle, scosse il gruppo che riprese a correre: stavano arrivando anche lì. Non si sarebbero mai fermati. Frecce furono scoccate dietro di loro. John e R. C., con le spade sguainate, si guardarono intorno, poi individuarono un vicolo nei pressi della chiesa di Sant'Agostino. Prospero si domandò in quanto tempo avessero percorso quella distanza che, normalmente, a piedi, gli era sembrata minuscola. Poi si rese conto che dovevano aver girato concentricamente intorno alla piazza della Rotonda per cercare di disperdere i soldati. Ma non c'erano riusciti. Gli svizzeri gli stavano dietro nonostante fossero un drappello organizzato che doveva obbedire agli ordini e avessero armature e armi ingombranti. Prospero piombò nella disperazione a quel punto: non li avrebbero mollati mai. E poi sarebbero stati gettati nelle celle buie dell'Inquisizione. Anche quel pensiero gli sembrò qualcosa di letterario. Ma i libri che aveva letto non facevano altro che terrorizzarlo ancora di più. Non era pronto per le torture orribili che sapeva fare parte del repertorio della Chiesa in quegli anni. Né al rogo, che improvvisamente gli sembrò così vicino, così possibile da farlo impazzire.

"Non devo farmi vincere dalla paura. Continua a correre, Prospero!", si disse il ragazzo, mentre pensava che i polmoni fossero sul punto di esplodergli.

«Corri, Prospero, non rallentare!», l'esortazione di John gli arrivò puntuale insieme ai pensieri con cui cercava di scuotersi. Reagì alle parole dell'amico più facilmente. Non avrebbe messo a repentaglio anche le loro di vite. Accelerò e di nuovo cercò di fissarsi sui lembi svolazzanti del mantello dell'inglese che sembrava non stancarsi mai. R. C. era dietro di lui, poteva sentire il rumore dei suoi stivali sul pavimento di pietre della strada. Ogni tanto lanciava un fischio, sicuramente per segnalare ai suoi che stavano per svoltare o che avevano bisogno di essere preceduti e avvisati per non andarsi a cacciare in un labirinto senza uscita. A Roma, di quei tempi, le strade ancora non erano state organizzate del tutto e spesso terminavano con il muro di un convento o in una piazzetta cieca. Avevano svoltato di nuovo verso la Rotonda e poi si erano lanciati in direzione del Collegio Romano. Se volevano salvarsi dovevano infilarsi nei vicoli della Suburra il prima possibile. Lì di sicuro gli sbirri del papa non sarebbero venuti a cercarli. I pugnali dei monticiani facevano paura al potere anche all'epoca. Sì, finalmente, aveva un obiettivo in testa. Aveva imparato sommariamente a capire la forma di Roma in quel periodo. E sapeva che si poteva raggiungere la Suburra con un'ultima, dolorosa, salita. L'avrebbe affrontata ridendo se solo fosse stato certo che non avrebbero avuto gli svizzeri attaccati alle costole. Ancora un fischio. Stavano per sbucare a piazza Venezia, Rione Monti era lì a portata di mano. C'era ancora da attraversare un quartiere, ma la Suburra era vicina. Gli uomini di R. C. avevano allungato il passo e gli si erano affiancati. Ma poco dopo ritornarono alla posizione originaria, utile a coprire l'ultima parte della fuga e sparirono alla vista, anche se per la mente di Prospero, che vedeva soltanto la strada davanti a sé, quella breve apparizione era stata catalogata solamente come un cambiamento cromatico. Invece delle macchie blu e gialle delle uniformi degli svizzeri ora vedeva il nero dei loro vestiti. Si erano dovuti infilare nei vicoli che separavano la piazza dalla Suburra ed erano stati raggiunti anche lì. Prospero fece uno sforzo per voltare la testa e vedere se i confratelli del tedesco erano ancora dietro di lui. Li vide per un istante e poi sentì una freccia sibilare. In quel momento si rese conto che i soldati del papa avevano sfruttato una via laterale intromettendosi fra loro e gli uomini di R. C.. Da quanto tempo correvano? Un'ora, due? Il ragazzo non fu in grado di capirlo, ma ormai le gambe andavano da sole. Si disse che sarebbe stato in grado di correre per sempre, che non sentiva più i morsi della fatica. Quello che sentì, invece, fu il rumore di un dardo che fendeva l'aria. Lo sentì incredibilmente vicino e subito dopo un altro. Un uomo a fianco a lui cadde con una freccia piantata nella giugulare. Il ragazzo non ebbe tempo di reagire all'orrore di quello spettacolo perché una coscia era come in fiamme. Cercò di guardarsi la gamba senza rallentare, ma il dolore stava salendo. Guardò di nuovo e vide una macchia scura che gli bagnava i pantaloni. Era stato colpito. Ma si disse che era di striscio perché ancora riusciva a correre. Zoppicò, rallentò, John e R. C. gli urlarono qualcosa, ma lui non sentì nulla. Pensava soltanto a correre. Poi, lentamente, le parole del tedesco lo raggiunsero e lui le capì: «Prospero, come stai, ce la fai a correre? Siamo arrivati nella Suburra. Siamo al sicuro, qui non entreranno, ma non ti fermare ancora. Resisti». R. C. gli si era avvicinato.

Capitolo 40
Il riposo dei morti
Roma, agosto 1889

Il Nero fissò la statua di destra prima di entrare. La donna incappucciata era assorta nei suoi pensieri. Nelle intenzioni dello scultore doveva rappresentare la Meditazione, concetto idealmente perfetto per un cimitero. Il Verano era una di quelle modernità che piacevano al Nero. Ci andava prevalentemente di notte, dopo una lunga passeggiata. E si fermava ogni volta sotto la statua della donna assorta per guardarla. Quasi le chiedeva permesso prima di entrare. Poi, a passi sicuri, oltrepassava il cancello dell'ingresso principale e si addentrava fra le tombe. Anche quella sera l'aveva fissata a lungo. La nottata era rischiarata dalla luna piena e ombreggiata da rapidi gruppi di nuvole che, a tratti, oscuravano i raggi lunari e piombavano Roma nelle tenebre. Forse per quel motivo, si era fermato più del dovuto. Aveva indugiato davanti alla statua perché gli piaceva il gioco di ombre disegnato dal passaggio delle nubi, all'improvviso. Al Nero piaceva essere stupito. E non gli capitava spesso. Di questo cimitero aveva apprezzato la pulizia, la freddezza del luogo, pur cogliendone una certa delicatezza, quasi una dolcezza di fondo che si rifletteva nell'architettura, nei decori sobri. Ora si parlava di modificare ulteriormente la pianta originaria. Perché a Roma si nasceva e si moriva ogni anno di più e il Verano stava già diventando inadeguato. "Affari d'oro per i becchini", si ritrovò a pensare il Nero mentre s'inoltrava nel buio. E gli piacque quel pensiero. Appena varcata la soglia, il Nero si diresse a destra, sotto il Quadriportico, secondo il suo giro solito. Quella notte sarebbe dovuto essere triste. Con quella passeggiata, infatti, si era ripromesso di calmarsi e di annegare la malinconia. Il cimitero di notte lo calmava sempre. Puntualmente, come sempre mentre camminava sotto i cipressi e fra le statue, invece, si riscoprì quasi allegro. Più di una volta si ritrovò a sorridere in quel suo modo speciale: con i denti esposti e le labbra appena sollevate. Lo faceva sempre dopo un po' che si ritrovava in mezzo alle lapidi, davanti a quei dipinti così realistici che un artista romano eseguiva espressamente per i morti ricchi. I defunti sembravano vivi in quei ritratti. I colori erano vividi, perché l'artista, Filippo Severati, aveva scoperto un metodo per fissare la fotografia alla ceramica. Era il suo segreto. Il Nero pensò che era giusto così. I segreti, l'arte e la morte sono cose che stanno bene insieme. Dunque il piano era fallito. Dunque era arrivato il momento di rassegnarsi o morire pur di non arrendersi. Ed era una scelta che in quel momento gli apparve gioiosa. Era abituato a confrontarsi con la vita e con la morte. Era la sua occupazione primaria da lungo tempo. Ecco perché gli piacevano i cimiteri. Di notte ci passava per pensare ai fatti suoi. Durante il giorno li visitava per vedere i vivi che piangevano i morti. Ogni volta si domandava se la vedova che si scioglieva sulla tomba sapeva che presto avrebbe raggiunto il suo caro marito. Se sapeva che a suo marito non interessavano più le sue parole, né i suoi singhiozzi.

Gli piacevano i morti. E gli piacevano i vivi che si prendevano cura di quelle pietre sempre invase dal muschio. Che pagavano per le lapidi, per i dipinti e per le fotografie. E quando passeggiava di notte, il suo passatempo preferito era guardare le tombe sotto il porticato e ammirare le sculture. Prediligeva quelle più realistiche, in particolare la tomba di una signora che si chiamava Emilia Lombardi, quella sua tenerezza nell'abbracciare il bambino che le si gettava in braccio. Apprezzava soprattutto il fatto che fosse stato il marito l'autore della scultura. Quella statua trasudava dolore e senso di perdita. Anche il sarcofago di Rosa Bottoni lo faceva fremere: la donna era sulla sua poltrona preferita, circondata dalle cose e dalle persone care. Ogni volta la guardava e si sentiva come un ospite in casa della morta, immerso in una nuvola di calore domestico. Un calore che non aveva mai sentito prima. I morti non gli interessavano e non li temeva. Per la sua mentalità i corpi seppelliti non erano che elementi utili al proseguimento della vita. La vita dei vermi, delle spore, degli insetti. Erano veicoli di trasformazione, e per quello ne aveva rispetto. Non gli interessavano neanche le anime. Non era affar suo. Ciò che piuttosto si godeva passeggiando sotto la luna e fra le lapidi era il culto della morte. Il tempo dedicatole. A ripulire una targa, a pensarla, a farla incidere. Gli piaceva anche l'approccio scientifico: per questo aveva gioito alla notizia che un nuovo laboratorio per le autopsie era stato aperto. La memoria dei morti era vita per i vivi, perché gli ricordava che loro continuavano ad esistere. Gli importava anche del momento del trapasso, in cui aveva un ruolo preciso. Ce l'aveva sempre avuto. E questo lo calmava, proprio come passeggiare nei cimiteri. Lo faceva sentire utile nonostante il fallimento.

Capitolo 41
Una visita inaspettata
Roma, 1600

Il fuoco crepitava. C'erano pile di libri accatastate sul tavolo. I seggioloni erano stati spostati e ora si trovavano ai lati della stanza di lettura. Negli scaffali, gli spazi vuoti lasciati dai volumi parvero al monaco esausto le orbite nere di un teschio. Non era un buon segno. Era buio lì dentro. Non aveva avuto bisogno di candele, né di lucerne. Quando era stato necessario consultare dei testi, si era accontentato del bagliore che arrivava dal caminetto. Per il resto si era fidato delle sue conoscenze. E aveva agito secondo ciò che gli indicava l'istinto. Sapeva, alla fine, che le uniche cose che gli sarebbero servite erano se stesso e il suo impegno. E ce la mise tutta, impiegando anche l'aria che aveva nei polmoni fino all'ultimo fiato. Se ci fosse stata più luce, la scena si sarebbe presentata a un osservatore disattento come un momento normale della vita di un olivetano colto.

Luigi, il monaco guardiano, aveva già commentato con un altro confratello il comportamento bizzarro di Padre Rossi: «Ho bussato per sapere se desiderasse qualcosa, ma mi ha cacciato. Non vedo l'ora che se ne torni a Vallombrosa. Sono ore che sta chiuso lì dentro. Non ha voluto neanche mangiare. E non vuole che entro. Mi ha tenuto nell'anticamera. Lo dirò all'abate».

«Luigi, non crucciarti. Gli uomini di studio sono così. E Padre Rossi è il più sapiente di tutti. Sarà immerso in una lettura particolare, lasciamolo stare. L'abate gli ha messo a disposizione convento e biblioteca. Lascia stare. Occupati del tuo», gli aveva risposto il confratello. Padre Rossi riemerse dal suo stato di trance. Era accaldato e aveva il fiato corto. La mente era come paralizzata. Si mise seduto su uno dei seggioloni di pelle e legno e chiuse gli occhi, ma si impedì di raggiungere quello stato di separazione dal mondo e dai problemi contingenti in cui si era costretto ore prima. Aveva voluto cominciare subito, d'altro canto. Ed era stato più complicato del solito. La mente sfuggiva ai suoi comandi e se ne andava alla casa del Pantheon, si caricava di preoccupazioni. «Ce l'avranno fatta? Joachim sarà arrivato sano e salvo?», continuava a domandarsi. Aveva impiegato tantissimo tempo per concentrarsi, respirare, svuotare la testa dalle sue mille angosce. Ogni volta che si obbligava a meditare, finiva nella grotta sotto Monte Oppio, a scrutare nelle tenebre per vedere se per caso il gruppo sarebbe entrato in quel momento. Alla fine, quasi obbligandosi, c'era riuscito. D'altro canto non era compito suo preoccuparsi, per ora. Aveva altro da fare ed era altrettanto vitale. Quasi più importante di consentire al giovane, sciocco Prospero di tornare a casa. Ora si godeva il meritato riposo. Mentre guardava i risultati di tanta fatica, una voce femminile lo costrinse a uscire dal gomitolo dei suoi pensieri: «Perché?», gli domandò. La regina si rivolgeva al suo suddito.

«Perché non si poteva fare altrimenti, mia signora».

«Dunque è la fine», gli rispose la voce.

«Non è mai la fine, mia signora».

«No. Ma è il tempo della marcescenza. E non so quanto durerà questa volta». La voce poi aggiunse: «Non ti perdonerò mai per questo. Vivrai la tua vita, ma senza il mio perdono. Voglio che tu lo sappia. Che mi stai facendo del male. Voglio che tu lo sappia per sempre». Padre Rossi era troppo stanco per preoccuparsi anche di questo e, in fondo, l'aveva sempre saputo che sarebbe finita così. Che il suo grande amore l'avrebbe odiato per sempre. Avrebbe desiderato disperarsi, ma in quel momento non fece nulla. Si appoggiò con le spalle alla sedia, chiuse di nuovo gli occhi ed espirò tutta l'aria che aveva nei polmoni. Una piccola nube di condensa gli si formò davanti al viso. I ciocchi di legno continuavano ad ardere nel caminetto, ma la temperatura della stanza era crollata. Il monaco non si fece domande. La situazione era già sufficientemente anomala per preoccuparsi anche di questi dettagli. Aveva compiuto il suo dovere. In cambio non aveva ottenuto perdono, ma rancore. Padre Rossi accolse quel sentimento e ne accettò tutte le conseguenze. Si domandò soltanto una cosa: «Per quanto tempo dovrò attendere la sua vendetta?», ma era troppo stanco per angosciarsi anche su quello.

«Ci metterai in condizione di vivere. Ci darai riparo e cibo. Ci darai vestiti. E ci accudirai. E disporrai tutti i tentativi necessari per liberarci. Lo farai a partire da ora. E non mi sentirai mai dire grazie, né ti amo. Mai più. Mi hai capito?», la voce della donna non lasciava spazio ad alcuna obiezione.

«Sì, mia signora. Lo farò». Il tono del monaco non era triste. C'era una dolorosa rassegnazione nelle sue parole. Ma la voce non gli tremò. Era ferma.

«Il messaggero?», domandò lei.

Padre Rossi scosse la testa. «Andrà sul rogo». Gli occhi della donna fiammeggiarono. Era furibonda. «Avete fallito». Al monaco furono quelle parole a fare male. Più della promessa di una vendetta, più del suo disprezzo.

«Sai che cosa vuol dire tutto ciò?»

«Sì, mia signora, per questo ti ho chiamato».

«Per questo ora siamo prigionieri!», il tono era imperioso. «Incapaci! Mi sono fidata di voi. Vi ho ascoltato. Vi ho confortato. Incapaci!».

«Ci hai dato un compito difficile, mia signora…», Padre Rossi stava per cedere al terrore. La guardava e nei suoi occhi leggeva i desideri della donna: lacerare carne, bere sangue, uccidere.

«Ce ne occuperemo noi, da oggi in poi. Faremo il possibile, date le condizioni. Non disturbarmi mai più con le tue suppliche. Non venire più a cercarmi».

«Sì, mia signora». La donna sembrò calmarsi con la stessa velocità con cui si era lasciata prendere dalla rabbia. Torreggiava sul monaco abbandonato sulla sedia di cuoio e legno. Nella stanza c'era una temperatura polare. Ma non appena la voce le si fece più tranquilla il fuoco cominciò a riscaldare l'ambiente. Il monaco però non se ne accorse. Aveva il cuore e l'anima bloccati in una morsa di ghiaccio.

«Abbiamo fame, dacci da mangiare», ordinò.

«Dovete avere pazienza. Dovrò nascondervi. Per ora qui, in biblioteca, poi penserò a qualcosa di più stabile», rispose Padre Rossi. Stava rischiando, ma non gli importava. Non gli importava più nulla. La donna sospirò. Sorrise. Sembrava una madre che aveva appena sgridato suo figlio e ora stava decidendo se perdonarlo o rimproverarlo ancora per un po'.

«Un nuovo ciclo ha inizio oggi. Ogni ciclo merita una festa. Anche quelli più dolorosi. Voglio canti e inni».

«Non è possibile, mia signora. Non sarà più possibile», il monaco sapeva di stare giocando con il fuoco. Conosceva il pericolo a non darle quello che chiedeva. Invece la donna lo stupì.

«È vero. Non è più possibile. Vivremo delle briciole di quattro pazzi. Ma ci basteranno. Abbiamo bisogno di libri, di leggere. Ce li devi procurare. Per qualche tempo saranno sufficienti. Intanto noi assisteremo agli sviluppi e vedremo il da farsi. Questo almeno puoi farlo?», non era una vera domanda.

«Questo e molto altro, mia signora. Finché avrò vita non smetterò mai di pensare a te con amore», si affrettò a tranquillizzarla il monaco.

«Bene. Di amore ho bisogno. Ma non avrai il mio, monaco. Quello non l'avrai più, te lo ricordo».

«Accetterò il tuo volere, mia signora. Lo accetterò con tutto il mio cuore», rispose.

«Non hai altra scelta, monaco». Poi domandò di nuovo. «Perché?»

«Perché non potevamo fare a meno di te. Non potevamo permettere che tutto questo finisse. Abbiamo ancora bisogno del tuo aiuto e abbiamo bisogno di te. Tutti».

«La mia prigionia in cambio della vostra salvezza, è questo quello che volete?»

«Sì, mia signora».

«Bastava chiedere, monaco, non saresti dovuto arrivare a tanto».
«Non è più possibile, mia signora. Non è più quell'epoca. Ora è diverso. C'era soltanto questa occasione. Se l'ho fatto era perché non esistevano altre vie. Mi dispiace».
«È troppo tardi, ormai. Non puoi più chiedere il mio perdono», rispose la signora.
«Lo so», ammise Padre Rossi.

Capitolo 42
In attesa
Roma, 1600

Era svenuto. R. C. l'aveva sorretto negli ultimi metri e i suoi confratelli avevano scatenato l'inferno per metterli al riparo. Per permettergli di entrare nella Suburra e finalmente disperdere gli inseguitori. Non sapeva quanti soldati fossero caduti sotto quella pioggia di frecce. Né quanti bottegai, passanti, cittadini. Sapeva soltanto di aver visto le immagini scappargli dagli occhi e poi di aver visto nero. Non era mai svenuto prima. Pensò che neanche il viaggio nel teatro lo aveva lasciato tanto confuso. Mentre era privo di sensi non si era accorto che qualcuno aveva spostato un carretto davanti all'imbocco del vicolo da cui erano piombati nel rione. Né che le puttane avevano impedito ad alcuni soldati di proseguire oltre. Non aveva visto gli sguardi rabbiosi degli ubriachi in un'osteria al passaggio del manipolo di svizzeri sulla via principale di Monti. Né aveva ascoltato le loro bestemmie minacciose alla sola vista delle uniformi. Ai soldati, comunque, era stato permesso di arrivare fino alla Madonna ai Monti. Ma non di proseguire oltre. Non che la compagnia avesse grandi amicizie nella Suburra. Ma tutti si fidavano dell'istintivo atteggiamento dei popolani nei confronti delle guardie del papa. E avevano avuto ragione. Ai monticiani non importava per quale motivo quei tre stessero fuggendo, né perché avessero degli uomini di scorta, armati di balestre e agili come scimmie. Sapevano spontaneamente da che parte mettersi. E se qualcuno fuggiva dagli sbirri, loro sapevano che era giusto agevolare la fuga. Il gruppo però non si era affidato completamente solo alla solidarietà del rione. C'era un contatto di

John: la donna che gestiva un bordello dalle parti della Torre dei Capocci. Era una casetta di pochi piani, con il tetto di legno. Glielo aveva raccontato l'inglese qualche tempo prima. Lei si chiamava Afrodite. O meglio, si faceva chiamare così, nessuno conosceva il suo vero nome, né la sua storia. Aveva assorbito quell'informazione durante i giorni impegnati a preparare il loro piano. Quello che poi era fallito. E pensava di averla dimenticata. Ma mentre correvano, quando aveva saputo che si sarebbero potuti infilare nei vicoli di Rione Monti e salvarsi, la storia di Afrodite era risalita in superficie da qualche angolo della sua memoria.

«Presto saremo nelle braccia di Afrodite», si era ripetuto un istante prima di svenire. Era stato colpito. Aveva sanguinato. Il panico lo colse di nuovo impreparato. «E se i soldati avessero seguito la scia di sangue che sicuramente ho lasciato lungo il tragitto?», si disse. Ma non aveva forze per chiederlo a John. La domanda gli rimbombava nel cervello, nello stesso punto in cui ancora sibilava l'ultimo fischio che Fratel R. C. aveva lanciato durante la fuga. Si stava svegliando. Sentiva i rumori dall'esterno che lo raggiungevano e si chiedeva perché non potesse rimanere a dormire ancora un altro po'. Ma doveva domandare qualcosa a John. Qualcosa che ora non gli veniva in mente, ma era importante.

«John bisogna pulire il sangue. Ci troveranno?», chiese.

«Prospero! Sei sveglio! Non ti preoccupare, non ci troveranno, il sangue è stato pulito. Sono pratici qui, a nascondere tracce, a proteggere fuggitivi. Ora riposa. Ti devo medicare», la voce dell'inglese era sempre tranquilla. Prospero chiuse gli occhi e gli parve di essersi addormentato di nuovo. Era bellissimo scivolare, smettere di correre, sentire i battiti del proprio cuore andare a velocità moderata. Il dolore lo svegliò di nuovo. Mugolò. John gli fu di nuovo vicino.

«Ti ho messo qualche punto. Il materiale me lo ha dato il barbiere del rione. È un bravo cerusico ed è abituato a non fare domande. Guarirai, ora devi riposare almeno un'oretta. C'è ancora un po' di strada da fare prima di arrivare alla grotta ed è in salita», lo avvisò.

«Dove sono R. C. e i suoi uomini? Dove siamo?»

«È andato a rimediare dei cavalli. Li comprerà dagli zingari che sono accampati qui vicino. Verrà con noi alla grotta e poi partirà. Dobbiamo salutarci tutti. È tempo di tornare a casa. Adesso sei nel bordello di Afrodite, Prospero. Ci ha gentilmente prestato una stanza, ma la dobbiamo lasciare presto, appena verrà giù il sole. Le serve. Deve guadagnare. Le ragazze devono lavorare».

«Non voglio tornare a casa, John».

«Devi, Prospero», rispose John. «Ora chiudi gli occhi, riposa. Devi rimetterti in forze». Si svegliò meno di due ore più tardi. Il sole stava calando, ma c'era ancora una luce flebile che illuminava il rampicante davanti alla sua finestra.

«Prospero, svegliati. È ora. R. C. sta andando alla grotta ci aspetterà lì, Joachim sarà già arrivato da un pezzo e si starà preoccupando. Dobbiamo andare. Dobbiamo lasciare la stanza», John lo scuoteva leggermente mentre gli parlava. Il ragazzo si mise in piedi a fatica. Indossava soltanto la camicia che era madida di sudore. E intorno alla coscia c'era una fasciatura su cui già si intravedeva del sangue che andava rapprendendosi. Scese dal letto e provò ad appoggiare la gamba, ma non ce la fece subito. Fu costretto a spostare tutto il peso su quell'altra e poi a ridistribuirlo con cautela. Dopo qualche tentativo sotto lo sguardo preoccupato del medico inglese, riuscì a tenersi in piedi appoggiando appena la punta del piede.

«Ti sorreggerò io, non ti preoccupare. Ora non dobbiamo più correre e uno zoppo a Roma non fa notizia», John gli si fece vicino, gli passò i pantaloni e lo aiutò ad indossarli. Fece lo stesso con gli stivali, poi gli appoggiò la giubba sulle spalle e andò a prendere i mantelli. L'inglese si caricò una bisaccia sulle spalle e gli fece cenno di aspettare. «Devo parlare con Afrodite. Non possiamo rimanere nella grotta a lungo e abbiamo bisogno di un rifugio più comodo e pulito per i prossimi giorni. Resteremo a Roma ancora un po'. Prima di farti tornare indietro, dico...». Prospero lo attese con pazienza. Per comodità si era rimesso seduto. Nel frattempo si guardò la gamba pensando che era stato fortunato, che se non fosse stato per le frecce degli uomini di R. C. a quest'ora probabilmente sarebbe stato in carcere, sottoposto a chissà quale tortura per fargli rivelare i nomi dei suoi complici.

"Non frignare per un graffio", si disse. Quando John rientrò aveva l'aria più serena. «Afrodite mi ha detto che fra qualche giorno una delle ragazze andrà a partorire fuori porta da una levatrice. Starà via almeno una settimana. Avremo la sua stanza».

«Perché la levatrice non viene qui?», domandò Prospero.

«Perché poi la levatrice si sbarazzerà del bambino. E poi perché le grida di una partoriente non sono bene accette in un bordello», rispose sbrigativo l'inglese.

«Povera donna», commentò il ragazzo.

«Sì, ma non ti impietosire. Le donne hanno i loro metodi per non farsi mancare le regole, specie se devono praticare il mestiere. Quella donna avrà avuto le sue ragioni per aver deciso di restare incinta…».

«Magari è solo una povera sfortunata», insisté Prospero.

«Ragazzo mio, il tuo cuore non finirà mai di stupirmi. Siamo nei guai fino al collo e tu ti preoccupi per una puttana che neanche conosci. Forse dovrei portarti dall'olivetano per chiedergli di ammetterti nel suo ordine. Scommetto che ti ci troveresti bene fra quegli uomini buoni», scherzò.

«Non mi piacciono le tonache, John. Non mi sono mai piaciute. Padre Rossi è solo un'eccezione», rispose duro il ragazzo, ma in fondo gli era piaciuto il tono canzonatorio di John. Era simile a quello che adoperava per parlare con Tomáš. E gli parve un modo come un altro per fargli sapere che gli voleva bene.

«Andiamo adesso, è quasi buio, siamo in ritardo, Afrodite non è contenta e la strada sarà lunga con te in queste condizioni». I due si misero in cammino mentre le tenebre cominciavano a poggiarsi sulla città. Arrancarono su per il colle e poi si spinsero ancora più in alto per raggiungere il Monte Oppio. Da lì individuarono un avvallamento e, dietro un cespuglio, una piccola fenditura nella roccia. Ci si infilarono. Prospero fu costretto a stringere i denti per non cedere al dolore e quando si lasciò cadere atterrò male sulla gamba ferita e sentì i punti che gli si stavano strappando e gli sembrò che tutto il dolore del mondo si fosse dato appuntamento nei muscoli della sua coscia.

«Deve esserti saltato un punto, forse due. Cerchiamo gli altri, poi gli dò un'occhiata», disse il medico. John aveva rimediato una torcia che adesso rischiarava leggermente la stanza in cui erano scesi. Quel posto era stato frequentato spesso. Si mossero con cautela, Prospero notò che quella stanza doveva avere secoli, se non millenni. Era come un palazzo sotterraneo, con pareti affrescate e colonne a sostenere il peso delle volte.

«Dove siamo?», domandò.

«Non so che cosa fosse prima. Forse la casa di un patrizio romano dell'epoca antica. Pensa, per tutto il secolo scorso questa grotta è stata un rifugio per gli artisti. Anche Raffaello, l'Urbinate in persona, amava venirci. E pure Michelangelo e Pinturicchio, mentre erano a Roma. Venivano a copiare gli affreschi che sono dipinti su queste pareti. Li facevano scendere giù e gli lasciavano il tempo necessario per studiare. Abituati in fretta al buio e all'odore di muffa, Prospero. Sarà casa nostra finché quella povera disgraziata non se ne andrà a partorire».

«Dove sono gli altri?»

«Eccoli, dovrebbero essere qui, nella sala più grande quella con il soffitto a volta», rispose l'inglese.

Fratel R. C. e Joachim avevano acceso un fuoco e stavano accovacciati per terra, completamente coperti dai mantelli. Parlavano sotto voce e soffiavano sulle mani per scaldarsi. Quando li videro si alzarono in piedi.

«Dove eravate finiti! Vi aspetto da ore!», Joachim parlò per primo, aveva gli occhi lucidi anche se la voce tremava per il rimprovero.

«Abbiamo avuto qualche contrattempo, giovane Joachim, mi fa piacere vederti sano e salvo. Padre Rossi è arrivato a Santa Prassede senza incidenti?»

«Sì. Tutto è andato secondo i piani e a quest'ora avrà già messo in atto quello che doveva fare. Ho saputo dei vostri "contrattempi" e dell'incidente di Prospero. È bello vedervi vivi», rispose guardando fisso Prospero.

«Joachim sono contento di vederti», gli rispose il ragazzo.

«Dobbiamo organizzarci», Fratel R. C. si intromise nella conversazione per comunicare gli sviluppi della fuga. «Mi dispiace interrompere i saluti, ma ancora non è finita. Ho comprato tre ronzini dagli zingari di Rione Monti. Stava per finire a coltellate. Volevano vendermi un mulo camuffato da cavallo. Per fortuna è intervenuto uno dei miei. Non sapevo che Fratel B. S. avesse origini zingare... In ogni caso ce l'abbiamo fatta. I miei uomini mi aspettano non lontano da qui e io devo muovermi presto. Come procederemo da ora in poi? John? Voi cosa farete?»

«Ce ne staremo qui ancora per qualche giorno. Non possiamo muoverci allo scoperto, forse ci stanno ancora cercando. Ma dobbiamo fermarci a Roma se vogliamo aiutare Prospero a tornare. Quando smetteranno di pattugliare la città palmo a palmo, ci sposteremo di nuovo nella Suburra. Saremo ospiti della cara Afrodite che ci ha riservato una stanza e un po' di tranquillità. Da lì faremo andare indietro il ragazzo. Successivamente Joachim e io ci allontaneremo grazie all'aiuto di un amico barcaiolo che sta a Ripetta. Lui ci faciliterà l'uscita dai confini. Tu?»

«Mi fermo a Gubbio per un po', giusto qualche giorno per recuperare alcune cose. Poi torno in Germania. Ho molto da fare», R. C. rispose in modo laconico, come sua abitudine. John capì e non fece altre domande. Non c'era bisogno. Joachim, a quel punto, si rivolse a Prospero: «Sarai contento di andare via. Questo viaggio deve essere stato terribile».

«Non voglio partire. Voglio restare con voi. Non c'è un'altra speranza, un piano? Abbiamo ancora del tempo. Bruno è in carcere, il rogo non sarà domani. Abbiamo tempo per pensare a una soluzione. Non voglio andare via ora!». Joachim, John e R. C. si scambiarono occhiate preoccupate. Poi l'inglese parlò al ragazzo: «Prospero è finita qui. Tornerai a casa nei prossimi giorni, appena si sarà sistemata la ferita. Non c'è più nulla che possiamo fare per Iordanus. Tocca a Padre Rossi, adesso. E se è andato tutto come pensiamo, a quest'ora avrà già compiuto il suo dovere. Prospero non devi preoccuparti. Adesso non ti riguarda più».

«Ma come fate a dire che non mi riguarda più! Mi riguarda eccome! Abbiamo fallito insieme, dovremmo cercare di provarci finché abbiamo vita e sangue nelle vene!», protestò il ragazzo.

«No, basta. È finita. Non c'è più niente da fare. Anche Iordanus ha deciso, in fondo. E ha deciso prima di noi, nel dicembre scorso. Devi andare via». Come al solito Joachim era riuscito a parlare a Prospero con il giusto tono per farlo calmare. E lui si tranquillizzò. Sembrò accettare il suo destino e si accovacciò vicino al fuoco insieme agli altri. Si avvolse nel mantello, stese la gamba e sospirò profondamente. Doveva andare via. L'avventura era finita. Eppure ancora una flebile speranza gli montava silenziosa dentro al cuore. C'era il popolo di Roma di cui tenere conto. Non era tutto perduto. E gli altri avrebbero capito. Lo avrebbero ascoltato. Di lì a poco salutarono R. C. e i suoi. Non si sarebbero mai più rivisti.

Capitolo 43
La pira
Roma, 17 febbraio 1600

Erano stati giorni duri nella grotta. La ferita di Prospero aveva cominciato a suppurare e alla fine, solo il provvidenziale trasferimento nel bordello di Afrodite aveva risolto le cose. John era stato molto attento a lavare e cambiare le bende quasi ogni giorno. Al termine della settimana, il ragazzo si era praticamente rimesso, la febbre era scesa e adesso quasi riusciva a camminare normalmente. Se non fosse stato per una leggera anomalia nell'andatura, nessuno avrebbe pensato che il giovane era stato ferito. Durante quei giorni, Prospero si era impegnato in un'intensa opera di convincimento dei due: non potevano abbandonare Bruno a un passo dalla pira. E dovevano avere fiducia nel popolo. Più di una volta era stato sul punto di parlare della sua epoca, delle lotte e dei suoi eroi. Si mordeva la lingua, ma era difficile far capire alle persone che aveva davanti che il ruolo del popolo era sempre fondamentale. E se Roma insorgeva forse avrebbero potuto cambiare le cose e rimediare al fallimento. Soltanto il richiamo all'anno prima, alla morte della Cenci sotto lo spadone del boia di papa Clemente, sembrò ottenere qualche risultato. John e Joachim si rianimarono. Una scintilla di speranza parve accendersi nei loro occhi, di nuovo. E il ragazzo, per la prima volta dall'inizio di quell'avventura, si sentì indispensabile. La notte prima del rogo non dormì. Si alzò almeno dieci volte per essere sicuro di poter appoggiare il piede per terra e provò a simulare lo scatto prima della corsa. Fosse stato per lui sarebbe andato diretto in Campo de' Fiori ad aspettare il carretto del condannato per scioglierlo dalle catene con le sue stesse mani. All'alba, infine, il terzetto si alzò e cominciò a prepararsi per andare ad assistere al rogo. Sulla strada, la Città Eterna splendeva nella sua rumorosa quotidianità: artigiani lavoravano fuori dalle botteghe, pitali venivano rovesciati rudemente in strada dai piani alti dei palazzi, i frati a caccia di elemosine percorrevano i vicoli circondati da piccoli eserciti di orfani vestiti di stracci. Il freddo era pungente, ma nulla sembrava turbare le giornate dei romani e la loro strenua, continua guerra contro la miseria e gli stenti. Il trio non volle vedere che non c'era nessuno che mostrava segni di nervosismo, nessuno lanciava in aria bestemmie contro la Santa Inquisizione. Nessuno. Non notarono voci di protesta o movimenti sospetti neanche nei pressi di via Giulia, mentre si avvicinavano alla piazza. A quel punto Joachim e John cominciarono ad agitarsi, ma Prospero cercò di tranquillizzarli, certo che, non appena sarebbe apparso il monaco eretico, qualcuno avrebbe cominciato a fare rumore e poi la folla si sarebbe scagliata contro le guardie. Il cuore del ragazzo era sul punto di scoppiare. I tre avevano i cappucci ben calati sul volto per paura di essere riconosciuti come gli eretici della Rotonda, anche se nessuno, per il momento, sembrava preoccuparsi troppo della loro presenza in piazza. La percorsero in lungo e in largo e si fermarono davanti al luogo in cui, già dalla notte precedente, erano stati allestiti le fascine e il palo dove sarebbe stato incatenato il monaco. Il rogo sarebbe stato acceso su un lato dello slargo, più o meno all'imbocco di via dei Giubbonari e non al centro, dove il ragazzo aveva avuto modo di ammirare il monumento in bronzo. A quella vista Prospero rabbrividì e, per la prima volta da giorni, quasi abbandonò le speranze. Erano veramente all'ultimo tentativo disperato, se anche il popolo li avesse traditi non ci sarebbero state altre possibilità. Bruno sarebbe morto. La Storia non sarebbe stata cambiata. Tutto era calmo, comunque. Un lieve sospetto cominciò ad impadronirsi prima di John, quindi di Joachim e alla fine anche Prospero sentì il morso della realtà: la piazza non si stava riempiendo. Erano lì già da oltre un'ora, il trasporto presto sarebbe arrivato, ma nessuno si stava radunando e, anzi, avevano già sentito più di una contadina lamentarsi perché l'esecuzione avrebbe sicuramente danneggiato gli affari della mattinata. Il ragazzo pensò a quel fantastico 9 giugno che aveva vissuto. Pensò ai trentamila accorsi da tutta Italia e li desiderò, desiderò ognuno di loro, lì, in quel momento, a battere i denti per il gelo, ad aiutarli. Quasi non si accorsero che il carretto era appena entrato nella piazza. Fu l'improvviso silenzio a distoglierli dai loro pensieri. Per un ultimo angoscioso momento, mentre guardavano le guardie disporsi ai lati della pira e gli uomini delle Confraternite mormorare le loro orazioni, sperarono in una protesta. Ma quando Giordano scese dal trasporto e venne trascinato in catene fino al rogo si resero dolorosamente conto che la folla sarebbe rimasta al suo posto. Un uomo sbeffeggiò il condannato. John afferrò Joachim per un braccio e lo trascinò lontano dalle guardie. Prospero li seguì ma si fermò molto prima e si voltò. Si sentiva catturato da quella scena che gli sembrò bestiale, come osservare un animale destinato al macello. Per la prima volta, però, ebbe modo di guardare il monaco su cui si erano poggiate le speranze di molti secoli e di intere generazioni di pensatori. Era piccolo di statura e scuro di carnagione. Ma aveva gli occhi brillanti. E lo sguardo altero anche in quel momento. Emanava una forza che quasi faceva tremare la terra, ma il ragazzo pensò tristemente che non gli sarebbe più servita a molto. Che era la fine. Si voltò. Guardò gli amici e vide sui loro volti un'espressione atterrita. La consapevolezza che nulla sarebbe accaduto era piombata anche su di loro. Non gli restava che assistere a quello spettacolo indegno. Il messaggero, il loro Mercurio, messo a morte.

Joachim parlò per primo: «...Maestro...».

«Joachim...», John gli poggiò la mano sulla spalla e lo guardò con affetto infinito. Soffriva per lui. «Nulla muore, Joachim... ricordi?», gli disse per incoraggiarlo. Il giovane segretario aveva il volto rigato di lacrime. Fissava il rogo con uno sguardo in cui sembravano essersi condensate tutta l'angoscia e la tristezza che un uomo potesse contenere. Era pallido, le labbra bianche, il viso immobile. Il monaco fu slegato e poi assicurato al palo. Gli misero una strana museruola sulla faccia. Prospero si chiese perché e John, quasi fosse stato in grado di leggergli nel pensiero, gli si avvicinò per parlargli: «È la mordacchia. Non vogliono che parli, né che gridi, maledetti…».

Poi, il boia accese una torcia, il monaco venne cosparso di un liquido infiammabile, forse pece, e infine fu dato fuoco alla legna. Mentre le fiamme salivano e il corpo di Bruno cominciava a contorcersi, Joachim si girò di scatto dando le spalle alla pira. John accorse, come sempre, per dargli un po' di conforto. Prospero ascoltò la loro conversazione e non poté fare a meno di pensare che nel poco tempo che aveva trascorso con quelle persone aveva imparato la più importante delle lezioni: «La presenza di un amico nei momenti difficili è insostituibile. E l'amore è davvero il principio primo della magia».

«Joachim, ricorda gli insegnamenti del Maestro. Ricordali. Nulla muore. Nulla. Non è finita così. Non può finire così. Continueremo noi la sua opera. Noi, non lo tradiremo mai. Ricordi nel *De la causa, principio et uno* che tu hai trascritto? Ricordi la citazione di Ovidio? Le *Metamorfosi*? Ripetiamola insieme ancora una volta: "*O genus attonitum gelidae formidine mortis, quid styga, quid tenebras et nomina vana timetis, materiam vatum falsique pericula mundi?…*" Joachim continua tu». Il ragazzo proseguì con la voce rotta dai singhiozzi: «…"*…corpora sive rogus flamma seu tabe vetustas abstulerit, mala posse pati non ulla putetis; morte carent animae domibus habitantque receptae. Omnia mutantur, nihil interit"…*». Su quell'ultima frase Joachim si abbandonò a un pianto sommesso, poggiò il mento sul petto, abbassò il cappuccio ancora di più e si lasciò prendere dal dolore. Prospero si era sforzato di capire il latino. Ma aveva colto quasi unicamente le ultime parole. Erano state sufficienti per fargli montare una rabbia cieca, come non la provava ormai da molto tempo.

"Tutto muta, nulla perisce", si disse. "Che scusa patetica per non ammettere una sconfitta. Non è vero. Tutto muta, sì. Ma periscono sempre e solo i giusti. E citare Ovidio adesso, puzza di rassegnazione. Gettiamoci nella pira, insieme al monaco, allora. Andiamo a morire con lui e portiamoci dietro qualche soldato. È un gesto disperato, ma non puzza di resa quanto mettere in mezzo un poeta morto per confortarsi davanti al rogo di un martire...". Il ragazzo fissò i due amici con rabbia. Poi fu vinto dalla nausea. Era così concentrato su quelle frasi in latino che non si era reso conto del fetore di carne bruciata che stava invadendo l'aria intorno a loro. Non voleva rimanere lì. Si era stufato di guardare i due uomini disperarsi senza fare nulla per evitare quella fine orrenda a un loro amico, al loro maestro, o Mercurio, come lo chiamavano spesso. E non voleva più farsi avvelenare da quell'odore macabro di carne cotta. Ormai il fuoco aveva trasformato Bruno in un tizzone nero. Il monaco non si muoveva più. Non gemeva più. Era morto. Sfortunatamente era morto dopo molto tempo. E Prospero immaginò che aveva avuto modo di sentire il morso del fuoco e di soffrire fino al suo ultimo respiro. La crudeltà della Chiesa gli sembrò infinita. L'ipocrisia di invocare il perdono divino prima di dare la morte nel più atroce dei modi gli parve segno di una ferocia cieca. Odiò gli uomini delle Congregazioni. Quegli incappucciati che impestavano l'aria con le loro preghiere, lasciando un uomo a morire. Odiò le loro litanie e la falsa contrizione che sfoggiavano. Lui non vedeva la bontà d'animo, ma la più schifosa arroganza. Erano lì che si battevano il petto pensando di aver compiuto il volere di Dio, di aver difeso la verità e fingevano di dispiacersi perché un condannato non può morire senza le loro finte lacrime. Neanche il conforto di crepare in pace e in silenzio gli avrebbero concesso. La chiesa era più che bestiale. Nessun animale è così contorto da nascondere dietro a un ultimo, falso perdono la sua voglia di prevalere. Prima di farsi vincere definitivamente dal disgusto e dall'ira Prospero guardò di nuovo i suoi amici. E gli fecero pena. Se ne stavano vicini a tremare di terrore e a sussurrarsi parole di conforto. Odiò anche loro. Poi lo stomaco prese il sopravvento e il ragazzo fu sopraffatto da un conato. Voleva avvisare gli altri che se ne sarebbe andato e allora si avvicinò. Cercò di incrociare lo sguardo di John per fargli capire che non ne poteva più, ma l'inglese teneva gli occhi fissi sul cadavere di Iordanus, bisbigliando in latino con gli occhi pieni di lacrime: «*...venus, vocatur domina, alma, formosa, siderea, candida, pulchra, placida, multipotens, foecunda, domina amoris et pulchritudinis, saeculorum progenies, hominumque parens initialis, quae primis rerum exordiis sexuum diversitatem geminato amore sociavit, et aeterna sobole hominum, animaliumque genera, quotidie propagat, regina omnium gaudiorum, domina laetitiae...*». Aveva già ascoltato quelle parole, ma impiegò qualche minuto per ricordare dove. Gli sembrò una vita fa: era nello stesso luogo la prima volta che le aveva sentite. La prima volta, però, era un giorno di festa. Erano le frasi in latino pronunciate dal massone misterioso che lo avevano sconvolto durante l'inaugurazione. Il parallelo con quella giornata tornò a fargli ribollire il sangue nelle vene. Decise che non valeva la pena parlare con John e Joachim e guastargli il lutto. Non avrebbero capito. Loro avevano scelto la via della rassegnazione, ma lui non riusciva proprio a fermare la rabbia. Le sue gambe reagirono prima di lui, come già gli era accaduto più di una volta. Senza neanche accorgersene aveva spintonato con forza i curiosi che si stavano avvicinando per vedere il morto carbonizzato e aveva cominciato a correre fra le proteste dei presenti. Neanche stavolta si accorse che le guardie si stavano innervosendo e che i suoi amici avevano fatto un timido tentativo per raggiungerlo. Era già lontano. Correva di nuovo. Senza meta, stavolta. Senza la speranza che da qualche parte ci fosse un vicolo o un rione sicuri in cui rifugiarsi.

Capitolo 44
Vecchie conoscenze
Roma, 1600

Aveva girato a vuoto. Si era perso e aveva ritrovato una strada conosciuta. Era entrato a piazza Navona come un pazzo. Era finito davanti alla casa del Pantheon ed era scappato di nuovo perché la vista del palazzo con la facciata dipinta gli faceva venire in mente troppi ricordi tristi. E poi aveva continuato a correre, fino a sfinirsi. All'inizio di quella fuga disperata, davanti alla Chiesa Nuova, il regno di Filippo Neri, aveva vomitato a un angolo. Un gruppo di ragazzini di strada lo aveva preso in giro scambiandolo per un ubriaco e lui li aveva inseguiti, cieco di rabbia. Era anche riuscito a tirare un calcio a uno di loro, ma quello si era messo a ridere e gli aveva fatto un gestaccio. E lui aveva continuato a correre di nuovo con la testa che gli scoppiava e le lacrime pronte a saltargli fuori dagli occhi. In fondo, quello che stava cercando era soltanto un angolo silenzioso dove piangere tutto il dolore e l'ira che lo dominavano, ma non c'era pace in quella Roma nel pieno delle sua attività. Tutti avevano uno spazio da occupare, una cosa dire, un richiamo da gridare. La puzza di carne bruciata continuava a intasargli le narici. Non c'era nessun luogo in cui potersi rifugiare, perché la morte, lo scorno e il fallimento correvano insieme a lui, saldamente attaccati ai suoi talloni. Si infilò nella Suburra. Se avesse avuto qualche soldo con sé si sarebbe presentato a casa di Afrodite con la speranza che una prostituta esperta gli togliesse il dolore dal petto, ma poi pensò che a quell'ora John e Joachim erano probabilmente rientrati e non aveva voglia di stare con loro, non voleva vedere gli occhi lucidi dell'inglese, né ascoltare i singhiozzi e le frasi in latino del ragazzo. Non c'era conforto per uno come Prospero. Quella non era la sua città. Quella non era la sua epoca. Non capiva niente di quello che era successo. Pensò di aver vissuto per tutto il tempo del suo viaggio come un osservatore. E che l'unica iniziativa che era riuscito a prendere era stata la decisione di andare a vedere il rogo. Si era comportato di nuovo da spettatore e aveva anche mentito a se stesso: il popolo sollevarsi? Che sciocchezza! Il popolo della Roma del Seicento non era poi così diverso da quell'accolita di ipocriti che l'avevano irritato tanto nell'osteria di Testaccio. Questi erano i legittimi genitori di quegli altri. E li odiava tutti. Concluse che se nessuno si era ribellato era perché gli piaceva che la religione andasse a guardargli nel piatto, sugli scaffali delle biblioteche, nel letto, fin dentro ai più profondi recessi della mente. Sì, ai romani piaceva che la corda gli si stringesse intorno al collo sempre più stretta a ogni rogo. Si disse che forse era arrivato il momento di tornare indietro, di andare a casa. E poi si innervosì ancora di più. Di tutte le cose viste ne aveva capite forse la metà. Ed era più che sicuro che al suo rientro nessuno gli avrebbe dato le risposte che cercava. Tutta quella fatica e il sangue non erano serviti a niente. Il sacrificio di Tomáš era niente.

La morte di Bruno lo turbava meno di quella del boemo. Il monaco non era veramente morto. A oltre tre secoli di distanza il suo ricordo era ancora vivo. Quello del suo amico che si era sacrificato per lui e per gli altri invece sarebbe svanito nel tempo. Ser Tomáš il boemo e le imprese che aveva compiuto erano spariti dalla Storia. Senza accorgersene era entrato nella Suburra, aveva passato la solita osteria, il bordello e si era addentrato nel rione. Poi aveva risalito un vicolo fino a San Pietro in Vincoli e si era fermato davanti al sagrato a prendere fiato. Infine era sceso di nuovo e si era ritrovato davanti al portone di Santa Prassede che trovò stranamente aperto. Entrò. Come fosse la cosa più normale del mondo, pensando che, alla fine, i suoi muscoli ragionavano meglio di lui. Chi, se non Padre Rossi poteva dargli delle risposte sensate? Era già successo. Era già riuscito a strappargli informazioni importanti. Doveva funzionare anche stavolta. Oltrepassò la chiesa e si infilò in sagrestia. Intorno a lui, il silenzio non lo turbò, anzi, lo rese audace. Non c'era nessuno e fu davvero un colpo di fortuna, anche perché se avesse incontrato il monaco guardiano e quello l'avesse riconosciuto come l'assistente del ricco collezionista di libri rari non sarebbe stato in grado di mantenere la messinscena, neanche ricordava più il nome falso che John aveva usato quel giorno. Ricordava che l'inglese aveva scelto per sé il cognome Pope e che gli era venuto da ridere perciò si era distratto e non aveva ascoltato il suo. Anche nel corridoio che conduceva alla biblioteca non incontrò anima viva, da lì si infilò tranquillamente nell'anticamera. A quel punto si fermò. Doveva riprendere fiato. Dare ai polmoni il tempo di recuperare tutta l'aria perduta durante l'ultima corsa. Anche perché voleva essere sicuro che la voce gli uscisse più che chiara, capace di vincere ogni resistenza del monaco. Lo avrebbe minacciato se era il caso, di nuovo. In realtà, solo una domanda gli rimbombava nella testa: «Perché io? Perché tutto questo trambusto intorno a me?». Ecco che cosa avrebbe chiesto al monaco. E l'avrebbe obbligato a rispondergli, con la forza se necessario. Si era appoggiato a un muro nella stanza buia. Si era sentito comodo, così nascosto. Doveva soltanto riprendere fiato e trovare il coraggio per irrompere nella sala lettura e interrogare il monaco. Per fortuna, la porta della biblioteca era appena socchiusa, si disse che in questo modo avrebbe potuto sbirciare prima di entrare per farlo nel momento migliore, ma sopratutto avrebbe potuto controllare che Padre Rossi fosse solo perché proprio mentre pensava alla sua entrata in scena sentì dei rumori provenire dalla stanza e poi delle voci. Una di queste era di donna. La curiosità lo vinse. Strisciò fino alla porta, appoggiò il viso al legno dello stipite e guardò da uno spiraglio da cui si intravedevano appena un angolo del tavolo e parte del caminetto. Padre Rossi sembrava abbattuto, teneva lo sguardo basso e ascoltava con aria compunta. Prospero si sforzò di sentire che cosa gli stava dicendo la donna, fantasticando sul fatto che, forse, la signora misteriosa poteva essere un'amante segreta e che quindi, il pericolo di fare scoppiare uno scandalo avrebbe potuto convincere il monaco a dirgli quello che voleva. Ma doveva vederla questa signora, doveva essere certo che, invece, non si trattasse di qualche badessa di un convento vicino. Velocemente si spostò dal lato del battente e scivolò fino alla fessura. Da lì la visuale era decisamente migliore, ma aumentava il rischio di commettere qualche imprudenza e farsi scoprire. Al ragazzo però non importava più ormai. "Che mi scoprano pure!", pensò. Quando vide quello che si nascondeva oltre lo spiraglio, però, tutti i suoi timori svanirono in un colpo solo. La segretezza, i nomi falsi, le manfrine per mantenere la clandestinità su cui tutto il gruppo aveva basato la sua sopravvivenza fino a quel momento furono spazzati via dalla scena di cui Prospero fu testimone involontario. In biblioteca c'erano Sophie, Orazio e il Nero. Guardando meglio, il ragazzo si rese conto che anche Mimì faceva parte del gruppo. Era in braccio a madame, serafica come sempre e la riconobbe dal movimento della coda nera che sbatteva ritmicamente sul busto della signora. Non erano esattamente i tre che aveva incontrato a Roma, per la verità. Tutti sembravano un po' più giovani, meno anziani, più magri, più sodi. La stessa Sophie, che pure era sempre sovrappeso, ora gli appariva come una Venere di mezza età, ancora vicina a un'epoca di giovinezza. Soltanto il Nero era lui. Aveva come sempre uno stile impeccabile, con i suoi abiti eleganti alla moda dell'epoca e la pelle lucidissima che lo faceva sembrare una statua antica di basanite. Tutti e tre guardavano Padre Rossi con un'aria di rimprovero, come se non volessero trovarsi nella sua biblioteca. Ma a Prospero, le ragioni dei loro fastidi non sembrarono degne di nota. Se quando aveva lasciato Campo de' Fiori si sentiva in preda all'ira, adesso avvertì una fornace di furore che gli si rovesciava al centro del petto. Una vampata di calore lo fece arrossire fino alla punta dei capelli e il cuore batté due o tre tempi a vuoto. Erano lì. Maledetti. Lo avevano ingannato di nuovo.

In meno di dieci secondi passò in rassegna tutte le possibili reazioni, dall'entrare armato di un qualsiasi oggetto contundente e menare colpi alla cieca, all'ingresso trionfale che sicuramente li avrebbe fatti morire di paura. Neanche per un momento però considerò l'opportunità di andare via senza conoscere la verità. Era venuto lì per quello. Ma ora voleva anche urlare in faccia a madame e alla sua scombiccherata famiglia il male che gli avevano fatto e il sangue che era stato versato per colpa dei loro segreti. Probabilmente colpì la porta mentre ragionava, comunque fece rumore. Il primo ad accorgersene fu Padre Rossi che alzò la testa di scatto e vide un'ombra dietro la porta socchiusa. Si avvicinò con un balzo e trovò Prospero in anticamera con gli occhi che mandavano lampi e la faccia pallida.

«Che cosa sei venuto a fare qui?», gli domandò brusco.

«Volevo farvi qualche domanda, ma a quanto pare ho scoperto un vostro piccolo segreto. Da quanto sono qui quei tre? Mi controllavano forse? Rispondete perdio!».

«Prospero calmati. Non hai visto niente. Da me non c'è nessuno. Non so di che cosa parli...», mormorò il monaco cercando di tranquillizzarlo.

Prospero si divincolò e rispose: «Mi fate così idiota, monaco? I vostri trucchetti non valgono con me. Ho visto benissimo chi c'è di là con voi. Sono le "care" persone che mi hanno cacciato in questo guaio e pretendo di parlarci. Devono spiegarmi. Devono spiegare il perché di tutta questa faccenda».

«Prospero calmati, ti prego. Non alzare la voce. La loro presenza è un segreto nel convento. Se li scoprono passerò dei guai. Potrei imbastirti una menzogna qualsiasi per farti andare via contento ma non lo farò. Però sta pur certo che non ti permetterò di entrare a parlare con loro...».

«E allora cosa volete da me? Che vada via senza avere una spiegazione? Siete un pazzo se lo credete!», il ragazzo rispose con un ringhio a denti stretti e bloccò con la mano il braccio del monaco che aveva accennato ad andarsene.

«Prospero, figliolo... Ragiona, lasciami il braccio mi stai facendo male… Parliamo, aspetta… Dove sono John e Joachim?», insisté l'olivetano.

«Non cercate di prendere tempo, prete! Nessuno mi impedirà di fare domande. Ci siamo solo noi. Voi, io e quei tre criminali… Pure il gatto si è portata quella scimmia millenaria!».

«Prospero, bada a come parli… Le risposte te le stai dando da solo… L'hai sempre fatto. Hai già deciso di diventare una vittima sacrificale, sono giorni che ti agiti nel sospetto, senza mai fidarti veramente di nessuno. Tu non vuoi conoscere la verità. Vuoi solo una conferma per le tue congetture…», la risposta di Padre Rossi ebbe il potere di calmare il ragazzo.

«…nessuno mi ha mai detto niente… Tutti avevate un piano, una visione… Mi avete trattato sempre e solo come un asino… Ecco cosa…», Prospero stava per mettersi a piangere. Fu in quel momento che Padre Rossi trovò una crepa nella sua rabbia e assestò gli ultimi colpi che misero il giovane definitivamente fuori gioco.

«Figliolo… Ti sei avvicinato a una sfera del sapere molto complessa. Non ci è mai mancata la volontà di aiutarti e di starti vicino. E ti assicuro che il buon John e l'ottimo Joachim si sono a lungo lacerati proprio perché gli costava fatica costringerti a prendere parte a un piano di cui non potevi essere messo a conoscenza. Ma ciò in cui crediamo non si svela tanto semplicemente. È un segreto da scoprire un passo dopo l'altro, che si rivela soltanto agli umili, a chi sa aspettare. E tu sei sempre stato troppo impaziente e curioso. Altrimenti non saresti mai diventato un asino…», Padre Rossi aveva la voce calma, mentre gli parlava gli accarezzava la testa. «…l'asino è colui che porta un messaggio divino senza esserne consapevole, questo è giusto che tu lo sappia. Ed è una prima risposta che ti posso dare. Ti è stato caricato un fardello enorme sulle spalle. Ma presto le tue pene finiranno. Dovrai solo fare un ultimo sforzo. Torna a casa, Prospero. Le risposte ti aspettano nel tuo secolo, nel tuo ambiente. Qui non troverai nulla». Come se niente fosse accaduto, il monaco riuscì a sciogliersi dalla presa del ragazzo e senza mai smettere di accarezzargli la testa lo spinse fuori dall'anticamera, lungo il corridoio e fuori dal portone del convento con la facilità con cui si tolgono le caramelle a un bambino. Quando Prospero si rese conto che era stato buttato in strada, era ormai troppo tardi per tentare un atto di forza. Il portone era sbarrato e a lui non restava che tornare sui suoi passi, mentre un vento gelido cominciava a soffiargli sulla faccia. Gli sembrò come se anche la natura si volesse prendere gioco di lui.

Capitolo 45
Epilogo
Roma, 17 febbraio 1600

Il ragazzo si ritrovò a fissare il portone del convento chiuso. Era ancora incredulo quando decise di allontanarsi. Il monaco lo aveva davvero sbattuto fuori con due carezze e due paroline dette a voce bassa. Ma c'era qualcosa che lo aveva turbato ancora di più che incontrare i tre scombiccherati nella biblioteca di Padre Rossi. Quella frase detta all'improvviso: l'asino è il portatore inconsapevole di un messaggio divino. Non era molto, però gli sembrò l'inizio di una risposta. Adesso, per lo meno, si spiegava il perché di quell'insulto continuo. Erano settimane che tutti gli davano del ciuco. Ed era da sempre che Prospero si infuriava ogni volta. Ora, però, comprendeva le ragioni di quella insistente richiesta da parte di madame: non sottovalutare mai la natura del somaro. Gli venne alla mente anche il simbolo dell'asino che aveva incontrato durante il suo viaggio nel teatro. Pure lì l'animale era indicato come "un portatore". Esattamente il ruolo che avrebbe dovuto rivestire nella missione. Ma non l'avrebbe fatto. Sarebbe tornato indietro con la soma leggera. Il Mercurio era andato in fiamme. «Qual è il destino dei somari che non portano carichi?», si domandò. «Forse li affogano. Comunque il contadino di solito se ne libera...». Ancora una volta si ritrovò a macinare la strada con il cervello preso da mille riflessioni. Prospero camminava rasente ai muri, come se le pietre di Roma potessero accarezzarlo, abbracciarlo, stringerlo al petto e sussurrargli di stare tranquillo, che tutto sarebbe andato per il meglio. In quei momenti sentì che l'odio nei confronti dei tre era stato messo da parte per un momento: c'erano altri problemi da risolvere. E il primo, il più importante, era per lui quello di accettare la sconfitta. Tornare al bordello. E guardare John e Joachim negli occhi sapendo di averli detestati per ore; di aver pensato che erano stati messi apposta dietro di lui per impedirgli di capire; di averli disprezzati perché soffrivano per una persona cara. Ridiscese verso la Suburra con una pietra sul cuore. Il furore che lo aveva sospinto fin lì da Campo de' Fiori adesso era come svanito e l'aveva lasciato svuotato, pronto per afflosciarsi al suolo come un vestito sporco lanciato per terra. Era stanco. E la sua giornata era appena cominciata. Bussò al portone e gli aprì la vecchia inserviente del bordello. Gli avevano raccontato che era stata una grande prostituta all'epoca di Sisto V, poi le malattie, gli aborti e qualche incidente con dei clienti violenti, l'avevano resa zoppa, triste e cattiva. Non lo salutò, si scostò per farlo entrare e lo riempì di parolacce perché era venuto a disturbare di mattina, quando le ragazze riposavano dopo una nottata di lavoro. Prospero la scansò con uno spintone e si diresse verso la stanza che Afrodite aveva prestato al terzetto. John e Joachim erano sdraiati sui rispettivi pagliericci e, per quello che vide una volta in stanza, dovevano essere rimasti fermi in quella posizione e in silenzio da molto tempo.

Non appena fu entrato, però, scattarono in piedi simultaneamente.

«Dove eri finito? Si può sapere?», sibilò John. E il tono della domanda non era né tenero, né equilibrato, né saggio. L'inglese era sinceramente furibondo.

«A Santa Prassede, da Padre Rossi», rispose il ragazzo tenendo lo sguardo basso. Non si aspettava quella reazione.

«Ma ti rendi conto che sono passate ore? Ti rendi conto che abbiamo pensato di tutto? Potevi essere stato arrestato, qualcuno avrebbe potuto riconoscerti dopo piazza Navona... Hai messo a repentaglio te stesso e noi tutti, Prospero. Devi imparare a controllarti! O ci farai ammazzare prima o poi!».

«John, mi dispiace...».

«Ci hai fatto stare in pensiero...», aggiunse Joachim che ancora conservava il pallore e l'aria disperata di quella mattina.

«Scusatemi davvero, ma non sopportavo più quello spettacolo...», il ragazzo tralasciò di informarli che la scintilla che lo aveva fatto scattare era stato proprio il loro dolore.

«Che ci sei andato a fare a Santa Prassede? Lo sai che non dobbiamo farci vedere da quelle parti. Padre Rossi è impegnato in affari più grandi di te, non deve essere disturbato e noi dobbiamo dimenticarcelo...», insisté John.

«Ci sono finito per caso. E li ho visti gli affari di Padre Rossi...», Prospero era consapevole che una frase del genere avrebbe provocato una reazione.

«Che cosa hai visto?», John fece due passi verso di lui e gli si avvicinò minaccioso.

«Li ho visti. I tre che mi hanno mandato qui. Sono a Santa Prassede... Sono da Padre Rossi», rispose il ragazzo. John e Joachim si scambiarono un'occhiata rapidissima. Poi l'inglese si rimise seduto sul letto e gli disse: «Hai parlato con loro?»

«No, Padre Rossi non me l'ha permesso. Ha detto che non dovevo sapere. Che le risposte che cerco le troverò al mio rientro e qui non c'è nulla per me... State tranquilli, non ho fatto follie stavolta...».

«Prospero... Immagino quanto sia difficile per te. Padre Rossi ha ragione... Non ci sono risposte qui per te. Anche se le cercassi, anche se ci minacciassi con le armi, non potremmo dirti nulla. Il nostro compito era di conservarti in vita fino al tuo ritorno. E l'abbiamo fatto... Ora devi andartene... Non c'è nulla qui per te.... E neanche per noi...», disse John. Il ragazzo non poté fare a meno di pensare che se lui aveva davanti a sé un percorso difficile e rischioso, per quei due poveri diavoli non c'era altro che l'accettazione della loro sconfitta. La sconfitta di un'intera generazione di uomini colti, preparati e sensibili. E dopo questa prova, un'altra li aspettava. Ed era la guerra. Lo sapeva Prospero, l'aveva studiato a scuola e ne aveva parlato con madame prima di partire. Ma fino a quel momento, la Guerra dei Trent'anni era stata per lui oggetto di studio e di noia, materiale sterile. Non ne aveva mai avvertito il pericolo. John e Joachim, invece, ci sarebbero finiti in mezzo. Il cuore di Prospero fece un tonfo. E sentì di doverne parlare con loro, raccontargli tutto, metterli in guardia. Poi ricordò le parole di madame. L'avvertimento che gli aveva dato prima di partire e lo capì: con il tempo non si scherza. Decise di tacergli ciò che aveva studiato secoli dopo. Però volle comunque lasciargli una speranza sul futuro lontano. L'età dell'oro che quegli uomini vagheggiavano, per la cui realizzazione avrebbero dato la vita senza battere ciglio, era quella da cui lui proveniva. Di questo ne era sicuro. Doveva avvisarli che sarebbero stati vincitori prima o poi. Che tutto ciò che sognavano, a un certo punto, sarebbe accaduto.

«Nella mia epoca...», Prospero stava per cominciare a parlare, ma John lo interruppe.

«Prospero non ci devi raccontare niente...».

«Non entrerò nei dettagli, ma lo dovete sapere che prima o poi, le idee a cui state dedicando le vostre vite vinceranno...». Joachim si rianimò. Gli occhi gli si accesero. Era da giorni che sperava di sentire una frase del genere. Che combatteva con il desiderio di porre al ragazzo venuto dal futuro mille domande, di saziare la sua curiosità. Prospero proseguì: «Nella mia epoca, il papa non è più così importante. In molti sono morti per realizzare questo sogno. Martiri come Iordanus. La speranza non è perduta del tutto. Ecco cosa volevo dirvi: soltanto questo. Non consideratevi sconfitti. Non lo siete. A Iordanus, nella mia epoca, è stato dedicato un monumento... L'Apocalisse è lontana...».

«Basta Prospero! Ora basta! Ti ringrazio per le tue parole, non le dimenticheremo, ma ora devi fermarti. La strada che stiamo imboccando con questa conversazione non conduce a nulla di buono...», John, a fatica, domò la sua curiosità.

«Scoppierà la guerra?», domandò Joachim incurante delle parole del suo amico.

«Joachim, basta!», lo rimproverò l'inglese.

«Non posso risponderti, Joachim. Questo non posso dirtelo. Ma tu non perdere mai la speranza. Mai».

«Domani andrai via. Lo faremo nella tarda mattinata. All'alba Joachim ed io andremo a prendere contatti per rimediare un passaggio discreto fuori dai confini di Roma per noi. E al nostro ritorno, tenteremo di mandarti a casa... Ci mancherai. Sei stato un compagno difficile, ma abbiamo imparato ad apprezzare la tua bontà. E a conoscere il tuo cuore... Ci mancherai», l'inglese cambiò discorso.

Joachim annuì. Aveva gli occhi lucidi e la cosa fece emozionare anche Prospero che si lanciò sul giovane amico e l'abbracciò.

«Io non ce l'ho mai avuto un amico come te. Ti voglio bene!», gli disse a un orecchio.

«Anche io ti voglio bene, asino!», Joachim provò a sdrammatizzare. Se ne restarono tutto il pomeriggio in stanza, in silenzio, rimuginando ognuno sul futuro che lo aspettava dietro l'angolo. Lasciarono il bordello quando già si stava riempiendo di clienti per spostarsi in un'osteria lì vicino, dove per buona parte della notte affogarono la sconfitta nel vino della Suburra.

Capitolo 46
Fuori porta
Roma, 9 febbraio 1600

Fratel R. C. si concesse un momento per ammirare il paesaggio. L'alba era spuntata da poco e si trovava immerso in un'atmosfera commovente. All'orizzonte vedeva un piccolo gregge che si arrampicava su una collinetta, di fianco gli scivolava l'ombra scura dell'acquedotto, sull'altro lato gli si offriva un tale spettacolo di fossi e rupi improvvise, di pini contorti, di prati e valli da fargli dimenticare tutti i suoi dolori. Scese da cavallo e lo lasciò libero di passeggiare. Ai suoi confratelli disse che voleva riposarsi, ma quelli non gli credettero: Fratel R. C. era capace di cavalcare per giorni senza stancarsi.

"I miei uomini sono esausti", pensò il tedesco. "È stata una mattinata complicata...". Anche lui cercò l'ombra di un albero, certo non per ripararsi da un sole che praticamente non scaldava. Aveva desiderio di avere un tetto sulla testa. Un tetto di foglie e rami. Un riparo naturale sotto il quale abbandonare la mente e curare le ferite di quella terribile esperienza. E quel pino marittimo che scelse gli era sembrato subito un rifugio perfetto. Iordanus sarebbe finito sul rogo. Se lo ripeté varie volte perché conosceva i trucchi della sua coscienza meglio di chiunque altro e sapeva che se non si fosse torturato fino alla fine, la sua mente avrebbe semplicemente rimosso il ricordo. Invece, sotto quel tetto di rami, aveva deciso di inseguire tutte le sensazioni terrene che avrebbe provato. Abbracciato dalla natura che amava, a cui aveva dedicato la vita. Non era solo il mondo vegetale e animale quello che lui intendeva con Natura. Il cosmo a cui guardava con immenso rispetto era piuttosto un groviglio di conoscenze e di elementi, era l'universo del sapere, dei filosofi, dei poeti, degli studiosi, degli artisti in generale, mescolato a quello naturale vero e proprio. Era il tutto. O il nulla.

"Se solo fossimo in grado di seguire le leggi con cui la Natura governa il mondo, non ci sarebbe bisogno di quelle degli uomini, imposte d'autorità...Vivere, morire. Causa ed effetto", pensò. "Vorrei essere quest'albero. Entrare nella corteccia, capire che cosa dice alla linfa e le radici che cosa dicono alla terra...". No. Stavolta sarebbe rimasto vigile e non avrebbe chiamato a sé le ombre, né la Conoscenza. Aveva troppo su cui ragionare, troppi piani da pensare e troppi ricordi a cui trovare un posto dove non avrebbero continuato a fargli così male. «C'è solo una cosa su cui la magia non interviene ed è il nostro dolore per una sconfitta subita», si disse. Stavano andando verso Gubbio, dove i suoi balestrieri avrebbero potuto incontrare i migliori maestri d'armi per scambiarsi informazioni e comprare armi e munizioni nuove. Glielo aveva promesso all'inizio del viaggio e ora doveva mantenere quanto aveva detto. Poi, da solo, sarebbe partito per la Germania dove avrebbe messo in atto tutto ciò che era in suo potere per rimediare alla perdita del Mercurio. Il miglior Mercurio che mai potessero desiderare.

"Quante eccellenze ho incontrato nella mia vita. Quanta luce". Pensò che era una ricchezza troppo grande per nutrirsene da solo. E ora che il messaggero era prossimo alla morte doveva trovare il modo perché questa loro maniera di concepire il Cosmo non si disperdesse con le braci del rogo.

R. C. caricò la sua piccola pipa di terracotta, regalo di John, con una presa di tabacco e l'accese. Si forzò. Si obbligò a rimanere uomo. Doveva pensare.

"Inabissarsi... Succederà. Il nostro mondo è prossimo al collasso. I nostri vengono cacciati, esiliati, imprigionati, torturati, uccisi o ridotti al silenzio. Strillare le proprie convinzioni non vale più in questa epoca di nuove filosofie, di nuove idee. Siamo come esseri antichi, la modernità ci vuole morti. Eppure il genere umano sentirà la nostra mancanza. Prima o poi qualcuno si dilanierà il cervello perché qualcosa gli sfugge e non saprà cosa. Saranno i nostri talismani, le nostre invocazioni, le nostre preghiere, i nostri dèi. Nei sogni degli uomini, nei momenti più bui apparirà una città luminosa... Sogneranno Adocentyn e si sveglieranno in un deserto...". Il vecchio ronzino che gli avevano venduto a caro prezzo gli zingari si era rivelato una cavalcatura eccezionale. R. C. lo guardò attentamente mentre il cavallo cercava di strappare l'erba più tenera nonostante il morso. E poi si lasciò di nuovo andare ai progetti. "Tornerò in Germania. Il genere umano può ancora essere risvegliato. Non è per forza tardi. Non ci estingueremo senza lasciare traccia. No. Saremo come questo cavallo, all'apparenza innocue cariatidi, ma dentro nasconderemo tutta la forza che serve a cavalcare ore senza mai stancarsi...". L'uomo si abbandonò a questa immagine e lentamente, senza mai staccare gli occhi dall'animale, si lasciò vincere dalla fatica e dal dolore, dalla polvere e dall'umiliazione e, poco a poco, si addormentò.

Capitolo 47
Ripetta
Roma, 18 febbraio 1600

L'avevano lasciato al bordello. Segretamente speravano che non combinasse altri guai ed erano usciti facendogli mille raccomandazioni. Ma il ragazzo aveva promesso. E loro si erano fidati per l'ennesima volta. In realtà confidavano più nel buon cuore di Prospero che nella sua parola. Il giovane venuto dal futuro era impulsivo e il suo addestramento era stato troppo improvviso, forse frettoloso. Comunque non gli aveva dato il tempo di ragionare su di sé, sui propri limiti, sulla capacità di domare i pensieri, di controllare i sensi. Si erano anche detti, però, che le istruzioni non sarebbero potute arrivare da fonti migliori. Ma la cosa non li aveva tranquillizzati più di tanto: Prospero li aveva già messi alla prova, aveva già combinato guai e uno di questi era costato la vita al migliore di loro, a un loro amico fraterno. Tuttavia non potevano fare a meno di pensare che il ragazzo era bravo, aveva un talento naturale. La capacità di entrare in contatto con la Natura senza bisogno di troppi trucchi. E, in fondo, loro che avevano passato la vita studiando formule, elementi, simboli e diagrammi, un po' lo invidiavano. Se avesse proseguito il cammino sarebbe diventato un ottimo mago. John e Joachim si erano chiesti spesso se tutto ciò sarebbe accaduto. Se Prospero avesse effettivamente scelto di continuare gli studi una volta tornato a casa. Ma non erano stati in grado di darsi una risposta. Il futuro era troppo labile e loro poco desiderosi di indagarlo. Si erano addestrati alla pazienza. Alla privazione. All'ascetismo. Su quegli altari avevano sacrificato la curiosità, gli impulsi irrefrenabili e una certa dose di sfrontatezza, ma in cambio avevano ottenuto capacità che altri non avevano. A loro era concesso alzare il velo delle cose per guardare gli dèi negli occhi. A loro sarebbe stato permesso di entrare in Adocentyn. Anche se non erano stati capaci di evitare l'Apocalisse. John e Joachim raggiunsero Ripetta di buon mattino. Il giovane tedesco adorava quell'angolo di Roma, gli piaceva guardare la città che si rifletteva nel fiume. E amava dedicare allo spirito del Tevere qualche pensiero gentile ogni volta. Si diceva: gli dèi periscono se nessuno li prega. Se nessuno gli si rivolge. E il dio Tiber è una divinità prepotente, spesso violenta. Ha bisogno più di altri di attenzione. John lo canzonava quando si accorgeva che il giovane si concentrava e mormorava qualche formula all'indirizzo del fiume.

«Sei bravo, ma la tua è una battaglia persa. Sono millenni che gli uomini l'hanno abbandonato... Ora non li ascolta più. Aspetta soltanto di morire», gli ripeteva. Joachim, però, non gli dava mai retta. Si diceva che una preghiera è meglio di niente. E che le sue parole d'amore lo avrebbero raggiunto di sicuro e gli avrebbero garantito, magari, un giorno di vita in più. Joachim si era spesso trovato a invidiare anche i barcaioli che lavoravano in acqua dalla mattina alla sera. O meglio, non li invidiava adesso che il freddo spazzava le banchine e congelava le dita dei piedi, ma d'estate erano loro i più fortunati. Lavorare così sembrava un gioco. E lui avrebbe volentieri passato la vita a sentirli cantare, parlare, ridere. Eppure nessuno dei barcaioli che conosceva rivolgeva al dio del fiume neanche una parola. Ma non si era mai spinto a interrogarli al riguardo. Sapeva che non era il caso. Che non avrebbero capito. Augusto aveva un nome nobile. Ma era povero e mezzo cieco. Era il barcaiolo più anziano sul Tevere e uno dei più rispettati. Con John si erano conosciuti per caso, durante uno dei primi viaggi dell'inglese a Roma, quasi otto anni prima. E avevano fatto amicizia. Gran parte dell'italiano che parlava il suo amico veniva dalle lezioni del vecchio. Il resto l'aveva imparato sui libri, ovviamente. Ma la lingua che utilizzava tutti i giorni, per andare a comprare da mangiare, o per ordinare il vino in osteria era quella di fiume, quella che si parlava sull'acqua. L'uomo li stava aspettando sull'ultimo gradino delle scale da cui si accedeva al molo. Intorno a lui c'erano vari scaricatori e qualche pescatore con le reti ancora da svuotare. Da lontano sembrò a Joachim una scena da Vangelo. Augusto stava raccontando una delle sue storie e gli altri lo ascoltavano a bocca aperta, rapiti da quella voce roca e dalle espressioni che condivano le sue frasi. Mentre scendevano, John e Joachim, furono raggiunti da una risata corale. Doveva essere una storia divertente.

«Cavalier Burbaggio!», esclamò il vecchio.

«Augusto che piacere rivederti!», lo salutò John cercando di far sembrare la sua visita quasi casuale.

«Siete venuti a farvi un bagnetto a fiume?»

«Con questo freddo, Augusto? Sono inglese, ma non sono pazzo!», gli rispose a tono.

Il piccolo pubblico che si era radunato intorno al barcaiolo si disperse alla vista degli abiti eleganti dei due stranieri. Tutti pensarono che il vecchio stava facendo qualche affare e, per discrezione, lo lasciarono solo a negoziare. Joachim colse il movimento e li ringraziò con il pensiero. Da soli sarebbe stato più semplice mettersi d'accordo. Quando anche Augusto si rese conto che nessun altro orecchio li ascoltava domandò a voce alta: «In che cosa posso aiutarvi?», e aggiunse mormorando: «è già il momento?»

«Non ancora, ma lo sarà presto. Stasera, all'imbrunire», confermò John.

«Mi troverete qui». Joachim apprezzò la disponibilità di quel popolano. Non sapeva nulla delle loro vicissitudini e non gli importava. Era l'amicizia disinteressata fra lui e John a cui rendeva omaggio.

«Verremo subito dopo il tramonto, noi due soltanto... Andremo via immediatamente e con discrezione...», lo sguardo del medico inglese era eloquente e Augusto lo colse senza fare una piega.

«E chi ci trattiene. Se avete fretta, andiamo via subito, subito...», il vecchio rispose e sorrise.

«Augusto non so come ringraziarti. Spero che questi baiocchi d'argento possano bastare...», John gli tese una borsa tintinnante.

«Grazie cavaliere! Basteranno, basteranno...», e se la fece sparire nella camicia. John e Joachim se ne andarono contenti. Augusto era un brav'uomo e li avrebbe aiutati senza farne parola con nessuno. Il suo silenzio era la loro salvezza. Ma adesso si dovevano occupare di Prospero per il quale nutrivano ogni giorno più affetto. Sulla via del ritorno, mentre si godevano il timido sole della tarda mattinata si trovarono a parlare di lui.

«Povero ragazzo, non riesco a togliermi dalla testa la sua faccia stupita. Quest'esperienza deve essere stata una tortura...», esordì Joachim.

«Se è stato scelto un motivo c'è. Era la persona più adatta per diventare un asino. Anzi, probabilmente si è messo lui stesso nella condizione di diventarlo...», aggiunse John.

«Mi dispiace salutarlo... Nonostante tutto», aggiunse il ragazzo.

«Ho notato che fra voi è nata un'amicizia. E anche io ho cominciato a volergli bene. E pure Tomáš gliene voleva... In quel suo modo strano per dimostrarlo...», disse l'inglese.

«Nulla perisce, John... Ora tocca a me ricordartelo. Sono contento di tornare a Padova, devo dirti la verità. Abbiamo molte cose da fare al nostro rientro. Tu, da Oxford, avrai molta più libertà di me. Hai già in mente come la impiegherai?»

«No, non esattamente. Ma ti assicuro che mi impegnerò al massimo», rispose John.

Joachim si tirò su il cappuccio. Non aveva freddo, non più del solito. Ma era dalla sera precedente che una strana idea aveva preso a torturarlo. Poteva essere un errore fatale, eppure le parole del ragazzo venuto dal futuro non lo lasciavano in pace. Aveva detto che la sua era una nuova età dell'oro. Che nella sua epoca il papa non era più così importante e che al Nolanus avevano addirittura eretto un monumento. C'era una speranza. E la speranza prendeva corpo sui loro studi, sulle loro conoscenze. L'idea gli era venuta di notte. E ora si nascondeva sotto il cappuccio del mantello perché non voleva che John lo vedesse mentre ci pensava.

Quell'uomo era capace di leggere nei più profondi recessi della mente. Spesso si era chiesto se quel talento gli veniva dai suoi studi accurati su Paracelso e sulla sua medicina. Curare anima e corpo insieme dovevano avergli aperto canali di percezione superiori. Joachim camminava in silenzio, rimuginando sul da farsi. E infine decise che sì, c'era un'ultima avventura da vivere, una speranza da coltivare e, ancora una volta, sarebbe stato Prospero a farsene carico. Perché bisogna sempre assecondare la propria natura. E il ragazzo era un asino. Un portatore. Ebbene, avrebbe portato un dono nel suo secolo. Un dono che forse sarebbe stato utile nell'età dell'oro cui aveva fatto menzione il giorno prima. Il giovanc segretario si chiese se forse non era il caso di parlarne con John. Ma cambiò idea quasi subito. "Sarò causa di un effetto", si disse. "Agirò in segreto. Accetterò le conseguenze. Accetterò la rabbia di John quando se ne accorgerà. Ma la posta in gioco è troppo alta. E devo dargli qualcosa da portare sotto il monumento al Maestro...". Joachim sorrise fra sé e sé e accelerò il passo. Ora aveva fretta di tornare al bordello.

Capitolo 48
Ritornare
Roma, 1600

John e Joachim rientrarono con le guance rosse e un cartoccio di olive per Prospero. Erano eccitati per la partenza, un'eccitazione che non cancellava la delusione profonda e la tristezza di aver perso due persone fondamentali nell'arco di pochi giorni, ma che li teneva vivi, con la mente sveglia e la speranza accesa. Vivere, nonostante tutto, era bello ed era quell'energia minuta e discreta a cui John e Joachim, nel segreto dei loro cuori, affidavano la loro salvezza. Il ragazzo non gli corse incontro per accoglierli, né gli sorrise. Era dispiaciuto perché non gli avevano chiesto di accompagnarli a Ripetta per discutere con il barcaiolo e ora voleva fargliela pesare. Ma, alla vista delle olive, l'umore gli cambiò di colpo. Prospero si gettò sul cibo famelico, mentre Joachim gli parlava entusiasta di Augusto, della sua faccia carica di rughe, delle pelle di cuoio e di quell'aria da grande profeta che tutti gli riconoscevano giù al porto. Gli rivelò anche che sarebbero partiti all'imbrunire. Il giovane rimase con un nocciolo in bocca a fissarlo. Dunque il momento di salutarsi era arrivato sul serio.

«Mi piacerebbe venire con te», disse a Joachim.

«No, non ti piacerebbe, Prospero... Non c'è niente che ti tiene qui... Devi andare», rispose il ragazzo, che però avrebbe gradito un amico in più a Padova.

«Non c'è molto per me nella mia epoca... Solo i tre che mi hanno mandato qui e poi la mia vita di sempre... Anche se adesso mi sembra così poca cosa e così lontana... Non so se potrò mai veramente tornare a essere quello che ero», ammise Prospero.

«Non devi tornare a essere quello che eri. Non ce n'è bisogno. Avrai tanto in cambio dopo questo viaggio. La tua vita non sarà comunque più la stessa… Che tu lo voglia o no, ragazzo venuto dal futuro».

«Dici?», domandò.

«Certo. C'è una ricompensa per ogni nostra azione. Devi solo scoprire quale sarà. Fossi in te vorrei precipitarmi a svelare il mio premio», lo tranquillizzò Joachim.

«Chissà… Sono tante le cose che vorrei vedere svelate… Tantissime», ammise Prospero amaro.

«Allora preparati, fra poco cominceremo».

«Te lo ha detto John?», domandò il ragazzo con un velo di preoccupazione nella voce.

«Sì… È ora». Prospero si cacciò in bocca una manciata di olive e appallottolò il cartoccio che le conteneva. I noccioli li sputò nel pitale, poi si alzò e si avvicinò alla piccola finestra della stanza da cui entrava un filo di luce.

«Non sono bravo a salutare gli amici», disse.

«Neanche io… Ma sono contento di averti trovato… Nonostante tutto», il tono di Joachim aveva di nuovo preso una sfumatura sofferente. I ragazzi si abbracciarono. E da Joachim, per la prima volta, arrivò la frase che tante volte Prospero gli aveva sentito dire al medico inglese: «La Provvidenza è con te». Il ragazzo rispose come sapeva: «E la Salvezza la segue». Joachim lo fissò a lungo e gli sorrise. Sapeva che l'asino non sarebbe andato via a mani vuote. John li trovò in silenzio, a sorridersi. «Volete restare un po' da soli per salutarvi come due amanti?», esclamò ridendo per vincere l'imbarazzo. Poi si affrettò ad aggiungere: «Prospero, è il momento. Sei pronto?»

«Sì, John. Ma come faremo, stavolta? Non credo che tu abbia i mezzi di madame»

«No, Prospero. I miei mezzi sono decisamente primitivi rispetto a quelli della donna che tu chiami madame. Non posso certo paragonarmi a lei, ma conosco un modo. Spero che funzioni… Allora, sei pronto?»

«Devo farti un'ultima domanda», disse il ragazzo. «Li ho visti a Santa Prassede. Tutti e tre. Se sono qui, è impossibile che siano nella mia epoca ad aspettarmi. Che cosa farò, allora?»

«Ci saranno Prospero, ci saranno… Non preoccuparti», rispose John.

«Hai bisogno di un momento per respirare?», gli domandò Joachim.

«Sì, per favore. Ho la mente che mi scoppia. Non sono sicuro di riuscire a concentrarmi», rispose sincero Prospero.

«Vieni Joachim, andiamo a berci un bicchiere di vino di sotto. Lasciamo Prospero e la sua mens agli esercizi… Sai su che cosa devi concentrarti, vero? Te lo ricordi?», disse John.

«Non lo dimenticherei neanche fra cent'anni, John. Stanne certo…». Prospero fu di nuovo da solo. La sensazione non gli piacque come non gli era piaciuta quella mattina. La solitudine non era più una sua alleata. Poi pensò alle parole di Joachim. Gli aveva detto che la sua vita non sarebbe stata più la stessa. E ne fu contento. Se c'era una cosa che aveva capito bene durante questa avventura era che non voleva più essere il Prospero che tutti conoscevano. Sarebbe stato un ventenne diverso, più attento alle sfumature, più paziente, meno arrogante. Eppure, al pensiero di tornare alle sue abitudini e alla sua epoca gli si stringeva il cuore. Non avrebbe più visto Joachim e nessuno avrebbe più risposto alle sue domande con la dolcezza e la pazienza di John. Di certo non madame, che contava di salutare per sempre un minuto dopo aver rimesso piede in casa sua. Fu un attimo. Nel momento esatto in cui evocò la donna e il suo salotto vetusto la rabbia gli montò come una marea. La sentì salire dal basso ventre sempre più forte, sempre più violenta. Si chiese mille volte perché. Perché proprio lui. Perché mentirgli. Perché Giordano Bruno era così importante per la causa. Sì, era il messaggero, il Mercurio. Ma di chi. E che utilità poteva avere un domenicano nato a fine Cinquecento nella Roma moderna del XIX secolo? Si accorse che la sua mens non stava trovando la giusta calma per liberarsi dalla materia. Ma non poteva fare a meno di pensare a tutte le cose che avrebbe voluto sapere e che, probabilmente, i tre scombiccherati non gli avrebbero mai rivelato.

"Che cosa volevate da me?", pensò che sarebbe stata questa la domanda d'esordio. Ma poi un'altra questione gli invase il cervello ed era: "Chi siete voi? Perché ogni volta che vi ho nominato, non ho ricevuto altro che sguardi allucinati?". Non c'era nulla che potesse fare per calmare il furore che invece saliva e lo scuoteva dalla cima dei capelli fino alla punta dei piedi. L'umiliazione di sentirsi tradito e l'umiliazione di non essere stato in grado né di accorgersene né di aver evitato la sconfitta gli impediva di respirare in profondità scacciando tutti i pensieri inutili.

«Sarà più difficile del previsto», si disse. «Ci vorrà qualcosa in più che un minuto da solo per respirare». Cercò di opporsi alla sua stessa rabbia, cercò di cacciare lontano dai suoi occhi interiori il volto di madame Sophie che si prendeva gioco di lui. Prospero scosse violentemente la testa. Non era rabbia la sua, era paura. Serrò gli occhi. E si conficcò le unghie nei palmi delle mani strette a pugno. Doveva resistere all'odio e al terrore, doveva riuscire a calmarsi, altrimenti non sarebbe riuscito a tornare. Respirò come gli aveva insegnato Orazio, come se ogni respiro dovesse essere l'ultimo, o meglio come se ogni volta che inspirava ed espirava dovesse insegnare al creato l'idea stessa di riempire e svuotare i polmoni. Orazio gli aveva anche suggerito di pensare intensamente a qualcosa che avesse un movimento, ma che fosse inanimata. E all'inizio gli venne in aiuto soltanto l'immagine del metronomo sul pianoforte di sua madre. Ma poi cambiò idea: sua madre aveva smesso di suonarlo quando suo padre era morto. Era un ricordo che gli faceva ancora male e non lo trovò adatto. Si accordò, infine, su una delle memorie più care per lui. E si lasciò trasportare in riva al fiume che scorreva vicino casa sua e poi sotto la sua quercia preferita. Passava le ore a fissare le foglie che si muovevano con la brezza estiva. Finalmente trovò la pace. E si rasserenò. Un istante prima di rallentare il ritmo cardiaco e farlo seguire a un respiro profondo e regolare, come doveva essere, gli tornò in mente Sophie. Ma non provò odio nei suoi confronti. Riuscì, anzi, con uno sforzo notevole a trattenerlo dentro di sé e si disse che doveva aspettare a scatenare la rabbia. Doveva aspettare finché non fosse tornato indietro. John entrò nel momento in cui Prospero era all'apice della concentrazione. Il ragazzo si stupì di tanta puntualità ma non fece domande.

«Ora sei pronto», confermò l'inglese.

«Ora sì», rispose.

«Allora cominciamo, vieni qui».

Capitolo 49
L'asino è sulla spiaggia
Roma, settembre 1889

Per quel pomeriggio madame aveva scelto un tè speciale. Si chiamava *Da Hong Pao*, comunemente conosciuto come il tè della dinastia Ming perché le preziose foglioline erano riservate a loro e a loro soltanto. Ogni cucchiaino che Sophie versava nella teiera e su cui faceva cadere l'acqua bollente costava un occhio della testa, ma lei non ne parlava mai, né si vantava. Glielo aveva regalato – appena qualche grammo, niente di speciale – un uomo che ogni tanto veniva a trovarla. Faceva parte di un gruppo di occultisti romani, borghesi con il vizietto delle sedute spiritiche. Lui le aveva dichiarato di essere addirittura Cagliostro reincarnato e lei aveva finto di credergli, ma in realtà non appena usciva di casa, si divertiva moltissimo a prenderlo in giro. Madame trattava quelle persone come nani da circo e, per tutta l'estate, si era sollazzata con le loro chiacchiere astruse, con i loro trucchetti da baraccone. Orazio, al contrario, li detestava e ogni volta che facevano visita alla madre riusciva a rendersi invisibile. Anche il Nero provvidenzialmente spariva in quelle occasioni. Così il gruppetto di spiritisti cialtroni pensava di far visita a un'anziana signora probabilmente ricchissima ed eccentrica, il cui figlio ormai grande doveva essere un po' strano, forse ritardato. Non la capivano, ma ne erano attratti come mosche sul miele. E lei li accoglieva ogni volta con la risata pronta e gli occhi sgranati di chi non riesce a trovare un limite all'umorismo di certa gente. Loro, ingenui, scambiavano quello stupore per rispetto e la circondavano di attenzioni e racconti misteriosi, avventure e memorie di ectoplasmi. E poi la coprivano di regali costosi, come quel tè.

Madame si divertiva un mondo. In più, quelle serate "particolari" l'aiutavano a mitigare l'ansia dell'attesa. E la consapevolezza che cresceva giorno per giorno dentro di sé: non avrebbero avuto fortuna. Il piano era destinato a fallire. L'asino sarebbe tornato a mani vuote. Le foglioline appena bagnate con un pochino d'acqua bollente cominciarono a rilasciare il profumo e a tingere l'infuso. Madame inspirò con piacere chiudendo gli occhi, poi versò il resto dell'acqua, tappò la teiera e attese pazientemente. L'operazione durò qualche minuto e durante "il rito" nessuno si azzardò a emettere un fiato. C'era la famiglia al gran completo quel giorno: il Nero e Orazio sedevano sulle poltrone ai lati del divano e Mimì se ne stava in un angolo vicino a madame. A sonnecchiare, come al solito. Quando Sophie reputò che il tè era rimasto a sufficienza in infusione, cominciò a versarne nelle tazze per gli altri e per se stessa. Poi poggiò le labbra sulla porcellana fine che conteneva la bevanda e disse: «Sono solo sei gli alberi da cui si ricava questo tè. E sono stati piantati per l'uso esclusivo degli imperatori. Oggi servono un'altra dinastia: i Qing, più qualche straniero che se ne intende. Trovare e comprare il Da Hong Pao è difficilissimo. Il che lo rende ancora più buono, *mes amis*».

«Maman, ti ricordi in quanto lusso abbiamo vissuto? Prima, intendo».

«Oui... Ma non è così adesso. Dobbiamo adattarci. E andrà sempre peggio ora che la missione non è andata a buon fine. Tanto vale bere questo tè e goderselo fino all'ultima goccia», rispose madame non senza una punta d'amarezza.

«Non ci sono più speranze, vero?», domandò Orazio.

Madame fissò il Nero che le rispose mostrando i denti bianchi. Voleva dire no, non ci sono più speranze.

«No, figlio mio. Ormai sei rimasto soltanto tu a crederci. Hanno provato a rimediare all'ultimo momento, ma è fallita anche quella mossa disperata».

«Che ne sarà del ragazzo?», chiese l'uomo.

«Ci parleremo quando arriverà. Dovrebbe accadere a momenti». Il Nero confermò fissando madame negli occhi.
«Lo punirai?»
«Dipende», rispose madame laconica.
«Dipende da cosa, maman?»
«Da come si comporterà, mon chou».
«Che cosa faremo adesso?», Orazio combatteva con se stesso per non rivelare la sua paura. La paura della fine.
«Qualcosa faremo. Non ci mancano né coraggio né risorse. E non è escluso che in un prossimo futuro bussi alla nostra porta un altro asino».
«Potremmo non avere un futuro, maman».
«Ti sei svegliato troppo pessimista oggi, Orazio», rispose secca Sophie, poi aggiunse: «gli asini sono una merce rara, sembrano introvabili, eppure il mondo ne è pieno. E non è detto che dobbiamo andare via proprio subito. Possiamo ancora aspettare, possiamo ancora nutrire qualche timida speranza. Magari abbiamo sbagliato obiettivo. Magari il Mercurio potrebbe essere qualcun altro. Forse dovevamo concentrarci su quel monaco che si era finto pazzo... Quel Campanella. Lui ce l'ha fatta».
«Ce l'ha fatta perché si è finto pazzo e perché ha aiutato papa Urbano VIII. Non è la stessa cosa maman, ci serviva un uomo puro che non avrebbe accettato compromessi», rispose Orazio sconsolato.
«Lo so, ma Tommaso non si è rivelato forse una risorsa in passato? E poi è stato tutto sommato l'unico a ricordare Iordanus... quando il resto del mondo l'ha cancellato, nel momento esatto in cui le braci del rogo si spegnevano sono tutti saliti sul carro del vincitore. Traditori...».
«Questo fa di Campanella un uomo d'onore, maman, ma non fa di lui un Mercurio».
«Mon chou, detesto parlare con te quando sei così negativo. Ti prego taci», madame appariva infastidita, il figlio l'assecondò e prese a bere il suo tè in silenzio.
«Che ne dite, non è ottimo?», domandò Sophie improvvisamente allegra, come se i loro problemi non esistessero.

«Maman, sta succedendo qualcosa», la avvisò Orazio all'improvviso.

«Non qualcosa, mon chou, qualcuno», madame socchiuse gli occhi per un istante poi guardò il Nero che le sorrise. Sì, il ragazzo stava tornando.

«L'asino è sulla spiaggia, signori. Dovremmo andare ad accoglierlo», confermò Sophie.

Si alzarono tutti insieme. Madame sollevò delicatamente Mimì dal divano e se la strinse al petto. Poi disse: «Oh adoro andare a salutare i vecchi amici. E poi dopo un viaggio così lungo!», schioccò un bacio al gatto che la ripagò facendo oscillare la coda. Infine, si diressero in silenzio verso la biblioteca.

Capitolo 50
Il viaggio di ritorno è sempre più breve
Roma, 18 agosto 1600

John gli mostrò un'immagine. Una donna castana dalle forme abbondanti cavalcava un cervo, nelle mani stringeva una mela e un mazzo di fiori. Era un quadretto dipinto su carta, i colori slavati come se avesse passato troppi giorni ripiegato e conservato al sicuro, in un luogo segreto. La donna, Prospero lo notò immediatamente, era bellissima e morbida. La pelle doveva avere la consistenza di una pezza di seta della qualità più fine. Non appena lo pensò, il ragazzo non poté fare a meno di guardare John con un'espressione che tradiva un vago senso di colpa: come se avesse appena fatto un commento pesante a sua moglie o alla sua amante. L'inglese capì al volo e lo rassicurò: «Non ti preoccupare perché pensi ciò che stai pensando. Lei non è mia. Anzi, è proprio quel tipo di attrazione che devi liberare se vuoi usare il talismano... Concentrati, Prospero. Non so che mezzi hai usato per arrivare fin qui. Ma di certo noi non abbiamo la stessa forza delle persone con cui hai parlato nel futuro. Dobbiamo accontentarci di quello che possiamo fare qui e ora. Quale immagine hai usato per arrivare quando sei partito?»

«Ne ho usate varie. Ma quella che mi ha colpito di più è l'allegoria del tempo... Credo che nello specifico fosse proprio l'immagine di un dipinto di Tiziano, c'erano tre teste di animali, un cane, un lupo e un leone...», rispose il ragazzo.

«Bene, le tre teste rappresentano futuro, passato e presente... E non solo... Quella è anche l'allegoria della Prudenza, che a sua volta è composta da tre parti: intelligenza, memoria e provvidenza. È uno dei simboli dell'arte della memoria di cui Iordanus era maestro. L'immagine è collegata anche alla serie di Saturno del Teatro di Camillo, ma il teatro è andato perduto... In ogni caso, dovrai trovare il modo di inserirle nella tua visione. Lei ti può accompagnare ma tu devi fare quasi tutto il lavoro e noi non possiamo far altro che stare qui e proteggerti se mai dovesse capitarti qualcosa...», spiegò John.

«Perché, che cosa deve succedermi?», domandò Prospero preoccupato, poi pensò che John evidentemente non era a conoscenza che il teatro era a Roma nella casa della Rotonda e in mano a Sophie. Ma non disse nulla, gli era stato espressamente vietato di parlarne e il tono vagamente minaccioso di madame gli rimbombava ancora nelle orecchie.

«Nulla di grave, Prospero, non preoccuparti. Sappi che noi saremo qui, vicino a te. Non sei solo...», lo rassicurò Joachim.

«Io non so come fare...», mormorò il ragazzo, sfiduciato.

«Devi solo concentrarti. Al resto penserà la donna sul cervo. Fidati di lei. Guardala e respira. Ciò che susciterà nel tuo cervello è personale e tale deve rimanere», John gli sorrise e i respiri di Prospero ripresero un ritmo regolare. Il ragazzo inspirò profondamente e subito dopo svuotò i polmoni. Fu come spalancare le finestre in una casa chiusa da troppo tempo. L'ossigeno gli si riversò nel sangue aprendogli la mente a pensieri meno cupi. Si sentì riscaldato e al sicuro. E cominciò a fissare il talismano della donna. Lo guardò a lungo, senza farsi prendere da mille altri pensieri e domande che ogni tanto, a tradimento, la mente gli portava in superficie. Ma nulla accadde. Non subito per lo meno. Stava quasi per abbandonare la meditazione e chiedere aiuto ai suoi amici quando un dettaglio dell'immagine catturò tutta la sua attenzione. Sul collo del cervo qualcosa si muoveva. Prospero strizzò gli occhi per mettere meglio a fuoco, poi vide che il pelo dell'animale si muoveva ritmicamente. Era il suo cuore che batteva, la pelle si alzava e si abbassava e lui fu preso da quel movimento, ci si trovò in mezzo, lo aiutò a concentrarsi ancora di più. A entrare nel talismano. Senza neanche accorgersene era nel bosco, al cospetto della donna che gli sorrise nel modo più dolce possibile. Ma non gli disse una parola. Piuttosto gli porse la mela che aveva in mano e Prospero l'addentò. Il succo gli colò sul mento e il ragazzo si domandò, con la parte di sé che era ancora lucida, come fosse possibile uscire dal proprio corpo e sentire ancora il sapore di un frutto, la consistenza della polpa, il succo che scivolava in un rivolo sulla faccia e poi sul collo. E poi pensò che non aveva mai assaggiato una mela così buona e così perfetta. La donna gli tese una mano. Lo aiutò a salire sul cervo. Cavalcarono per un po' in silenzio nel bosco. I capelli castani gli solleticavano il viso e profumavano di mare e di fiori. Sentì che si stava innamorando e che si trovava nel miglior posto possibile al mondo, con la persona migliore. Sentì che il suo cuore apparteneva a quella donna e sarebbe stato suo per sempre. Sotto di lui, la muscolatura scattante del cervo gli procurava una sensazione di vitalità e di gioia. Era come se il mondo naturale lo accogliesse in un abbraccio caldo, materno e al tempo stesso sensuale. Era la perfezione e Prospero ebbe solo pensieri d'amore, com'era giusto che fosse in quella situazione, come gli aveva raccomandato John. Nel momento esatto in cui la mente del ragazzo evocò il medico inglese ci fu uno scricchiolio. I capelli della donna cominciarono a profumare in maniera differente, la brezza marina che emanavano prese una sfumatura simile al mare in tempesta, mista a un odore di pesce, l'aroma di fiori che emanavano i suoi ricci diventò forte, come se i fiori fossero ormai recisi da troppi giorni. E l'animale che era sotto di lui aveva il pelo troppo ruvido, gli bucava la stoffa dei pantaloni e gli scorticava la pelle delle gambe. In quell'istante ebbe la sensazione che qualcuno gli stava poggiando un peso sulle sue ginocchia. Non pensò a guardarsi il grembo per capire che cosa fosse. Solo si distrasse per un secondo e rischiò di perdere tutto quello che aveva fatto fino a ora. Il respiro gli si fece irregolare, il battito costante del cuore del cervo gli ricordò un tamburo e lo agitò invece di calmarlo, la donna gli sembrò meno bella, meno attraente di quello che pensava e la sensazione di sensualità che emanava ogni suo gesto gli sembrò sconcia, volgare. Fu un momento, però. Soltanto un momento. Perché nell'istante in cui stava per razionalizzare queste sensazioni vide che all'orizzonte si stavano stagliando delle ombre. Erano i tre animali del dipinto di Tiziano. E tutto, all'improvviso, tornò alla onirica normalità in cui era immerso da quando aveva salutato i suoi amici. Il cane, il lupo e il leone lo attendevano vicino al tronco di un albero secolare. Era una quercia, o meglio, era "la" quercia delle sue estati al paese. La riconobbe subito, per come i rami si contorcevano e per come le foglie tremavano al contatto con la brezza fresca che si poggiava anche sul suo viso. Scese dal cervo e guardò la donna che ricambiò il suo sguardo con un sorriso ammaliante. La signora, quindi, si sporse dalla cavalcatura e gli mise una mano fra i capelli. La mano poi scese sul viso e lo accarezzò con tutto l'amore che può contenere il morbido palmo di una mano minuscola. Prospero socchiuse gli occhi e si disse che sarebbe potuto morire in quel momento, che non gli sarebbe importato. Ma invece di accasciarsi al suolo e sparire dal mondo, aprì gli occhi e guardò i tre animali che lo aspettavano pazientemente. Doveva seguirli. Era suo dovere e accompagnarlo era il loro compito. Avrebbe compiuto con loro l'ultima parte del viaggio. Non appena ebbe terminato di formulare quel pensiero, lupo, cane e leone scattarono in piedi. Il leone si stiracchiò con fare pigro, il lupo accennò un balzo in avanti e il cane si trattenne ancora un secondo per grattarsi dietro un orecchio e per mordicchiare qualche parassita che gli dava fastidio. Prospero cominciò a camminare verso di loro e quando fu arrivato si voltò indietro per salutare la donna che però era già sparita. Non provò dolore. Non provò nulla. Il richiamo di quel branco così strano era troppo forte. Lo condussero nel fitto di una foresta intricata. Ogni volta che lo vedevano in difficoltà si fermavano per aspettarlo ma non gli permisero mai, in nessun momento, di toccarli o di avvicinarsi troppo. Più di una volta il ragazzo avrebbe voluto provare l'ebbrezza di affondare una mano nella criniera fulva del leone, o di accarezzare il pelo chiaro del lupo. Ma non gli fu concesso. Almeno fino al limitare del bosco, quando il leone gli si avvicinò e si accucciò ai suoi piedi. Era il suo presente che lo chiamava. E Prospero lo comprese perfettamente, lo comprese con i muscoli delle gambe e delle braccia, lo comprese con il cuore e con le budella. Diventò lui stesso l'idea di comprensione. Il leone gli si offriva e lui gli montò sulla groppa. Era un animale gigantesco, ancora più grande di quelli che aveva visto sulle riviste illustrate che raccontavano l'Africa e i suoi abitanti. Ma non ebbe paura. Quel leone non gli avrebbe fatto del male, anzi, l'avrebbe protetto e l'avrebbe condotto in piena sicurezza oltre i rami intricati che componevano il bosco. La sua nuova cavalcatura lo accompagnò in una radura meravigliosa. Prospero si trattenne qualche secondo ad ammirarne la vivacità dei colori, gli odori di erba, fiori e terra e anche per quella valle provò un amore sconfinato, ma un amore sereno, che non gli provocava dolore, né pensieri piccanti. La amò come si ama una sorella. Totalmente. Scese dalla groppa dell'animale che gli poggiò la testa sul petto ed ebbe tutto il tempo per accarezzarlo, per affondare la faccia nel suo pelo morbido, per ascoltare il ruggito sommesso che gli regalava e che gli ricordava le fusa di un gatto gigantesco. Su quel suono, però, qualcosa cominciò a tintinnargli nella testa. Il leone perse di consistenza e così anche la valle e il bosco che si era appena lasciato alle spalle. Il pelo della bestia cominciò a scurirsi, la criniera a ritirarsi, le sue dimensioni, da enormi che erano iniziarono a ridursi sensibilmente. Sbatté le palpebre per mettere meglio a fuoco il paesaggio intorno a sé che cambiava e, all'improvviso, il leone era diventato Mimì, le fusa erano rimaste e lui era di nuovo nella sua camera da letto della pensione alla Rotonda e aveva un febbrone da cavallo.

Capitolo 51
La febbre
Roma, settembre 1889

Prospero era un grumo di dolore. Invocò la morte un paio di volte. Quasi sempre di notte, quando i corpi che si muovevano intorno a lui e che a malapena riusciva a percepire, non c'erano. Soltanto le fusa di Mimì riuscivano a farlo sentire meglio, a riportarlo a uno stato di semi-normalità in cui tornava a sentirsi un essere umano febbricitante e non un mostro sacrificato sull'altare del dolore cosmico. La gatta non lo abbandonava un minuto e, quando non c'era, Prospero si sentiva perduto. Entrava nella stanza spingendo la porta socchiusa con la zampetta, saltava sul letto con il massimo della delicatezza, fermandosi sempre qualche istante per essere sicura di non averlo spaventato e, prima di sdraiarsi vicino a lui, non dimenticava mai di farsi sentire, appoggiandogli la testa contro la fronte bollente, solleticandogli il viso con le sue vibrisse lunghissime. In quei momenti il ragazzo si riprendeva, usciva dal deliquio e si rendeva conto di dove si trovava, in che epoca era e che il viaggio era terminato finalmente. Il resto del tempo lo passava abbandonato a quell'incubo di febbre e delirio in cui si sovrapponevano ricordi a paure, memorie a sogni. Un momento veniva assalito dai tre animali che aveva incontrato sulla via del ritorno. Ma la sua coscienza lo obbligava con sadismo a osservare la scena dall'esterno, così aveva modo di vedere il suo corpo dilaniato e il lupo che infilava il muso sporco di sangue in uno squarcio per cavare chissà quale organo interno e mangiarlo a bocca aperta, ringhiando agli altri che si affannavano per strappargli un pezzo del boccone migliore. Era un'immagine terrificante, ma le cose non miglioravano perché sempre, puntualmente, arrivava la donna a cavallo del cervo. La prima volta che la rivide nel delirio tirò un sospiro di sollievo: forse era venuta a salvarlo o a seppellirlo? Poi si rendeva conto che sul cervo non c'era la splendida signora con cui aveva cavalcato, ma una donna decrepita, con la pelle vizza e lo sguardo cattivo. Nel sogno guardava gli animali che facevano scempio di lui e scoppiava in una risata crudele. Non era lì per salvarlo, ma per godersi lo spettacolo. Anche il cervo assomigliava a un mostro, con la pelle che a malapena copriva le ossa e le corna invase dalle ragnatele. Il pelo era come marcito e dalle froge umide dell'animale uscivano ragni e altri insetti immondi. Era una visione terribile di marciume e decomposizione e lui si sentiva vittima di quell'incubo da cui però non riusciva a separarsi. Anche i ricordi di ciò che aveva vissuto nel Seicento lo torturavano. La pira in particolare. E quell'odore di carne bruciata che l'aveva sconvolto il 17 febbraio. Prospero vedeva il monaco ridotto a un tizzone nero che si liberava dalle corde, scendeva dal macabro palco che gli avevano allestito e veniva a toccarlo. Il ragazzo cercava disperatamente con lo sguardo John e Joachim, ma quelli avevano gli occhi chiusi ed erano assorti nei loro rispettivi mondi interiori, troppo presi a recitare litanie in latino per aiutarlo. Iordanus infine gli artigliava il mantello e lo rimproverava per non averlo potuto aiutare: «Non sei venuto a liberarmi», diceva. «l'Apocalisse sarà solo colpa tua». Prospero smaniava, chiedeva aiuto, si lamentava. In quei momenti, provvidenzialmente, una mano fresca si poggiava sulla sua fronte. Ma non era in grado di riconoscere di chi fosse, se di Orazio, del Nero o di Sophie o della vecchia cameriera che assomigliava incredibilmente alla serva del bordello in cui aveva trascorso gli ultimi giorni nel passato. Quando quella mano veniva a tranquillizzarlo, la sua mente sconvolta gli faceva sempre visualizzare una processione di fanciulle danzanti con i capelli intrecciati, le seguivano degli uomini dall'espressione grave i cui crani rasati di fresco, brillavano alla luce di un sole accecante. Il corteo raggiungeva una porta di pietra di dimensioni gigantesche. Poi la visione cambiava. Lui era dentro la porta e vedeva il gruppo che si avvicinava fra canti e balli. Vedeva la porta che lentamente si chiudeva imprigionandolo dentro, sentiva il crepitio di un fuoco che si accendeva e lui rimaneva solo, nelle tenebre, a piangere di noia e di rabbia. Ogni tanto, invece, era un falco in volo su Roma. Vedeva il Colosseo dall'alto con la Meta Sudans che gli stava accanto. Vedeva la gente a passeggio e le donne avevano tutte un ombrellino grazioso con cui si riparavano se il sole diventava troppo forte. Volava su piazza Montanara e sui braccianti in attesa di lavoro davanti al Caffè dell'Agricoltura; vedeva la Piramide immersa nella campagna e nel silenzio e vedeva i clienti dell'osteria che si accoltellavano per una *fojetta* di vino e una mano di carte. Non c'era pace per la mente di Prospero. Né per il suo corpo e ogni volta che ne rientrava in possesso lo sentiva come qualcosa che non gli apparteneva più: un groviglio di carne morta e liquami putrescenti che si scioglieva lentamente nella vecchiezza di quel palazzo antico. Soltanto la sua bisaccia di cuoio, dove Orazio aveva sistemato un bagaglio spartano gli parlava da un angolo. Si mostrava consunta e pienotta, come la promessa di un'altra avventura da vivere al più presto. Prospero, in un momento in cui la febbre sembrava essergli calata un pochino, pensò che non la ricordava così piena alla partenza. Ma poi ricadde nel delirio e quel pensiero non lo sfiorò più per molti giorni a venire.

Capitolo 52
Amour et Mort
Roma 1889

La febbre, poco a poco scendeva. Prospero ebbe modo di riemergere dal suo mondo terribile gradualmente. Una mattina si svegliò semi-cosciente, a esclusione di un dolore fisso alle tempie che lo torturava da giorni. Ma la febbre, lentamente, calava. E il ragazzo, ormai, riusciva anche a sentire il momento esatto in cui il calore abbandonava il suo corpo dandogli un sollievo momentaneo che durava quasi tutta la giornata. Le notti, invece, erano ancora terrificanti, fatte di sogni e smanie che lo lasciavano esausto e disperato, sudato e dolorante. Ogni mattina si svegliava al tocco gentile di un panno bagnato che gli copriva la fronte. Un odore pungente d'aceto gli faceva aprire gli occhi quel poco che gli bastava a mettere a fuoco la persona che lo stava curando: era Sophie, in compagnia di un'inseparabile Mimì che continuava a non lasciarlo solo neanche un istante. Quei due esseri erano una coppia infallibile: la donna lo assisteva amorevolmente, lo cullava con canzoni di cui non riusciva a capire le parole, lo coccolava in mille modi, lo accarezzava. La gatta si muoveva insieme alla padrona a un ritmo perfetto, come se entrambe condividessero i segreti della coreografia di una strana magia di guarigione e fossero impegnate a metterla in pratica per salvargli la vita. A Prospero piaceva trascorrere quelle ore sofferenti in compagnia della piccola Mimì, il contatto con il mondo reale passava per il suo pelo morbido, per le sue fusa, per quelle volte in cui la zampina gli si avvicinava piano piano al viso e gli si poggiava su una guancia come se la gatta sapesse che agli umani piacciono le carezze. Il ragazzo aveva imparato ad aspettare il tocco delicato dei cuscinetti freschi sul suo viso infuocato, di notte lo anelava, di giorno lo attendeva quasi con impazienza, ma Mimì non se ne dimenticava mai. Madame, invece, per lui era diventata come una seconda madre. Mai Prospero aveva conosciuto una tenerezza più sconfinata. Mentre giaceva nel suo letto senza riuscire a muoversi, pensava spesso che Sophie si stava comportando come se vivesse per amarlo, per prendersi cura di lui. La mattina accorreva nella sua stanza con la bacinella piena di acqua fresca e aceto e dei panni di cotone morbido sempre puliti. Arrivava trafelata, ancora in vestaglia e con i lunghi capelli rossi sciolti sulle spalle. Entrava di fretta, come se avesse fatto tardi, con l'aria colpevole di chi è stato trattenuto da una sciocchezza e ha mancato l'appuntamento più importante della sua vita. Appoggiava il catino sopra il comodino al lato del letto, immergeva una pezza, la strizzava per bene e si assicurava che fosse sveglio per non spaventarlo. Lui era già sveglio da ore, ovviamente, ma fingeva di dormire perché adorava quel momento speciale che condividevano ogni giorno. Prospero faceva finta di riemergere dal sonno profondo, sbatteva appena gli occhi e poi tornava a chiuderli. Lei gli poggiava il panno sulla fronte e iniziava a raccontare. Lo curava e gli parlava. Gli parlava di qualsiasi cosa, delle notizie del giorno, del tempo, del clima, delle questioni di casa, ma mai gli fece alcun accenno alla sua avventura e alla sorte del Mercurio. E non mancava di sussurrargli parole dolcissime di amore infinito, di dargli nomignoli in francese che in un altro momento lo avrebbero irritato, ma in quelle condizioni erano come musica, la sinfonia dell'amore che lei provava per lui. Un amore che lo stava facendo guarire, che lo strappava ai suoi stessi incubi. Anche l'ora dei pasti era per Prospero una piccola festa. La qualità del cibo non era cambiata e in una parte lontana del suo cervello il ragazzo si prendeva in giro dicendosi che mai e poi mai avrebbe pensato che mangiare alla pensione della Rotonda fosse un'esperienza così desiderata, così attesa. Eppure l'arrivo di madame con il vassoio equivaleva per lui, in quei giorni, all'epifania di una santa mistica del passato, accompagnata dalla luce e da una musica celestiale composta sicuramente da schiere di angeli che concorrevano a una sua pronta guarigione. In quei momenti la donna si sedeva delicatamente sul letto e lo imboccava seguendo ogni sua mossa con un'attenzione infinita. Prospero mandava giù cucchiaiate di minestra disgustosa con passione e voracità e dentro di sé, lentamente, l'immagine di quella donna si andava sempre più sovrapponendo a quella cara del viso della sua vera madre, per la quale, giorno dopo giorno, gli sembrava di non provare più nulla, solo un affetto vago, lontano, come verso una persona che si è conosciuto in un passato remoto e di cui non si ricordano più neanche le fattezze. Dopo vari giorni di agonia, una mattina, finalmente, il ragazzo si svegliò bene. Il mal di testa lo aveva quasi abbandonato lasciandolo vuoto e leggero, pronto a ricevere sollecitazioni positive. Aprì gli occhi all'alba, mentre un venticello fresco si insinuava nella stanza asciugandogli il sudore della notte in un colpo solo e facendolo rabbrividire. In quel momento si fece largo Mimì, che saltò sul letto e gli si tuffò sul collo, con il solito coro di fusa. Giocarono un poco, per quello che la posizione supina gli poteva permettere. Poi la gattina si accomodò in un angolo del letto e si addormentò dolcemente senza mai smettere di testimoniargli il suo affetto. Subito dopo entrò madame, sempre scarmigliata, trafelata e ancora in vestaglia, con un vassoio su cui aveva sistemato una ciotola con del latte fresco e un vasetto che conteneva un'unica rosa rossa. Non appena lo vide – sveglio e di buonumore – la donna lo salutò con un sorriso gioioso. La sua guarigione era una specie di vittoria personale. Senza dire una parola poggiò il vassoio sul comodino, un gesto che ormai Prospero considerava una specie di rituale benefico. E si sedette sul bordo del letto per imboccarlo.

«Faccio da solo, madame, grazie… mi sento meglio», Prospero le parlò. Aveva la voce di uno che è stato in silenzio per troppo tempo.

«Ottima notizia, monsieur!», rispose la donna lieta. Gli piaceva farle vedere che stava meglio. Adorava vedere quello sguardo orgoglioso che accendeva gli occhi di Sophie. Era una sua creatura e le apparteneva. Ma il pensiero, in quel momento, non lo turbava per niente. Era un bravo scolaro. Era obbediente e si impegnava. Era guarito e solo per farle una cortesia, per ricambiare quei gesti d'amore disinteressati.

«Sono contenta di vedere che Saturno è stato domato! Ah, il Sole è sempre un rimedio miracoloso!», esclamò la donna.

«Saturno? Il Sole?», Prospero avrebbe voluto sprofondare un'altra volta nella febbre. Voleva dimenticare il passato appena vissuto, le parole astruse, le formule magiche e ogni singola frase in latino che aveva ascoltato nell'ultimo periodo. Provò a spiegarsi, ma non ce la fece. E si riabbandonò sui cuscini con la ciotola di latte, ormai vuota, ancora stretta fra le mani. Sophie finse di non aver visto la disperazione emergere nello sguardo del ragazzo e continuò: «Abbiamo recitato incantesimi al Sole e a Giove per molte notti. E alla fine siamo riusciti a strappare l'eccesso di malinconia con cui Saturno ti ha fatto ammalare. Mi dispiace molto per te, ragazzo, la tua natura è profondamente legata a quel pianeta, questo ha fatto di te un ottimo asino, ma ora basta. Rischiava di ucciderti, mon cher, dovevamo intervenire…». Prospero si limitò a fissarla. Una parte di sé godeva nel sentirla dargli delle spiegazioni. Parlare. Anche se pure non riusciva a controllare un certo fastidio nell'ascoltare quei discorsi strambi. Mentre la febbre scendeva tutte le vecchie sensazioni lo riportavano al punto di partenza. Nonostante cercasse di opporsi, non ci riusciva. E la cosa lo faceva infuriare.

«Mon cher…», Sophie riprese a parlare. «Ti rimetterai prestissimo. Così potremmo parlare, finalmente. Ci sono tante cose che ci devi raccontare. E anche tu dovrai avere qualche risposta, immagino. In cambio però, tu lo sai che cosa ti chiedo…».

«Madame…», le parole gli si strozzarono in gola. Voleva dirle di lasciarlo in pace. Di lasciarlo tranquillo. Che si sentiva ancora male. Che poteva ricadere nel deliquio un secondo dopo. Che la testa ancora gli scoppiava e aveva bisogno delle sue cure ancora qualche giorno, ancora un po'. Aveva bisogno di sentirsi amato, l'unico amato sulla faccia della Terra. E voleva essere amato da lei, non voleva che lo sconvolgesse ancora una volta. Lei proseguì senza pietà: «Lo sai, l'hai sempre saputo che c'era un prezzo. Per questo mi piaci. Sei stato leale. Ti sei messo in una situazione dalla quale saresti potuto non uscire vivo, eppure l'hai fatto ugualmente, sapendo che per te non ci sarebbe stata comunque gloria, né riconoscimenti materiali. Se avessi portato indietro la soma che ti era stata affidata avresti avuto un ruolo determinante nella salvezza del mondo. E nessuno l'avrebbe saputo. Nessuno ti avrebbe mai ringraziato per tutta la tua fatica. Per aver accettato i rischi. Del resto, tu lo sapevi, mon cher, lo sapevi che non puoi parlarne con nessuno, che nessuno saprà mai…».

«Madame vi prego…», cercò di intromettersi. Sophie scambiò quella frase per l'ultimo tentativo di negoziazione sul suo silenzio, o almeno finse di intenderla così.

«Non… Non insistere. Non devi insistere…», il tono si era fatto aspro. La donna gli si avvicinò per raccogliere la ciotola vuota sul letto e, con un fazzoletto immacolato, gli asciugò gli angoli della bocca. Poi fece sparire il fazzoletto nella manica della vestaglia e prese a carezzargli il viso e i capelli. Mentre lo faceva si avvicinava sempre di più. Si fermò soltanto quando le punte dei loro nasi quasi si toccavano. Prospero riuscì a sentire il profumo della sua pelle: acqua di rose che sicuramente utilizzava la mattina per rinfrescarsi, come molte donne. Il fiato le profumava di violetta e se ne stupì, perché era sempre stato certo che in realtà il suo respiro puzzasse, rivelando la vera età della signora. All'inizio si concentrò su questi dettagli di poco conto, ma le parole della donna lo riportarono ferocemente alla sua realtà. Non era morto di febbre, ma quello che lo attendeva era un nuovo incubo. Le dita della signora gli artigliarono i capelli e gli tirarono indietro la testa. La presa si strinse e lui cominciò a sentire dolore. In questo modo, con la testa innaturalmente tenuta all'indietro era costretto a guardarla in faccia, a fissarla mentre lo minacciava.

«...hai promesso, mon cher. Sai qual è la pena per una promessa tradita? Monsieur, potrai anche sparire dalla faccia della Terra, ma ovunque tu sarai io ti raggiungerò e verrò a strapparti il cuore con le mie mani». Sophie scoppiò in una delle sue risatine. A Prospero parve il verso di una iena. Si sforzò di sostenere il suo sguardo mentre madame parlava e fu come guardare le fiamme degli Inferi prima di esserne inghiottito.

Capitolo 53
È difficile ammazzare un asino
Roma 1889

Ogni giorno andava un po' meglio. Soltanto le forze di Prospero ancora latitavano. Tenere in mano un bicchiere era un'esperienza da cui usciva consumato. Quando provò a mettersi seduto sul letto, gli sembrò di essere stato scaraventato in aria da una catapulta e di rimanere immobile fra le nuvole un istante prima di precipitare. Anche mangiare cibi solidi era un affare complicatissimo, gli dolevano i denti e le mandibole bruciavano se si trovava costretto a masticare per pochi secondi. E poi lo stomaco, rimpicciolito da giorni di digiuno e brodini, non tratteneva altro che porzioni da uccellino che impiegava ore a digerire. Si guardava le braccia e non le riconosceva. Doveva aver perso parecchi chili, si era consunto a forza di calore e fame. "A forza di esperienze e dolori", in realtà pensava il ragazzo quando, di notte, cercava di mettere in fila gli eventi per fare ordine nel suo cervello traumatizzato. Eppure, tutta la vita passata gli sembrava congelata nell'istante dell'ultima minaccia di Sophie. Quello sguardo folle, quegli occhi che le fiammeggiavano e, in particolare, il tono della voce, lo avevano lasciato inerme e terrorizzato come al solito. Ancora ricordava la sensazione di avere la sua mano fra i capelli; la differenza fra le mille carezze che gli erano state donate nei giorni precedenti e quell'artigliata spietata che aveva accompagnato le parole di Sophie. Se, faticosamente, riusciva a portare la mano sul cuoio capelluto poteva quasi sentire la pelle irritata da quella stretta. Come se madame avesse voluto lasciare dei segni di ustione dove l'aveva toccato, segni che non sarebbero mai guariti, che gli avrebbero ricordato per sempre di non fare parola di quello che gli era accaduto, delle persone conosciute, dei libri letti, o dei discorsi di cui era stato testimone.

«Ma come pretende che dimentichi?», si domandava il ragazzo nei momenti in cui si trovava da solo. «Come dimenticare Tomáš, John e Joachim? Come cancellare gli uomini di Fratel R. C. e lui stesso. E quel Padre Rossi che ancora custodisce il segreto della presenza dei miei tre ospiti a Santa Prassede nel 1600?». Impossibile levarseli dalla testa. Quanto più le forze tornavano e la febbre scendeva, tanto più vividi gli tornavano alla mente i suoi giorni romani. Non ne avrebbe veramente mai fatto parola con nessuno, ma ricordare era un suo diritto. Amare i suoi amici a distanza sperando che almeno un atomo di quell'affetto li raggiungesse, era una sua legittima speranza e ci si sarebbe aggrappato. Spesso si chiedeva se tutto fosse andato bene. Se tutti fossero tornati a casa senza problemi ulteriori. Avrebbe potuto interessarsi della storia dell'epoca per vedere se qualcuno di loro fosse diventato un personaggio conosciuto. Pensò che l'unico di loro che aveva qualche chance di passare alla Storia era soltanto Padre Rossi, che, come gli aveva rivelato in una loro conversazione, magari avrebbe fatto carriera. Forse pure John, il medico, poteva aver lasciato una traccia, magari in un libro, in un trattato. Sugli altri aveva dei dubbi, tutti avevano dedicato le loro vite all'anonimato con determinazione. Si disse che avrebbe potuto chiedere a Orazio. Il quale gli avrebbe potuto consigliare un libro per portare avanti queste ricerche. Poi pensò che il suo gesto sarebbe stato interpretato male, come una violazione all'accordo di segretezza stabilito con madame ed ebbe paura. E dopo la paura, puntuale, gli montò la rabbia. I ricordi gli si affollarono all'improvviso e anche quella sensazione di odio e di furore lo stupì. Era vissuto per giorni in uno stato di confusione mentale in cui gli sembrava di essere sprofondato in una bambagia piacevole e aveva dimenticato la forza della sua ira. Gli arrivò insieme all'immagine dei tre nella biblioteca di Santa Prassede. E nel modo sbrigativo in cui era stato allontanato dal monaco. La rabbia si condensò sull'ultimo ricordo di quella giornata folle: lui che guardava il legno del portone del convento e che si rendeva conto di essere stato allontanato con destrezza e senza ricevere le risposte che aveva sollecitato.

"Me lo diranno loro", pensò con odio. "Li obbligherò, stavolta".

E infine, precipitò nello sdegno. Una vocina continuava a martellarlo dal profondo del suo cuore: gli diceva che non avrebbe mai saputo niente. E gli consigliava di considerare il fatto che se i tre erano stati in grado di viaggiare fino al XVII secolo, allora forse sarebbe stato anche altrettanto facile portare a buon fine la missione che invece era fallita. Prospero saltò subito alle conclusioni. Non avevano ingannato e tradito soltanto lui, avevano tradito anche gli altri e gli parve una ragione più che sufficiente per liberare ancora di più il furore. Il culmine lo raggiunse pensando a Ser Tomáš che era morto per salvare la compagnia: si era sacrificato per mettere in salvo lui e coprire la sua fuga; ma si era sacrificato anche perché tutti gli altri venissero avvisati e non corressero rischi; e per il monaco, perché vivesse. E per i tre che evidentemente avevano avuto un ruolo e un dialogo con i membri della società segreta di cui aveva fatto parte. Sì loro si parlavano, ne era certo. Non sapeva perché ma sentiva che era così. E i tre erano intervenuti soltanto quando non c'era più pericolo, né più nulla da fare. E quell'espressione di Padre Rossi, poi, era più che eloquente. Quella era la faccia di un servo che ascolta una ramanzina mostrando deferenza. Non era un dialogo da pari a pari. Loro sapevano tutto, controllavano tutto e avevano tradito tutti. L'Apocalisse non sarebbe arrivata per colpa sua. I cattivi erano loro. Si diede dello stupido per essersi torturato tante volte sulle sue responsabilità. La missione doveva fallire. Erano loro che avevano deciso così. Tomáš e Iordanus dovevano morire. Gli altri dovevano andare dispersi. Le idee in cui credevano dovevano bruciare sul rogo. Per un momento il pensiero che la spia non fosse stato Steiner, ma uno di loro gli sfiorò la mente. Non ne aveva le prove, ma tutto diventava plausibile a quel punto.

«Demoni… maledetti…», mormorò. Non c'erano dubbi, ormai.

Un Prospero ormai completamente sfebbrato e guarito guardò in faccia la sua realtà: aveva contribuito, inconsapevolmente, a uccidere Giordano Bruno. A uccidere l'uomo di fiducia di un cortigiano di Rodolfo II. A far scoppiare la Guerra dei Trent'anni. A lui era stato dato il ruolo terribile dell'asino che porta questo peso mortifero. Ecco cosa voleva dire tutto. Ecco perché continuava a fare sogni in cui degli animali gli strappavano gli organi interni. Lui era come un'esca. Un'esca che avrebbe portato il mondo alla rovina. Pianse. Poi si rianimò. Era ancora in tempo per impedire lo scempio. Poteva ancora rovinare i piani di quegli esseri diabolici. Doveva soltanto rimettersi in forze. Riguadagnare abbastanza tono muscolare per alzarsi da quel letto e andare a parlare con loro. Era disposto a morire per onorare la memoria dei suoi amici e la loro dignità. Sarebbe stata quella la sua missione a partire da quel momento. Gli avrebbe insegnato che cosa vuol dire fare arrabbiare un asino.

Capitolo 54
In biblioteca
Roma, 1889

Una settimana era volata. Sebbene Prospero fosse rimasto sempre chiuso in camera e avesse ridotto al minimo gli scambi con i tre della pensione per mantenere viva la scintilla del suo odio, si era sempre tenuto impegnato. Con determinazione, e non senza un po' di sofferenza, cercava di mettersi in piedi e muovere alcuni passi ogni volta che si trovava da solo. Non voleva destare sospetti, così quando Sophie gli portava il pranzo o la cena esagerava una debolezza che in realtà quasi non esisteva più. Si era reso conto di essere un bravo attore. Con mille moine si metteva seduto e da quella posizione simulava la spossatezza del moribondo. Si lasciava imboccare diligentemente. Poi pregava madame di non dargli più niente. La sera, invece, si preoccupava di far sparire del pane, prima che il vassoio fosse ritirato dalla vecchia cameriera, che poi divorava di notte. E, dopo aver mangiato, si alzava e faceva esercizi per ripristinare il tono muscolare. Non fu semplice all'inizio. Facendo uno sforzo enorme, però, Prospero muoveva un passo dietro l'altro, vinceva le vertigini, si obbligava a rimanere in piedi. Ogni volta che il suo fisico gli implorava di smetterla, si obbligava a rimanere un altro po' sveglio, di fare un altro giro della stanza. Dopo due o tre giorni era perfettamente in grado di camminare senza sudare né avere voglia di svenire. E da lì, cominciò a stancarsi con flessioni, a tentare di sollevare la sedia davanti alla scrivania per rinforzare le braccia.

Non sapeva che cosa gli sarebbe potuto accadere una volta che si fosse deciso ad andare a parlare con i tre scombiccherati. Nel profondo del suo cuore era convinto che molto probabilmente non ci sarebbero state colluttazioni. Ma non era certo. E tutto era possibile quando si trovava al cospetto di madame e dei suoi. In realtà, però, ciò che veramente lo turbava era la possibilità che Sophie, oppure Orazio, lo liquidassero con qualche pietosa bugia. Stavolta però non sarebbe andato via senza conoscere la verità. Senza che qualcuno rispondesse alle due domande in cui aveva condensato tutti i suoi dubbi, tutte le sue paure: che cosa ci facevate nella biblioteca di Santa Prassede, se poi non avete mosso un dito per la salvezza del monaco? E chi siete voi e perché eravate così temuti? Da quelle risposte avrebbe anche compreso il loro ruolo in tutta la vicenda che lo aveva visto coinvolto fino a qualche settimana prima. Da lì sarebbe partito per decidere che comportamento tenere. Questo tipo di pensieri lo accompagnava come un mantra nei suoi esercizi di ginnastica clandestini. Quando rischiava di abbandonarsi alla disperazione, pensava a Tomáš e poi a Joachim. Alla loro freschezza, alla forza delle idee che avevano guidato le loro esistenze. Non gli interessava l'aspetto magico, anzi lo considerava il prezzo da pagare a un'epoca arretrata in cui la scienza non aveva ancora assunto il valore che aveva nella sua. Ciò che lo ammaliava in realtà era l'onestà dei loro cuori, la purezza delle loro convinzioni e l'audacia nel metterle in pratica. In quello Prospero ritrovava il carattere focoso degli eroi dei suoi tempi e comprendeva il senso della dedica sul monumento del domenicano eretico, con cui si voleva omaggiarne la memoria: *A Bruno, il secolo da lui divinato qui dove il rogo arse*. Fu con un'idea di nobiltà, di coraggio e rivalsa, perciò che quella notte, Prospero si decise per un'altra ispezione della casa. Voleva vedere se fra i libri di Orazio ce n'era qualcuno che potesse dargli notizie sulla sorte di almeno una parte di loro. Inoltre, la violazione dello spazio privato dei padroni di casa lo esaltava: era come uno sberleffo. Si alzò senza barcollare. Si diresse verso la porta, l'aprì e si ritrovò in corridoio. Sorrise fra sé e sé, era di nuovo in pantaloni, camicia e straccali, armato di un mozzicone di candela, ladro nella casa della gente che lo aveva curato dopo averlo cacciato nel guaio più grosso in cui si era mai trovato, a caccia di risposte o di indizi. Attraversò il corridoio con sicurezza, stavolta sapeva dove andare. Oltrepassò il salotto verde ed entrò nella biblioteca. Con gli occhi della memoria visualizzò il tavolo ordinato, i libri sistemati sugli scaffali un istante prima di aprire la porta della stanza, perciò si sorprese moltissimo quando invece mise a fuoco il caos in cui versava la camera più bella di tutta la pensione. Sul solido tavolo di legno erano accatastati volumi aperti, fogli sparsi, pergamene che sembravano antichissime. I quadri alle pareti erano stati spostati, a qualcuno era stata tolta la cornice che ora stava per terra, appoggiata alla parete ed era stato studiato sul tavolinetto basso davanti al camino. Anche le comode poltrone, che gli avevano sempre suggerito conversazioni colte fra amici, erano sepolte da carte e libri giganteschi. I tre dovevano aver studiato molto in quel periodo, forse fino a tarda notte e nessuno di loro aveva avuto il tempo o le forze di riorganizzare. Non aveva paura, non ne provò neanche un briciolo per tutto il tempo. Continuava a ripetersi che se mai fosse stato scoperto in quel momento avrebbe potuto rivendicare l'autorizzazione a frequentare la biblioteca che gli era stata concessa prima di partire. Quindi non si preoccupò, dimenticò di tendere le orecchie a ogni rumore e si dedicò, al massimo della concentrazione, a ispezionare i titoli e gli appunti che sembravano avere il dominio di tutto l'ambiente. La prima cosa che gli capitò sotto gli occhi fu una delle incisioni incorniciate che erano state strappate dal loro solito posto per essere studiate attentamente e da vicino. Rappresentava quello che al ragazzo sembrò subito un tempio egizio: c'erano una statua di un qualche dio toro e una mummia all'ingresso e subito dietro due obelischi ricoperti di geroglifici. Vicino a questi ultimi, su entrambi i lati, correvano sequenze di statue e altri obelischi, infine, due sfingi si fronteggiavano davanti all'ingresso vero e proprio del tempio che era anch'esso ricoperto di geroglifici intricati. Sotto l'incisione c'era un accenno all'urbanistica romana e il tempio, l'Iseo, era collocato tra il fiume e l'antica via Lata, una stradina che aveva già percorso durante le sue passeggiate in compagnia sia di Tomáš che di Joachim e John. Sotto quel foglio, che Prospero decise di considerare una mappa, c'era un libro aperto, le pagine erano spesse, i caratteri del frontespizio gli apparvero in quel momento come un messaggio in codice per l'alchimista esperto: era un'edizione pregiata dell'*Asino d'oro* di Apuleio di Madaura. Lo afferrò, fece cadere l'antica incisione ma non se ne curò e si mise a leggere nel punto esatto in cui era stato lasciato aperto. Ringraziò il cielo che fosse una versione in italiano: forse quell'uscita notturna avrebbe potuto avvicinarlo alla verità più di quanto aveva immaginato. S'immerse nella lettura, scoprendo di aver appena cominciato l'XI libro dell'opera di Apuleio che in tanti gli avevano citato durante il viaggio e non poté fare a meno di solidarizzare immediatamente con l'asino protagonista del racconto. Il testo, poi, lo fece tremare: parlava di lui, di quel momento.

«Dovevano essere le prime ore della notte quando, per un'improvvisa sensazione di paura, io mi svegliai...». Gli occhi del ragazzo saltavano di riga in riga, di paragrafo in paragrafo e più leggeva più malediceva l'alba che presto avrebbe svegliato tutta casa.

«...sentivo che il destino, soddisfatto ormai delle mie tante e così grandi sventure, mi offriva, benché tardi, una speranza di salvezza e perciò decisi di pregare l'augusta immagine della dea che m'era davanti...». La dea, alla fine, rispondeva. Ma non era una dea qualsiasi, era una donna stupenda, con il vestito cosparso di stelle e con un gioiello che decorava i suoi capelli lunghissimi e che simboleggiava la luce lunare. «...eccomi o Lucio, mossa alle tue preghiere, io la madre della natura, la signora di tutti gli elementi, l'origine e il principio di tutte le età, la più grande di tutte le divinità, la regina dei morti, la prima dei celesti, colei che in sé riassume l'immagine di tutti gli dèi e di tutte le dee, che col suo cenno governa le altezze luminose del cielo, i salubri venti del mare, i desolati silenzi dell'oltretomba, la cui potenza, unica, tutto il mondo onora sotto varie forme, con diversi riti e differenti nomi». Era Iside, si presentava poche righe più sotto. Prospero ebbe un brivido che imputò all'aria pungente dell'estate che finiva e proseguì senza curarsi di controllare a che punto era arrivata la notte. Lesse che la grazia veniva concessa al povero somaro e che su quella spiaggia, però, la dea esigeva anche il suo prezzo: «Ma ricordalo e tienilo bene a mente una volta per tutte, che la tua vita, fino all'ultimo giorno, è ormai consacrata a me. Del resto mi pare sia giusto che tu dedichi la tua esistenza a colei che per sua grazia ti ha fatto tornare uomo fra gli uomini. E tu vivrai felice, vivrai glorioso sotto la mia protezione, e quando il tempo della tua vita sarà compiuto e scenderai agli Inferi, anche allora, in quel mondo sotterraneo, nei campi Elisi, dove tu abiterai, vedrai me, come in questo momento, risplendere fra le tenebre dell'Acheronte, regina delle dimore Stigie e continuerai ad adorare il mio nume benigno». Iside chiedeva all'asino la vita stessa. In cambio gli aveva consigliato di mangiare le rose a lei sacre durante la processione che era prevista per il giorno successivo. Cosa che l'asino aveva fatto, diventando uomo. Il ragazzo lesse della sua consacrazione e della vita dedicata al culto della dea. Ma non riuscì a rimanere concentrato a lungo, l'ansia di essere scoperto aveva cominciato a distrarlo. Prospero chiuse il libro di scatto. Gli era arrivato un rumore improvviso e immediatamente si era accorto che la luce stava facendo il suo ingresso dagli scuri appena accostati. La notte era volata via e non aveva trovato nulla che gli potesse fornire notizie sulla sorte degli amici conosciuti nel passato. In compenso, però, aveva capito che i proprietari della pensione erano probabilmente seguaci di un culto pagano. Ed erano dei fedeli raffinati perché avevano trovato una casa proprio nella zona in cui, secondo l'incisione misteriosa, nell'antichità era stato costruito il tempio della dea. Il giudizio del ragazzo fu immediato: aveva a che fare con dei pazzi che scherzavano con il fuoco. Prospero fino a quel momento non aveva sprecato neanche un pensiero nei confronti del soprannaturale, ma tutta l'esperienza appena vissuta e la stranezza delle persone con cui si era trovato a trattare lo avevano portato fino al limite di un baratro e ora scrutava verso il basso, terrorizzato dall'idea di cadervi. Decise che avrebbe preso in mano la situazione: a colazione li avrebbe messi davanti alle loro responsabilità. Voleva anche sapere se per caso era stato drogato, se tutto ciò che gli era capitato era solo frutto di un'allucinazione indotta. Ma quelle due domande maledette che lo avevano torturato nei giorni passati non riusciva a togliersele dalla testa. E avrebbe posto anche quelle ai tre scombiccherati. E poi sarebbe sparito per sempre, non li avrebbe mai più voluti vedere.

Capitolo 55
L'allievo impaziente
Roma, 1889

Era ancora nella biblioteca quando l'idea si impose sopra tutte le altre riflessioni. Si affacciò timidamente all'inizio, poi prese corpo e si rivelò in tutta la sua prepotenza: doveva andare da Sophie, radunare gli altri e obbligarli a parlare. D'altro canto aveva obbedito fino a quel momento e si era fidato anche contro la sua stessa convenienza. E aveva sbagliato. Perché loro si erano rivelati dei truffatori. Quindi adesso dovevano rispondere alle sue domande e spiegare, non potevano più esimersi, né tergiversare. Nessuno al posto loro lo avrebbe fatto. I rumori che arrivavano dalla casa in procinto di svegliarsi smisero di preoccuparlo. Che lo scoprissero prima del suo ingresso teatrale, non aveva più importanza. Prospero si animò, tutto il sonno, la fatica, l'ansia accumulati nei giorni passati sembravano spariti. Il ragazzo continuava a sentirsi inarrestabile. Aprì la porta della biblioteca e si diresse per prima cosa verso il salotto. Sperava di trovarli già lì, ma era disposto ad andarli a stanare fin dentro le loro camere da letto e trascinarli di peso fuori dai loro sogni per parlare con lui. Percorse i pochi metri che lo separavano dalla stanza verde pensando ossessivamente alle domande: che cosa mi avete fatto? Chi siete voi? Perché eravate tenuti in tanta considerazione nel Seicento? Alle quali si aggiungevano via via altri interrogativi minori, sui libri, sui loro studi, sulle similitudini fra la sua vicenda e quella raccontata nel libro che aveva appena sfogliato e di cui tutti gli avevano parlato. E poi la domanda delle domande che gli era arrivata nella testa quasi per caso, mentre leggeva: che cosa c'entra Iside in tutto questo? Entrò nel salotto come una furia e rimase sgomento nel vederli lì, già vestiti di tutto punto, con l'aria di chi sta aspettando un ospite in ritardo. Una vocina dentro la sua testa si rammaricò di quella scena. Forse avrebbe avuto bisogno di qualche altro minuto per riflettere, per organizzare il discorso. Non era veramente pronto. E su quella titubanza si attaccò madame che cominciò quasi subito a parlare.

«Gradite del tè? È ottimo e molto pregiato. O forse una tazza di caffè? In ogni caso vi stavamo aspettando, ce ne avete messo del tempo per arrivare. Ma forse siete stato trattenuto dalle vostre letture? Vi capisco. L'XI libro delle *Metamorfosi* – o *Asino d'oro* che dir si voglia – di Apuleio è sempre così avvincente, monsieur. A me sarebbe successa la stessa cosa! Vi è piaciuta anche l'incisione di Athanasius Kircher? È molto antica, sapete? E molto preziosa. È un originale se non ve ne siete accorto, spero che l'abbiate trattato con cura». Prospero era allucinato: come faceva a sapere? Il ragazzo si obbligò a non lasciarsi turbare dai trucchetti della signora e non volle badare alla facilità con cui madame passava dal tu al voi ogni volta che gli parlava. Era comunque sicuro che la donna stava prendendo tempo per spiazzarlo. Ma non gliela avrebbe data vinta questa volta. Non era lì per farsi impartire una lezioncina di filosofia rinascimentale, né sui libri d'antiquariato. Stavolta reagì.

«Esigo di sapere che cosa ci facevate a Santa Prassede il giorno del rogo».

«Questo non possiamo dirtelo, Prospero», gli rispose Orazio che, per l'occasione, aveva scelto il tono gentile di chi è convinto di avere a che fare con un pazzo.

«E allora fatemi sapere che cosa potete dirmi. Non ho tempo da perdere io. Ne ho perso a sufficienza e, se non ve ne siete ancora accorti, nel frattempo qualcuno è morto per causa vostra. Per le vostre idee astruse. Ma a voi non importa, vero? Giocate ai maghetti in questo salotto fetido e vi sta bene così...».

«Abbiamo sempre apprezzato il tuo carattere focoso, Prospero, ma ti consiglio di non tirare troppo la corda con noi…», lo interruppe l'uomo con una calma serafica. Anche il Nero intervenne a modo suo. Fece schioccare le labbra sui denti e poi guardò il ragazzo intensamente. Stava ribadendo il concetto, ma questo il ragazzo non lo capì e continuò a sentirsi preso in giro.

«Sono stato la vostra marionetta per troppo tempo. A che cosa vi serviva il domenicano? Perché lo dovevo portare qui?», domandò sempre più agitato.

«Stai sbagliando le domande. Non ti verranno negate alcune risposte, Prospero, ma dovrai imparare a chiedere diversamente…», insisté Orazio.

«E allora, ditemi, perché proprio io?»

«Questo non possiamo dirtelo adesso… non ora per lo meno», ribatté l'uomo.

Il ragazzo era sul punto di esplodere. Aveva la bocca asciutta e la voglia di scuoterli fisicamente, di fargli del male.

«Monsieur… Credete che non si veda il vostro odio? Come vi ha già avvisato mio figlio, questa è una delle vostre caratteristiche che più di tutte ci hanno convinto a sceglievi per un ruolo di enorme responsabilità… Oltre che darvi l'opportunità di vivere un'esperienza irripetibile. Almeno questo vorrete concedercelo… Quale altro viaggio avete fatto nel passato che vi ha dato la possibilità di ammirare Roma all'inizio dell'epoca barocca? Di conoscerne i personaggi più illustri, ancorché semi-dimenticati di questi tempi? Voi dovreste ringraziarci…», Sophie sembrava provare piacere a provocarlo.

«Ringraziarvi? Ringraziarvi! Ringraziarvi di cosa? Dite la verità, il viaggio è avvenuto soltanto nella mia testa, vero? Mi avete drogato, mi avete ridotto in fin di vita e solo per farmi immaginare tutto questo? Che cosa mi avete dato? Rispondete!».

«Potreste pensare che vi abbiamo dato una qualche droga, monsieur. Voi potete pensare a quest'esperienza nel modo che più gradite. È accaduto? Non è accaduto? Dipende soltanto da voi. Noi siamo soddisfatti di quello che abbiamo ricevuto e questo è quello che ci importa. Mi strazia il pensiero del vostro fallimento laggiù, ma non sono tipo che si lascia abbattere dalle difficoltà. Non sarei arrivata fin qui altrimenti. E non è ancora finita. Non è ancora finita, Prospero, state tranquillo».

«Che cosa non è finita? Questa messinscena?», domandò il ragazzo ormai a un passo dalla follia.

Stava capitando di nuovo. Per Prospero era come cercare di penetrare la più fitta delle foreste. Per ogni ramo che tagliava per farsi largo, altri dieci gli ricrescevano alle spalle impedendogli di tornare indietro se anche l'avesse voluto. O se avesse potuto. Ma in quella stanza nessuno sembrava convinto che lui sarebbe andato via. Era come se i tre avessero capito che lo potevano cucinare a fuoco lento e poi mangiarselo come meglio preferivano. Si stavano divertendo e lui era il loro zimbello. Non ci vide più. Afferrò il primo oggetto che gli era venuto a tiro e, con un attizzatoio di ferro battuto stretto in mano, si avvicinò minacciosamente a Sophie. Era pronto a strapparle quel sorrisetto di sufficienza dalla faccia. Bastò puntarglielo vicino al viso e il Nero scattò in piedi, Prospero vide soltanto i denti bianchi che si scoprivano e seppe di aver fatto il passo più lungo della gamba. E che la situazione stava per precipitare.

«Che volete fare monsieur? Colpirmi forse?», domandò madame calmissima. «Non ne avete il coraggio. È la vostra natura da asino. Per quanto forte verrete colpito resisterete. Non siete stato neanche capace di andare via da qui, quando avete avuto i primi sospetti su di noi. Si vede che da questa "prigionia" vorrete trarre qualche insegnamento. Vi serve a qualcosa. A che cosa vi serve, monsieur? Rispondete voi alla mia di domanda, piuttosto. Non chiedeteci perché siete stato scelto proprio voi, chiedeteci piuttosto di aiutarvi a capire perché avete accettato l'incarico».

Il ragazzo sembrò come svuotarsi di colpo. Le spalle gli si piegarono, il braccio non fu più in grado di sostenere l'attizzatoio di ferro che crollò a terra facendo un baccano infernale. Anche il Nero, a quel punto, si mise seduto come se nulla fosse accaduto, accavallò le gambe, fece schioccare di nuovo le labbra sui denti e attese.

«Perché... perché voi mi avevate promesso... avevate promesso di irrobustire la mia mente...», ammise Prospero, sull'orlo di una crisi di pianto.

«Vedete, mon cher, era inevitabile. Convincetevene. Se c'è una motivazione che ha guidato il genere umano nei millenni questa è stata il desiderio di migliorarsi. Voi siete un'anima antica, monsieur, per questo avete accettato. C'è qualcosa dentro di voi, un luogo buio, segreto, che neanche voi pensavate di conoscere che sa di non vivere in un'epoca perfetta. Che sa che la tecnologia, il progresso, come lo chiamate voi, è soltanto una burla e che il mondo, nonostante tutto, non è mai veramente cambiato. Perché la Natura non cambia. Non cambia mai. E voi volevate averne soltanto la prova. Si nasce, si vive, si gioisce, si decade e si muore. Da questo cerchio delle cose non se ne esce. E non c'è scienza che possa spiegare o interrompere il ciclo. Non c'è. C'è solo l'ipocrisia di un genere umano che pensa che andando avanti tutto migliorerà, migliorerà sempre. Che sposta l'attenzione sui dettagli, sul potere, sul dominio dell'uomo sull'uomo. Ma voi quest'atteggiamento non lo potete accettare, perché siete troppo intelligente. Voi no. Voi siete un asino. Non sapete che cosa c'è nella vostra soma, ma sapete portarla. Vi siete mai chiesto perché avete fama di solitario? Perché preferite una vecchia quercia e un ruscello alle persone? È perché sotto le foglie di quell'albero voi entrate nel luogo scuro che avete nel cuore. E solo lì vi sentite completo, sentite che appartenete a un mondo altrimenti straniero. Per questo avete detto di sì. Voi non siete come gli altri. A voi, questo universo qui, due statue in bronzo e quattro parole gloriose sul sangue dei martiri, non basta». Prospero era rimasto a bocca aperta. Non sapeva dirsi se madame stava di nuovo giocando al gatto con il topo o se gli stava offrendo la verità su un piatto d'argento. Non rispose, non disse una parola. Fece solo lo sforzo di voltare la testa alla ricerca di una sedia su cui lasciarsi cadere e, quando ne avvistò una, semplicemente si abbandonò, senza mai togliere gli occhi dalla donna che parlava e, nel frattempo, versava il tè per sé e per i suoi amici.

«Ora, se voi siete convinto di quello che vi ho detto, monsieur, se siete d'accordo con me, c'è solo una cosa da fare. Abbandonarsi. Non resistere. Noi vi offriamo un cammino di conoscenza che vi porterà in alto. Dovete soltanto avere pazienza, smettere di lottare, diciamo così, lasciarvi domare...», e suggellò quest'ultimo concetto con una delle sue risatine. «...noi vi daremo le chiavi per quel luogo segreto e vi offriremo altri occhi con cui osservare il cosmo, non più da estraneo, ma come parte integrante della natura. Avrete accesso ai segreti del tempo e della sapienza, saprete giocare con le ombre, sarete dio... Dovete soltanto smetterla di essere impaziente e imparare a essere passivo, ad ascoltare... Basta domande, Prospero. In cambio avrai tutto il resto». La voce della rabbia di Prospero gli suggerì che madame stava di nuovo cercando di infinocchiarlo. Sapeva che in ogni caso, non appena la conversazione fosse terminata, lui avrebbe preparato i bagagli e sarebbe andato via. Sophie aveva soltanto trovato un modo elegante per liberarsi di lui. Capì. E si dichiarò sconfitto. Non si sarebbe rassegnato subito, ma ora sentiva che una forza incontrollabile lo spingeva fuori da quella casa, verso la sua vita di sempre. Madame gli aveva letto nel profondo del cuore con la bravura di una strega. Aveva anche intuito che al paese non godeva esattamente della reputazione di un ragazzo socievole. Ma Prospero si disse che doveva essere stata una facile intuizione per lei: come doveva comportarsi il figlio di un borghese in mezzo a una massa di contadini con cui non poteva discorrere di niente?

«No», si disse Prospero. «Non ci casco, avete fatto di meglio, potete fare di meglio». Si disse anche che le risposte allora doveva cercarsele da sé, che non avrebbe mendicato oltre. Adesso era veramente pronto ad andare per la sua strada. Non gli servivano più Sophie, Orazio, i ghigni del Nero, i libri della loro biblioteca. Avrebbe cercato da solo, avrebbe scoperto tutto da solo. Si alzò. Si sistemò i pantaloni, si aggiustò gli straccali e si chiuse il colletto della camicia. Li guardò uno ad uno, in silenzio, sforzandosi di non far trasparire troppo il rancore che lo strangolava. Si mosse verso la porta e poco prima di uscire, con un colpo di teatro, si voltò e li salutò: «Addio».

Capitolo 56
Giocare col fuoco
Roma, 1889

Aveva sbattuto la porta e se non fosse sembrato ridicolo, l'avrebbe riaperta per sbatterla di nuovo. Prospero era soddisfatto di sé, delle risposte che aveva dato, del fatto che non si era lasciato infinocchiare dalle chiacchiere di madame sul luogo buio e oscuro che tutti ci portiamo nel cuore. Non era il suo caso. I suoi luoghi bui erano comparsi tutti quando aveva conosciuto gli scombiccherati e adesso non vedeva l'ora di abbandonarli per ritrovare se stesso e la sua vita. Lui, al contrario dell'asino de *Le Metamorfosi*, non avrebbe invocato gli dèi, né gli avrebbe consacrato la propria esistenza. Lui ce l'avrebbe fatta da solo. Se lo ripeteva mentre afferrava la valigia e cominciava a buttarci i suoi vestiti alla rinfusa. Ogni tanto si sentiva quasi illuminato dalla consapevolezza e gli sembrava di aver capito tutto. Poi riprendeva a preparare il bagaglio più furioso di prima, sbattendo pantaloni, arrotolando camicie e siglando ogni pensiero particolarmente efficace con un pugno all'aria o con una risata forzata. Sembrava un pazzo. D'altro canto era stato folle da parte sua accettare quell'incarico, lasciarli giocare con la sua mente. In cambio di una sapienza che non era neanche sicuro di desiderare. Lui era il figlio del notaio. La sapienza se la sarebbe guadagnata a caro prezzo sui libri dell'università, a lui non servivano i giochini di Sophie. Lui era una persona onesta. Terminò di preparare le sue cose in fretta e stava quasi per lasciare la stanza quando gli occhi gli caddero sulla vecchia bisaccia di cuoio con cui era andato e venuto dal Seicento. Non voleva veramente prenderla, ma non poté resistere all'impulso di sollevarla da terra e ispezionarne il contenuto. Come se guardare quei vestiti, passarsi il mantello da viaggio fra le mani potesse dargli la conferma su almeno una cosa: lui quel tuffo nel passato l'aveva fatto sul serio. Non era stato drogato. I suoi piedi avevano veramente camminato sul selciato di Roma tardo-rinascimentale; i suoi occhi avevano visto davvero il rogo di Giordano Bruno. Poggiò la valigia per terra, vicino alla porta. Si tolse la giacca, prese la bisaccia e la poggiò sulla scrivania. L'aprì. Si aspettava di trovare qualche camicia e un paio di pantaloni, ma mai nel più sfrenato dei suoi sogni avrebbe immaginato di rivedere lo strano oggetto con cui stavano trafficando John e Joachim la mattina dopo il suo arrivo. Si ricordò che l'avevano fatto sparire nel momento esatto in cui si erano resi conto che lui si era svegliato e li stava guardando ed era quasi sicuro che la ragione della loro prima visita a Santa Prassede fosse legata a quella "cosa". Ricordò anche che durante il delirio, gli era spesso capitato di mettere a fuoco la borsa e di trovarla insolitamente piena. L'oggetto era un meccanismo di legno, composto da ruote concentriche. Su ogni ruota erano incisi dei segni strani, lettere e numeri. Sembrava quasi un gioco da bambini, ma improvvisamente gli vennero alla mente alcuni dei fogli che aveva visto in biblioteca la notte precedente e su alcuni gli parve di ricordare di aver notato gli stessi simboli, le stesse lettere, distribuite su pergamena insieme ai medesimi numeri. Sforzò la mente. Doveva capire. Ma niente. La mente rimaneva inerte, la memoria muta. Frugò meglio nella borsa e mentre annaspava fra i suoi vecchi panni sporchi, gli capitò sotto mano un foglio di carta. Lo prese, l'aprì, era di Joachim. Lo lesse una volta da cima a fondo. Ma il cuore gli martellava nel petto e fu costretto a rileggerlo di nuovo dopo essersi calmato.

Caro Prospero,

questo dono è una mia iniziativa. John non avrebbe mai approvato, né mai approverà. Ma ho intenzione di assumermi tutte le responsabilità del caso. Quello che stringi fra le mani è il meccanismo della memoria pensato da Iordanus. È la sua eredità più preziosa. Ho trascorso anni a metterlo a punto. Adesso funziona e te lo regalo perché ritengo che tu sia stato sufficientemente all'oscuro di tutto quello che ci capitava e che, involontariamente, ti ritrovavi a vivere come uno fra i protagonisti. So quanto ti sei torturato per la morte del Maestro e per quella di Tomáš. Ma non farlo più. Non è stata colpa tua. Sei stato l'agente inconsapevole di forze ancestrali e potentissime. E anche se adesso ti sembra che la faccenda si sia conclusa male, sappi che tutto rientra sicuramente in un disegno più alto, di cui ignoriamo la forma. Non ti crucciare. Non combattere la tua ignoranza. Sconfiggila studiando di più, dedicando più tempo agli insegnamenti di quelle brave persone che ti hanno preso sotto la loro protezione. Questo meccanismo, inoltre, può venirti in aiuto nei momenti più tristi. Quando non saprai dove sbattere la testa. Usalo con cautela, comunque. Il suo potere è immenso, non lo liberare se non sai come domarlo. Immagino che fin dal tuo rientro, saranno stati intensi i tuoi studi. Ebbene, ti fornisco una piccola scorciatoia per faticare meno. A me è stato utilissimo. Tu, però, aspetta ancora un po', rinforza la tua mens, dopo di che utilizzalo quando vorrai. Il modo ti apparirà semplicissimo. Tu ne sei già perfettamente all'altezza. Se sei stato in grado di arrivare fin qui da noi, sei già capace di fare grandi cose. Ti basterà concentrarti e respirare come sai. Le ruote faranno il resto. Ma, ripeto, non osare troppo. Ricorda che l'umiltà è la miglior alleata dell'uomo saggio. Il prezzo da pagare, altrimenti, potrebbe essere troppo alto. Sarebbe bello poterti scrivere a presto amico mio. Ma entrambi sappiamo che non sarà così. Non ci vedremo più. E per questo ora dovrò dirti addio, invece che arrivederci. Ma tu ricorda sempre che in un'altra epoca Joachim Hessler ti penserà sempre con affetto. Prospero, la Provvidenza è con noi e Salvezza la accompagna. Salvezza, o Astrea, scegli il nome che preferisci e da oggi in poi rivolgiti a lei con parole d'amore. Ti aiuterà.

Fa' buon viaggio, caro fratello.

Il tuo "vecchio" amico Joachim Hessler

Prospero era sgomento. Come se la conversazione che aveva appena avuto in salotto non lo avesse sufficientemente sconvolto, adesso si ritrovava fra le mani un manufatto realizzato alla fine del Cinquecento che gli garantiva accesso illimitato alla conoscenza. Aveva già sperimentato qualcuno degli effetti dell'arte della memoria e ancora ricordava quella sensazione precisa di governare il tempo in tutte le sue forme, anche le più bizzarre. Quindi, quello che Joachim gli aveva regalato era praticamente un Teatro di Camillo portatile. Un meccanismo che gli avrebbe parlato di tutto con la stessa semplicità con cui i gradoni e le immagini della struttura gli avevano raccontato concetti complicatissimi. Non avrebbe dovuto faticare più di tanto, si disse con un sorriso di trionfo. Dopotutto poteva trovare ogni risposta che cercava con qualche esercizio di concentrazione e due respiri profondi. Si disse che il regalo di Joachim non poteva arrivare più puntuale e che era stato provvidenziale che non si fosse ricordato prima del rigonfiamento nella bisaccia, o magari, per sbaglio l'avrebbe rivelato anche a Sophie e allora non avrebbe avuto più la soluzione a portata di mano. Gli veniva da piangere per l'eccitazione. Eccola la verità. A ogni lettera, a ogni numero, il domenicano aveva associato un settore della conoscenza. Alla fine avrebbe dominato il mondo materiale e quello immateriale, avrebbe avuto accesso a tutto il sapere anche il più misterioso: avrebbe aperto il vaso di Pandora in faccia a madame. E quel pensiero, più di ogni altro, lo fece sentire potente e vendicato. Era un suo diritto, d'altro canto. Si erano serviti di lui e in cambio gli avevano prospettato una vita di privazioni, di studio e di misteri.

«Avevate fatto i conti senza Joachim, maledetti...», si disse Prospero. Poi pensò: "Chissà che ramanzina gli avrà fatto John, poveraccio", e quest'idea lo spronò ancora di più. Un altro amico aveva rischiato per lui, per aiutarlo. Non erano tutti egoisti, truffatori. E ora, finalmente, aveva la certezza di non aver vissuto un'allucinazione. Se adesso poteva stringere fra le mani il legno delle ruote della memoria era perché lui era tornato indietro nel tempo, aveva davvero partecipato al tentativo disperato di cambiare la Storia, aveva sul serio conosciuto gli ultimi maghi rimasti in un mondo che cambiava a colpi di roghi e di Inquisizione. E ora il testimone era passato a lui. Non avevano veramente perso la guerra. Joachim aveva ragione. Il disegno più grande era lui e la sua mens. Poteva farcela e battere Sophie al suo stesso gioco. Il suo giovane amico questo non l'aveva ancora capito. Ancora si fidava dei tre scombiccherati. Ma infatti, si disse Prospero, l'incarico di sbugiardarli non era stato affidato a lui.

"È toccato a me, che li ho scoperti, che ho avuto il coraggio di guardare sotto il velo e di gridare al mondo la verità", pensò. Il ragazzo si esaltò da solo e non sprecò neanche un secondo per soffermarsi sui molti avvertimenti che riempivano la nota dell'amico. Li lesse. Ma poi si disse che ad avere paura non si arriva da nessuna parte e che se Joachim aveva deciso per se stesso una vita di sottomissione e ignoranza, liberissimo. Lui no. Lui era dell'epoca di Garibaldi e Mazzini, lui faceva parte del mondo dei ribelli che avevano unito il Paese e liberato l'Italia dal giogo del papa. Lui era di un'altra tempra. Quel meccanismo non avrebbe mai potuto fargli del male.

Capitolo 57
Spiritus intus alit
Roma, 1889

Prospero non sprecò più di cinque minuti a valutare i rischi delle sue azioni. Agì meccanicamente: si alzò, rilesse la nota di Joachim in piedi, davanti al tavolino, per un'ultima volta, quindi si diresse verso la porta e la chiuse a chiave. Doveva essere sicuro di rimanere solo per il tempo sufficiente a capire come azionare il meccanismo della memoria. Era emozionato e molto lucido allo stesso tempo. Il ragazzo sapeva che davanti a sé aveva dei momenti in cui sarebbe stato necessario non farsi troppo prendere dall'eccitazione. Doveva andare in un luogo quieto nella sua mens per poter guardare le ruote con gli occhi della mente e dell'anima. Sapeva come fare. Sapeva come rilassarsi.

Per essere ancora più certo di riuscire a portare a un livello più alto la sua concentrazione, Prospero misurò il perimetro della stanza a grandi passi. Lo fece varie volte. Voleva stancarsi, voleva far scendere l'adrenalina quel poco che gli permettesse di stare seduto alla scrivania per attivare il meccanismo. Alla fine, quando fu soddisfatto e la camicia madida di sudore, si ritenne pronto per un primo tentativo. Come al solito, scivolare in uno stato di semi-incoscienza in cui nulla del mondo esterno poteva arrivare a turbarlo fu semplicissimo. Ma stavolta non doveva spingersi oltre il limite, le ruote avevano bisogno delle sue mani per essere toccate e usate, quindi non si permise di abbandonarsi alla meditazione. Non completamente, almeno. Quando fu soddisfatto della quiete in cui si era spinto, cominciò e subito dopo tornò indietro. Non poteva toccare il legno senza pensare alla campagna. E non riusciva a guardare lettere e numeri senza associarvi parole e date. La mens si rifiutava di accompagnarlo in questa avventura. Quasi rimpianse di aver declinato l'invito di madame: se fosse stato un suo adepto, ora magari avrebbe avuto le capacità per andare via senza muoversi, astrarsi pur rimanendo vigile. Prospero si costrinse a respirare e cercò la mens. La ritrovò, era lì ad attenderlo, nel suo cuore. Il cuore gli parlò, lui lo ascoltò senza pudori e dentro di sé, per la prima volta nella sua vita, non emise una sentenza inappellabile. Semplicemente accettò tutto quello che giungeva da quell'organo così strano e si inchinò, con umiltà. In quel momento esatto, nel massimo picco di una passività emotiva che mai si era concesso in vita sua, entrò in contatto di nuovo con se stesso e riuscì a poggiare il palmo della mano sul legno delle ruote. Iniziò a combinare lettere e numeri a casaccio, ma la cosa non sortì alcun effetto. Lo rifece di nuovo scendendo ancora di più in profondità e quei numeri e quelle lettere lo scacciarono. Ci riprovò. Questa volta però cercò di bloccare qualsiasi tipo di aspettativa e si limitò a osservare le lettere e i numeri che si sovrapponevano, la dolcezza delle venature, il suo colore che cambiava in alcuni punti, là dove il legno aveva ceduto alla pialla. Nel centro delle ruote, allora, notò per la prima volta un altro simbolo. Ci mise qualche secondo a scavare nella memoria per capire dove l'aveva incontrato. Era un cerchio con sotto una croce rovesciata e, sul semicerchio superiore, due linee curve che sembravano delle corna. Dovette ritornare ai giorni dell'addestramento e al viaggio nel Teatro di Camillo per capire: era il simbolo di Mercurio, il pianeta di Hermes, Ermete. Il viaggio cominciò da lì. Le immagini che gli apparvero gli parlarono e il meccanismo si attivò. Tutto, quindi, era iniziato da Mercurio. Anche la sua avventura. Mercurio, o Ermete Trismegisto, era l'incisione che aveva sopra la testata del letto. Mercurio era il nome che tutti davano a Giordano Bruno. Mercurio è l'altro nome dei maghi. Giordano Bruno era un mago. L'incisione con l'uomo corvo rappresentava il talismano di Saturno, cioè l'altro pianeta che sovrintende l'uomo-mago. La sua storia era legata a doppio filo con la magia. Il percorso che stava affrontando era un percorso iniziatico, perché l'iniziazione è propria della magia, per questo nessuno, neanche i suoi amici più fidati, potevano anticipargli nulla. I tre, dunque, gli stavano proponendo di diventare mago. E lo proponevano a lui perché era dominato da Saturno, il pianeta della malinconia e dello studio, dell'intelligenza e della sensibilità. Il pianeta del tempo. Caratteristiche che lo rendevano un candidato ideale. Non erano novità, ma per la prima volta le sentiva con ogni singolo muscolo, con ogni tendine, con ogni membrana. Prospero accolse quella consapevolezza e vide. Vide gli altri maghi della storia, i filosofi dell'epoca che gli avevano nominato Sophie e Orazio. Li vide tutti, uno per uno e tutti gli parlarono, condensando in poche frasi il loro pensiero. Vide Tommaso Campanella marcire in carcere e fingersi pazzo per non fare la fine di Bruno, ascoltò i suoi pensieri, apprese i suoi sforzi per immaginare la Città del Sole e per la prima volta capì che il monaco calabrese parlava di un'Adocentyn, la città degli dèi. E vide anche quella, godé della bellezza di vivere in compagnia degli archetipi dell'universo umano, gli dèi. Vide gli sforzi di Iordanus nel convento dei domenicani di Napoli per imparare a sviluppare l'arte della memoria e lo osservò mentre, chino sui libri, nella biblioteca del monastero, cercava di dare alla mnemotecnica usata dai retori del mondo latino un valore magico: se conosci tutte le cose del mondo, se le ricordi e ne hai coscienza, puoi interagire dal profondo. Diventi tutte le cose. Diventi il tempo, diventi i fenomeni naturali, diventi l'arte e la letteratura. Allora anche lui ricordò. Ricordò la sensazione di totale simbiosi con la rosa un minuto prima di addentrarsi nella serie di Saturno. Ricordò che ne aveva compreso le ragioni più profonde, i motivi per cui una rosa sboccia e poi sfiorisce. E volle di più. Si spinse oltre. La mens lo riportò all'addestramento. Mentre i filosofi-maghi del passato gli parlavano, cominciarono a palesarsi anche i libri che aveva incontrato lungo il suo cammino. Il *Corpus Hermeticum* gli apparve ora qualcosa di semplicissimo. Un messaggio sul destino del genere umano. Quanto più ci si allontana dagli dèi e dagli archetipi tanto più ci si avvicina al baratro, sotto di noi si apre un deserto brullo. L'Apocalisse incombe. Altrettanto chiare gli parvero le frasi sulla conoscenza che Orazio aveva pronunciato settimane prima. Quando la conoscenza è illuminata da forze superiori e ci si avvicina senza scopo, né utilità, essa si trasforma nella magia più potente, quella che influenza la realtà. Lo credevano in molti all'epoca di Bruno. E si chiedevano, tra l'altro, se un mondo amministrato dai maghi potesse essere migliore del loro, che avvertivano in procinto di sprofondare nella guerra. E allora Prospero si avvicinò alle loro paure. E vide una generazione in preda al terrore, sicura di trovarsi nello sprofondo dell'epoca più cupa, a due passi dall'Apocalisse, che trovava soluzioni, si arrabattava come poteva per non rassegnarsi. Li amò tutti dal profondo del suo cuore. Non erano solo monaci pazzi, erano martiri. Erano eroi. Confrontò quegli uomini con quelli della sua epoca e si vide come in uno specchio: la sua certezza che il futuro potesse soltanto riservare progresso e miglioramenti si infranse al suolo e andò in mille pezzi. Non c'è, non esiste questa sicurezza, il tempo era circolare, la Natura non cambia mai. Cambiano gli uomini e la loro percezione del Cosmo. Nella sua epoca qualcuno stava decidendo che invece il tempo era una linea retta. E fu consapevole che quando questa linea si sarebbe curvata, perché così doveva accadere, per riportare tutti verso una proficua decadenza, più di qualcuno sarebbe stato colto di sorpresa e sarebbe impazzito di terrore. Capì allora che la presenza di Bruno, come mago e come saggio, avrebbe potuto essere un esempio. Avrebbe avvisato i coraggiosi ad affrettarsi verso Adocentyn, a non lasciare spegnere il sogno. Quel sentimento gli diede ancora più forza. Più concentrazione. E si immerse ancora di più. Tornò al mondo naturale. Guardò con occhi nuovi le pietre, le piante e gli animali. Ne ammirò la perfezione, la purezza, ne comprese il senso rispetto al Tutto. E capì nel profondo di sé che Tutto e Nulla si equivalgono. E allora una piccola stretta di paura lo fece preoccupare e si chiese, in un lampo: «Sarò in grado di sopportarlo?». Non si rispose, perché la ricerca che stava affrontando era molto più stimolante della paura e delle sue debolezze. Di più,

Prospero voleva di più. E allora si vide di notte, intento a leggere l'XI libro dell'*Asino d'oro*. Si rivide in ansia, perso nell'immedesimazione con Lucio: l'asino è portatore inconsapevole di un messaggio divino. Il suo messaggio divino, il suo Mercurio, doveva essere Iordanus. E Mercurio era anche l'autore del *Corpus Hermeticum*, secondo la leggenda. Mercurio o Thot. Prospero riandò con la mente alla prima volta in cui ascoltò quelle parole e poi all'incontro di Lucio con la dea sulla spiaggia. Le parole erano di Sophie e gliele aveva dette a cena. Aveva detto: «...Thot, il dio egizio Thot, se vogliamo mantenere una certa concordanza geografica con i luoghi in cui è ambientato questo passo così triste...». La storia cominciava con l'antica religione egizia. Con il culto del Sole e della Sapienza dei sacerdoti nei templi. E lui lo vide. Vide perfettamente il mondo immaginato da Bruno, il suo sogno di vedere protestantesimo e cattolicesimo ripuliti dall'autoritarismo, mescolati al culto di Ra, Iside e Horus e di tutte le divinità che avevano governato quel pantheon. Quindi capì perché la mappa del tempio di Iside a Roma gli era sembrata così importante. L'autore del disegno, Athanasius Kircher, uno degli uomini più in vista della sua epoca, le aveva dedicato tempo e studi e aveva tracciato quella mappa perché localizzare il tempio era importante. Lo vide confabulare con il suo papa, Alessandro VII e con un grande artista come Bernini, lo vide studiare l'obelisco della Minerva. Iside, dunque, era stata a Roma. Smise di percepirla come un'entità astratta e se la immaginò personificata. Signora della Rotonda. Signora della città. Ne ebbe paura, ma si tranquillizzò. Perché la dea gli apparve anche in tutto il suo splendore, nel suo significato profondo di Signora della Conoscenza. Cioè Signora della Magia e quindi Signora della Salvezza. E capì quel saluto fra Joachim e John. Capì perché il suo amico, nella lettera, gli aveva scritto di rivolgersi ad Astrea, o Salvezza, con amore. Il primo principio della magia, infatti, è l'amore. Qualsiasi attività umana, della mente e del corpo, fatta con amore porta in sé un germe di magia e ha potenzialità pressoché infinite. Si rivide, dunque, nella casa del Pantheon, erano i momenti precedenti all'irruzione delle Guardie Svizzere. Joachim stava cercando di convincere Padre Rossi a fuggire da lì, gli aveva detto: «Conoscenza va messa in salvo... lo sai, l'hai sempre saputo». Non aveva detto "la" conoscenza, ma Conoscenza, come fosse un nome proprio. Prospero pensò e il pensiero che arrivò lo precipitò nello sgomento. Mentre la sua mens lo sottoponeva a un bombardamento di informazioni, tali rivelazioni tiravano le corde del suo cervello che ancora lo tenevano aggrappato alla realtà. Prospero le sentiva tendersi e scricchiolare, sapeva che a un certo punto avrebbero ceduto, ma non riusciva più a fermarsi: la curiosità era troppa, troppe le domande a cui stava trovando risposta. Conoscenza, in greco *Sophia*. In francese *Sophie*. Si fermò a riprendere fiato. Poi guardò ancora più giù. Tornò sul passaggio dell'*Asino d'oro* in cui Lucio incontra Iside sulla spiaggia la scongiura di farlo tornare alla sua forma umana. E ricordò la parola d'ordine con cui si era presentato alla compagnia la prima sera: «Sono l'asino mandato dalla signora della spiaggia». Se lui era l'asino, la signora della spiaggia non poteva che essere una e una soltanto. E si diede la prima vera risposta di tutta quell'avventura. Vide i filosofi del Rinascimento intenti ad animare la materia. Li vide tentare di animare statue, di creare automi, di contribuire a modo loro all'avanzamento tecnologico dell'umanità. Quel bagaglio di conoscenza sarebbe servito ai filosofi cartesiani, creatori della nuova scienza, la scienza moderna. Infine, atterrito, ebbe il coraggio di scendere nella storia particolare, nel suo passato prossimo. E vide Padre Rossi soffiare dentro la statua che rappresentava una donna, disegnare con il dito sul gesso, il simbolo della dea, l'ankh. E vide la statua animarsi. Diventare Sophie. E con lei Orazio, il Nero e addirittura la piccola Mimì. Erano a Santa Prassede non perché fossero in grado di andare e venire nel tempo a loro piacimento, ma perché erano nati in quel momento esatto. Cioè erano nati nei loro corpi umani, perché i tre della pensione rappresentavano i quattro archetipi più potenti della religione egizia. La Vita, la Giustizia, la Morte e il Tepore di un Raggio di Sole. Questo erano loro. Queste forze incarnavano veramente. Una parte di sé voleva distogliere lo sguardo, mentre il resto della sua mente insisteva per terminare la storia, guardarla tutta fino alla fine. Che cosa era accaduto dopo? Non erano felici di quella personificazione. Erano consapevoli di aver molto limitato i loro poteri, il raggio del loro sguardo. Si sentivano mortali. E lo sarebbero stati. Più lentamente degli uomini, ma sarebbero comunque diventati esseri finiti, dei senza culto, con sempre meno fedeli, dei prossimi alla morte. La corporeità era un confine difficilmente superabile e di quello avevano incolpato Padre Rossi. Finalmente riuscì a vedere anche lui, a conoscere gli sviluppi della storia dell'olivetano. Aveva fatto carriera. Era anche riuscito a diventare abate di Santa Prassede, ma mai aveva dimenticato le parole della donna, la frase che gli aveva detto un minuto dopo il suo primo respiro: «Non ti perdonerò mai». Quelle parole lo avevano torturato. Poi aveva trovato rifugio nei libri. Aveva continuato a cercarli, a salvarli, a studiarli, si era interessato all'astronomia che nella sua epoca andava di pari passo con l'astrologia e aveva avuto la forza di predire il futuro, osservando le stelle. Ma a quel punto aveva fatto il passo più lungo della gamba. Si era arrischiato addirittura a predire il destino dei papi e la data di morte dell'ultimo, che a quel tempo era Urbano VIII, un Barberini. Il papa ne era venuto a conoscenza. Uno dei frequentatori della sua biblioteca segreta, lo aveva tradito per ingraziarsi il pontefice. Poi i confratelli di Rossi avevano fatto il resto, confermando, accusando. Nel frattempo, quel pensiero, di una morte imminente alla prima eclissi di Sole, non aveva dato pace al pontefice. La paura era cresciuta insieme alla rabbia. Alla consapevolezza che, nonostante il potere e le ricchezze accumulati, era destinato comunque a morire. E allora il papa in persona si rivolse a Tommaso Campanella che marciva ancora nelle carceri dell'Inquisizione. E Campanella accorse in suo aiuto in veste di mago. Si erano chiusi a palazzo per fare tutti gli esperimenti alchemici del caso. Il monaco calabrese aveva rassicurato il papa: non sarebbe morto durante l'eclissi. Non avrebbe dovuto temere. In cambio Urbano gli aveva concesso di fuggire, di ripararsi in Francia. Per Padre Rossi, invece, non ci fu che la vendetta del Barberini. Morì in una cella dell'Inquisizione mentre lo processavano per eresia. I cani del papa avevano ricevuto l'ordine. Erano andati a prenderlo, si erano avventati, gli avevano morso la giugulare. Era il 7 ottobre 1630. Quattro anni più tardi Sophie, Orazio, il Nero e Mimì erano scappati insieme a Campanella. Si erano esiliati in Francia dove ancora qualche filosofo spendeva il suo tempo a pensare alla Conoscenza con un pensiero d'amore. Sophie era sopravvissuta ingrassando, invecchiando e intristendosi e con lei i suoi. Da lì aveva assistito alla nascita dei libertini, a quella della Massoneria e dei Rosacroce. Senza poter fare nulla aveva visto il suo regno inabissarsi, disperdersi in società segrete, nuclei elitari per iniziati. Ma si era trovata bene. Aveva accettato quel palliativo. E aveva trovato la forza per reagire e per trovare una soluzione. Prospero scacciò dalla mente i nomi tradizionali delle anime millenarie che lo avevano ospitato fino ad allora. Se li avesse chiamati Iside, Horus, Anubis e Bastet sarebbe stato tutto più semplice, ma ogni volta che ci provava le corde che lo tenevano saldo alla salute mentale gli davano una fitta dolorosa. Allontanò da sé quei nomi e la consapevolezza di aver trattato con esseri sovrannaturali e pensò a loro con tutto il suo cuore. Li compatì. Soffrì insieme a loro la pena di essere signori del cosmo e poi più nulla. E intuì perché Sophie voleva salvare la magia. Semplicemente non voleva morire, voleva continuare ad essere la signora di un popolo adorante che le avrebbe dato forza e l'avrebbe aiutata a liberarsi da quella carne flaccida, dai capelli stopposi e da tutto il resto. Intuì anche l'umiliazione che dovevano provare a utilizzare la magia degli uomini per mantenersi in vita. Se prima, con un solo battito di ciglia, avrebbero potuto spazzare il mondo dalla faccia dell'Universo, adesso erano costretti fra i libri, fra i codici. Erano obbligati a farsi maghi: perché il mago ha rinunciato alla propria radice divina per farsi uomo, per amore della Natura. E i tre stavano compiendo un cammino simile, ma era un cammino che aveva un costo immensamente più alto. Poi ebbe un moto di stizza. Dunque era solo il suo potere personale che la muoveva?

Gli dèi sono l'ego alla sua massima espressione, si rispose. Con la resurrezione della magia sarebbe tornato il Regno della Dea. Ma si domandò anche che vantaggi avrebbero tratto gli uomini da tutto questo. Improvvisamente da qualche parte dentro di sé una voce gli disse di non accettare quelle rivelazioni. Che nessuno sarebbe venuto a salvare il genere umano prossimo a sprofondare in una nuova età del piombo. Perché Sophie voleva soltanto essere adorata. E glielo aveva comunicato con la stessa forza con cui aveva parlato a Lucio dell'*Asino d'oro*: «Tornerai uomo e io ti dirò come fare, ma la tua vita sarà consacrata a me per sempre». Il ragazzo si svegliò di colpo, guardò il meccanismo della memoria come se lo vedesse per la prima volta e comprese che non sarebbe più stato la stessa persona. Mai più. Che il cammino su cui si era arrischiato senza conforto non prevedeva il ritorno. Si alzò dal tavolo con la mente ancora annebbiata e il cuore scosso dalla terribile consapevolezza che antiche divinità ancora camminavano nel mondo. Prese le tavole della memoria e se le strinse al petto. Adesso possedeva una moneta con cui pagare quello che voleva sapere. Stavolta non era una pia illusione la sua, stavolta aveva ragione. Quello strumento avrebbe forse rappresentato la soluzione ai problemi dei suoi ospiti. In cambio voleva soltanto sapere quali erano le loro intenzioni, se era una ricerca spasmodica del potere o se volevano salvare il mondo dall'Apocalisse perché guidati da un amore incommensurabile verso il genere umano.

"*Spiritus intus alit*", disse fra sé e sé. «Lo spirito alita dentro». Ora aveva soltanto un'altra cosa da fare prima di lasciarsi fagocitare dal suo destino.

Capitolo 58
Koré Kosmou
Roma, 1889

Erano in salotto. Evidentemente, pensò il ragazzo, non avevano idea di ciò che si era scatenato nella sua camera da letto, perché quando si precipitò da loro con in mano il meccanismo della memoria, lo guardarono con aria sorpresa, ma senza tradire emozioni. Prospero si affrettò a rassicurarli, con il segreto proposito di impedire a Sophie di parlare per prima e condurlo verso una discussione che l'avrebbe zittito come sempre: «Me ne sto per andare, ma c'è un'ultima cosa che vi chiedo e non la voglio gratis».

Mostrò loro il meccanismo della memoria di Joachim con un sorriso da imbonitore stampato sulla faccia: «Signori miei, queste sono le ruote della memoria di Giordano Bruno trasformate in un meccanismo funzionante da Joachim Hessler in persona. Me ne ha fatto dono, ma non lo voglio perché non saprei che farmene. A voi sarebbe sicuramente più utile. Sono disposto a cedervelo prima di andarmene se vorrete rispondere a una mia domanda». Si alzarono tutti in piedi. Non avevano l'aria sconvolta di chi vede un oggetto del genere per la prima volta e Prospero si rese conto che non lo guardavano neanche, piuttosto fissavano lui, cercavano di indagare nel profondo della sua anima per sopire un timore che li preoccupava. Quando Sophie parlò aveva perso tutte le moine che l'avevano caratterizzata fino a quel momento. Si espresse in perfetto italiano, senza quei tocchi di francese che gli erano sempre sembrati artefatti. Ora non gli pareva più una signora dell'alta borghesia che combatte la miseria. Ora gli si rivelava in tutta la sua forza.

«Credi davvero che abbiamo bisogno di queste carabattole?»

«No, madame. Ma mi sembra una moneta di scambio valida. Magari da provare su un altro asino, al momento opportuno», rispose Prospero provocatorio.

«Non sarai tu a decidere se e quando ci sarà un nuovo asino», gli si rivolse Orazio, che ora non gli ricordava più un uccellino caduto dal nido, ma un vecchio dio stanco e malandato in procinto di perdere la pazienza.

«So chi siete», si espose il ragazzo. I tre si scambiarono un'occhiata veloce.

«Che cosa vuoi da noi», domandò Sophie dominando a stento la rabbia.

«Voglio sapere se avete fatto tutto questo per recuperare il potere perduto, o se davvero ci tenete all'umanità. E poi voglio sapere se ve ne andrete. Se ci lascerete in balia dell'Apocalisse. E lo voglio sapere ora».

«Ragazzo, stai passando il segno», lo avvisò Orazio.

«No, fallo parlare», si intromise Sophie. «Si sente sicuro per la prima volta, che parli». E attese.

«Ho detto quello che dovevo dire, ora dovete parlare voi», rispose Prospero che stava impiegando le sue ultime forze per rimanere lucido, saldo.

«Vuoi sapere se è per il potere? Sul serio?», Sophie scoppiò in una risata, poi proseguì. «Sei sempre stato un tipo bizzarro, non finirai mai di stupirmi. Credi che una mia risposta possa tranquillizzarti, giovane uomo?»

«No, ma potrà dare un senso alla morte di un amico», insisté Prospero.

«E allora, visto che è l'amore per un amico perduto quello che ti muove, io ti risponderò», concesse Sophie.

«L'amore è il principio primo della magia, vero?», commentò il ragazzo ironicamente.

I tre si scambiarono un altro sguardo. Mimì si alzò dal divano stiracchiandosi e poi rimase seduta guardando prima l'uno e poi l'altro. Ora Prospero vide la somiglianza della gatta nera con tutte le statuette della divinità felina che aveva incontrato sulle riviste illustrate in cui si raccontavano le campagne archeologiche in Egitto.

«Sì, lo è», rispose Orazio.

«Pensi davvero che il nostro calvario sia cominciato soltanto per la ricerca del potere?», domandò di nuovo Sophie.

«Madame…», Prospero le parlava in modo beffardo. «So quanto vi sembrano sciocche le mie domande. Avete a che fare soltanto con un uomo. Non sono né Iordanus, né il Trismegisto. Non sono Padre Rossi. Ma vi sto chiedendo di rispondere alle mie domande e in cambio vi darò il meccanismo della memoria. Rispondetemi. Ora».

«Chi è più egoista fra noi due, Prospero? Noi che cerchiamo di sopravvivere o tu che vuoi misurarti con forze di cui ignori il potere, infischiandotene delle conseguenze, del dolore che provocherai?», chiese Sophie senza far trapelare alcuna emozione. «Qualunque sia la tua risposta, ho già deciso. Saprai il perché, saprai le ragioni. Ma poi dovrai andartene e dimenticarti di noi».

«E sia! Non sapete che gioia!».

Sophie sorrise, quindi cominciò a parlare.

«Per quasi quattro secoli, da quando ci hanno dato questi corpi, siamo stati testimoni impotenti del mondo che cambiava. Ci ritroviamo costretti in una gabbia di carne, ossa, sangue e muscoli per il nostro bene, ma allo stesso tempo, questa condizione ci ha impedito di agire come sappiamo sul vostro microcosmo. Siamo invecchiati e malmessi. Forse siamo prossimi alla morte. Il genere umano dovrebbe disperarsi nell'udire questa notizia. Perché ogni volta che uno di noi muore, il mondo precipita sempre di più nel baratro. E invece tutto scorre come se niente fosse. L'Universo sembra progredire, il futuro non è altro che un raggio di sole pronto a illuminare voi piccoli ometti. Come vi sbagliate! Peccate di superbia ogni minuto e non vi rendete conto di quello che vi lasciate alle spalle. Ma tornerete da noi un giorno. Verrete a pregarci piangendo sangue. E forse noi già non ci saremo più. Forse sarà troppo tardi».

«Non mi state rispondendo», Prospero la incalzò.
«Non mi interrompere mai più», il tono calmo di Sophie restituiva ferocia. Il ragazzo ne ebbe paura. E pensò di essersi spinto troppo oltre.
«Vedo attraverso la tua mente. Vedo che ti senti sicuro di quello che sai. Dei segreti che hai svelato. Ti abbiamo scelto perché ci davi speranza. Tutto, dall'astrologia al tuo carattere, malinconico e curioso, ci faceva pensare che eri la persona giusta. Che eri diverso. Nonostante la tua miope fiducia nel futuro sapevamo che dentro di te c'era un'anima antica, un'anima pronta a percepire il mondo così come lo ispiravamo noi un tempo ai filosofi migliori. Attraverso la tua curiosità abbiamo sperimentato che anche al di fuori degli iniziati, esiste qualcun altro capace di comprendere i segreti della Natura. Ora ti concedo la mia fiducia, ma tu vedi di non tradirla. Bada a te», la donna si fermò un momento per fissare il ragazzo. Il quale annuì, un patto era stato appena siglato.
«Ti sei mai domandato perché proprio Iordanus? Perché abbiamo fatto di lui il nostro Mercurio?», chiese Sophie.
«Sì. Ma la risposta la voglio ascoltare da voi».
«Quel giorno, sulla pira, è andato a fuoco un mondo, un modo di concepire il Cosmo che non si è mai più manifestato con la stessa forza e lo stesso coraggio. Non ci sono stati altri Iordanus nella Storia. Nessuno è venuto a salvarci. La sua memoria, il suo lavoro, le sue intuizioni sono stati dimenticati in favore di una nuova filosofia. Cartesio ha pisciato sui nostri templi. Cartesio ha messo la museruola alla Natura che, al contrario, Iordanus voleva liberare».
«Cartesio è uno scienziato! Ha contribuito all'avanzamento del genere umano!», esclamò Prospero.
«Cartesio ha insegnato agli uomini che bisogna osservare il Mondo dall'esterno. Dominare i suoi effetti, sezionarlo, studiarlo. Iordanus diceva che invece il Mondo bisogna amarlo, che bisogna sentirsi parte di esso, compatirlo, soffrire con la Natura e farsene messaggero. Quale di questi due mondi preferisci, Prospero?»
«Non lo so, non chiedetemelo, continuate a parlare».

«Va bene», acconsentì Sophie. «Ti sei mai chiesto che cosa sarebbe stato il futuro se le idee del Nolanus avessero trovato orecchie pronte ad ascoltarle e cuori pronti a custodirle? Sarebbe stato molto diverso e sì, io sarei tornata ad essere la Signora incontrastata. La Dea dalle molte facoltà, la nemica dell'odio. Colei che è sempre stata e sempre sarà. Gli uomini si sarebbero incamminati verso la città di Adocentyn, l'Apocalisse sarebbe stata scongiurata grazie alla saggezza e alla conoscenza e tutti avrebbero abbracciato la Natura con lo stesso amore con cui per secoli l'hanno amata i maghi. E invece no. Voi volevate avere quel dominio. Volevate possederla senza amarla. Vi siete inventati un dio monocratico e a lui avete affidato i vostri sogni e le vostre speranze. Ebbene, quel dio vi ha tradito. Si disinteressa, ha delegato il suo potere a una schiera di inetti e di deboli che voi definite suoi sacerdoti con deferenza. E invece noi soli siamo rimasti qui, a combattere per voi. Per rendervi liberi e potenti. Per non perdervi. Io sono stata lasciata sola ad amarvi mentre muoio. Ma voi avete rinunciato al Mondo che nasconde le ombre e alla vostra natura divina. Voi l'avete bruciata sul rogo, l'avete imprigionata, l'avete ammutolita. Se il mio potere coincide con quell'universo allora sì, lo voglio ripristinare. Ma così facendo io vi darei tutto: la vita eterna, l'onniscienza, io vi vorrei con me, ci guarderemmo da pari a pari. Non vi costringerei mai a un mondo di castighi e colpe. Di leggi imposte da seguire ciecamente. Io, questo non lo permetterei. Perché soltanto le forze che io rappresento si meritano di stabilire delle norme».

«Ma le leggi tutelano i deboli! La legge della Natura è anche quella che ci insegna che il più forte mangia il più debole», protestò Prospero.

«Se credi che le leggi degli uomini siano pensate per proteggere i deboli ti meriti gli stati delle anime e i peccati, ti meriti l'Indice dei Libri Proibiti e l'Inquisizione, lo sfruttamento dell'uomo sull'uomo, la rassegnazione e la puzza di cadavere che infesta la vostra sapienza. Ti meriti le galere piene di povera gente. Se credi che le leggi degli uomini siano superiori a quelle naturali ti meriti l'Apocalisse. Vuoi mettere la legge degli uomini a paragone con quella della Natura? Sei un pazzo e un illuso. Sei uno schiavo e tale vuoi restare. Tu sei come i romani di cui tanto ti piace parlare male. A parole vi mangiate il mondo, ma nessuno di voi ha mai cercato di tagliare la testa al papa! Così a lui è stato dato modo di prosperare, di tramare alle vostre spalle, di girare contro di voi le belle parole di cui vi siete riempiti la bocca, mentre cercavate di dominare la Natura, di farla vostra, di piegarla. Ebbene non ci siete riusciti. La Natura si rivolterà e io sarò lì a guardare la vostra fine».

«Non vi capisco, madame», commentò il ragazzo.

«Non mi capisci perché sei un piccolo essere presuntuoso. Non mi capisci perché nel tuo piccolo cuore duro e nero stai già cercando un modo per non ascoltare. Per giudicare. Per continuare a sentirti superiore, tu come tutti gli altri. Sbagli. Sbagliate. Hai già abbracciato il Tempo una volta. Hai già conosciuto la comunione con la Natura, grazie all'odore di rosa, ricordi? E ora ti rifiuti di andare oltre. Quel destino lo avevamo in serbo per voi, ma ne avete avuto paura. Avete preferito rimanere umili a battervi il petto in attesa di qualcuno che vi dicesse cosa fare di voi stessi. E a questo qualcuno, il vostro dio che non ha neanche un nome, avete affidato tutto. In nome del vostro dio, Prospero, è stata mandata al rogo e in carcere una cultura e una generazione che era così sapiente e così coraggiosa da osservare il mondo con il cuore gonfio di rispetto. Una generazione che conosceva il suo posto nella Natura, che era consapevole di non sedere in cima, ma di trovarsi in basso, dove c'è bisogno degli dèi per far luce nelle tenebre. Quella generazione di eroi osservava gli astri alla ricerca di risposte profonde e di insegnamenti. Avete distrutto un mondo che sapeva che si nasce, si vive, si gode, poi si decade e infine si muore. Il mondo che avete creato su queste macerie è un'illusione e prima o poi vi schiaccerà, vi torturerà, vi sterminerà. Ma allora, se la Fortuna mi assiste, io non sarò più lì ad asciugare lacrime. Io sarò già morta». Sophie riprese fiato, poi continuò a parlare a un Prospero sempre più preoccupato, perché mentre la donna raccontava gli anni sembravano scivolarle giù dal corpo, i capelli le si muovevano morbidi, la pelle riacquistava splendore, la sua figura si assottigliava facendola assomigliare sempre di più alla statua da cui era stata originata: forte ed eterna, anche se parlava di morte. Della sua stessa morte.

«La scienza e la magia sono diventate nemiche pur essendo nate dalla stessa Madre. Quella madre ero io. Guarda l'astronomia e l'astrologia. Insieme hanno governato per millenni, concedendo un potere infinito a chi ne sapeva decifrare i messaggi, ma sul rogo di Bruno hanno cominciato a essere separate. La prima è diventata scienza, la seconda superstizione. Se fossero rimaste unite, se tutti avessero potuto avere accesso a quei misteri, a chi sarebbe servito un papa, un Vaticano, un Lutero o un Calvino? Sono state messe una contro l'altra perché il potere si conservasse, perché schiere di cardinali e sovrani potessero conservare il loro *status quo*. E per farlo non si sono fermati davanti a niente. Hanno scatenato guerre che hanno perso, lasciando ad altri il compito di pagarne le conseguenze, hanno violato le stesse regole che si erano dati. E che cosa hanno fatto poi, quando pure la scienza cominciava a metterli in crisi? Hanno incatenato anche lei, le hanno proibito di parlare. Folli! Vuoi ancora sapere se l'ho fatto soltanto per riprendere il mio potere? Il mio potere è la vostra vita. Io non sono un cardinale, né un papa o un Lutero o un Calvino qualsiasi. Io sono la Vita».

«Non basta», disse Prospero.

«Ma a te non basta mai. So che non hai rispettato la regola dei gradi di conoscenza. Non pensare di nascondermi qualcosa, ragazzo. Ma di questo parleremo presto, stai sicuro. Ad ogni causa corrisponde un effetto. E nulla in questo universo è gratis, per quanti monaci eretici possiate mandare a morte. Il conto lo pagherete qui. Non esistono né Paradiso, né Inferno. Non esiste merito. Le colpe di uno ricadranno su tutti, perché così avete deciso, cancellandomi».

«Non intendo trattenermi oltre, signora. Io me ne andrò. Quello che avete da dirmi, ditemelo ora», rispose stolido il ragazzo.

«Non sei tu quello che mi dirà che cosa devo fare. Tu non andrai da nessuna parte finché io non ti darò il permesso. Tu non sai che cosa stai per scatenare». Sophie gli parve gigantesca. Mentre parlava anche l'aria sembrava cambiare densità. La donna cresceva a ogni parola, la sua voce si faceva sempre più forte, sempre più autorevole, sempre più severa. E i suoi occhi, quelli mandavano lampi, evocavano un dolore e una rabbia eterni. Prospero cominciò a temere per la sua stessa vita.

Capitolo 59
Cause ed effetti
Roma, 1889

Mentre Sophie gli parlava, la mente di Prospero macinava pensieri. Il ragazzo continuava a fissare la porta d'ingresso del salotto come un'ancora di salvezza. Avrebbe dato tutto pur di avere la possibilità di lasciare la pensione in quel preciso momento. Ma sapeva che non gli sarebbe stato permesso, perché lei conosceva il suo segreto. Lei gli aveva già preannunciato una punizione per quello che aveva fatto. Non era pentito, in ogni caso. Se non si fosse avvicinato al meccanismo della memoria ora starebbe ancora brancolando nelle tenebre dell'ignoranza. Sarebbe ancora una vittima, l'asino al quale non si dice nulla, lo si carica e basta e se muore sotto il peso della soma, poco male. Ne arriverà un altro più robusto. Prospero pensò di essere prossimo a morire. Lei l'avrebbe fulminato seduta stante, ma prima lo avrebbe reso consapevole della sua violazione, gli avrebbe presentato gli effetti di quello che aveva fatto. In questo modo il condannato avrebbe avuto la piena coscienza che ciò che aveva osato era una sciagura enorme. Sarebbe morto rimpiangendo il suo gesto. La punizione comprendeva anche quell'ultima goccia di dolore prima dell'abbandono e del sollievo. Se lo aspettava. E quando arrivò non ne fu stupito.

«Hai violato la regola più sacra, giovane uomo. Per questo ci sarà una conseguenza».

«Intendete uccidermi?», domandò Prospero che in cuor suo già presagiva la risposta positiva.

«Ucciderti? Sei già morto. Molto più di noi. Ucciderti sarebbe un sollievo per te», rispose dura la donna. Il Nero la fissava con aria avida, sicuramente si aspettava anche lui una punizione esemplare e definitiva ed era pronto ad intervenire. Anzi, lo desiderava. Aveva fame.

«E allora che cosa volete farmi? Imprigionarmi?», il ragazzo adesso era in preda al terrore.

«Sei già in prigione e ti ci sei messo da solo. La tua cella è la tua superbia, la tua sordità agli avvertimenti, la tua impazienza. La tua fretta di giudicare tutti, compresi noi. C'è stato un momento in cui la tua curiosità era un talento. Questo tuo talento ti ha condotto da noi, ti ha fatto restare anche se sconvolto dai nostri discorsi, ti ha condotto all'inaugurazione del monumento con la voglia di osservare. Ciò che hai visto e ascoltato ti ha avvicinato ancora di più al compito che avevamo in serbo per te. Ti ha preparato. Così come ti hanno preparato tutte le visite notturne con cui ci hai studiato e hai tentato di capirci... Ti stupisci che io lo sappia? Davvero? Oltre che superbo sei diventato anche stupido adesso?...», Sophie gli parlava con aria di scherno eppure Prospero non poté fare a meno di notare che la donna, sotto lo strato delle sue constatazioni, nascondeva malamente una tristezza di fondo, la delusione di perdere un adepto che per lei, forse, rappresentava l'ultimo barlume di speranza, una briciola del suo antico e immenso potere sugli uomini.

«Nell'istante esatto in cui hai deciso di non voler attendere il momento più opportuno per sapere, hai distrutto tutto quello che ti eri guadagnato. La sapienza che ora credi di aver conquistato non ti salverà. Non verrà in tuo soccorso. Non la potrai più usare. Ti sembrerà, ogni tanto, di riuscire ad afferrarla da qualche parte, ma non potrai mai più toccarla. Questa è la pena. Questa la tua punizione e se ti sembra poco, allora è proprio vero, sei diventato anche stupido». Il ragazzo non comprese immediatamente che cosa Sophie stava cercando di dirgli. All'inizio gli sembrò poca cosa rispetto a quello che si era immaginato. Nessuno l'avrebbe rinchiuso in una segreta umida, nessuno gli avrebbe torto un capello. Prospero respirò, quasi sollevato. Ma qualcosa dentro di sé non lo faceva stare tranquillo. Da quella sensazione scaturì la sua domanda. Voleva essere sicuro di non dover temere nulla.

«Mi state dicendo che sono libero di andare?»

«Sciocco! Sì, se ci tieni tanto alla tua libertà, sì, puoi andare. Anzi, devi. Non voglio vedere la tua faccia mai più. E stai pur sicuro che tornerai qui strisciando, quando la testa ti esploderà; quando ti renderai conto di aver violato il più sacro dei patti; quando capirai che potevi avere tutto con il favore degli dèi e non sei stato in grado di ottenerlo. Dovevi solo avere pazienza, Prospero. Dovevi solo attendere. Ricordatelo bene. Ricordati il timore che ti ha gelato il sangue quando hai letto quella frase sul basamento della statua davanti alla Minerva: "Bisogna avere una mente robusta per sorreggere il peso della sapienza". Ebbene la tua mente non lo è. E tu crollerai. Avvertirai gli scricchiolii molto prima di quanto immagini. E quando ti accorgerai che c'è qualcosa che non va sarà troppo tardi. Per te non ci sarà scampo. Allora tornerai. Ci cercherai, impazzirai dal desiderio di parlare di nuovo con noi. Ma non ci troverai. E lì ti renderai conto di quello che hai fatto. Capirai quanto sei debole, ti pentirai di aver violato un accordo che abbiamo stabilito insieme, durante il tuo addestramento. Nessuno verrà a curarti in quel momento. Non ci sarà un letto disposto a ospitarti, né una mano amorevole che vorrà carezzarti. Sarai solo. Solo con la tua slealtà. E non sarai in grado di sopportarne il peso. Allora, sì che desidererai morire. Per liberarti sul serio. E quella salvezza non ti giungerà. Soffrirai ancora. Ora, giovane uomo, ti senti ancora sollevato dall'idea che non ti daremo la morte? Sei ancora pronto ad andartene via... libero...?», Sophie scoppiò in una risata sadica.

«Mi avete nascosto tutto! Fin dall'inizio! Mi avete mandato a morire e vi sarebbe anche piaciuto, visto che la missione era fallita. Ma quando sono tornato, ero già un peso per voi. Per questo ho usato il meccanismo. Dovevo capire!». Voleva sentirselo dire. Voleva che Sophie si rendesse conto che, in fondo, lui era ancora importante, ancora serviva a qualcosa. Lei glielo doveva dire che lui era l'ultima speranza per non morire senza qualcuno che li pregasse. Ma Sophie rimase muta, mentre lo fissò come si guarda un insetto morente. Al posto di madame, invece, parlò Orazio che era rimasto in silenzio per tutto il tempo.

«No, Prospero, non dovevi capire. Ti sei solo ribellato perché ti avevamo negato delle spiegazioni. E hai agito prima del tempo. Tutto quello che hai visto nelle ruote è solo una minima parte del sapere che avevamo intenzione di concederti. In più il nostro sarebbe stato illuminato da una forza e da una luce che ti avrebbe permesso di sostenerlo nel corso di una vita felice. Saresti stato il nostro campione. Ci avresti aiutato a non morire. Ora che cosa vuoi aspettarti? Pensi di poter utilizzare quello che sai per qualche fine? Vuoi denaro? Non l'avrai. Senza illuminazione divina la conoscenza è soltanto erudizione. E la tua è stata sottratta agli dèi con l'inganno. Perché adesso gridi le tue giustificazioni? Rivendica quel furto, piuttosto. Anche se siamo giunti alla fine e la tua strada è segnata, almeno ti farebbe più onore. Pensi di ottenere il perdono? Noi non siamo il dio dei cristiani, ragazzo. Non ci sono colpe e non c'è perdono. Ci sono soltanto le cause e i loro effetti. È troppo tardi, dovevi pensarci prima...». Il giovane guardò l'uomo con tristezza. Orazio era stato in fondo il suo alleato durante i giorni che avevano preceduto il viaggio. E, in parte, si era aspettato parole più comprensive dal figlio di madame. Adesso, invece, lo avvertiva distante e lo vedeva come si era manifestato nel corso dei millenni: un uomo-falco cieco da un occhio che sovrintendeva la giustizia e rappresentava lo sguardo divino sulle cose umane, pubbliche e private. Era lui quello che sorvegliava la correttezza delle leggi e dei riti. Lui l'essenza che aveva guidato sacerdoti ed esseri umani sul cammino delle più antiche leggi naturali. Ora lo rimproverava perché aveva violato la più sacra di queste: la conoscenza, la gnosi, si raggiunge per gradi. Le pene per chi sovverte questa regola sono immense. Gli effetti disastrosi.

«Nulla sfugge al mio sguardo, Prospero. Sapevo perfettamente ogni volta che ti infilavi nella mia biblioteca per frugare, per strappare brandelli di sapere. Ma sapevo che lo facevi a fin di bene. Perché la tua piccola testa non poteva contenere l'immensità delle verità che ti stavamo rivelando. Abbiamo forse commesso l'errore di non avvisarti prima, di non renderti noto il pericolo che correvi. E di consigliarti di trovare un equilibrio con la tua curiosità. Ma, te lo ripeto, noi non siamo il dio dei cristiani. Non prendiamo gli uomini per mano. Noi li osserviamo e garantiamo protezione ai meritevoli. A ogni causa corrisponde un effetto. E non c'è causa così grande e così importante che giustifichi mezzi sleali. Se violi il patto con la Natura essa si rivolterà contro di te. E non importano le ragioni, non contano i motivi, non rappresenta un'attenuante avere una giustificazione. Hai danneggiato un processo millenario con un solo gesto. Non puoi più pentirtene. Puoi soltanto soffrire per il resto dei tuoi giorni. L'unico augurio che mi sento di indirizzarti è che questi giorni non siano molti... Ma non ne sono sicuro». Quando il figlio terminò, la madre riprese con le sue maledizioni: «Prima di andare via ti ricordo anche qualcos'altro: non dovrai mai fare parola con nessuno di quello che hai visto o sentito. Io lo saprei comunque e tu conosci il destino di chi viola il patto del silenzio. Ricorda Mercurio. Ricorda il suo dito sulle labbra. Non sbagliare di nuovo, perché allora conosceresti davvero la mia ira. Ora puoi fare ritorno a casa tua. Ora sparisci».

Capitolo 60
Fiore di gioventù
Roma, 1889

Li aveva di nuovo lasciati nella stanza, pensando che, quando aveva a che fare con Sophie e gli altri, il tempo era davvero circolare, nel senso che sembrava non progredire mai. Ogni volta che usciva dal salotto o dalla biblioteca era come se lo facesse per la prima volta. Aveva la sensazione di aver percorso lo spazio che lo separava dalla sua camera da letto un milione di volte e sempre nello stesso modo. Era fine settembre, ma poteva tranquillamente essere il 7 giugno, quando era arrivato.

Non perse tempo a sollecitare ricordi. Era sufficientemente preoccupato per quello che gli stava succedendo e per quello che Sophie e Orazio gli avevano comunicato: la sentenza. Anche quella sensazione gli sembrava qualcosa di già vissuto, come se l'avesse sognata. Dunque era libero di andare via. Anzi, doveva sparire. Lo avrebbe fatto, poi avrebbe pensato al modo di sfuggire a quella condanna inappellabile. Cause ed effetti, gli avevano detto. Non c'era pietà nella Natura. Quella se l'erano inventata gli uomini per giustificare lo sfruttamento, la prigionia, il potere di pochi. La Natura agiva secondo altri stimoli. Ogni gesto, semplicemente, determinava una reazione. Lo capiva. E fu questo pensiero che gli fece pensare che era cresciuto, che stava diventando uomo. Non si sarebbe più giustificato, non avrebbe più spiegato il perché dei suoi errori. Da oggi in poi avrebbe semplicemente accettato le conseguenze, qualunque esse fossero. Era il suo piccolo contributo alla ricerca di quella legge naturale che si era persa nell'intricato mondo degli uomini. Gli avevano detto che sul rogo era bruciata un'epoca. E che il loro fallimento aveva in qualche modo contribuito a precipitare ulteriormente gli eventi: Sophie, Orazio, il Nero e Mimì erano stati sì salvati da Padre Rossi, ma nello stesso tempo, era stati diminuiti, limitati, resi mortali, perché costretti in corpi che lentamente si disfacevano. Se anche ci fosse stata una speranza, era andata perduta con il gesto disperato dell'olivetano. Un gesto che anche gli altri avevano approvato e incoraggiato. Ma non era quello giusto. Non si costringe l'essenza stessa della Natura, il suo archetipo più profondo in un corpo corruttibile. È come ucciderla. I suoi ospiti avevano provato a ribellarsi e per questo motivo lo avevano strappato alla sua ignoranza quel tanto che bastava per trasformarlo in un loro mezzo. Ma non avevano fatto i conti con la fortuna, che è sempre superiore agli dèi. Il caso era stato determinante. Se quella contadina non si fosse trovata sulla sua strada e lui non l'avesse urtata, Tomáš sarebbe vissuto. Se al posto di Steiner ci fosse stato qualcun altro forse non sarebbero stati traditi. Se Sophie avesse tenuto in considerazione anche il contributo casuale del fato, allora avrebbe previsto una contromossa. Anche loro avevano commesso degli errori, anche loro avevano peccato di superbia perché si erano sentiti la vittoria in pugno. Perciò non avevano diritto di punirlo. Prospero entrò nella sua stanza e si avvicinò alla valigia consumata. Guardò la vecchia bisaccia rosicchiata e si domandò se per caso era il bagaglio con cui Horus reso un uomo, triste e guercio aveva affrontato l'esilio in Francia al seguito di Tommaso Campanella. Se quelli che aveva indossato nei giorni trascorsi nella Roma del Seicento erano i suoi abiti. Afferrò il mantello e lo annusò. Ancora odorava di brace. Non appena le narici trasmisero al cervello la nota pungente del legno bruciato, Prospero si ritrovò di nuovo proiettato di fronte al rogo. Il ragazzo sentì che anche lui era stato condannato. A lui era stato riservato il destino feroce di crollare sotto il peso di quella sapienza rubata. Piegò diligentemente il mantello e si trattenne qualche secondo per togliere anche la più piccola piega. Poi lo ripose con cura dentro alla bisaccia e fece lo stesso con la biancheria che gli avevano dato, anche se era sporca. Non era il momento di pensare a questi dettagli. Per sé, tenne solamente il messaggio che Joachim gli aveva fatto scivolare nella borsa insieme alle ruote della memoria realizzate da lui. Lo rilesse un'altra volta soltanto con il sottile timore di non vedere più le lettere o le frasi una volta che avesse aperto il foglio di carta. Invece erano lì. La calligrafia antica dell'amico era ancora presente. La carta aveva la consistenza di sempre, l'inchiostro stava prendendo una sfumatura violetta. Rilesse la frase piena di fiducia che il giovane segretario del Nolano gli aveva scritto: «...immagino che fin dal tuo rientro saranno stati intensi i tuoi studi...». Gli dispiacque, in fondo, di non aver intrapreso il cammino di conoscenza a cui Sophie l'aveva invitato all'inizio. In quel modo avrebbe potuto onorare le aspettative che l'amico nutriva per lui. Sarebbe stato un bravo scolaro. Questo Prospero lo sapeva bene. Era già stato un bravo scolaro. Ripose il biglietto di Joachim nella valigia sgangherata e si avvicinò alla porta della camera. L'aprì e prima di lasciarla si voltò. La vide in tutto il suo squallore: i muri scrostati, il letto vetusto, il tavolo e le sedie che male si accostavano al resto dell'arredamento. Eppure quel luogo era stato per lui un buon rifugio. Aveva ascoltato i suoi pensieri. Attraversò il corridoio e si avvicinò al portone. Nessuno gli era andato incontro per salutarlo e neanche per presentargli il conto del suo soggiorno. Sorrise fra sé e sé perché non aveva denaro sufficiente per fare fronte a quella spesa. Ma si consolò pensando che il prezzo che avrebbe pagato agli dèi era infinitamente più alto e non prevedeva fughe. Uscì in strada quando il sole stava per tramontare. Anche quell'immagine gli parve che riassumesse bene la sua parabola. Era l'ultimo pezzetto di luce che la sua vita futura gli concedeva, poi sarebbero scese le tenebre e i suoi demoni sarebbero venuti a riscuotere. Lo sentiva. Sentiva che le corde, le corde che aveva percepito tendersi e scricchiolare mentre usava le ruote, si erano finalmente spezzate. La realtà non gli apparteneva più. Sarebbe andato incontro al suo destino. Sarebbe tornato al paese dove avrebbe condotto una vita saggia, senza superbia, sperando che il suo cambiamento avrebbe ritardato un po' l'esecuzione della sentenza. Ma qualcosa era cambiato. E Prospero non era più tanto sicuro, mentre si avviava verso San Giovanni, sperando di incontrare Biagio per farsi riportare a casa. Avrebbe atteso davanti alla Porta finché l'amico di un tempo non sarebbe passato. Sperava in un ultimo colpo di fortuna. Se ancora gliene era rimasta, ma non si accorse che anche in quell'ultima scelta si nascondeva un seme malsano.

Capitolo 61
Il prezzo di tutte le cose
Roma, 1889

Prospero aspettò. Aspettò così a lungo che iniziò a chiamare le pietre di Porta San Giovanni per nome. I pastori che entravano a Roma con le loro greggi di capre cominciarono a considerarlo parte del paesaggio: un ragazzo triste e immobile, tutto compunto nel suo vestito nero che, con la sua sola presenza, li avvisava di essere arrivati nella Città Eterna e non rifiutava mai un sorso di vino e un tozzo di pane. Ogni tanto qualcuno si fermava vicino a lui e gli chiedeva che cosa facesse lì.

«Aspetto Biagio», rispondeva il ragazzo con una strana luce folle negli occhi. Molti ridevano, la maggior parte lo compativa. Qualcun altro provava pietà e cercava di dargli una mano, proponendogli un ricovero in qualche istituto religioso, ma sottintendendo una visita al manicomio. Lui rifiutava sempre con un sorriso e rispondeva: «Non posso spostarmi, quando Biagio verrà a Roma a prendermi deve trovarmi qui, così siamo rimasti d'accordo». Biagio, però, non arrivò mai. Prospero non sapeva che nel frattempo, alla fine di quell'estate caldissima, il carrettiere era morto. In ogni caso non sarebbe comunque venuto a riprenderlo, aveva dato per scontato che il ragazzo avesse preferito fermarsi direttamente a Roma e non aveva avuto il coraggio di domandare delucidazioni alla famiglia. Nessuno lo aspettava al paese, del resto. La madre, durante l'estate e lontana dal figlio, era scivolata in uno strano stato mentale in cui la vedovanza si era unita a un dolore incommensurabile dal quale era voluta fuggire, portando con sé anche il suo equilibrio. Da settimane, ormai si aggirava per le stanze vuote della casa, sicura che il figlio e il marito sarebbero tornati presto dalle loro commissioni a Roma. Quando nessuno fece ritorno per lei non fu una sorpresa, semplicemente continuò ad aspettare e aspettò per anni, fino al suo ultimo giorno di vita.

Il ragazzo, dunque, rimase a Roma. La prima notte a Porta San Giovanni fu strana. Attese tutta la sera seduto sulla valigia, non bevve né mangiò nulla, scacciò le prostitute che gli si avvicinavano scambiandolo per un turista con la voglia di spendere e, infine, si accucciò vicino al bagaglio e dormì un sonno strano, agitato da incubi sanguinosi. La mattina successiva si svegliò all'alba immaginandosi nel letto della pensione della Rotonda e con la strana urgenza di dover uscire presto dalla stanza per compiere uno dei suoi abituali sopralluoghi nella biblioteca di Orazio. Quando si rese conto che invece aveva dormito all'aperto e che tutto era veramente finito provò a immaginare casa sua, quella vera, quella del paese e non ci riuscì. Non riusciva a ricordare quasi nulla del suo passato, né il volto della madre, né quello dei contadini che aveva sempre frequentato. Nei giorni successivi continuò a scivolare. Scivolò sempre di più in un presente continuo in cui lui era lì per aspettare qualcuno, ma francamente non ricordava più chi. Soltanto la sua valigia lo riportava alla realtà. Quel bagaglio sgangherato che andava riempendosi di polvere e segnacci era diventato un prolungamento del suo corpo: perderlo o dimenticarsene avrebbe rappresentato la fine, equivaleva a staccarsi un arto e ad andare via, lasciandolo a decomporsi nella polvere di Roma. L'attesa durò un paio di mesi. Un bel mattino di sole autunnale, dopo che le piogge e il freddo notturno avevano minato seriamente la sua salute, un Prospero invecchiato di cento anni, si alzò dal suo posto abituale e rientrò nella Città Eterna, con molte meno illusioni di quando era arrivato l'estate precedente. Camminò senza meta, perdendosi nei vicoli di Roma e si fermò dalle parti della Suburra, dove era arrivato perché si ricordava che lì, da qualche parte, c'era il bordello di una donna strana che di nome faceva Afrodite e della quale non si conosceva nulla. Ricordava come era stato trattato bene tutto sommato, che non gli aveva negato una stanza nel momento del bisogno e acqua fresca per curare una ferita. La cercò per giorni, ogni tanto si metteva a correre tentando di trovare nei riflessi di luce i colori che lo avevano accompagnato durante una fuga lontana nel tempo della quale non ricordava più nulla. Alla fine, un vecchio oste anarchico si prese pena per la sua sorte e cominciò a offrirgli mezzo litro di vino e un pasto gratis tutte le sere. Prospero era semplicemente diventato un matto in più nel Rione, nessuno si stupiva più di tanto, anche se i moretti di Monti, quando si annoiavano, avevano cominciato a inseguirlo e a tormentarlo con scherzi feroci, come quella volta che si svegliò con la carcassa di un gatto morto sulla faccia. Era diventato il matto "Corricorri", così lo chiamavano tutti, soprattutto i bottegai quando volevano dargli qualcosa da mangiare perché non gli morisse di fame davanti al negozio. La notte crollava in un angolo della strada. Il più delle volte era vittima delle sbronze colossali che racimolava la sera in osteria grazie a qualche animo gentile, o molto cinico, che si divertiva a vederlo ubriaco mentre si dava arie da grande sapiente, o addirittura da mago. Farfugliava di testi proibiti, di roghi e Inquisizione, ma le sue frasi non avevano senso. E l'aria era talmente malmessa che ormai non si vedeva neanche più che era un giovane borghese, con la mente massacrata dalla città. Non ebbe quasi mai la coscienza di dirsi che era quello l'effetto di cui gli aveva parlato Sophie, la conseguenza, o la condanna, come la chiamava all'inizio. Solo ogni tanto, nell'istante in cui il sole spariva dalle parti di San Pietro, quando gli occhi, durante le sue rare peregrinazioni lontano dai confini di Rione Monti, gli cadevano sulla Cupola in lontananza ricordava vagamente qualcosa sulla luce, che illumina la sapienza. E gli veniva in mente quello strano meccanismo di legno che qualcuno, in un'altra vita sicuramente, gli aveva regalato. Il foglietto con la lettera di Joachim, d'altro canto, se l'era perso insieme alla valigia, alla giacca e alla camicia, una notte che un altro barbone come lui, incuriosito da quella borsa logora che sicuramente doveva contenere materiale utile alla vita di strada, lo aveva lasciato in fin di vita sull'argine del fiume ed era scappato con tutti i suoi averi e con l'ultimo legame che teneva Prospero ancorato alla sanità mentale. Quanto ai suoi ospiti, non li cercò mai più. Soltanto una volta si spinse fino al Pantheon, ma l'intenzione era quella di proseguire oltre e andare in piazza Navona. Non sapeva neanche lui che cosa lo spingesse laggiù, così lontano dai suoi giri soliti. Si fermò all'Agone per qualche giorno, poi lo arrestarono per vagabondaggio e furto e trascorse svariati mesi a Regina Coeli, dove si guadagnò una polmonite che quasi lo tolse dal mondo. Durante quel delirio, nell'infermeria del carcere, gli sembrò di essere tornato indietro nel tempo e ricordò di avere avuto la febbre alta anche in un altro momento della sua vita. Ricordò gli incubi di allora e invocò la morte. Che non arrivò a dargli pace. I medici gli dissero che era stato fortunato, che aveva la costituzione di un toro e che in pochi riuscivano a guarire in quelle condizioni di vita e nell'umido di una galera. In un momento di lucidità, Prospero pensò che non era fortuna, era esattamente il suo contrario. La morte non era prevista nella sua condanna. La morte sarebbe stata una liberazione. E lui doveva pagare perché si era fatto causa di un effetto. L'aveva riferito al dottore che l'aveva in cura e quello gli aveva sorriso e poi l'aveva lasciato ai suoi pensieri scuotendo la testa, perché il ragazzo gli era parso irrecuperabile. Per carità cristiana il medico si era rifiutato di fare rapporto e spedirlo al manicomio. Lo preferiva per strada, soggetto alle intemperie, alle sventure e nelle mani di Dio, piuttosto che trasformato in un mostro come quelli che vedeva camminare nel cortile del Santa Maria della Pietà, ignari di se stessi e destinati a una triste fine fra quattro mura. Tanto sapeva che prima o poi l'avrebbe rivisto. I vagabondi, prima o poi, passavano sempre per la Regina, a renderle omaggio. Invece quella polmonite fece bene al ragazzo. Malandato e sottopeso fu ributtato in strada poco dopo la sua guarigione. Continuò le sue peregrinazioni, ma ai monticiani parve che *Corricorri* fosse tornato un po' più sano, un po' più presente di come era partito. Qualcuno si complimentò anche per essere sopravvissuto al carcere. Aveva calpestato il gradino di Regina Coeli, poteva considerarsi a buon diritto un romano ed era certamente un monticiano di adozione, di questo doveva andarne fiero. Gli dissero che era come ricevere una medaglia perché solo gli abitanti della Suburra erano i romani veri. Il rione gli si strinse attorno, con tutta la crudele bontà con cui si trattano i matti "di casa". Le signore gli lasciavano sempre qualcosa da mangiare e un vecchio stalliere gli propose di usare la sua stalla quando il clima non gli consentiva di dormire all'aperto, mentre il vino, finché fu in vita, glielo forniva gentilmente "Bakunino", l'oste libertario che si prendeva cura di lui già da tempi non sospetti, quando il ragazzo a mala pena ricordava il suo nome. Così passarono gli anni. Prospero invecchiò nella sua follia, che non gli lasciò più neanche l'antico sollievo di essere totale. Qualcuno doveva aver corretto il tiro quando stava per morire in galera e lo aveva svegliato quel poco che bastava per rendersi conto della sua miseria in ogni istante che gli rimaneva da vivere. In quello stato partecipò anche ai funerali dell'oste. E si avvolse in una bandiera rossa e nera macinando litanie in latino per tutta la processione fino al cimitero del Verano. Un giorno, quando la primavera cominciava a riscaldare l'aria e a profumarla di mimosa, Prospero si allontanò verso Colle Oppio in una delle sue passeggiate diurne quasi quotidiane. Ormai parlava da solo praticamente senza sosta. Era un continuo mugugnare di vari argomenti, dalla cronaca di quartiere alle sue sciagure. Dal Monte dove un tempo aveva trovato rifugio, si spinse fin quasi al Tevere che, dalla notte in cui era stato rapinato, evitava ormai come la peste. Scese sull'Isola Tiberina, si fermò a respirare l'odore del fiume davanti Ponte Rotto. E decise che era arrivato il momento di liberarsi sul serio. La sera stessa raggiunse la solita osteria che si era sostituita a quella di Bakunino e si fece versare un mezzo litro a credito, come sempre. Era per darsi coraggio. A mezzanotte, si diresse fuori dal Rione. Chi lo vide lo invitò ad andare a dormire, perché sbronzo così avrebbe fatto sicuramente una finaccia. Ma erano ubriaconi come lui, Prospero si fece una risata e accennò un balletto che li fece ridere a crepapelle e gli fece dimenticare gli avvertimenti. Aveva preso la sua decisione. Sarebbe andato fin davanti al Pantheon e lì sarebbe rimasto finché i romani non avessero capito la gravità della situazione in cui si trovavano e il pericolo che correvano a condividere la capitale con un quartetto di antiche divinità dai poteri immensi. Lo ritrovano morto all'alba del giorno successivo. Era sotto il monumento a Giordano Bruno in Campo de' Fiori. Un maniaco sicuramente lo aveva torturato chissà per quante ore e gli aveva estratto il cuore con precisione chirurgica. Poi lo aveva semplicemente depositato sotto la statua del monaco eretico. I giornali si affrettarono a scrivere articoli di fuoco sulla sicurezza nella città. I bambini furono tenuti a casa per settimane, perché su Roma era piombato il panico di dover condividere la strada con un pazzo assassino che dilaniava i corpi della povera gente. Poi non si ripeterono più casi del genere e semplicemente i giornali smisero di scriverne. La gente, come sua abitudine, si dimenticò. E tutto continuò a scorrere normalmente, in attesa dell'Apocalisse.

Capitolo 62
Solve et coagula
Roma, I sec. a. C.

Abbiamo percorso la strada in corteo. La casa che mi hanno preparato è splendida, costruita senza badare a spese. Abiterò qui. Nella città del fiume. Le loro divinità mi hanno già accettato come una di loro. Non sanno che il mio culto è molto più affascinante e che, presto, tutto quello che è contenuto fra il fiume e le alture sarà il mio nuovo regno. Sono abituata a dominare da sola, concedendo poco ai miei simili. Qualcuno di loro protesterà. D'altro canto sono qui da prima di me. Ma io rappresento forze troppo potenti e ancestrali per abbassarmi a una competizione. Li conquisterò uno per uno. E regnerò incontrastata. L'Egitto è perduto per sempre. Non tornerò più. Rimarrò qui a ricevere i loro doni, ad ascoltare le loro preghiere finché lo riterrò opportuno. Perché anche Roma si perderà. E io con loro. Ho deciso che sarà questa la mia ultima casa. Quel che accadrà poi non sarà affar mio, ma di altri dèi, creati come me per rassicurare gli uomini se la notte è troppo lunga. Tutto ha un tempo. E il mio è questo. Mentre la pesante porta di pietra del tempio si chiude sul mio futuro so esattamente che cosa fare. Ascolterò con attenzione i pianti delle donne, che qui sono altere e un po' grossolane. E più tardi, quando la città sarà passata attraverso il fuoco e le fiamme, ispirerò i filosofi e li accompagnerò lungo il cammino della conoscenza. Ne avranno bisogno perché dovranno rialzarsi in piedi. Mi cercheranno e mi troveranno in una rosa e nelle quattro pietre che rimarranno in piedi quando anche questo tempio sarà distrutto. Mi riscopriranno nelle loro nuove divinità. Io sono il principio femminile, la Vita. Io sono colei che è sempre stata e sempre sarà, e nessun mortale ha mai alzato il mio velo. Ogni cosa ha un suo ciclo. Anche gli dèi e le grandi civiltà. Dall'età del piombo si arriva a quella dell'oro e poi si torna indietro. Non è come morire. È come marcire. Come marcisce la terra e si trasforma in limo, la vita continua anche nella materia che si decompone. Un generale romano è venuto a prendermi, mi ha evocato, convinto.

Lui ha visto la mia gente diventare schiava dopo essere stata padrona per tanto di quel tempo che ho perso il conto. E io sono qui ora, per assistere i suoi nel momento di massimo splendore e per stargli vicino quando ripiomberanno nell'oscurità. Sono arrivata accompagnata dai miei, ma solo quelli più fedeli. Anche loro si stabiliranno sulle rive di questo fiume verde. Dalle stelle del cielo di Roma trarranno insegnamenti e moniti. Coltiveranno i loro interessi raffinati e li insegneranno al popolo di soldati che ci ospita. Li miglioreremo, distruggendoli. È il destino di tutte le cose. Anche il mio. Faccio parte di questo mondo forse più degli uomini che lo abitano. E lo vedrò finire senza poter far nulla. Ma ora è tempo di festa. È primavera. Una primavera dell'anima. È tempo di gioire dei trionfi. A piangere i morti – e ce ne saranno molti – ci si penserà al momento opportuno. Il corteo che viene a me si snoda sinuoso. Le donne sono vestite di bianco, di stoffe leggere, hanno i capelli intrecciati e profumati, ma coperti da un velo. Gli uomini si sono rasati stamattina. Le loro teste lucide brillano sotto il sole. Per ultimi, ecco gli alti sacerdoti, che portano i simboli della mia forza: il sistro e l'ankh, il mio nodo. La porta della cella sacra si chiude lasciandomi al buio a cui appartengo. I sommi sacerdoti presto accenderanno i fuochi sacri e il mio tempio sarà consacrato e pronto ad accogliere i fedeli che verranno a pregarmi. Altri fuochi toccheranno queste mura. Lo so, lo sento. Ma io continuo a fare ciò che mi si chiede: trattengo e sciolgo. *Solve et coagula*. Ascolto e ignoro. Oro e piombo. La città del fiume si è conquistata la mia terra e la mia attenzione. Durerà finché durerà.

Capitolo 63
Giustizia divina
Roma, 1604

Così era capitato alla fine. Il cardinale aveva smesso di tremare da poche ore. Anche il sudore gli sembrò che si fosse fermato. Le lacrime, quelle no, invece. Gli scorrevano sulle guance cadenti da giorni. La mattina, quando erano venuti per fargli indossare il San Benito, si era anche pisciato addosso. Non si era vergognato. D'altro canto nessuno aveva riso di lui. Non provava vergogna neppure adesso. Neanche un briciolo. Mentre camminava verso l'uscita del carcere osservò le sue gambe muoversi. La gotta non l'aveva più torturato. E ora le pieghe del camicione degli eretici sembravano quelle di una veste elegante che ondeggiava sinuosa, a ritmo col suo passo. Non era stato torturato. Non ce n'era stato bisogno. Aveva ammesso tutto subito: la vera tortura l'aveva subita al momento dell'arresto, che gli era piombato sulla schiena all'improvviso senza che ne avesse avuto conferma. E aveva goduto del sentirsi accusare di eresia. Come se, a cancellare una vita da pusillanime, bastasse la sentenza di un tribunale. Quella sentenza lui l'aveva ascoltata. E si disse che almeno in quel momento, aveva mostrato del coraggio, perché era rimasto in ginocchio e rispettosamente aveva chinato il capo, senza piangere, senza ribellarsi. Durante quei mesi di prigionia gli era mancato molto il suo stile di vita: le feste dai Farnese, l'amicizia dell'*entourage* dei cardinal nepoti. Aveva frequentato sempre entrambe le fazioni e, in anni di volenterosa applicazione, era riuscito a farlo sembrare naturale ed elegante. Voleva assicurarsi una via d'uscita, sempre, in ogni condizione. Quell'atteggiamento lo piombò nell'amarezza: «Quale splendido piano di fuga è rimasto per te, ora, cardinale?». Nessuno. O uno. Aveva preparato un memoriale, anche lui, come l'eretico Nolano. Ma il suo era stato letto *in extremis* e, le sue ragioni, accolte. Aveva avuto assicurazioni che l'odierna abiura pubblica in Santa Maria sopra Minerva, sarebbe stato l'ultimo atto e che, sebbene degradato, avrebbe potuto comunque mantenere buona parte del suo patrimonio, ma non i privilegi di cui aveva goduto un tempo.

"La Chiesa non uccide i suoi figli", pensò cogliendo tutta l'ironia di un'affermazione del genere. "Si accontenta di lasciarli morire lontano dai suoi occhi, sminuiti, dimenticati, senza nome, in un convento lontano e silenzioso perché il resto della loro vita sia una continua meditazione ed espiazione del male fatto". Si ripeté di stare tranquillo, comunque, a lui non sarebbe capitato. Doveva soltanto avere pazienza e partecipare alla sceneggiata che i consiglieri di Clemente avevano organizzato per mostrare a tutti quanto determinata fosse la Cattedra di Pietro contro l'eresia.

"L'ennesimo contributo fornito con umiltà e in segreto a Santa Madre Chiesa", pensò il cardinale. Come quella supervisione del *Sommario* del processo di Giordano Bruno, che gli aveva fatto fatto mettere le mani sul suo ufficio prestigioso. Cercò di non tremare. Ma ritenne appropriato mostrare una parte della sua paura per far sembrare la sceneggiata più vera. Scoprì, però, che la recita gli riusciva senza troppi sforzi. Non si fidava fino in fondo. Non si fidavà. Ebbe solo un momento di ribellione. E fu quando venne scortato davanti alla basilica. Nel vedere i palchi su cui sventolavano i vessilli delle famiglie patrizie più influenti di Roma si sentì deriso. Si sentì perduto. Senza cene, senza banchetti, senza intrighi non era nulla. Le abiure erano una festa. Non si ricordava più a quante avesse preso parte. Poi le commentavano a casa dei Duchi, vicino Campo de' Fiori, sorseggiando il miglior vino e godendosi il fresco della sera. Rientravano nel pettegolezzo della Roma mondana e lui si sentiva sempre meglio dopo questi riti. Si sentiva più pulito. Più importante. Pensava che a lui non sarebbe mai potuto capitare. E che non faceva niente di male a conservare qualche libro e recitare, ogni tanto, qualche litania dimenticata. Non era forse Marsilio Ficino un buon cristiano? Che male c'era a leggere i suoi libri? Si era calmato solo quando aveva sentito sul braccio la stretta forte di uno dei soldati. Gli aveva fatto male. Inginocchiato, si ostinava a fissare il pavimento della chiesa. Il consultore del Sant'Uffizio che aveva seguito il suo caso era un po' che parlava ma lui non aveva ascoltato veramente. Aspettava solo di sentir pronunciare la parola abiura per ricominciare a respirare. Sarebbe arrivata dopo l'elenco di violazioni che avevano condotto il penitente fin lì. La sua storia ridotta a poche parole intrise di disprezzo. Infine avrebbe parlato lui. Il momento più duro.

"Ecco, ci siamo", pensò il cardinale senza mai staccare gli occhi dal pavimento. Mentre parlava la voce non gli sembrava la sua. Era stranamente salda. Come se, dentro di sé, un'altra persona non aspettasse altro che il momento di liberarsi e rientrare nella luce di Dio.

«Io sottoscritto, dell'età mia d'anni 55, constituto personalmente in giudizio, e inginocchiato avanti di voi Eminentissimi e Reverendissimi Cardinali, in tutta la Republica Cristiana contro l'eretica pravità generali Inquisitori; avendo davanti gl'occhi miei li sacrosanti Vangeli, quali tocco con le proprie mani, giuro che sempre ho creduto, credo adesso, e con l'aiuto di Dio crederò per l'avvenire, tutto quello che tiene, predica e insegna la Santissima Cattolica e Apostolica Chiesa». Il cardinale respirò. Si asciugò i palmi delle mani sulla tonaca e gli sembrò troppo ruvida, come se potesse strappargli la pelle. Ma non si fermò.

«Giuro anco e prometto d'adempire e osservare intieramente tutte le penitenze che mi sono state o mi saranno da questo Santo Offizio imposte; e contravenendo ad alcuna delle dette mie promesse e giuramenti, il che Dio non voglia, mi sottometto a tutte le pene e castighi che sono da' sacri canoni e altre constituzioni generali e particolari contro simili delinquenti imposte e promulgate. Così Dio m'aiuti e questi suoi santi Vangeli, che tocco con le proprie mani». Terminò frettolosamente con le ultime formule di rito e attese di essere trasportato dove l'Inquisizione aveva deciso di mandarlo a vivere i suoi ultimi anni di vita. Sperò di non finire troppo lontano da Roma. Poi si sentì svenire. Chiuse gli occhi e due grosse lacrime scivolarono per terra.

Capitolo 64
Manifesto
Cassel, Assia Settentionale, 1614

Un uomo che guarda un vetro
può fissarvi sopra il suo sguardo
o, se vuole, può guardarvi attraverso
e scorgere allora il cielo.

George Herbert, *The Elixir*

Erano passati quasi quindici anni dalla fuga a cavallo di Fratel R. C.. I primi tempi l'uomo aveva pensato di varcare l'oceano imbarcandosi su uno dei velieri che sempre partivano per il Nuovo Mondo. Gli avevano parlato di praterie sterminate, indigeni che custodivano saperi primitivi e ancestrali, fiumi impetuosi. Gli avevano detto che laggiù, la Natura è ancora Signora. Lui aveva preso a immaginarsi quelle terre come una specie di Adocentyn terrena. E sognava di raggiungerle e morirvi finalmente felice, illuminato dalla Luce della Conoscenza. Invece poi aveva preso a rimandare il viaggio, con il segreto intento di immergersi nelle conseguenze di ciò che era avvenuto a Roma durante quel febbraio maledetto. Una volta che si erano salutati, il medico, il segretario del Mercurio e lui, sapevano che non si sarebbero più rivisti, ma al tempo stesso erano consapevoli di dover cominciare, da quel momento in poi, una guerra comune. Era partita da lui la strategia dell'inabissamento. Li volevano morti, d'altro canto, e le idee che propugnavano cominciavano a non essere più tanto apprezzate neanche nei Paesi del Nord, dove la guerra stava diventando una necessità e la difesa di un gruppo di maghi intolleranti a tutte le autorità iniziava a essere percepita come una scomoda alleanza. La stessa Boemia era in pericolo. E Fratel R. C. con la sua proverbiale lungimiranza, aveva intuito che proprio da lì poteva scatenarsi l'inferno che tanti di loro paventavano da moltissimo tempo. Durante quella cavalcata fra i boschi sulla via di casa, lui e i suoi confratelli avevano scelto passo dopo passo l'atteggiamento da tenere. Sarebbero diventati invisibili. Avrebbero atteso pazientemente il passaggio di questa terribile età oscura che si apriva sotto i loro piedi senza opporsi frontalmente, ma nello stesso tempo avrebbero tramato sotto terra, diffondendo l'eredità di Iordanus con parole comprensibili per questa nuova epoca. Non aveva voluto assistere alla morte del Nolanus. Aveva paura di soffrire troppo. Era una sua scelta sistematica quella di voler allontanarsi dalla sua natura umana, la ragione per cui aveva rinunciato al nome proprio «nascondendosi dietro a dei puntini», come gli aveva detto una volta Ser Tomáš nella casa della Rotonda. Lo pensava mentre ammirava il panorama dai bastioni di Cassel, la città in cui alla fine si era fermato. Quelle pietre servivano a proteggere la popolazione dagli attacchi dei cattolici. Mentre fissava il paesaggio ancora spruzzato dalla neve in qualche punto, gli piaceva pensare che la controffensiva sarebbe partita proprio da lì, da un piccolo borgo dimenticato. Non da Zurigo, o da Londra, non dalle città più forti degli stati tedeschi, ma da lì. Dalle sue mani. L'idea era nata proprio in una di quelle passeggiate: li avevano costretti a chiudersi in se stessi, ma questo non voleva dire che la luce della sapienza non potesse illuminare ogni uomo nel profondo del cuore. Una mattina di fine inverno si era come sempre fermato sui bastioni durante le sue passeggiate quotidiane. Da lì guardava l'Assia che gli si stendeva davanti ai suoi occhi quasi volesse catturare i primi raggi tiepidi di sole di una primavera che in Germania arrivava sempre timidamente e altrettanto timidamente se ne andava. Uno scampolo di luce solare, particolarmente ostinato, aveva bucato le nuvole nere cariche di pioggia e aveva illuminato un albero soltanto, permettendogli di vederlo, di distinguerlo nell'immagine indistinta che componeva il paesaggio sotto di lui.

«*Aufklärung*», si era risposto sotto voce nella sua lingua. Illuminismo. Sarebbero diventati come quel raggio di sole che sceglieva ogni volta su chi dirigere la sua forza perché questo emergesse dalle tenebre per usare il suo intelletto senza mediazioni, per allenarsi a leggere i segni minuscoli di un Cosmo che non si potrà mai dichiarare sconfitto senza travolgere tutti, vincitori e vinti. Lui, dal canto suo, era da tempo che sognava di scomparire. L'inabissamento, in fondo, per Fratel R. C. rappresentava una soluzione anche personale. Avrebbe lasciato dei segni, certamente. Delle corrispondenze da cercare attentamente. Ma quello era un lascito che avrebbe fatto a pochi. Era troppo sfiduciato per immaginare il suo messaggio come qualcosa di universale. Non era più quello il tempo adatto. Avrebbero detto che il suo gruppo erano i famigerati Giordanisti. E gli piaceva che fosse così. Gli piaceva pensare che da quel momento in poi, lui e i suoi si sarebbero dedicati a un'ultima strenua difesa della pace, per scongiurare l'Apocalisse della guerra. Ma già sapeva che loro erano ormai poca cosa, che la Boemia era in bilico, nonostante il matrimonio di Federico I ed Elisabetta d'Inghilterra. Tutto sarebbe crollato. L'età oscura sarebbe entrata nella sua fase più acuta, più dolorosa. Il giorno in cui il raggio di sole aveva illuminato quel giovane albero era tornato a casa correndo. Era nervoso, emozionato per la prima volta dopo tanti anni. Sentiva in bocca il sapore dell'adrenalina e gli era parso di dover compiere un'altra cavalcata in onore di Astrea, la Salvezza. A Lei non si rivolgeva quasi più. Aveva tentato una volta, ma la sua Signora era rimasta muta, arrabbiata con lui per aver fallito. Quasi per abitudine, quindi, e sapendo già che la Koré Kosmou non gli avrebbe risposto tentò di evocarla, quando si accomodò al tavolo per iniziare a scrivere. Per quanto si sforzasse di concentrarsi, di liberare la mente con pensieri d'amore tutto rimaneva in silenzio, statico, la natura non gli parlava più. Sospirò. Cercò di non sprofondare nella sua immensa tristezza e si fece coraggio. La missione lo riportava a terra, fra i viventi, fra i mortali. E per loro dunque avrebbe combattuto. Guardò a lungo la rosa rappresentata sul suo talismano. Ne carezzò i petali con il pensiero, se la strinse al petto e le sussurrò parole dolcissime. Pianse. In segreto. Per non far vedere agli altri che nonostante tutto lo studio e la sua famosa saggezza era ancora un uomo impaurito, che ancora piangeva i suoi morti. Infine si decise. Prese in mano un foglio di pergamena profumato di bestia e di sudore umano e si preparò a lavorare. Non avrebbe smesso fino alla fine, poi sarebbe andato a cercare gli altri per firmare il loro atto di sfida, la loro simbolica dichiarazione di guerra. Pensò ancora una volta all'epoca moribonda in cui vivevano. I segni della fine si leggevano negli atti dei potenti. Da qualche anno si era scatenata una caccia alle streghe senza sosta. Non si contavano le violenze contro i fedeli di religioni diverse, in Italia, in Francia e in Spagna, ma anche nei Paesi protestanti. Da lì, da Cassel, si reagiva con orrore a queste notizie. Fratel R. C. fu costretto a ricorrere a tutta la sua sapienza per frenare quelle visioni di morte e per farlo si ripeté disperatamente che il tempo del Cosmo è un tempo di cadute e di risalite. La sua sfortuna era stata quella di nascere in un'epoca di decadenza. Ma con quel tempo avrebbe avuto a che fare. Non poteva esimersi. Eppure, nel suo scritto, non avrebbe parlato di questo. Doveva dare speranza al mondo che si avvicinava al baratro. Doveva illuminarli. *Aufklärung*, si ripeté per trovare di nuovo la concentrazione perduta. Quindi cominciò a scrivere e stavolta non si fermò più. Iniziò dal titolo. Voleva qualcosa di potente, di inequivocabile. E si disse che ciò che stava per nascere non era soltanto una dichiarazione di guerra, ma un manifesto vero e proprio. Quasi una confessione, o meglio, una Rivelazione.

«*Fama fraternitatis.* O meglio: *Riforma universale e generale dell'intero universo. Oltre alla Fama Fraternitatis dell'Onorevole Confraternita della Rosa-Croce, dedicata a tutti gli uomini dotti e ai sovrani d'Europa, una breve risposta inviata dal signor Haselmayer, il quale per questo motivo è stato gettato in prigione dai Gesuiti e incatenato su una galera...*», scrisse il titolo di getto, poi si disse che avrebbe aggiunto i dati dello stampatore in seguito, quando ne avrebbe trovato uno. Il testo, invece, cominciava in questo modo:

Poiché l'unico dio saggio e misericordioso in questi ultimi tempi ha riversato sull'umanità la sua misericordia e bontà con tanta dovizia, da permetterci di conseguire una conoscenza sempre maggiore e perfetta di suo figlio Gesù Cristo e della Natura, possiamo vantarci a buon diritto di vivere in un tempo felice, in cui Egli non solo ha rivelato quella metà del mondo fino a ora a noi sconosciuta e celata e ci ha fatto conoscere molte meravigliose opere e creature della Natura mai viste prima, ma ha anche fatto sorgere uomini di grande sapienza, che potrebbero in parte rinnovare e condurre a perfezione tutte le arti, ora contaminate e imperfette, cosicché l'uomo possa finalmente comprendere la sua nobiltà e il suo valore e perché sia chiamato *microcosmus* e quanto la sua conoscenza si estenda nella natura.

«Ecco», si disse Fratel R. C. quando ebbe terminato.
«Il seme è stato piantato. Adesso che ognuno si faccia raggio di sole e vada a illuminare il mondo».

Capitolo 65
Tragedia
Praga, 8 novembre 1620

Cristiano, principe di Anhalt, schierò le sue truppe alla base della montagna. Si tenne a distanza, come ogni buon generale deve fare, per controllare l'andamento dello scontro. E si preparò a ricevere l'attacco degli Asburgo. Non si sa che cosa pensò nei momenti che precedettero l'inizio della battaglia. Forse alle nozze fra il suo re Federico e la sua bella sposa inglese. O forse pensò a tutta la fiducia riposta nei suoi ventunmila soldati, pronti a difendere la Boemia, prima della religione. Era l'8 novembre 1620 e sulla Bilé Hoře, la Montagna Bianca a ovest di Praga, l'inverno era già sceso in campo con la sua consueta crudezza. La battaglia era di per sé un suicidio. Vista la posizione, le truppe boeme si erano messe in condizione di non poter ricevere aiuti in caso di difficoltà. Dovevano combattere come leoni e affrontare la morte. Non si sa se pensò alle conseguenze. O se si rese conto in quel momento, nel gelo di un novembre praghese, che la sua montagna bianca, il suo re Federico e la sua regina Elisabetta, sarebbero stati all'origine della guerra che il mondo aspettava e che avrebbe portato morte e distruzione per trent'anni. Alla fine, dunque, il conflitto arrivò. Arrivò e non deluse nessuno: aveva promesso saccheggi, ferocia, ritorsioni e miseria. L'Europa li ebbe. Alla fine della Guerra dei Trent'anni, le forze coinvolte si accomodarono ai tavoli di Münster e Osnabrück in Westfalia non per piangere il dimezzamento della popolazione del continente, ma per spartirsene le spoglie. Quella mattina di novembre, però, Cristiano di Anhalt pensò solo a far combattere i suoi. E ci riuscì finché ne fu in grado. Poi gli Asburgo prevalsero. E portarono le truppe fin dentro Praga, alzando il sipario su una tragedia, quella boema, che dilaniò la storia d'Europa per molti secoli a venire. Non si sa che cosa pensò Cristiano neanche quando lasciò Praga al suo destino per riparare in Svezia, dopo la battaglia della Montagna Bianca. Dietro di sé, lasciò i cadaveri dei suoi uomini e la sua terra. L'imperatore gli proibì di tornare nei suoi possedimenti, lo rese un fuggitivo. Alla fine, dunque, la guerra arrivò e fu terribile come tutti si aspettavano che fosse. Il mondo fino ad allora conosciuto non fu più lo stesso. Gli uomini non furono più gli stessi. Così come le città. Roma perse. E probabilmente fu questo pensiero, negli anni di fuga che seguirono quell'8 di novembre, il conforto del principe di Anhalt. Ma intanto, lì, alle pendici della Montagna Bianca, mentre i suoi si armavano di pesanti armature e i cavalli fremevano nessuno sa se capì che quel giorno era il momento ferale che un'intera generazione aveva temuto. Né a chi rivolse le sue preghiere. Se le levò verso qualcuno in particolare. O chi ricordò. Di sicuro si sa che nessuna dea gli venne incontro per aiutarlo. D'altro canto lui non le aveva promesso nulla, né templi dorati, né solennità.

Capitolo 66
Dat rosa mel apibus
Oxford, autunno 1629

Il medico inglese non si era mai sentito tanto forte, tanto determinato. Aveva 55 anni, era ciò che nella sua epoca veniva definito un anziano. Eppure si era mantenuto bene. Gli studi su Paracelso gli erano serviti per capire quanto fosse importante tenere la mente fresca e il corpo allenato. Perché i due non sono mai separati. E non gli pesavano quelle cinquantacinque primavere. Non gli pesavano mai. Ogni tanto avvertiva i morsi della nostalgia, ripensava a quei giorni dei suoi 26 anni. Quel viaggio a Roma in cui avrebbero dovuto cambiare la Storia. Avevano fallito. La sua era una nostalgia bonaria, che non gli mordeva la carne quasi mai. Aveva fatto pace con il fallimento già da un decennio e adesso gli appariva inevitabile; adesso riusciva a guardare tutti gli errori commessi, le ingenuità e l'assenza di fortuna in modo obiettivo, senza rimorsi. La spiegazione che si era dato alla fine di tutto, già mentre vagava nella campagna del Nord Italia per raggiungere Calais e tornare in Inghilterra evitando i nemici e le spie, era che in fondo non avevano avuto fortuna. All'inizio quel pensiero lo feriva e lo offendeva. Lentamente e con dolore, in seguito, aveva capito che invece era proprio così. Che spesso la prima risposta è quella più giusta e che la verità è semplice e banale. Bisogna solo piegare il proprio orgoglio e accettarla in tutta la sua linearità.

«Fortuna, o Fato, è da sempre superiore agli dèi», si ripeteva spesso, ricordando i classici greci e latini. Era un modo come un altro per trovare pace. E per John Burbage quella pace era fondamentale per preparare lo spirito all'ennesima resistenza che gli si prospettava. Gli ultimi tre decenni li aveva trascorsi combattendo come un leone. A volte, quando cominciava a vergare un nuovo trattato, quasi rimpiangeva il covo della Rotonda in quella triste mattina di febbraio, trent'anni prima. Allora, tutto gli pareva al di sopra delle sue forze, adesso era consapevole che avrebbe pagato in oro la possibilità di tornare e rivivere quell'esperienza mille altre volte pur di scongiurare le polemiche e le risposte che si era ritrovato a dare negli anni successivi in ambito accademico. Si era scontrato anche con Keplero. Una quindicina d'anni dopo il rogo di Iordanus avevano cominciato a fare la loro comparsa dei detrattori della magia naturale che la volevano demolire secondo ragione. Avevano preso coraggio. Erano personaggi influenti e ben protetti. Chi, come lui, si fosse opposto alla loro verità sarebbe stato considerato un ciarlatano, un ateo, un animista. "*Vana geometria*", avevano chiamato la sua scienza, la sua magia. A lui, però, non importava. Ciò che veramente gli interessava era di non rimanere da solo a difendere l'eredità lasciata da Iordanus. Non erano mancate voci favorevoli alla difesa della magia di Burbage. Ma anno dopo anno i suoi alleati tacevano o venivano fatti tacere e i suoi detrattori si facevano più sfrontati, più rumorosi, più aggressivi. Tre anni prima aveva ceduto anche lui alla rabbia, pubblicando un trattato in cui si rivolgeva a uno dei suoi più accaniti avversari, un *bon père* francese dell'ordine dei Padri Minimi, con parole forti, volutamente offensive. Ma la guerra si prospettava lunga, come quella che si combatteva ormai da anni fra gli eserciti. E scatti d'ira del genere non gli avrebbero portato altro che seccature. Era con gli argomenti che doveva rispondere a quei bravi cattolici che gli sapevano citare soltanto i padri fondatori della Chiesa. Il suo avversario, il monaco, in ogni caso, lo aveva messo in difficoltà. Soprattutto quando aveva cominciato a tirare in ballo altri filosofi, come Petrus Gassendi, i quali usavano contro di lui tesi che invece era più difficile confutare e screditare. Ma lui rimaneva saldo e non si spostava di un passo. Ciò che aveva avuto modo di sperimentare, di vedere, di ascoltare, di vivere con tutti i suoi sensi gli dava sufficiente forza per resistere. Alla fine, comunque, si erano inabissati sul serio. Erano stati costretti, anche in patria, a rimanere muti e a concentrarsi sui loro trattati. Il mondo degli uomini non voleva essere cambiato e loro si erano trovati nella posizione di dover difendere le ottime intenzioni che li avevano motivati in passato a compiere le loro scelte. In quell'autunno, Burbage, si stava cimentando con un nuovo lavoro in cui avrebbe chiamato in suo soccorso tutte le forze che era in grado di invocare. Era partito dagli alleati più prossimi, dedicando l'opera ai Rosa Croce che già quindici anni dopo la morte del Nolanus erano usciti allo scoperto, pur definendosi gli Invisibili.

L'opera era intitolata *Summum bonum* e il sommo bene protagonista di questo lavoro era quello che derivava dalla gnosi della Natura, dalla conoscenza illuminata dalla luce divina, dalla magia ispirata dalla Signora. *Dat rosa mel apibus*, la rosa dà il miele alle api, era la frase che aveva scelto per la dedica sul frontespizio. Per pubblicarlo si era deciso alla fine per Francoforte, utilizzando il nome di un altro studioso. Non voleva essere onnipresente nella polemica, così come il *bon père* aveva scelto di coinvolgere anche altri in questa controversia. Mentre scriveva, più di una volta, si era trovato a riflettere sulla furbizia dei suoi oppositori e si era domandato sarcasticamente quanto sarebbe durato questo matrimonio d'interesse fra religiosi e scienziati. Gli uni con la loro verità univoca, gli altri con la febbre di ridurre tutto a una spiegazione razionale che esaltasse l'essere umano e la sua mente.

"Arriverà un giorno in cui il patto si romperà e il sangue dei maghi sarà la cattiva coscienza degli scienziati di oggi che sono così superbi da non accorgersi che li stanno usando", pensava. Ma in quegli anni, John, non aveva soltanto studiato e scritto. Spesso si era fermato a ricordare i suoi amici di un tempo. Non li aveva più visti. E si era reso conto che Ser Tomáš era la forza connettiva che li teneva uniti. Morto lui si erano tutti persi di vista. La fine di Praga, il destino da fuggiaschi del re e della regina d'Inverno, Federico ed Elisabetta, e il collasso della Boemia come patria degli alchimisti qualche anno prima, avevano fatto il resto. Ogni tanto si domandava che fine avesse fatto Prospero. Quale era stato il suo destino. Quel ragazzo era riuscito a spiazzarlo e si domandava spesso se il suo carattere così poco riflessivo, così irrazionale fosse un tratto personale o un riflesso dell'epoca in cui il giovane era nato. Di Fratel R. C. Sapeva che si era impegnato nella sua stessa resistenza dalla Germania. E lo sentiva vicino anche se non si erano mai più incontrati. Mentre, in quegli anni, Padre Rossi, pur avendo fatto carriera, si era trovato al centro di una spirale di sospetti e tradimenti che sapeva già lo avrebbero condotto alla rovina. Joachim era un'altra questione. Doveva diventare un suo discepolo. Ne avevano parlato a lungo durante il viaggio fino a Padova, dove il ragazzo, invece, si era poi definitivamente fermato. Tutto perfetto fintanto che Joachim gli aveva rivelato quello che aveva fatto. Si era infuriato. Lo aveva chiamato idiota, sciocco e traditore. Quel gesto aveva svelato l'immensa ingenuità del giovane segretario del Nolanus e la sua natura troppo superficiale. Si erano lasciati male, senza salutarsi. Aveva saputo in seguito che il giovane tedesco era effettivamente diventato medico, che si era sposato e ora viveva felice con la sua famiglia senza più occuparsi di certe questioni. Nel profondo del cuore lo invidiò un poco. L'inglese faceva una vita da asceta, in cui si privava di tutto. Mentre rifletteva sulle sue scelte riandò con la mente a quella mattina romana in cui la tragedia aveva iniziato la sua corsa furiosa. Avevano scherzato quel giorno. Avevano riso sugli gnostici ottimisti e quelli pessimisti. Tomáš era sicuramente un ottimista. Come gli mancava il suo amico. Gli mancava quella luce e quel calore che la sua gioia e il suo coraggio emanavano sempre. Ma non si sarebbe fatto fiaccare dalla nostalgia. Avrebbe continuato a scrivere, a sollecitare riflessioni in Europa, visto che le sue controversie lo avevano ormai bollato come l'ultimo mago vivente, l'ultimo dei

Giordanisti. Sorrise John Burbage. Perché sapeva di non essere veramente l'ultimo. E che non si sarebbe mai arrivati a correre quel rischio. Erano invisibili, ma non erano completamente sconfitti. E sarebbero intervenuti un momento prima dell'Apocalisse, portando risposte a un genere umano disperato per una sorte che avrebbe considerato inevitabile.

Capitolo 67
Ricordi
Roma, 1889

Lo aveva aspettato con pazienza. Era una settimana che attendeva. Quel giorno però sapeva che sarebbe stato l'ultimo. Aveva studiato i suoi spostamenti abituali. E ora si era accomodata nel corridoio buio sotto un raggio di sole che la faceva brillare. Si godeva quel calore benefico come solo lei sapeva fare. La sensazione la fece diventare malinconica. Ma era un errore gravissimo. La tristezza e la nostalgia sono nemiche di una caccia ben riuscita. Il topo mise fuori il musetto da un nascondiglio e fu la sua fine. Non si era accorto di lei, pensava di essere solo. Nella sua immensa ingenuità ritenne che la strada fosse sgombra. E si preparò ad attraversare il corridoio buio. Illuso. La gatta cominciò a emettere il suo lamento, le vibrisse fremevano e ogni singolo muscolo del suo corpo si preparò all'assalto. Con due zampate ben assestate Mimì lo schiacciò fra gli artigli e i polpastrelli. Lo prese nell'esatto momento in cui il topo si rendeva conto che lei era lì ad aspettarlo. Lui lanciò un gridolino fioco che puzzava di umiliazione e lei si godette quel momento. La vittoria. Socchiuse gli occhi e si concesse un minuto prima del colpo di grazia. Era piacere quello che provava? No, era noia. Un alito di vento le portò un odore insolito alle narici. Il profumo la fece distrarre. All'inizio non seppe dirsi se fosse di rose o di gelsomino. Baffi e narici cominciarono a fremere di nuovo, ma stavolta non era l'eccitamento della morte e del sangue che la faceva vibrare. Ogni fibra del suo corpo agile rispose a quelle essenze floreali, il cervello la riportò a casa. E fu come ricevere una coltellata. Ecco, ora era di nuovo lei. Bubastis le mancava da morire. Si era abituata alla nuova vita e ai viaggi. E, d'altro canto, aveva già deciso di rimanere con Lei e con suo figlio, così come era sempre stato. Ma le mancavano i riti, l'amore, la devozione. Le mancavano quelle piccole mummie seppellite intorno al suo tempio. E la fiducia degli umani. Da lei venivano a chiedere gioie d'amore, fertilità, serenità. Venivano le donne del suo popolo, alcune avevano già il pancione, altre la imploravano per diventare madri il prima possibile. Se le piacevano i doni, lei non aveva mai niente in contrario e le accontentava. Che cos'era diventata oggi, dunque? La parodia di se stessa. Non c'era più il deserto rosso a cullare i suoi sogni, ma solo questa città in cui aveva accettato di vivere ormai secoli fa. E tutto per seguire i desideri folli di sua Sorella. La sua sete di potere. La sua battaglia che non capiva più. Il ragazzo le era piaciuto. Aveva gradito i suoi scatti d'ira improvvisi, quell'alterigia che per lei era sempre segno di virtù. Le assomigliava in fondo. E l'aveva tranquillizzato quando era necessario. Ma lui aveva fallito lo stesso. Le era dispiaciuto, più che per il fallimento in sé, per la consapevolezza di dover restare qui, nella casa e nella città del fiume, chissà ancora per quanto tempo. E poi le dispiaceva sapere che il giovane si sarebbe perso in se stesso. Era inevitabile. Aveva commesso un errore imperdonabile. E l'aveva rovinato proprio la sua impazienza. Ma a lei, anche l'impazienza piaceva. Le ricordava i suoi cuccioli. Gli errori. E poi i loro muscoli acerbi che, giorno dopo giorno, rispondevano meglio, fino a diventare perfetti. Il ragazzo avrebbe fatto la fine del topo che aveva appena catturato. A lei, invece, sarebbero rimaste solo queste cacce improvvisate. E ogni tanto la particella di un odore che le faceva ricordare il suo passato. Solo quello. E la noia, sì, la noia che non l'abbandonava più da quando erano tornati. Il topo si agitò debolmente. Lei impresse una forza appena maggiore ai suoi muscoli. Il topo si fermò. Bastet si lasciò di nuovo trasportare dai ricordi: quelle donne, sulla riva del Nilo. Erano esilaranti. Arrivavano in barca e si sollevavano le vesti, ammiccando agli uomini. Più tardi, quando i canti e le offerte erano terminati, le donne si sarebbero concesse per essere amate sotto i suoi occhi di smeraldo. Li avrebbe benedetti. Aveva voglia di essere ancora al centro dei pensieri di qualcuno. E non voleva più provare questo rancore sordo che le impediva qualsiasi altro pensiero. Ma sua Sorella le aveva giurato che sarebbero andati via presto. Non era mai capitato. Se non si fosse fatta convincere sarebbe rimasta in Egitto, a vedere la fine delle cose, anche delle più splendide. Perché il tempio che la ospitava era il più bello e allora, fra i cuscini, circondata dai suoi simili e adorata dai suoi sacerdoti, sarebbe stato dolce anche finire. Tutto le parve migliore di questa noia mortale. Tutto. Anche gli eserciti che profanavano la sua cella sacra. Tutto era migliore laggiù. Sicuramente più di dare la morte a un inutile topo. Mimì compì il suo dovere con velocità. Per un momento si sentì misericordiosa. Poi sbranò il topo in tutta calma, senza mai uscire dal cono di luce in cui si era appostata.

Postfazione

Questo libro è frutto della fantasia dell'autrice. Così come la storia che si racconta nelle sue pagine. A volte, però, anche le storie di fantasia racchiudono elementi di verosimiglianza con la realtà e di questi è bene che si parli in una postfazione. *La Società segreta degli eretici* è un romanzo storico. Eppure tutto ciò che avete letto fra le sue pagine, tranne le disperate avventure di Prospero, ha un riscontro preciso nella storia dell'epoca. Le vicende del monaco di Nola sono note alla maggior parte dei lettori. Chiunque professi anche la minima affezione al libero pensiero ha guardato la statua di bronzo eretta in Campo de' Fiori alla fine dell'Ottocento con uno sguardo complice almeno una volta nella vita. Ancora oggi, a distanza di oltre un secolo, però, si tende a valutare la figura del domenicano eretico secondo i canoni forniti dalla critica ottocentesca che puntava a realizzare quel monumento perché parlasse al suo secolo e lo ispirasse. Così, il pensiero di Giordano Bruno viene spesso considerato precursore della scienza, vittima della cecità della Controriforma e della repressione sistematica delle idee devianti in un'epoca delicata di crisi e conflitti. Bruno, insomma, per molti, è andato sul rogo perché non si è voluto piegare ad abiurare le teorie eliocentriche. È vero. Ma solo in parte. Troppe cose non si spiegano se così fosse. A partire dal mancato perdono che la Chiesa, all'alba del Giubileo del 2000, ha concesso a tutti gli eretici condannati nella sua lunga storia. Ci sono tutti, tranne Bruno. Sul monaco, cui questo libro rende omaggio, è mancato un giudizio benevolo: il Vaticano si rammarica del suo rogo, ma non può (non può!?) perdonare le sue idee in quanto troppo distanti dalla dottrina cattolica. Quali fossero queste idee, quale fosse l'offesa recata alla religione dominante, è stata la base d'ispirazione per la storia che avete letto. Tali idee, inoltre, sono diventate personaggi, lasciando al domenicano la libertà di rimanere una figura storica della cui vita privata si sa poco o nulla. Ciò che non proviene dalla fantasia è invece la Roma in cui vivono i protagonisti del romanzo e sono autentici anche gli eventi storici che ne motivano le scelte, la filosofia che guida gli uomini dell'epoca, i libri e i quadri di cui si è parlato. Anche ciò che è apparso molto strano, infine, ha un fondo di verosimiglianza storica che viene fuori dallo studio, pubblicato a partire dalla metà degli anni Sessanta, di una storica inglese a cui, alla fine, questo libro deve tutto. Tre saggi, in particolare, hanno guidato la stesura della *Società segreta degli eretici* e tutti portano la firma di Frances Yates, membro illustre del Warburg Institute, ad oggi il tempio degli studi sul Rinascimento europeo. Per chi volesse approfondire al di là della *fiction*, ecco i titoli: *Giordano Bruno e la tradizione ermetica*, *L'Arte della memoria*, *L'Illuminismo dei Rosa-Croce*. A questi si aggiungano anche altri testi che da sempre guidano la critica e gli studi bruniani e che, fra i molti letti prima di lavorare al romanzo, ne hanno illuminato la strada. Luigi Firpo, *Il processo di Giordano Bruno*; Michele Ciliberto, *Giordano Bruno. Il teatro della vita*, *Introduzione a Bruno* e *Giordano Bruno*; Anna Foa, *Giordano Bruno*. Altri testi ancora, collateralmente, hanno fornito informazioni fondamentali per raccontare le sfumature di un Rinascimento morente che si è spento definitivamente sulle braci di Campo de' Fiori la mattina del 17 febbraio 1600. E sono, fra tutti, il *Corpus Hermeticum* e un dizionario di simboli alchemici e gnostici, dal titolo *Dictionnaire des symboles*, scovato su una bancarella e marcato in ogni sua pagina con l'inconfondibile simbolo di Mercurio inscritto in un triangolo e circondato dal celebre Uroboro, la figura del serpente che si morde la coda che rappresenta la natura ciclica delle cose. Non sono mancate, infine, lunghissime incursioni in rete dove la passione per Giordano Bruno e l'amore per il suo pensiero occupa siti e portali di tutto il mondo. Da questi approfondimenti è nata una storia in cui si racconta, sì, del rogo di Bruno, ma soprattutto di un momento di passaggio nella storia dell'umanità in cui scienza e magia potevano restare unite, dando vita a un mondo di conoscenza e saggezza che forse oggi ci avrebbe partorito diversi. Questa storia racconta di una fine, di un fallimento e della paura dell'Apocalisse. E parla al nostro tempo forse più di quella statua inaugurata alla fine dell'Ottocento dai liberali e dai libertari di tutto il mondo.

I personaggi, gli eretici

Sebbene gran parte dei personaggi protagonisti del libro siano di assoluta fantasia, alcuni di questi sono ovviamente ispirati a figure realmente esistite all'epoca dei fatti. Creare i loro *dopplegänger* su basi il più possibile fedeli alla realtà storica è stata forse la parte più entusiasmante di tutto il lavoro. Incontrarli durante lo studio che ha preceduto la stesura del romanzo è stata una sorpresa in alcuni casi e una rivelazione quasi mistica in altri. Mi sembra opportuno, quindi, descrivere a grandi linee le figure che hanno ispirato questa società segreta di fantasia che riflette una generazione di intellettuali, drammaticamente sconfitti dalla Storia. È un modo come un altro per dire loro grazie e perché le loro idee non si spengano del tutto, nonostante il fallimento.

John Burbage

Il medico inglese, paracelsiano e saggio, è in realtà ispirato alla figura e alla vita di Robert Fludd, anche lui medico, nato in Inghilterra nel 1574 e morto nel 1637. Al di là delle sue connessioni con la storia della Massoneria, Fludd è stato uno dei pochi a difendere lo gnosticismo ermetico in un'epoca, successiva al rogo di Bruno, quando la Chiesa, nella persona di Marsenne, illustre membro dell'Ordine dei Padri Minimi, si scagliò contro il sistema di simboli della sua generazione di intellettuali. Fra lui e Marsenne scoppiò una polemica anti-ermetica che lo coinvolse fin dai primi anni del Seicento e a cui si dedicò con impegno, passione e lealtà.

Joachim Hessler

Per lui c'è stato bisogno di un adattamento alle esigenze narrative che non trova riscontro nella storia reale del personaggio. Il giovane e sensibile Joachim, in ogni caso, è liberamente ispirato al vero segretario del monaco, Hyeronimus Besler, nato a Nuremberg nel 1566 e morto nel 1632. I due si conobbero a Wittemberg all'università in cui Bruno insegnava e Besler studiava medicina. Hanno viaggiato e studiato insieme a lungo. Per conto del monaco, Hyeronimus si occupò di trascrivere alcuni dei suoi trattati e di assisterlo nella sua carriera. A Padova, durante uno dei numerosi spostamenti di Bruno e Besler, il segretario terminò i suoi studi di medicina. Alla fine dell'incarico che si era assunto, tornò a Norimberga e lì visse senza lasciare ulteriori tracce di sé. All'epoca del rogo, il vero Besler aveva quindi più di trent'anni. Per farlo diventare amico di Prospero, invece, è stato necessario ringiovanirlo.

Ser Tomáš, il boemo

Non esiste un boemo come lui nella storia reale. Ma era necessario far figurare anche questa parte d'Europa nel racconto di quegli anni. Ser Tomáš è, nel romanzo, una sorta di luogotenente di Johannes Henricus Haincelius, meglio conosciuto come Hainzell, che fu veramente un protettore di maghi e alchimisti, ma nella Zurigo della fine del Cinquecento. A quest'ultimo, tra l'altro, Giordano Bruno dedicò il suo ultimo libro pubblicato: il *De imaginum signorum et idearum compositione*, nel 1591. Praga, in ogni caso, in quegli stessi anni, era diventata una sorta di seconda patria per tutti quegli intellettuali impegnati nello studio di argomenti legati allo gnosticismo ermetico e all'alchimia. Si avvalevano della protezione di Rodolfo II, il quale li aveva chiamati a sé nella speranza di ottenere il loro aiuto nella ricerca della pietra filosofale. Anche Giordano Bruno provò a farsi accettare a corte. E infatti abitò a Praga per circa sei mesi nel 1588. Ma non ottenne granché essendosi inimicato l'astrologo del sovrano Mordente. Perciò, nonostante il suo *Articuli adversos mathematicos* sfoggi una lunga dedica al sovrano, al monaco furono pagati trecento talari di ricompensa e poi fu mandato via.

Padre Giovan Battista Rossi

Per creare Giovan Battista Rossi, generale dell'ordine degli olivetani di Vallombrosa è stato determinante l'incontro con un abate seicentesco della basilica di Santa Prassede: Orazio Morandi. A lui si deve la nascita di una biblioteca segreta che completava la già ricca collezione della biblioteca della basilica, all'epoca una delle più fornite di Roma. L'olivetano reale era forse il più grande esperto di libri antichi del suo tempo, nonché braccio destro di Giovanni de' Medici a Firenze. Circa vent'anni dopo la morte di Bruno diventò abate di Santa Prassede e lì si dedicò a custodire volumi che trattavano di argomenti scottanti, spesso al limite dell'eresia o già inseriti nell'Indice dei Libri Proibiti compilato dall'Inquisizione. Fra i suoi più fedeli amici, ai quali Morandi spesso prestava testi dal suo fornitissimo catalogo, risulta addirittura Gian Lorenzo Bernini. Furono i suoi studi di astrologia e astronomia, però, a metterlo in pericolo. Si azzardò a predire la morte di Urbano VIII, il pontefice in carica in quegli anni, durante un'eclissi di sole. Cosa che non avvenne, ma che costò al monaco un'accusa di eresia e la morte nel carcere del Sant'Uffizio nel 1630.

Fratel R. C.

Fra tutti, insieme a Ser Tomáš, Fratel R. C. è il personaggio meno ancorato alla realtà storica. In quell'acronimo, però, è racchiusa la tradizione rosacrociana e la figura letteraria di Christian Rosenkreutz, padre nobile, ancorché fittizio, del movimento gnostico che la Yates suggerisce legato a doppio filo con le idee bruniane. Nella realtà del romanzo sarà lui a vergare il primo documento con cui i Rosa-Croce si presenteranno al mondo. Da quel momento in poi, gli Invisibili (come amavano farsi chiamare i seguaci delle idee rosacrociane) tenteranno di illuminare il genere umano da una posizione defilata. Lo stesso Fludd, durante la sua polemica con Padre Marsenne, si definì rosacrociano. Era bello pensare che i due si potessero incontrare davvero per tentare, insieme, di cambiare il corso della Storia.

Gustav Steiner

È la spia. E come tale non meriterebbe molto spazio. Se non per il fatto che il laido Gustav Steiner del romanzo altri non è che Kaspar Schoppe, cioè l'autore dell'unica testimonianza sulla condanna di Bruno mai circolata in Europa fino al 1889, quando Crispi fece sequestrare l'archivio della Confraternita di San Giovanni Decollato della Nazione Fiorentina e fu così accertato, oltre ogni ragionevole dubbio, che il 17 febbraio 1600, in Campo de' Fiori, si tenne veramente il rogo del monaco, accompagnato al patibolo proprio dagli incappucciati di quella Confraternita. Prima, come prova, esisteva soltanto la lettera in cui Schoppe – uomo dell'imperatore ed ex protestante convertito al cattolicesimo – descriveva la lettura della sentenza e la successiva esecuzione del Nolano. Anche la famosa frase pronunciata da Bruno che per lungo tempo è stata accettata come verità incontrovertibile si deve alla cronaca di Schoppe. Quella frase: «*Tremate più voi nel pronunciarla che io nell'ascoltarla*», riferita alla sentenza di morte è forse frutto della fantasia del tedesco. Il disprezzo che Schoppe dimostra nei confronti dell'ostinazione del monaco è, inoltre, la ragione di una piccola vendetta: per questo è diventato una spia, un personaggio negativo. Il vero Steiner morirà a Padova nel 1649 e, al di là del suo ruolo nell'epopea di Bruno e della sua filosofia, viene ricordato come erudito, studioso e umanista molto attivo nell'ambito delle controversie religiose fra cattolici e protestanti.

Roma, settembre 2012

Ringraziamenti

Marcello Beltramme, Emiliano “Mallo” Sartori, Tama, Lavinia Rosato, Simonetta Felicetti, Violeta Pilar Bea, Marco “Billi” Cuomo, Manlio Sorba, Barbara Magnanti, Simona Sarappa, Roberta Tusi, Gianluca “Peppe” Zoncu, Cecilia “Minizilla” Campagnola, Ornella Beltramme, Giovanna Foti, Cristiana Iacoponi, Angelo Lucarelli, Richard McKenna, Nicoz Balboa, G. L., Emanuele Monti, Sara Panebianco, Sara Incecchi, Franco Kid Casentini, Laura Di Marco, Conny Prantera, Alessandro Bobois, Gianluca “4lliumcep4” Cipolla, Marzia Saldan. Tutti mi avete ispirato, aiutato, consigliato, incoraggiato e avete perso un po’ del vostro tempo ad ascoltare la mia storia prima ancora che diventasse un libro. Grazie.

Indice

Nuova Narrativa Newton

Ultimi volumi pubblicati

Sharon Dogar, *La stanza segreta di Anna Frank*
Massimo Lugli, *Il guardiano*
Roberto Fabbri, *Il tribuno*
Unni Lindell, *L'ultima casa a sinistra*
Jefferson Bass, *Il cannibale*
Marek Halter, *Il cabalista di Praga*
Stuart MacBride, *La stanza delle torture*
Steve Alten, *2012 La fine del mondo*
Susanne Staun, *Il bosco della morte*
Vito Bruschini, *La strage*
Saskia Noort, *La febbre*
Simon Scarrow, *Roma o morte*
Adriana Koulias, *Il segreto della sesta chiave*
Francesco Fioretti, *Il quadro segreto di Caravaggio*
Andrea Frediani, *La dinastia*
Roberto Genovesi, *La mano sinistra di Satana*
Francesca Bertuzzi, *La paura*
Will Lavender, *La cella del male*
Robin Maxwell, *Caterina da Vinci e il segreto di Leonardo*
Lisa Jane Smith, *Il diario del vampiro. La maschera*
David Gibbins, *Il tesoro della legione fantasma*
Roberto Masello, *333. La formula segreta di Dante*
Harry Sidebottom, *Il guerriero di Roma. Il silenzio della spada*
Anna Jansson, *Riposa in pace*
James Becker, *Il vangelo di Nosferatu*

Giulio Massobrio, *Occhi chiusi*
Ethan Cross, *Il castigo degli innocenti*
José Rodrigues Dos Santos, *Vaticanum. Il manoscritto esoterico*
Dana Stabenow, *CSI Alaska. Dispersi*
Tony Black, *La stanza dei cadaveri*
David Chandler, *La profezia della torre nera*
Barbara Ewing, *Il circo fantasma*
Marcello Simoni, *La biblioteca perduta dell'alchimista*
Jon Trace, *I custodi della cattedrale proibita*
Adam Jay Epstein – Andrew Jacobson, *The Familiars. Il segreto della Corona*
Bjorn Jacobsson, *Alla fine della strada*
Matt Rees, *La profezia segreta di Mozart*
Simon Scarrow, *Il pretoriano*
Agustín Bernaldo Palatchi, *Il patto dei penitenti grigi*
Massimo Pietroselli, *Alphabetum*
Lisa Jane Smith, *Il diario del vampiro. Fantasmi*
Juliet Grey, *Maria Antonietta. I segreti di una regina*
Paul Pen, *Il presagio*
Paul Christopher, *La spada dei Templari*
Douglas Jackson, *L'eroe di Roma*
Heike Koschyk, *La pergamena maledetta*
Valter Binaghi, *Melissa, la donna che cambiò la storia*
Jack Hight, *Il signore delle crociate. È nato un guerriero*
Alex Churton, *La mappa segreta della Massoneria*
C.J. Lyons, *L'esecuzione*
Gabrielle Kimm, *L'ultima duchessa*
Mark Sullivan, *L'undicesimo comandamento*
Lisa Jane Smith, *Il diario del vampiro. Luna piena*
Bruce MacBain, *I pilastri di Roma*
C. M. Palov, *La cripta occulta dei Templari*
Michael Ennis, *La congiura Machiavelli*
Ted Dekker, *Il segreto del santuario*
Massimo Lugli, *Gioco perverso*
Marko Hautala, *Allucinazioni*

Marcello Simoni

Il mercante di libri maledetti

Marcello Simoni è nato a Comacchio nel 1975. Ex archeologo, laureato in Lettere, lavora come bibliotecario. Ha pubblicato diversi saggi storici e ha partecipato all'antologia *365 racconti horror per un anno*, a cura di Franco Forte; altri suoi racconti sono usciti per la rivista letteraria «Writers Magazine Italia». *Il mercante di libri maledetti*, romanzo d'esordio, ha superato le 300.000 copie, ha vinto il 60° Premio Bancarella, è stato selezionato al Premio Fiesole 2012 ed è stato finalista al Premio Emilio Salgari 2012. I diritti di traduzione sono stati acquistati in dodici Paesi. Con la Newton Compton ha pubblicato anche *La biblioteca perduta dell'alchimista* e *Rex Deus*, un romanzo a puntate in versione ebook.

Volume rilegato di 352 pagine, € 5,90

È il mercoledì delle ceneri dell'anno 1205 quando padre Vivïen de Narbonne è costretto a fuggire, braccato da un manipolo di cavalieri che indossano strane maschere. Il monaco possiede qualcosa di molto prezioso, che non è disposto a cedere ai suoi inseguitori. Sono passati tredici anni da quel terribile giorno, quando Ignazio da Toledo, un mercante di reliquie, riceve da un nobile veneziano l'incarico di mettersi sulle tracce di un libro rarissimo, l'*Uter Ventorum*. Si dice che contenga antichi precetti della cultura talismanica orientale, e permetta di evocare gli angeli. Inizia così il viaggio di Ignazio tra Italia, Francia e Spagna, sulle tracce di un manoscritto smembrato in quattro parti accuratamente nascoste. Solo chi è in grado di risolvere complicati enigmi, e di decifrare strani messaggi disseminati nel percorso che conduce al libro, potrà trovarlo e accedere ai suoi segreti. Ma Ignazio non è l'unico a volerlo. Ci sono personaggi loschi e ambigui che intendono entrar ne in possesso, anche con l'inganno. Chi riuscirà per primo a scoprire dove si trova? E cosa saranno pronti a rischiare, tutti coloro che lo inseguono, per svelare per primi i suoi arcani misteri?

NEWTON COMPTON EDITORI